Knaur

Die *Kaltfeuer*-Romane von C. S. Friedman
in der Reihe *Excalibur – Fantasy bei Knaur*:

Band 1: Festung der Nacht
Band 2: Zitadelle der Stürme

Weitere Bände sind in Vorbereitung

Über die Autorin:

Celia S. Friedman wurde 1957 geboren und ist eine unersättliche Leserin. Wenn sie sich von einem Buch losreißen kann, unterrichtet sie Kostümdesign an einer privaten Hochschule im nördlichen Virginia, entwirft historische Kostüme und arbeitet an weiteren Romanprojekten. Ihr Haus teilt sie nach eigener Aussage mit einigen großen Katzen – und jede Menge alter Kleidungsstücke.

Mehr über die Autorin erfahren Sie auf ihrer Fanpage: www.merentha.org

C. S. Friedman

Kaltfeuer 1
FESTUNG DER NACHT

Aus dem Amerikanischen
von Ronald M. Hahn

Knaur

Die amerikanische Originalausgabe erschien 1991 unter dem Titel
Black Sun Rising bei DAW Books Inc., New York und erscheint, mit
freundlicher Genehmigung der Autorin, in Deutschland in zwei Bänden:
Festung der Nacht und *Zitadelle der Stürme*.

Besuchen Sie uns im Internet:
www.knaur-fantasy.de
Sagen Sie uns Ihre Meinung zu diesem Buch:
fantasy@droemer-knaur.de

Originalausgabe 2003
Copyright © 1991 by C. S. Friedman
Copyright der deutschsprachigen Ausgabe © 2003 bei Knaur Taschenbuch.
Ein Unternehmen der Droemerschen Verlagsanstalt
Th. Knaur Nachf. GmbH & Co. KG, München
Alle Rechte vorbehalten. Das Werk darf – auch teilweise –
nur mit Genehmigung des Verlags wiedergegeben werden.
Redaktion: Ralf Reiter
Umschlaggestaltung: ZERO Werbeagentur, München
Satz: Ventura Publisher im Verlag
Druck und Bindung: Nørhaven Paperback A/S
Printed in Denmark
ISBN 3-426-70281-9

2 4 5 3 1

Prolog

Sie fragte sich, warum sie sich fürchtete, nach Hause zu kommen.

Sie war nun in Sichtweite des Schlosses, und seine Nähe hätte sie beruhigen müssen. Sie mochte das traditionelle Gebäude, das ihr Gatte entworfen hatte, und alle Männer und Frauen, die in ihm wohnten. Der Sitz der Neografschaft Merentha war das strahlende, efeufarbene Monument des Traums der Erweckungsbewegung: Alle Bestandteile der rechtwinkligen gotischen Architektur, die an anderen Orten – zum Beispiel am Königshof – nur bedrückend wirkten, waren hier zu dem unfehlbaren ästhetischen Empfinden verbunden, das die stärkste Eigenschaft ihres Gatten war: ein Bauwerk zu erschaffen, das sowohl eine hoch aufragende Zurschaustellung von Steinbögen und Zinnen als auch ein tatsächliches, sehr behagliches Zuhause war.

Sie zügelte kurz ihr Unpferd, wies es an, sich nicht zu rühren, und versuchte sich auf die Ursache ihrer Angst zu konzentrieren. Wie immer war ihr Bemühen auch diesmal zur Fruchtlosigkeit verdammt. Sie hätte gern über das Talent ihres Gatten verfügt, Empfindungen dieser Art zu benennen und zu analysieren. Er hätte nur einen Blick auf das Gebäude geworfen und gesagt: *Da – siehst du? Die Dämonen sind heute Abend früh zugange; man spürt ihre Anwesenheit.* Oder: *Heute Abend sind die Strömungen unregelmäßig, natürlich ist man da nervös.* Oder er hätte irgendeine andere Erklärung abgegeben, die ebenso auf seinem besonderen Weitblick basierte. Er hätte den Grund ihres Unbehagens in kleine, verständliche Wissenspäckchen übersetzt, damit sie sich mit ihm befassen und ihn dann beiseite legen konnte.

Die Sonne war untergegangen. Vielleicht lag es daran. Die stechende weiße Sonne, die das Land in geistige Gesundheit tauchte, war weg. Der *Kern* war ihr in sein westliches Grab gefolgt. Sie sah nur ein paar Sterne, doch bald würde die Dunkelheit auch sie verschlucken. Jetzt waren überall jene Dinge aktiv, die das Tageslicht scheuten: herrenlose Menschenängste, die ein Eigenleben angenommen hatten und die Nacht nach Gastkörpern absuchten. Sie schaute zum Himmel hinauf und schüttelte sich. Nun waren auch Arnas Monde verschwunden. Zwei waren untergegangen. Einer, der kleinste, musste erst noch aufgehen. Bald würde es so stockdunkel sein, wie man es auf der erdähnlichen Welt gewohnt war. Ihr Gatte hätte von einer *Echtnacht* gesprochen. Für eine Welt, die dem Zentrum der Galaxis so nahe lag, war dies ein seltenes und sehr besonderes Ereignis.

Eine Nacht finsterer Mächte.

Sie setzte ihr Unpferd mit den Knien wieder in Bewegung und versuchte in Erinnerungen an ihre Familie einzutauchen, um das Unbehagen zu verdrängen. Es war in ihr gewachsen, seit sie den Sitz der Bellamys vor etwa einer Stunde verlassen hatte. Ihre knapp fünfjährige Tochter Alix hatte die Grundlagen des Reitens schon gemeistert. Es bereitete ihr Vergnügen, die Miniatur-Unpferde des Schlosses ungesattelt zu reiten, wenn die Eltern es erlaubten. Der neunjährige Tory hatte eindeutig die unersättliche Neugier seines Vaters geerbt, deswegen konnte man ihn in jedem beliebigen Augenblick dort finden, wo er am wenigsten hingehörte und etwas machte, das eigentlich nicht gern gesehen wurde. Eric, der Älteste, der stolze Herr über eine elfjährige Lebenserfahrung, probierte seinen Charme schon am gesamten Schlosspersonal aus. Nur er hatte die Umgangsformen seines Vaters geerbt. Sie würden ihm gut zupass kommen, wenn er einst die Ländereien und Titel übernahm. Der Neograf hatte allein schon durch die

Kraft seiner Präsenz manchem Feind kriegerisches Unvermögen angezaubert.

Und was ihren Gatten betraf, den Neografen ... Sie liebte ihn mit einer Leidenschaft, die manchmal an Pein grenzte, und verehrte ihn ebenso wie das Volk, über das er herrschte. Er war ein Idealist. Er hatte sie überrumpelt, mit seinen Erweckungsträumen aufgefangen und dann an seine Seite gesetzt, während König und Kirche darum rangelten, ihm die höchsten Ehren zu erweisen. Er war ein Wunderkind gewesen. Er hatte Gannons Kriege in Triumphe umgewandelt und so die Vereinigung aller menschlichen Lebensräume vorangetrieben. Er hatte Unpferde aus dem einheimischen Viehbestand gezüchtet, die von irdischen Pferden kaum zu unterscheiden waren, und ihrer gesamten Evolution mit solcher Kraft und Leistungsfähigkeit seinen Willen aufgezwungen, dass alle anderen nur Bewunderung empfanden. Ebenso jagten seine Unkatzen die einheimischen Nager mit fast katzenhafter Inbrunst und ignorierten die weniger schädlichen Insekten, die die Lieblingsbeute ihrer Ahnen gewesen waren. In zwei Generationen – er hatte es versprochen – würde auch ihr Fell das richtige Aussehen haben, und ebenso die Verhaltensmuster, die ihre Jagd begleiteten.

Offen gesagt, sie glaubte nicht, dass ihm irgendwelche Grenzen gesetzt waren, sobald er sich etwas ausgedacht hatte ... Vielleicht war es das, was ihr Angst einjagte.

Als sie in den Schlosshof ritt, war dieser leer, und das war alles andere als beruhigend. Sie war daran gewöhnt, bei Sonnenuntergang nach Hause zu kommen, und ebenso, dass die Kinder sie begrüßten. Normalerweise stürzten sie, noch bevor sie abgestiegen war, wie ein Rudel aufgeregter Unkätzchen aus dem Haus und überfielen sie mit tausend Fragen, Wünschen und »Schau-Mals«. Heute waren sie nicht da – eine Veränderung, die sie aus der Fassung brachte –, und als sie dem Stallburschen die Zügel überließ, fragte sie mit einer Gelassenheit, die sie nicht empfand, wo sie waren.

»Sie sind bei ihrem Vater, Exzellenz.« Als sie abstieg, hielt der Stallbursche das Unpferd fest. »Unten, glaube ich.«

Unten. Als sie durch die abendliche Dunkelheit zum Haupttor der Festung schritt, bemühte sie sich, ihm nicht zu zeigen, dass dieses Wort sie zum Frösteln brachte. Unten ... Da unten, sagte sie sich, gab es nur seine Bibliothek, seine Sammlung irdischer Artefakte und das Arbeitszimmer, in dem er beides studierte. Sonst nichts. Wenn die Kinder bei ihm waren ... war es zwar sonderbar, aber nicht übertrieben. Schließlich würden sie eines Tages das Schloss und seinen gesamten Inhalt erben. Mussten sie da nicht auch mit seinen Funktionen vertraut sein?

Trotzdem musste sie sich schütteln, als sie die kalte, steinerne Festung betrat. Nur das Wissen, dass die Kälte tief in ihrem Inneren, im Zentrum ihrer Angst, verwurzelt war, brachte sie dazu, der wartenden Zofe ihren Umhang und ihren Überrock auszuhändigen.

»Ich habe eine Nachricht«, sagte die alte Frau. Sie reichte ihr einen Umschlag aus dickem Velin, der mit der ordentlichen und eleganten Handschrift des Neografen beschrieben war. »Seine Exzellenz hat gesagt, Sie sollen ihn erhalten, sobald Sie eintreffen.«

Sie nahm den Umschlag mit leicht bebender Hand entgegen und dankte der Bediensteten. *Ich werde ihn nicht hier lesen*, entschied sie. Ganz in der Nähe gab es ein Vorzimmer, in dem sie ungestörter war. Erst als sie den Raum betreten und die schwere Alteichentür fest hinter sich geschlossen hatte, zog sie das gefaltete Blatt aus dem Velin-Umschlag und las die Worte, die ihr Gatte geschrieben hatte.

Bitte komm so schnell wie möglich zu mir, las sie. *Ich bin unten in der Werkstatt*. Mehr als das gedruckte Familienwappen und seine rasch darunter gekrakelten Initialen enthielt das Schreiben nicht, doch als sie den Brief las, wurde ihr klar, dass sich zwischen den Zeilen eine bedeutende Botschaft verbarg und dass ihr die Grundlagen fehlten, um zu erkennen, was es war. Sie musste also ahnungslos zu ihm gehen.

Sie warf einen Blick in den großen Glasspiegel, der den mit einer niedrigen Decke versehenen Raum beherrschte, und fragte sich kurz, ob sie sich umziehen sollte, bevor sie ging. Ihr bis ins letzte Detail im Erweckerstil gestaltetes Gewand hatte im Laufe des Tages eine Menge Staub angesetzt. Seine warme Cremefarbe war am Saum vom roten Lehm der Region moderfleckig. Doch ansonsten war es sauber. Der schwere Überrock, den sie getragen hatte, hatte den weichen wollenen Flor geschützt. Sie zog einige Nadeln aus ihrem Haar und ließ die rotgoldenen Locken über Schulter und Rücken fallen. Er liebte ihr Haar und Gewänder dieser Art. *Und er liebt auch mich,* dachte sie. Er würde niemals zulassen, dass ihr etwas passierte. Sie schüttelte ihre Locken ein wenig auf, damit ihr Haar voller wirkte, und wischte sich mit einem feuchten Tuch den Staub von den Lidern und aus dem Gesicht. Das würde reichen. Es musste reichen, wenn er wollte, dass sie schnell zu ihm kam.

Von mehr als nur geringen Befürchtungen erfüllt ging sie die Wendeltreppe hinab, die zu den unterirdischen Räumen führte.

Die Bibliothek war leer und nur von einer einzelnen Kerze erhellt. *Vor langer Zeit angezündet,* dachte sie, als sie den Stummel bemerkte. Er musste den größten Teil des Tages hier unten verbracht haben. Die vier Wände waren mit Büchern bestückt, der Geschichte der Menschheit, von der Zeit des Ersten Opfers bis zum heutigen Tag – von den Siedlern nach der Landung in kleinen, ängstlichen Buchstaben hingekritzelt, gedruckt mit der dicken Farbe der ersten Schnellpressen

Arnas, oder sorgfältig aus heiligen Schriften kopiert, mit Drucktypen und Kolorierungen, die zu den fast vergessenen Zeitaltern auf der Mutterwelt zurückreichten. Sie erkannte die Ledereinbände der von ihm verfassten zwölfbändigen Abhandlung über die Kriegskunst und weniger formelle Notizbücher über die Beherrschung der Hexerei. Bloß ...

Nenn es nicht Hexerei, hätte er zu ihr gesagt. *Es ist keine Hexerei. Das Fae ist für diese Welt so natürlich wie Wasser und Luft für den Planeten unserer Vorfahren – und erst wenn wir uns von unseren ererbten Vorurteilen befreien, können wir lernen, es zu verstehen und zu beherrschen.*

Neben diesen Büchern: Handbücher der Kirche. *Sie waren der Anlass*, dachte sie. *Sie waren der Anlass für alles – nachdem sie ihn abgewiesen haben. Heuchlerische Lumpen!* Die Hälfte des kirchlichen Fundaments basierte auf seiner Philosophie. Das Genie seines ordnenden Geistes hatte ihren religiösen Träumen Substanz verliehen und eine bloße Glaubenskirche in etwas verwandelt, das möglicherweise ganze Zeitalter überdauern – und beherrschen – würde. In etwas, das das Fae endlich zähmen und dem Planeten, der bisher fast nur Chaos gekannt hatte, Frieden bringen würde. Doch seine Träume und die der Kirche hatten sich grundlegend unterschieden. Erst kürzlich hatte die Kirche knapp davor gestanden, ihn gänzlich zu verdammen. *Nachdem sie ihn dazu missbraucht haben, ihre Kriege zu führen!*, dachte sie zornig. Um die Kirche in sämtlichen von Menschen bewohnten Ländern zu etablieren und ihre Macht auf den Bereich der menschlichen Vorstellungskraft auszudehnen ... Sie war so wütend, dass sie bebte. Die Kirchenfürsten hatten ihn, langsam aber sicher, verändert – jene Leute, die die erste Saat der Finsternis in ihn gelegt und ihm gleichzeitig Titel und Ehrungen verliehen hatten: Reichsritter. Erster des Ordens der Goldenen Flamme. Verkünder des Gesetzes.

Und sie haben ihn als Hexer verdammt, dachte sie verbittert. *Mehr oder weniger der Hölle anbefohlen, weil er gerade die Kraft beherrschen möchte, die uns in all diesen Jahren besiegt hat. Die Kraft, die uns unser Erbe gekostet und unsere Kolonistenvorfahren niedergemetzelt hat ... Ist das eine Sünde, ihr selbstgerechten Schweinehunde? Ist sie es wert, dass ihr euch einen eurer eigenen Verkünder entfremdet?*

Sie atmete durch. Sie musste sich abregen. Sie musste stark genug für sie beide sein. So stark, damit er von seiner Furcht vor der Hölle und noch Schlimmerem abließ, falls sie ihn niedergerungen hatte. Er hätte Jahre weitermachen und die neue Kirchendoktrin verwünschen können, ohne sich ansonsten um sie zu scheren, doch sein Körper hatte eines Abends am Ende des Frühjahrs versagt. Er war hilflos zu Boden gestürzt. Unsichtbare Stahlbänder hatten den Atem aus seinem Leib gepresst. Sein geschädigtes Herz hatte ums Überleben gekämpft. Später hatte er mit gespielter Gelassenheit sagen können: *Dies war der Grund. Hier war die Ursache des Schadens, den ich geerbt habe. Mit eigener Hand kann ich ihn zwar noch nicht reparieren, aber ich werde eine Möglichkeit finden.* Aber sie wusste, dass der Schaden unumkehrbar war. Er hatte im Alter von neunundzwanzig Jahren den Tod gesehen, und dies hatte ihn für immer verändert. Er war so begabt gewesen, doch nun machte der Schatten der Sterblichkeit ihn finster ...

Bevor sie die Tür berühren konnte, ging sie auf. Ihr Gatte stand vor ihr. Das Licht einer hinter ihm stehenden Lampe erhellte ihn. Er trug ein langes Gewand aus mitternachtsblauer Seide, das an beiden Seiten aufgeschlitzt war und graue Beinkleider und weiche Stiefel enthüllte. Sein Gesicht war, wie immer, heiter und schön. Er hatte elegante, fein geschnittene Züge. Bei einem anderen Mann hätte dies vielleicht ungebührend weibisch gewirkt. Sie wusste, dass dies die Schönheit seiner Mutter war. Ihre männliche Manifestation verlieh ihm eine fast surreale Schönheit, die Fähigkeit engelhafter Gemütsruhe, die jedem Sturm trotzte, der vielleicht in einer Seele wütete. Er küsste sie zärtlich, war ganz hingebungsvoller Ehemann, doch spürte sie zwischen sich und ihm eine plötzliche Distanz. Als er Platz machte, damit sie eintreten konnte, blickte sie ihm tief in die Augen und sah mit schlagartiger Deutlichkeit das, was sie am meisten fürchtete. In ihm war nun etwas, das jede Rettung unmöglich machte. Etwas, das nicht mal sie berühren konnte – abgeschottet hinter aus Angst geborenen Verteidigungsanlagen, die eine bloße Frau nicht durchbrechen konnte.

»Die Kinder«, sagte sie leise. Die Kammer war finster und schien irgendwie nach Flüstern zu verlangen. »Wo sind die Kinder?«

»Ich bringe dich hin«, versprach er ihr. In seinen Augen flackerte etwas, das möglicherweise Schmerz war – oder Liebe –, doch dann war es fort, und nur eine distanzierte Kälte blieb zurück. Von einer Schreibtischecke nahm er eine Lampe auf und sagte: »Komm.«

Sie ging mit, durch die Tür, die er am Ende der Kammer öffnete, bis in einen Werkstattraum. Landungsartefakte fingen das Licht seiner Lampe ein, als sie an ihnen vorbeikamen; sie funkelten wie gefangene Sterne in Einmachgläsern. Bruchstücke unbekannter Substanzen, die einst unbekannten Zwecken gedient hatten ... Da war die dünne Silberscheibe, von der die Tradition behauptete, sie sei ein Buch, auch wenn es für ihren Gatten noch ein ungelöstes Rätsel war, wie man es lesen konnte. Fragmente von Behältern, der größte kaum so breit wie ihre Handfläche, von denen man sagte, sie enthielten eine ganze Bibliothek. Ein kleines Metallnetz von der Größe eines Daumennagels, das dem menschlichen Verstand einst als Stellvertreter gedient hatte.

Dann öffnete er eine Tür am anderen Ende der Werkstatt,

und sie spürte, dass ein eiskalter Luftzug auf sie zuwehte. Ihr Blick traf den seinen, stieß aber nur auf Kälte, lichtlose Unwärme. Sie war beängstigend und steril. Dann wusste sie mit schrecklicher Gewissheit, dass eine namenlose, ungreifbare Linie endlich übertreten war; dass er sie aus einem Abgrund anschaute, der so dunkel und desolat war, dass sich der Großteil seiner Menschlichkeit in seinen Tiefen verlor.

»Komm«, sagte er leise. Sie konnte die Kraft des Fae um sich herum spüren, und sein Drängen lockte sie voran. Sie folgte ihm. Durch eine Tür, deren Anblick ihr bisher verborgen geblieben war, denn sie war ihr nie aufgefallen. In eine natürliche Grotte, vom Wasser aus dem Gestein erodiert, der das Fundament des Schlosses bildete und nur eine schmale Brücke aus glitzerndem Fels hinterlassen hatte, um sich über ihre Tiefen zu wölben. Ihr folgten sie, wobei seine gemurmelten Worte ausreichend Fae banden, um ihre Füße bei der Überquerung zu stabilisieren. Unter ihnen – weit unter ihnen, in lichtlosen Tiefen – witterte sie Wasser, und hin und wieder hörte man einen Tropfen von der Decke in den unsichtbaren Teich fallen, der sich tief, tief unter ihnen befand.

Hör auf damit, mein Gatte! Entsage der Finsternis und kehre zu uns zurück – zu deiner Ehefrau, deinen Kindern, deiner Kirche. Nimm deine Träume und das Schwert deines Glaubens wieder auf und kehre ins Licht des Tages zurück ... Doch unter ihnen, wie auch oben, herrschte Echtnacht. Das Dunkel der Unterwelt wich nur murrend vor dem Lampenlicht des Neografen zurück und schloss sich hinter ihnen, sobald sie es passiert hatten.

Die vom Wasser geschaffene Brücke endete auf einem breiten Felssims. Dort trat er beiseite und bedeutete ihr, voranzugehen – durch einen schmalen Bogengang, der kaum breit genug war, sie hindurchzulassen. Zitternd gab sie ihm nach. Was er auch in diesen Tiefen entdeckt hatte, es war hier.

Wartete auf sie. Das Wissen musste vom Fae erzeugt gewesen sein, es war so absolut.

Dann trat er ein, die Lampe an der Hand, und sie sah es.

»O mein Gott! Tory? Alix?«

Sie kauerten an der Wand gegenüber, hinter einer massigen, groben Steinplatte, die das gesamte Innere der kleinen Höhle beherrschte. Beide starrten totenbleich und mit glasigen Augen ins Nichts. Sie ging langsam zu den Kindern hin. Sie wollte es nicht glauben. *Weckt mich auf,* bat sie stumm. *Es soll, bitte, nur ein Traum sein. Es darf nicht wahr sein ...* Ihre Kinder. Tot. *Seine* Kinder. Sie schaute zu ihm auf, in Augen, die so kalt waren, dass sie sich fragte, ob sie je menschlich gewesen waren.

Ihre Stimme wollte nicht kommen, doch schließlich sagte sie leise: »Warum?«

»Ich brauche Zeit«, erwiderte er. In seiner Stimme war Schmerz – tief verwurzelter Schmerz, möglicherweise auch Angst. Aber – und dies fiel ihr auf – kein Zweifel. Und kein Bedauern. Nichts von dem, was ihr früherer Gatte empfunden hätte, würde er in der Haut dieses kalten Fremdlings stecken. »Zeit, Almea. Und es gibt keine andere Möglichkeit, sie zu kriegen.«

»Du hast sie geliebt!«

Er nickte langsam und schloss die Augen. Für einen Moment – einen kurzen Moment – schien der Geist seines früheren Ichs über ihm zu schweben. »Ich habe sie geliebt«, gab er zu, »wie ich dich liebe.« Dann öffnete er die Augen, und der Geist verschwand. Er schaute sie an. »Wäre es nicht so, würde dies nicht wirken.«

Sie hätte am liebsten aufgeschrien, doch kein Laut kam aus ihrer Kehle. *Ein Albtraum,* redete sie sich ein. *Mehr ist es nicht. Wach also jetzt auf. Wach auf! Wach auf ...*

Er verfuhr sanft mit ihr, doch energisch. Er setzte sie auf die grobe Steinplatte. Er ließ ihren Körper langsam auf sie herab, bis er der Länge nach auf der schmirgelnden Oberfläche lag. Vor Schreck gelähmt spürte sie, dass er ihre Glieder festband, bis jede Bewegung unmöglich wurde. Protest stieg in ihr auf – Versprechungen, Argumente der Vernunft, verzweifeltes Bitten –, doch irgendwie versagte ihre Stimme den Dienst. Sie konnte ihn nur von Grauen erfüllt ansehen, als er die Augen schloss, und in absolutem Schweigen zusehen, als er daran arbeitete, das wilde Fae für seine Zwecke zu binden ... Um den Urplan Arnas auszuführen. Ein Opfer darzubringen, um die Naturmächte wohlwollend zu stimmen und auf seine Seite zu ziehen.

Endlich öffnete er die Augen. Sie glitzerten feucht, als er sie anschaute. Sie fragte sich, ob es Tränen waren.

»Ich liebe dich«, sagte er. »Mehr als alles andere, außer dem Leben an sich. Zur richtigen Zeit hätte ich deinetwegen sogar darauf verzichtet. Aber nicht jetzt. Nicht, nachdem man unter mir die Hölle geöffnet und mich mit der gleichen Kraft an sie gebunden hat, die ich sie einzusetzen gelehrt habe ... Zu viele Gebete, Almea! Zu viele Hirne verdammen mein Werk. Dieser Planet ist unstet und reagiert auf Dinge dieser Art. Ich brauche Zeit«, wiederholte er, als erkläre dies alles. Als rechtfertige es den Tod ihrer gemeinsamen Kinder.

Er hob ein langes Messer in ihr Blickfeld, und seine schlanke Hand strich ihr sanft das Haar aus den Augen. »Du gehst in ein weitaus milderes Leben nach dem Tode, als es mir je vergönnt sein wird«, sagte er leise. »Ich entschuldige mich für den Schmerz, den ich anwenden muss, um dich dort hinzuschicken. Doch es ist ein notwendiger Bestandteil des Verfahrens.« Die Hand ließ ihre Stirn los, die funkelnde Klinge befand sich vor ihren Augen.

»Das Opfer ist nicht das deines Leibes«, erklärte er. Seine

Stimme klang in der Finsternis kalt. »Es ist das ... meiner Menschlichkeit.«

Dann sank das Messer tiefer, und ihre Stimme war wieder da. Sie schrie seinen Namen, erhob Einspruch im Namen ihrer Liebe, äußerte hundert demütige Bitten ... doch nun war es zu spät. Es war zu spät gewesen, seit die Echtnacht hereingebrochen war.

Niemand hörte zu.

STADT IM DUNKEL

1

Damien Kilcannon Vryce sah aus, als sei er absolut in der Lage, mit Ärger fertig zu werden, weswegen ihm der Ärger im Allgemeinen aus dem Weg ging. Sein untersetzter Körper bestand aus harten Muskeln, und seine Hände waren voller Schwielen, die davon kündeten, dass er oft und gut kämpfte. Seine Schultern trugen das Gewicht eines großen Schwertes in einem dicken Ledergehänge ohne Anzeichen von Belastung, obwohl die Staubflecken auf seinem Wollhemd und der an seinen Reitstiefeln klebende Schlamm besagten, dass eine lange und beschwerliche Reise hinter ihm lag und er deswegen müde sein musste. Seine Haut hatte sich mit solcher Beständigkeit fortwährend gebräunt, abgeschält und neu gebräunt, dass sie nun wie grobes gelbbraunes Leder wirkte. Seine Hände, die locker die dicken Lederzügel hielten, waren dem trockenen, kalten Wind des Wasserscheidengebirges ausgesetzt gewesen und gerötet. Insgesamt gesehen war er ein Mann, mit dem nicht gut Kirschen essen war ... und da den Dieben und dem anderem Gesindel in den Außenbezirken Jaggonaths weniger provozierende Beute lieber war, passierte er die von Menschen wimmelnden westlichen Bezirke, ohne belästigt zu werden, und drang ins Herz der Stadt vor.

Jaggonath. Er atmete die staubige Luft ein, den Klang ihres Namens, die Tatsache der Existenz dieser Stadt. Er war da. Endlich. Nach so vielen Tagen unterwegs hatte er fast vergessen, dass er überhaupt ein Ziel hatte, dass außer der Reise überhaupt noch andere Dinge existierten ... Doch dann war die Stadt vor ihm aufgetaucht: in den Außenbezirken Holzbauten, dann Ziegelhäuser und die engen, gepflasterten Straßen der Innenstadt, die wie steinernes Getreide aufragte, um den staubigen Sonnenschein zu begrüßen. Der Anblick reichte fast aus, um zu vergessen, was es ihn gekostet hatte, hier anzukommen, oder warum man ihn und keinen anderen ausgewählt hatte, um diese spezielle Überquerung vorzunehmen.

Teufel auch, dachte er, *es war eben keiner so blöd, es zu versuchen*. Er versuchte sich einen Ganji-Ältesten auf der langen Reise aus den Westländern nach Osten vorzustellen – wie er die tückischsten aller Gebirgsketten überquerte; wie er die Albtraumbestien abwehrte, die auf den kalten Gipfeln lebten; wie er dem ungezähmten Fae und allem trotzte, zu dem es sich manifestierte, wenn es den Albträumen der eigenen Seele Substanz verlieh –, doch die mannigfaltigen Bestandteile einer solchen Fantasie wollten sich, wie die Facetten einer schlampig ausgeführten Heilung, nicht zusammenfügen. Ah, der Älteste hätte vielleicht nichts dagegen gehabt, diese Reise zu machen, aber natürlich nur dann, wenn er das Meer als Reiseweg benutzen konnte ... Doch das Meer hatte seine eigenen speziellen Risiken. Damien waren die kleineren Objekttücken lieber, mit denen er sich herumschlagen konnte, als die unabänderliche zerstörerische Kraft der häufigen planetaren Tsunamis.

Er spornte sein Pferd in den Straßen der Stadt nur leicht an, denn er wollte sich nicht überschlagen, sondern sehen, wie das Leben an diesem Ort verlief. Obwohl die Nacht schon hereinbrach, war Jaggonath so von Leben erfüllt wie ein Ganji-Marktplatz zur Mittagszeit. In der Tat, merkwürdige Sitten, grübelte er, für Menschen, die so nahe an einem Brennpunkt des Bösen lebten. Daheim in Ganji schlossen die Geschäftsleute jetzt bestimmt schon die Schlagläden für den Abend und schlugen beim bloßen Gedanken an den *Kern*-Untergang Schutzzeichen. Schon jetzt wartete die Jahreszeit mit Nächten auf, in denen man nicht mehr Licht sah als das eines einzelnen, zu Boden scheinenden Mondes, und die erste Echtnacht stand vor der Tür. Alle Geschöpfe, die in der Finsternis gediehen, waren in dieser Jahreszeit äußerst aktiv, um Blut, Sünde, Samen, Verzweiflung oder jene spezielle Substanz zu suchen, die sie zum Leben brauchten. Deswegen würden sie energisch suchen. Nur Narren gingen in dieser Zeit unbewaffnet in die Nacht hinaus – oder vielleicht, fiel Damien ein, jemand, der so nahe am Herzen der Dunkelheit lebte, dass er ihr fortwährend ausgesetzt war und all seine Sinne für Gefahr abgestumpft waren.

Oder lag es daran, dass man in der Masse einfach sicherer war? Dass in einer Stadt dieser Größe, egal wie viele die Nacht verschlang, die Chancen sehr gut standen, dass es immer nur die anderen traf?

Dann fing etwas seinen Blick ein. Damien zog die Zügel an, und sein dreizehiges Reittier schnaubte besorgt. Er lachte leise und tätschelte ihm den Hals. »Hier ist es nicht gefährlich, alter Freund.« Dann dachte er noch einmal nach und fügte hinzu: »Jedenfalls jetzt noch nicht.«

Er saß ab und führte das gesprenkelte Geschöpf über die Straße an den Ort, den er erspäht hatte. Es war ein kleiner Laden mit einem Wächter-Baldachin, der den davor befindlichen Gehsteig schützte, und einer Markise, die das ersterbende Sonnenlicht wie Feuertropfen einfing. *Fae-Lädchen*, stand in strahlend goldenen Buchstaben darauf. *Örtliche Sagenmeisterei. Rund um die Uhr geöffnet.*

Damien warf einen Blick hinter sich auf die schrittweise dunkler werdende Straße. Die Nacht brach energisch herein, und nur Gott wusste, was dies zu bedeuten hatte. Es war wahrscheinlich am besten, wenn er sich einen Gasthof suchte, sein Zeug und sein Reittier bewacht unterstellte und sein Gepäck mit einem Wächter versah ... Aber wann hatte er je das Beste getan, wenn die Neugier ihn antrieb? Er nahm sich die Zeit, seinen wertvollsten Beutel vom Rücken des Pferdes zu nehmen – es war eigentlich der einzige von Wert –, dann schloss er die Führungskette des Tiers an einen Holm und ging hinein.

In eine andere Welt. Das sterbende Sonnenlicht ging in Orange und Bernstein über, das flackernde Licht getönter Lampen. In warmen Farben gestrichenes Holz trug zum Gefühl der Harmonie bei, vielleicht sogar unterstützt von ein, zwei Wächtern. Er spürte, dass seine reisemüden Muskeln sich beim Eintreten entspannten, doch die Manipulation, die sie dazu veranlasste, war zu fein, um sie zu definieren.

Dinge umgaben ihn. Wundersame Gegenstände, die sich in keiner Weise glichen. Sie füllten bis zum Überfluss zahllose Regale, Schaukästen und Gestelle, die das Ladeninnere säumten. Einige dieser Gegenstände waren ihm rein äußerlich vertraut, wenn nicht gar in allen Einzelheiten. Zum Beispiel die Waffen: Sein geübter Blick schaute sich von den Klingen bis zu den Pistolen alles an, aber auch einfache Schwerter, die ihm persönlich besonders gefielen, und komplizierte Wunderdinge, die in abgemessenen Dosen Schießpulver brauchten – und ebenso oft falsch überladen wurden. Haushaltswaren jeder erdenklichen Art. Bücher, Lesezeichen, Buchstützen, Bleistifte und Papier. Und einige Gegenstände, die eindeutig manipuliert waren: Talismane mit eingeätzten antiken Erdsymbolen, kompliziert verknotete Wächter, Kräuter, Gewürze, Duftstoffe, Öle und alle notwendigen Gegenstände, um ihre Wirkung zu erhöhen.

Ein bizarr bemusterter Geschenkladen oder ein normales Lebensmittelgeschäft? Er las einige Etiketten und schüttelte erstaunt den Kopf. War es möglich – wirklich möglich –, dass sämtliche ihn umgebende Waren manipuliert waren? *Alle?* Was für eine fantastische Vorstellung.

In der Mitte des Raumes trennten eine mit mehreren Dutzend Büchern bestückte Glastheke und ein Mann, der sie sorgfältig prüfte, den Laden von einem Bereich, der eindeutig als Verweisbibliothek diente. Der Mann war auf eine Weise blass, wie es bei Menschen im Westen nur selten vorkam, doch Damien empfand an der Farbe nichts Verkehrtes. Obwohl sie stark mit seinem schwarzen Haar und seinen dunklen Augen kontrastierte, bedeutete sie wahrscheinlich nichts Bösartigeres, als dass er dauernd Spätschicht hatte. In einer Stadt, die die ganze Nacht aktiv war, war alles möglich.

Als der Mann den Besucher bemerkte, hob er das Metallgestell seiner Brille hoch. Dann nahm er die Brille ab. Damien gewahrte in der Mitte der kreisrunden, klaren Gläser das Aufblitzen fein geätzter Sigils. »Willkommen«, sagte der Mann freundlich. »Kann ich Ihnen mit irgendwas helfen?«

Die Theke wimmelte von weiteren wunderlichen Gegenständen: taftgesteppte Herzen und kleine Kattunbeutel mit Rosettenschleifen; Wächter, so aufgemacht, dass sie wie massive Schlösser und Kelche wirkten. In sie waren sexuell zweideutige Motive eingraviert. Alle etikettiert. Und wenn die Etiketten die Wahrheit sagten ...

»Manipulieren sie wirklich?«, fragte Damien.

Der blasse Mann nickte freundlich, als höre er die Frage jeden Tag. »Lady Ciani ist beglaubigte Adeptin. Jeder Gegenstand in diesem Laden wurde für einen bestimmten Zweck ans Fae gebunden. In den meisten Fällen wird Erfolg garantiert. Kann ich Ihnen irgendetwas Bestimmtes zeigen?«

Damien wollte gerade antworten, als im Hintergrund des Ladens eine von einem Bücherberg (oder vielleicht einer Manipulation?) bestens getarnte Tür aufging und eine Frau eintrat. Ihre hellen Augen wirkten überglücklich. »Ich habe es gefunden!«, verkündete sie.

Ihr Mitarbeiter seufzte melodramatisch und klappte den dicken Wälzer zu, der vor ihm lag. »Den Göttern sei Dank. Endlich.«

»Hätte ich die blöde Verdunkelung nicht draufmanipuliert ...« Als sie Damien sah, hielt sie inne. Ein Lächeln erhellte ihr Gesicht. »Hallo. Verzeihung. Ich wusste nicht, dass wir Gesellschaft haben.«

Es war Damien unmöglich, ihr ansteckendes Lächeln nicht zu erwidern. »Lady Ciani, nehme ich an?«

»Ciani aus Faraday.« Sie trat vor und hielt ihm die Hand hin, die er mit großer Freude ergriff. Schwarzes Haar und glatte braune Haut bildeten den Hintergrund für große, ausdrucksvolle Augen und Lippen und ein breites, freudiges Grinsen, das offenbar natürlich war. Feine Fältchen säumten ihre Augenwinkel und deuteten ihr Alter an, doch die Eigenschaft ihrer Haut und die Festigkeit ihrer Gestalt erzählten eine andere Geschichte. Es war unmöglich, ihr wahres Alter oder ihre Abstammung einzuschätzen, was vielleicht Absicht war. Wie dem auch sei, Damien spürte, dass sie ihn mehr als nur beiläufig anzog.

Sei ehrlich, Damien. Fae-kluge Dinge haben dich schon immer angezogen, und sie ist eine echte Adeptin. Ist es da nicht egal, wie sie aussieht?

»Freut mich«, sagte er begeistert. »Damien Kilcannon Vryce, frisch aus Ganji-auf-den-Klippen, stets zu Diensten.« Ihre Augen warfen erheiterte Fältchen, was andeutete, dass sie wusste, wie viele Titel er wegließ. Sie musste, sobald sie ihn erblickt hatte, eine Wahrnehmung auf ihn manipuliert haben. Dass es ihm nicht aufgefallen war, sagte eine Menge über ihre Fähigkeiten aus.

Doch das gebietet die Logik. Als Adeptin ist sie nicht nur mächtiger als die meisten, sie ist auch auf eine Weise ins Fae vertieft, wie kein anderer es sein kann. Dann fiel ihm ein, wo er war, und er dachte verblüfft: *Was muss es für sie bedeuten, über ein solches Bewusstsein zu verfügen und im Schatten einer so großen Finsternis zu leben ...*

»Die örtliche Sagenmeisterin sind Sie auch?«

Sie nickte. »Ich habe die Ehre.«

»Bedeutet das ... Sie sind Archivarin?«

»Es bedeutet, dass ich forsche, sammle, wahrnehme und Informationen verbreite. Dinge, für die unsere Ahnen, vor dem Großen Opfer, angeblich Maschinen einsetzten. Natürlich für eine bescheidene Beratungsgebühr.«

»Natürlich.«

»Es bedeutet außerdem, dass ich eine absolut neutrale Haltung einnehme – je nach Verwendungszweck der entsprechenden Daten.« Ihre Augen glitzerten schalkhaft, dann fügte sie hinzu: »Diskretion zugesichert.«

»Das ist notwendig, nehme ich an.«

»O ja. Wir haben es auf die harte Tour gelernt. Zu viele so genannte Datenfürsten wurden in der alten Zeit von Hexern getötet, die sich für die eine oder andere Indiskretion rächen wollten. Wir haben gelernt, dass es besser ist, keine Partei zu ergreifen. Und die Bevölkerung hat gelernt, unsere Neutralität zu respektieren, um von unserer ständigen Anwesenheit zu profitieren. Kann ich Ihnen irgendetwas vorführen? Oder können wir Ihnen einen Dienst erweisen?«

Damien fragte sich, wie tief ihre Wahrnehmung in seinem Inneren gesucht hatte. Er musterte sie eingehend und sagte: »Ich brauche eine örtliche Fae-Landkarte. Führen Sie dergleichen?«

Ihre Augen funkelten amüsiert und reflektierten die Bernsteinfarbe des Lampenlichts. »Ich glaube schon«, erwiderte sie einfach. Noch hatte sie den Köder nicht geschluckt. »Eine aktuelle oder eine historische?«

»Eine aktuelle.«

»Die haben wir ganz bestimmt.« Sie trat zurück, um eins der mit Büchern gefüllten Regale zu durchsuchen. Ein paar Minuten später griff sie zu und brachte einen dicken Velin-Bogen ans Licht. Sie breitete ihn vor Damien auf der Theke aus und beschwerte die Ecken mit mehreren nicht etikettierten Gegenständen, die überall herumlagen, damit er ihn studieren konnte.

Damien stieß einen leisen Pfiff aus. Fae-Strömungen flossen in einem halben Dutzend Richtungen durch die Stadt, jede sorgfältig in ihrem Verlauf und zu den Gezeitendiskrepanzen beschriftet. Nördlich der Stadt, hinter den geschützten Häfen von Kale und Seth und über den gewundenen Meerengen, die zwei Kontinente trennten, wirbelte eine Spirale wilder Strömungen einem Brennpunkt entgegen, der so dick mit Anmerkungen und Abmessungen versehen war, dass man seine Position kaum ausmachen konnte. *Der Wald?*, fragte er sich, als er den Namen der Region innerhalb der zahllosen Anmerkungen suchte. Ja, der Wald. Und – Klatsch! – mittendrin befand sich das ungezähmteste Fae auf jedem menschlichen Kontinent, und das bei weitem gefährlichste. Und wie nahe!

»Reicht Ihnen das?«, fragte sie. Ihr Tonfall besagte eindeutig, dass sie wusste, dass Fae-Karten in seiner Heimat nicht viel mehr waren als bloße Landkarten, auf denen man nur ein paar Landstraßen erblickte. So etwas hatte er noch nie gesehen. Er hatte es sich nicht mal vorgestellt.

»Was kostet sie?«

»Fünfzig Örtliche – oder ihren westliche Gegenwert.« Dann fügte sie hinzu: »Oder Tauschware.«

Damien schaute sie verdutzt an.

»Wir haben nur wenige Besucher aus Ihrer Region, und es kommen noch weniger zu uns, die es schaffen, das Wasserscheidengebirge zu überqueren. Die Neuigkeiten und Erfahrungen, die Sie mitbringen, sind mir eine ganze Menge wert – beruflich natürlich, meine ich. Eventuell wäre ich bereit, das, was Sie brauchen, gegen Ihr Wissen einzutauschen.«

»Beim Abendessen?«, fragte Damien flink.

Sie musterte ihn von den schmutzbespritzten Stiefeln bis zum groben Wollhemd. Er glaubte, das Fae warm über sich wachsen zu spüren, und er begriff, dass sie ihn ebenso gut wahrnahm.

»Müssen Sie jetzt nicht irgendwohin?«, fragte sie erheitert.

Damien zuckte die Achseln. »In einer Woche. Niemand weiß, dass ich so früh angekommen bin – und man wird es erst erfahren, wenn ich es erzähle. Momentan«, versicherte er ihr, »wartet niemand auf mich.«

Sie dachte darüber nach und nickte kurz. Dann wandte sie sich dem Mann zu, der neben ihr stand und schon darauf wartete, etwas zu sagen zu können.

»Geh schon, Ci.« Auch er lächelte. »Ich halte den Laden bis Mitternacht auf. Sei aber wieder hier, bevor ...« Er hielt mitten im Satz inne und maß Damien mit einem unbehaglichen Blick. »Bevor *sie* kommen. In Ordnung?«

Sie nickte. »Natürlich.« Sie zog zwei Gegenstände unter einem Papierstapel hervor – einen Wächter auf einem Zügel und ein kleines, in Leinen gebundenes Notizbuch – und reichte sie dem Mann mit der Erklärung: »Wenn Dez reinkommt, gib ihm diese Schaubilder. Er wollte zwar mehr haben, aber wenn ich mit den *Kern*-Sternen arbeite, kann ich nicht mehr machen. Falls er sonst noch was will, versuch ihn zu überzeugen, dass er dem Erd-Fae vertraut. Damit kann ich eine detailliertere Weissagung vornehmen.«

»Mach ich.«

»Chelli verlangt ständig nach einem Zauber für ihren

Sohn, der ihn gegen die Gefahren der Echtnacht beschützt. Ich habe ihr gesagt, dass ich es nicht machen kann. Niemand kann es. Sie ist am besten dran, wenn sie ihn im Haus behält ... Vielleicht kommt sie noch mal rein und fragt danach.«

»Ich werd's ihr sagen.«

»Ich glaube, das ist alles.« Sie nahm eine Jacke von dem Kleiderständer neben der Tür, und als sie sie anzog, schenkte sie Damien ein Lächeln. »Auf Ihren Deckel?«

»Ist mir eine Ehre«, erwiderte er.

»Dann gehen wir in die *Neue Sonne*. Es wird Ihnen gefallen.« Sie schaute noch mal zu ihrem Assistenten zurück. »Du weißt, wo ich bin, Senzei. Wenn du mich brauchst, schick jemanden rüber.«

Senzei nickte.

Damien hielt ihr seinen Arm hin. Sie schaute ihn kurz an – die Sitte amüsierte sie eindeutig –, dann hakte sie sich ein. »Da können Sie auch Ihr Pferd unterstellen«, sagte sie. »Ich glaube, Sie werden die Gegend als ... interessant empfinden.«

Interessant war untertrieben.

Der Gasthof *Zur Neuen Sonne* gehörte zu mehreren Gebäuden, die an den Hauptplatz Jaggonaths grenzten, und war als Immobilie ein Filetstück, das man sich nicht besser wünschen konnte. Der vordere Raum des Restaurants schaute auf mehrere gepflegte Hektar Gras und Bäume hinaus, die hübsch gepflegte Spazierwege in geometrische Abschnitte zerteilten. Die zahlreichen Pagoden und Veranstaltungsbühnen brachten Damien zu der Ansicht, dass um den Platz herum viele unterschiedliche Aktivitäten stattfanden, die möglicherweise die ganzen Warmwettermonate dauerten. Es war in der Tat ein Stadtzentrum, und nicht nur geografisch. Und auf der Seite gegenüber leuchtete silbern im Mondenschein ...

Eine Kathedrale. *Die* Kathedrale. Sie war nicht von Trabantengebäuden ihrer Glaubensrichtung umgeben wie die Große Kathedrale in Ganji, sondern Bestandteil und Parzelle des wimmelnden Stadtlebens. Damien setzte sich an einen Platz, an dem er, von Bäumen unbehindert, eine deutliche Aussicht hatte, und atmete bewundernd aus. Wenn das Gerücht stimmte, war dies die älteste noch vorhandene Kirche auf dem Ostkontinent. Man hatte sie auf dem Höhepunkt der Erweckungsbewegung erbaut, sie war ein Monument der gewaltigen dramatischen Leistungsfähigkeit des neogotischen Stils. Bogengänge und Strebepfeiler ragten hoch zum Himmel auf, strahlend weißer Marmor reflektierte den Mondschein und das Lampenlicht mit urtümlicher Vollkommenheit. Das sich vom dunklen Abendhimmel abhebende Gebäude strahlte wie von Fae erleuchtet und zog Gläubige an wie eine Flamme die Motten. Auf den breiten Treppenstufen gaben sich Dutzende – nein, *Hunderte* – von Gläubigen ein Stelldichein. Ihr Glaube zähmte das wilde Fae, das um ihre Füße floss, und schickte es wieder hinaus, schwer beladen mit Ruhe, Gelassenheit und Hoffnung. Damien musterte es ehrfürchtig und verblüfft und dachte: *Hier, an diesem wilden Ort, ist der Traum lebendig. Ein Kern der Ordnung ermöglicht die Zivilisation. Hätte man es doch nur in größerem Ausmaß bewerkstelligen können ...*

Als sie leicht seinen Ärmel berührte, fiel ihm ein, wo er sich befand und mit wem er zusammen war. Er nickte.

Später.

Sie bestellte das Essen für beide. Einheimische Leckereien, sagte sie. Damien nahm sich vor, nicht danach zu fragen, wie die Leckereien ausgesehen hatten, als sie noch gelebt hatten. Doch trotz seiner Befürchtungen mundeten sie sehr gut, und das dickflüssige, süße Bier, eine Spezialität Jaggonaths, war nach monatelangen Trockenrationen und Wasser eine willkommene Abwechslung.

Sie unterhielten sich. Als Bezahlung für die Landkarte erzählte er ihr Geschichten. Er schmückte wirklich erlebte Abenteuer aus, bis ihr sanftes Lächeln ihn warnte, dass er sich an der Grenze der Unehrlichkeit befand. Außerdem versorgte er sie, nun nüchterner, mit echten Neuigkeiten. Fünf Schiffe waren auf den Klippen Ganjis havariert; ein Diplomat aus den Feuchtgebieten hatte bei der Tragödie sein Leben gelassen. Er berichtete von Sommerstürmen, die aus der Wüste kamen, als wollten die Sandgebiete persönlich neue Territorien beanspruchen. Tsunamis. Erdbeben. Politik. Sie war an allem interessiert, so trivial es ihm auch erscheinen mochte, und sie gab ihm erst Rückinformationen, wenn er zu ihrer Zufriedenheit geendet hatte.

Als der Nachtisch kam, war die Nacht nicht dunkler als die meisten Nächte. Die Sonne und der *Kern* waren völlig verschwunden, ein Mond würde ihnen bald folgen, am Horizont trieben sich nur noch ein paar kaum sichtbare Sterne herum.

»So«, sagte sie freundlich, als sie schwarzen Zucker – auch dies eine Spezialität Jaggonaths – in ein dickes, schaumiges Getränk löffelte. »Sind Sie jetzt dran? Nach welchem Wissen verlangt es Sie am meisten?«

Damien zog ein halbes Dutzend witzige Antworten in Erwägung, die er einer anderen Frau vielleicht gegeben hätte, doch dann überlegte er es sich noch mal und verwarf sie. Ein offenes Angebot, ihn auf den neuesten Stand zu bringen, war zu wertvoll, um es sich durch Schlagfertigkeit zu verscherzen.

»Der Wald oder die Rakh«, erwiderte er nach kurzem Nachdenken. »Treffen Sie eine Wahl.«

Einen – sehr kurzen – Moment lang sah er einen dunklen Schatten, der über ihre Züge huschte. Zorn? Furcht? Eine böse Vorahnung? Doch ihre Stimme war, wie zuvor, gelassen, als sie sich zurücklehnte und fragte: »Sie sind ganz schön ehrgeizig, was?«

»Dort, wo ich herkomme, sind diese Dinge nur Legenden. Und wenn man es genau nimmt, finstere noch dazu.«

»Aber Sie sind neugierig.«

»Wer wäre es nicht?«

»Was den Wald betrifft? Wenn schon der bloße Gedanke daran dem dunklen Fae ein Tor öffnet, durch das es sich bewegen kann? Die meisten Menschen gehen diesem Risiko lieber aus dem Weg.«

Der Wald. Die Auswahl dieses Themas bedeutete, dass das andere brennendes Unbehagen in ihr erzeugt hatte. Damien legte diese Erkenntnis mit dem Plan ab, es später zur Sprache zu bringen, und beugte sich dem Thema, das ihr lieber war. In allen antiken Texten hieß der Wald der *Verbotene* Wald. Was wusste man über ihn – und zwar hier? Er war ein Brennpunkt des wildesten Fae, das man in einem früheren, weniger kultivierten Zeitalter *bösartig* genannt hatte. Inzwischen wusste man mehr. Man verstand nun, dass die Kräfte, die über die Oberfläche dieses Planeten fegten, an sich weder gut noch böse waren, sondern einfach *entgegenkommend*. Sie reagierten auf Hoffnungen und Befürchtungen, Wächter, Zaubersprüche und sämtliche Manipulationsverfahren, auf Träume, Nachtmahre und unterdrücktes Verlangen. Wenn man es zähmte, war es nützlich. Wenn es auf die finsteren Triebe des Menschen reagierte, auf Verlangen und Zwänge, die er im Licht des Tages unterdrückte, konnte es tödlich sein. Der schreckliche Tod der ersten wenigen Kolonisten nach der Landung gab Zeugnis davon ab. Und ebenso die Ungeheuer, die Damien im Wasserscheidengebirge bekämpft hatte: Scherben der finstersten menschlichen Fantasien, zu neuem Leben in festen Körpern erwacht, die den Unvorsichtigen in der eisigen Wildnis Fallen stellten.

Auch der Wald legte Zeugnis ab.

»Reine Konzentration macht das Fae dort zu stark, um es zu zähmen«, erläuterte sie. »Erscheinungsreaktionen erfolgen fast augenblicklich. Oder einfacher ausgedrückt: Die bloße Sorge um eine Sache reicht aus, sie geschehen zu lassen. Jeder, der es gewagt hat, diese Finsternis zu durchschreiten, hat – ungeachtet seiner Absichten – irgendeinen finsteren Abdruck hinterlassen. Jeder Todesfall, zu dem es unter diesen Bäumen gekommen ist, hat das Fae zu mehr und größerer Gewalttätigkeit gebunden. Die Kirche hat einst versucht, es durch gewaltige Glaubensanstrengungen zu beherrschen – Sie wissen bestimmt, dass dies der Letzte Große Krieg war –, aber der Wald reagierte nur mit der Rückgabe ihrer Nachtmahre, angereichert mit einem finsteren religiösen Glanz. Eine solche Kraft bevorzugt die gehüteten Geheimnisse des Unbewussten, nicht die Präferenzen unseres bewussten Willens.«

»Wie kann der Mensch dann in seiner Nähe gedeihen? Wie kann Jaggonath ... und ebenso Kale, Seth und Gehann ... Wie können diese Städte dann existieren, geschweige denn funktionieren?«

»Werfen Sie noch mal einen Blick auf Ihre Karte. Der Wald liegt im Zentrum eines Strudels, eines Brennpunkts dunklen Faes, das – gleich zu gleich – sämtliche böswilligen Manifestationen in seinen Mittelpunkt zieht. Die meisten Dinge, die in ihn hineingehen, kommen nie wieder heraus. Wäre es anders, könnten wir niemals hier, so nahe an seinem Einfluss, leben.«

»Sie haben gesagt, die *meisten* Dinge verlassen ihn nie wieder.«

Sie nickte, und ihr Ausdruck verfinsterte sich. »Es gibt ein Geschöpf, das im Inneren des Waldes lebt – möglicherweise ein Dämon, vielleicht auch ein Mensch –, der dem dortigen wilden Fae eine Art Ordnung aufgezwungen hat. Der Sage zufolge sitzt er wie eine Riesenspinne in einem Netz, im Zentrum des Strudels, und wartet auf Opfer, die sich in seiner Macht verfangen. Seine Jünger können den Wald verlassen, was sie auch tun, da sie ständig Opfer suchen, um ihn zu nähren.«

»Sie meinen den Jäger.«

»Sie kennen seinen Namen?«

»Seit ich in den Osten gekommen bin, habe ich ihn oft gehört. Doch nie mit einer Erklärung.«

»Aus gutem Grund«, versicherte sie ihm. »Die bloße Erwähnung seines Namens öffnet eine Verbindung durch das Fae ... Die Menschen haben Angst vor solchen Kontakten. Es geht um mehr als nur den Jäger. Er ist zum Buhmann unserer Region geworden, zu einem Lebewesen, das in finsteren Ecken und Schränken lauert, dessen Namen man ausspricht, um Kinder zu ängstigen, damit sie gehorsam sind. Die Ostler erzieht man dazu, den Jäger mehr zu fürchten als jede andere irdische Macht, sogar mehr als den Leibhaftigen persönlich. Verstehen Sie mich aber nicht falsch – er ist, und das stimmt wirklich, sowohl mächtig als auch böse. Seine Jünger jagen im Dunkel der östlichen Städte nach passender Beute, um sie in den Wald zu bringen und ihn zu nähren. Es sind immer Frauen, meist jung und immer anziehend. Man sagt, er jagt sie dort wie wilde Tiere, im Herzen des Landes, das auf jede seiner Launen reagiert. Nur wenige überleben – oder dürfen überleben, welch finsteren Zweck auch immer er damit verfolgt. Sie sind alle verrückt. Die meisten wären tot besser dran. Normalerweise bringen sie sich kurz darauf um.«

»Erzählen Sie weiter«, sagte Damien leise.

»Man sagt, seine Diener könnten, wenn die Sonne fort ist, unter den Menschen wandeln. Deswegen sieht man nach

Einbruch der Dunkelheit auch nur selten Frauen allein auf der Straße. Sie gehen nur unter Bewachung oder in Gruppen.«

»Sie nennen ihn *er*«, sagte Damien. »Sie halten ihn also für einen Mann.«

»Ich schon. Andere nicht.«

»Ist er ein Adept?«

»Das müsste er doch sein, oder nicht?«

»Der vom Wald beherrscht wird.«

Sie musterte ihn, als müsse sie ihre Worte mit Bedacht wählen. »Vielleicht«, sagte sie schließlich. Schaute ihn erneut an. »Ich glaube nicht.«

Oder er beherrscht den Wald. Die Vorstellung ließ Damien fast taumeln. Man hatte die gesamte Macht der Kirche in einem Krieg, der alle Kriege beenden sollte, gegen das unermesslich Böse in die Waagschale geworfen ... Vergeblich. War es möglich, dass ein einzelner Mensch einen solchen Ort beherrschen konnte, wenn Tausende bei dem vergeblichen Versuch, dies zu erreichen, ihr Leben verloren hatten?

Damien stellte urplötzlich fest, dass sie nach der Rechnung verlangt hatte und ihre Jacke anzog. Waren sie denn schon so lange hier?

»Es ist schon spät«, sagte sie entschuldigend. »Ich muss zurück.«

»Um sich mit *ihnen* zu treffen?« Er bemühte sich, einen leichten Tonfall beizubehalten, doch er enthielt eine Spitze, die er nicht verbergen konnte.

Die Rechnung wurde zwischen ihnen abgelegt. Er schaute sie an.

»Es gibt neunundsechzig heidnische Kirchen in der Stadt«, sagte sie warnend. »Neunzehn Adepten und fast tausend weitere, die sich *Hexer* oder etwas Ähnliches nennen. Keiner von denen würde Ihnen gefallen. Sie würden nicht mal gutheißen, was sie treiben. Fragen Sie also lieber nicht.«

»Davon weiß ich nichts. Die hier gefällt mir besser.«

Sie schaute ihn eindeutig nachdenklich an und schüttelte schließlich den Kopf. »Wenn man Ihren Beruf bedenkt, sind Sie nicht mal halb so schlechte Gesellschaft. Sie sind besser, als ich vermutet habe.«

Damien grinste. »Ich bemühe mich.«

»Sind Sie noch etwas länger in der Stadt?«

»Falls man mich hier toleriert ...«

Sie fragte nicht, wen er damit meinte, was die Tatsache bestätigte, dass sie es längst wusste. Ihre Wahrnehmung war in der Tat gründlich – und an einem Ort wie diesem keine große Überraschung.

Er schaute auf den nächtlichen Platz hinaus und dachte an die Dinge, die sich vielleicht in einer Dunkelheit dieser Art versteckten.

»Kommen Sie«, sagte er und verstreute Münzen aus dem Osten auf dem Tisch, »ich bringe Sie zurück.«

Wenn die Kathedrale schon aus der Ferne prächtig gewirkt hatte, so war sie aus der Nähe noch beeindruckender. Größere Bogengänge ragten über kleineren auf; der zwischen ihnen befindliche Raum war von einem üppigen Sortiment stilisierter Schnitzereien gefüllt. Ornamentschicht auf Ornamentschicht bedeckte das riesige Gebäude, als hätte sein Konstrukteur an einer Phobie vor schmucklosen Räumen gelitten; doch wenn das Ganze nach modernem Standard überladen wirkte, war auch dies ein Bestandteil seines Stils. Die Strenge der Erwecker-Architektur lag in ihrer Eigenschaft, den Betrachter zu überwältigen.

Damien stand am Fuß der gewaltigen Eingangstreppe und gestattete es sich, sich allem zu öffnen, was seine Präsenz beinhaltete: dem Glauben Tausender, die sich zusammengetan hatten, einem Gesetz dienten; dem Überbleibsel eines großartigen Traums, der in einem schrecklichen Krieg zwar Schaden genommen hatte, aber nicht vernichtet worden war; in einem Krieg, der die Kirche des Menschen zersplittert und selbigen der Gnade dessen überlassen hatte, was dieser eigenartige Planet Natur nannte; der Hoffnung, dass der Glaube das Fae eines Tages besiegen und man den gesamten Planeten Arna endlich gefahrlos kolonisieren konnte.

All dies drang auf ihn ein und verband sich mit seiner Körperwärme: die in seinen Adern kursierende Hitze kalorienreichen Biers, der Triumph über seine Ankunft, die Heiterkeit sexueller Diplomatie.

Wenn ich nicht so verstaubt wäre, hatte er zu ihr gesagt, als sie schließlich vor dem Laden gestanden hatten, *würde ich vielleicht einen Versuch machen, Sie zu verführen.*

Wenn Sie nicht so verstaubt wären, hatte sie lächelnd geantwortet, *hätten Sie vielleicht sogar Erfolg damit.*

Seiner Meinung nach war ihre Antwort ein gutes Omen für die Zukunft.

Die letzten Kongreganten des Abends kamen rechts und links von ihm hinunter und teilten sich auf den Elfenbeinstufen wie eine Woge. Damien bemerkte, dass keine Frau allein ging. Sie blieben entweder in kleinen Gruppen zusammen oder wurden von Männern bewacht. Selbst hier, auf den Eingangsstufen Gottes, war der Schatten des Jägers spürbar.

Dann schüttelten die letzten Befürworter dem Priester die Hand und gingen hinab. Die großen, verzierten Torhälften schwangen zu und schlossen die Nacht aus.

Damien musterte sie eine Weile und bewunderte die komplizierten Schnitzereien, dann ging er die Treppe hinauf und klopfte an.

Im Tor wurde eine Tür geöffnet, und ein Mann in einer Robe und mit einer kleinen Lampe lugte hinaus. Vor dem Hintergrund der leuchtend weißen Stufen wusste Damien, dass er im Anschluss an so viele gut gekleidete Herrschaften ziemlich schmuddelig wirken musste.

»Nun?«, fragte der Mann in einem Tonfall, der eindeutig besagte, dass man hier während der Nacht schloss. Er warf einen argwöhnischen Blick auf Damiens Schwert.

»Ist das Gebäude geöffnet?«

Der Mann trat mit einem wütenden Seufzer beiseite und erlaubte Damien den Eintritt. Ja, technisch betrachtet, war das Gebäude nicht geschlossen, so dass jeder es betreten konnte, um zu beten. Dies war sowohl im Osten als auch im Westen kirchlicher Brauch, und wenn es irgendeinem ungehobelten Krieger um diese Zeit danach verlangte, hatte der Mann kein Recht, ihm die Tür zu weisen. Damien hatte dies gewusst. Doch als er sich unter den Sturz der niedrigen, schmalen Tür duckte und ins Foyer der Kathedrale trat, sank die Hand des Mannes wie eine Warnung auf seine Schulter herab.

»Keine Waffen«, belehrte er ihn kühl.

Damien war eher erstaunt als verärgert. Der Griff des Schwertes war an seiner Schulter deutlich zu sehen, und sein goldener, manipulierter Knauf und die Querstange mit dem Flammenmotiv hätten dem Mann sagen müssen, dass besseres Benehmen angebracht war. War es schon so lange her, seit ein Mitglied seines Ordens hier gewesen war, dass diese Leute nichts über ihre Bräuche wussten?

»Ist Seine Heiligkeit zu sprechen?«, fragte Damien.

Der Mann schaute ihn an, als hätte er in seiner Gegenwart einen Fluch ausgestoßen, und wischte über seinen Ärmel, als hätte Damiens bloße Anwesenheit ihn noch schmutziger gemacht. »Der Heilige Vater ist beschäftigt«, sagte er barsch. »Kommen Sie morgen zurück, während der regulären Geschäftsstunden, dann können Sie eine Audienz beantragen.«

»Sagen Sie ihm, Damien Kilcannon Vryce ist hier«, erwiderte er. »Ich glaube, er möchte mich sprechen.«

Der Mann musterte ihn einen langen, feindseligen Moment. Dann entschied er sich endlich, dass er sich dieses unerfreulichen Gastes schneller entledigen konnte, wenn er ihm Nachsicht erwies, statt zu versuchen, ihn hinauszuwerfen. Er winkte einen Messdiener heran – einen jungen Burschen mit klarem Blick und eifrigem Lächeln – und sagte schroff zu ihm: »Sag Seiner Heiligkeit – falls er dich überhaupt empfängt, was ich bezweifle –, Damien Kilcannon Vryce verlange *auf der Stelle* eine Audienz.«

Der Junge lief los. Er freute sich, etwas zu tun zu haben. Damien nutzte die Zeit, um durch das Foyer zu schreiten und einen Blick durch die schweren Alteichentürflügel ins Heiligtum zu werfen. Er erspähte mit Samt gepolsterte Kirchenbänke, einen goldgepunzten Altar und ein juwelenverziertes Wandgemälde des Verkünders, der das Böse an die Dunkelheit fesselte – eine der wenigen Darstellungen, die die Kirche gestattete.

Hübsch, dachte er. *Sehr hübsch.*

»Pater?«

Der Junge war zurückgekehrt. Er schaute Damien mit großen Augen und voller Ehrfurcht an, und der Mann in der Robe meinte deutlich leidend: »Tut mir Leid, Pater. Wir wussten nicht, wer Sie sind. Natürlich wird Seine Heiligkeit Sie empfangen.«

Der Junge machte Anstalten, ihm den Weg zu zeigen, doch Damien sagte sanft: »Nein, ich kenne den Weg. Danke, mein Sohn.«

Er spürte, dass der Junge ihn angaffte, als er über den gefliesten Boden zu einer Flügeltür schritt, hinter der sich ein Treppenhaus befinden musste. Wie viel hatte man ihm erzählt? Damien versuchte, nach Geflüster zu lauschen oder nach etwas, das hinter ihm Bewegung andeutete, doch erst als er an der Treppe war und die Tür sich hinter ihm schloss, hörte er, dass der Knabe das enthüllte, was ihm wie eine unglaubliche Wahrheit erscheinen musste.

Mit einer Stimme, die neun Zehntel Ehrfurcht und ein Zehntel Angst transportierte, sagte er leise: »Pater Vryce ist ein *Hexer* ...«

Mit einem leisen Lachen ging Damien hinauf.

2

Das Bildnis eines Patriarchen: schlohweißes Haar über adlerhaften Zügen, die Augen ein kaltes, stechendes Blau. Dünne, zu einem Lächeln gebleckte Lippen, ein flüchtiger Blick auf makellose Zähne. Blassbraune Haut, vom Alter getrocknet und verhärtet. Tief eingegrabene Charakterfalten: straff, streng und missbilligend. Der Körper, wie das Gesicht, von siebzig Lebenswintern eher zäher geworden als geschwächt. Breite, kräftige Schultern, von denen ein Wasserfall aus elfenbeinfarbener Seide hinabfiel; so voluminös, um den Umriss des Körpers zu verdecken. Kraft – in jedem Gesichtszug, und sogar in der Haltung. Autorität.

Und noch etwas, das man von seinem Gesicht, seinen Augen und seiner Körperhaltung ablesen konnte – und an seiner Stimme, einem vollen Bariton, um den jeder Chorsänger ihn beneidet hätte: *Zorn. Verärgerung. Widerwille.*

Genau das, was Damien erwartet hatte.

»Sie haben einen Auftrag?«, fragte der Patriarch kalt.

Bücher bedeckten sämtliche Wände, dazwischen waren kleine Fenster aus geschliffenem Glas, die die Lichter der Stadt in tausend Edelsteinfunken brachen. Das vorhandene Mobiliar war luxuriös: ein schwerer Mahogovaschreibtisch, karmesinrote Samtkissen auf dem einzelnen dazu passenden Sessel, antike Vorhänge und gemusterte Teppiche, die von vorsichtigen, geschmackvollen Anlagen in den Wohlstand kündeten. Damien hielt Ausschau nach einem bequemen Ruheplatz und erwählte eine Regalwange, an die er seinen Beutel lehnte, um in dessen Innerem nach dem Brief der Matriarchin zu kramen. Von seinem reisefleckigen

Gepäck stieg Staub auf und setzte sich auf mehreren Regalbrettern in der Nähe ab. Er konnte den missbilligenden Blick des Patriarchen schon auf seiner Haut spüren, bevor er sich ihm zuwandte.

»Ihre Heiligkeit lässt schön grüßen«, verkündete er und händigte ihm den Velin-Umschlag aus. Der Patriarch betrachtete ihn einen Moment und registrierte, dass das Kirchensiegel, das ihm einen amtlichen Status verlieh, zur Seite verschoben und der Umschlag somit offen geblieben war. Er schaute kurz zu Damien auf, und seine kalten blauen Augen widerspiegelten die Botschaft: *Sie vertraut Ihnen.* Und fügten eine eigene hinzu: *Ich nicht.*

Dann entnahm er dem Umschlag den Auftrag und las ihn.

Macht, dachte Damien. *Er strahlt Macht aus.* Als er sicher war, dass die Aufmerksamkeit des Patriarchen nur noch dem Dokument galt, hauchte er den Schlüssel einer Wahrnehmung. Er war leise – *sehr* leise –, denn er wusste, wenn man ihn erwischte, dass er das Fae jetzt und hier manipulierte, setzte er alles aufs Spiel, was er zu erreichen hoffte. Doch die kaum gesprochenen Worte wurden nicht gehört. Das Fae sammelte sich leise um ihn und wob ein Bild, das sein Verstand übersetzen konnte. Und ja ... Wie er es erwartet hatte. Er fragte sich, ob der Patriarch es überhaupt wusste oder ob er die Kraft seiner Präsenz einer bloßen menschlichen Vorstellung zuschrieb – etwa dem *Charisma. Haltung.* Statt die Wahrheit anzuerkennen – die darin bestand, das jeder seiner Gedanken winzige Wellen durch das Fae verlaufen ließ, die seine Umgebung so veränderten, dass sie zu seinem Willen passte. Ein *Natürlicher,* wie man mundartlich sagte. Ein geborener Hexer, dessen erwählter Beruf ihm verbot, die Urquelle seiner Autorität anzuerkennen.

Endlich nickte der Patriarch, dann faltete er den Auftrag

mit sorgfältig manikürten Händen wieder zusammen und schob ihn in den Velin-Umschlag zurück. »Sie hält viel von Ihnen«, sagte er und legte ihn neben sich auf den Schreibtisch. Es war eine reine Aussage, die weder Billigung noch Missbilligung enthielt. »*Er ist loyal*«, schreibt sie, »*und unserer Mission ganz und gar ergeben. Sie können sich auf seine Ehrenhaftigkeit, Wachsamkeit und Diskretion verlassen.*« Er starrte vor sich hin. Seine dünnen Lippen spannten sich. »Sehr gut. Ich werde Ihnen nicht die Ehrlosigkeit der Heuchelei antun, Damien Kilcannon Vryce. Ich möchte Ihnen nur sagen, dass Sie hier nicht sehr willkommen sind – Sie und Ihre Hexerei.«

Vier lange Schritte brachten den Patriarchen ans nächste Fenster. Damien erhaschte das Aufblitzen juwelenverzierter Ringe, als er es aufriss und die Lichter der Stadt enthüllte. Einen Moment lang schaute er sie einfach an, als könne irgendetwas an ihrem Anblick ihm zu den richtigen Worten verhelfen. »Ich diene dieser Region schon seit sehr langer Zeit«, sagte der Patriarch schließlich. »Seit dem Tag, an dem ich alt genug war, um zu verstehen, was dieser Planet ist und was er der Menschheit angetan hat, habe ich mich mit Leib und Seele der Aufgabe unserer Rettung verschrieben. Es bedeutete, in einer Welt, in der Hunderte von Möchtegern-Gottheiten lauthals nach Anbetung verlangen und zum Ausgleich für billige und leichte Wunder minimale Spendenopfer versprechen, dem einen Gott anzuhängen. Es bedeutete, mich an eine Kirche zu klammern, die noch immer in der Erinnerung ihrer größten Niederlage blutete, in einer Epoche, in der glorreiche Tempel wie Weizen im Frühling in die Höhe ragten. Ich habe mir den meiner Ansicht nach deutlich schwierigeren Weg ausgesucht, weil ich an ihn glaubte – an ihn *glaubte*, Pastor Vryce! –, und ich habe in diesem Glauben nie gewankt. Auch nicht in dem Glauben, dass ein solcher Glaube notwendig ist, um des Menschen erdgeborene Bestimmung wieder herzustellen.«

Eine kalte abendliche Brise strömte durch das Fenster herein. Der Patriarch wandte ihr das Gesicht zu und ließ sein Haar vom kalten Wind glätten. »Das Allerschwierigste war der Kirchenbrauch hinsichtlich des Fae. Besonders in dieser Stadt, in der Hexerei so billig ist, dass die Armen sich leichter eine Vision von Nahrung kaufen können als Nahrung selbst ... Und dann verhungern sie, Pastor Vryce. Ihre Leiber sind vom Hunger ausgeweidet, doch auf ihrem Gesicht liegt ein grässliches Lächeln. Deswegen glaube ich auf diese Weise – so, wie meine Kirche seit fast tausend Jahren geglaubt hat. Wir werden diese tyrannische Kraft nicht zähmen, indem wir sie parzelliert an Hexer und ihre armseligen Bannsprüche und jämmerlichen Beschwörungen verteilen. Je mehr wir sie der Gier der Menschen aussetzen, desto mehr stinkt sie nach unseren Exzessen. Gannon hat dies während der Erweckung deutlich gesehen. Er hat private Hexerei aus ebendiesem Grund für gesetzlos erklärt. Und ich stimme ihm mit Herz und Seele zu. Wenn Sie ein Beispiel für das brauchen, was das Fae einem Menschen antun kann, wenn es ihn einmal ergriffen hat ... Denken Sie an den Untergang des Verkünders. Oder an das Erste Opfer. Schauen Sie sich alle Ungeheuer an, die das Fae zum Leben erweckt hat, indem es die Ängste der Menschen als Schablone benutzt ... Ich habe geschworen, diese Dinge zu bekämpfen, Pastor Vryce. Und zwar um jeden Preis. Ich habe geschworen, dass das Fae laut den Richtlinien des Verkünders gezähmt wird. Doch dann kam ein Brief. Von Ihrer Matriarchin, Ihrer Heiligen Mutter. Er setzte mich in Kenntnis, dass der Westen ermittelt, inwiefern man das Fae vielleicht für die Zwecke der Kirche manipulieren kann – indem man zu diesem Zweck einige Auserwählte ausbildet. Hexerei! Auch wenn man sie in heilige Seide kleidet – sie stinkt trotzdem. Ich habe mich mit ihr auseinander gesetzt. Ich habe sie angefleht. Ich wäre sogar so weit gegangen, ihr zu drohen, wäre ich der Meinung gewesen, es sei der Sache dienlich ... doch Ihre Heilige Mutter ist eine starrsinnige Frau, und ihr Geist war festgelegt. Und nun, Pastor Vryce, schaue ich zu, wie meine Kirche sich auflöst und mein Traum von der Rettung verdorben wird ...« Der Patriarch drehte sich zu Damien um; seine kalten Augen wurden schmal. »Und Sie sind der Mittler dieser Verderbtheit.«

»Niemand hat gesagt, dass Sie mich nehmen müssen«, fauchte Damien – und bedauerte spontan seinen Mangel an Selbstbeherrschung. Er war auf viel Schlimmeres als dies vorbereitet gewesen. Warum übertrieb er jetzt nur so? Es war das Fae, das auf ihn eingewirkt hatte, seine Reaktion auf den Willen des Patriarchen. Warum? Was wollte er?

Er will, dass ich die Beherrschung verliere, wurde ihm klar. *Er will, dass ich mich so aufführe, damit er keine andere Wahl hat, als mich rauszuwerfen.* Es brachte die Vorstellung ins Wanken, dass ein Mensch, der das Fae weder akzeptierte noch verstand, so gut manipulieren konnte – ohne jedoch zu wissen, dass er es tat. Wie viel von der Intoleranz dieses Menschen wurzelte in seinem privaten Bedürfnis, die Wahrheit zu bestreiten?

»Nein«, stimmte der Patriarch zu. »Ich hätte die Kirche stattdessen spalten und ein Schisma hervorrufen können, das vielleicht nie wieder heilt ... Ich hätte auch einen heiligen Krieg anfangen können, um dies zu vermeiden. Diese Optionen waren aber letztlich noch unangenehmer, und so habe ich zugestimmt. Schicken Sie mir Ihren Hexer, habe ich gesagt. Mal sehen, wie er vorgeht. Ich will selbst sehen, dass seine Manipulationen keine Bedrohung unseres Glaubens sind.«

Sein Gesichtsausdruck war eisig. »Wenn Sie mir dies zufrieden stellend demonstrieren können, würde es mich sehr überraschen.«

Damien bot all seine Kraft auf und erwiderte kühl: »Ich sehe es als Herausforderung an, Heiligkeit.«

Blaue Augen richteten sich auf ihn. Nadelspitzes azurnes Feuer. »Damien Kilcannon Vryce. Ritter in König Gannons Orden der Goldenen Flamme. Gefährte des Erdstern-Aszendenten. Pastor der Vereinigungskirche des Menschlichen Glaubens auf Arna. Was ist unsere Berufung für Sie?«

Damien versteifte sich. »Ein Traum – dass ich sterben würde, um ihn aufrechtzuerhalten, oder töten, um ihn zu verteidigen.«

Der Patriarch nickte langsam. »Ja. Gut zitiert. Die Definition Ihres Ordens – erstmals geäußert in blutdurstigeren Zeiten als diesen, dünkt mich. Aber *Sie*, Pastor Vryce, der Mensch. Der Träumer. An was glauben *Sie* persönlich?«

»Dass Sie sich irren«, erwiderte Damien leise. »Dass unser traditionelles Glaubenssystem überholt ist. Dass unsere Ahnen die Welt in Schwarz und Weiß wahrgenommen haben, obwohl sie fast nur aus Grautönen besteht. Dass die Kirche sich dieser Wahrheit anpassen muss, um auf dieser Welt eine notwendige Körperschaft zu sein. Das Überleben unseres Traums«, betonte er, »hängt davon ab.«

Der Patriarch schaute ihn eine geraume Weile einfach nur schweigend an. »Sie hat eine gute Wahl getroffen«, sagte er schließlich. Elfenbeinfarbene Seide raschelte in der Brise, als er die Hand ausstreckte, um das Fenster wieder zu schließen. »Aber sagen Sie mir eins. Wenn Sie Hexerei ausüben – wenn Sie den Kern dieser Welt in den Händen halten und den Willen einsetzen, um ihr Form zu verleihen ... Können Sie mir ehrlich sagen, dass der Gedanke an Macht *um ihrer selbst willen* Sie nicht verlockt? Haben Sie das Fae niemals zum eigenen Vorteil manipuliert, zu Ihrem *persönlichen* Vorteil, unabhängig von den Bedürfnissen der Kirche? Oder sich vorgestellt, dies zu tun?«

»Ich bin ein Mensch wie Sie«, erwiderte Damien knapp. »Wir alle sind Verlockungen ausgesetzt. Doch unsere Fähigkeit, über sie erhaben zu sein – einem Ideal zu dienen statt dem Diktat selbstsüchtiger Instinkte –, definiert uns als Spezies.«

»Ah ja.« Der Patriarch nickte. »Die Worte des Verkünders. Sie werden sich gewiss erinnern, dass er an uns versagt hat. Und an sich selbst. Wie alle Menschen, die sich bemüht haben, die Hexerei mit unserem Glauben in Einklang zu bringen. Vergessen Sie das nicht.«

Er trat an den schweren Mahagovastuhl, glättete die Falten seiner Robe und nahm Platz. Dann seufzte er. »Sie sollen Ihre Schüler bekommen, Pastor Vryce. Trotz meiner gegenteiligen Einschätzung und meiner Einwände. Aber Sie werden sie bekommen. Ein Dutzend unserer viel versprechendsten Messdiener – nicht auserwählt, weil sie über das größte Hexerpotenzial verfügen, sondern weil sie einen soliden theologischen Hintergrund haben. Sie erhalten erst dann mehr Leute, wenn ich weiß, dass dieser ... *Versuch* ... ohne Gefahr für meine Schützlinge weitergehen kann. Oder für meine Kirche. Habe ich mich deutlich ausgedrückt?«

Damien verbeugte sich. Es gelang ihm sogar, nicht zu grinsen. Mehr oder weniger. »Sehr deutlich, Heiligkeit.«

Der Patriarch klatschte in die Hände. Wenige Sekunden später schwang die Tür auf, und ein junges Mädchen in der Livree einer Bediensteten trat ein.

»Das ist Kami. Sie wird Sie einweisen. Kami, bring Pastor

Vryce zu den Räumen, die man für ihn vorbereitet hat. Sorg dafür, dass er einen Gottesdienstplan und alles erhält, was er für heute Abend benötigt. Frühstück ist im Anbau, um acht«, informierte er Damien. »Eine Gelegenheit, unserem Stab unter etwas weniger ... *anstrengenden* Umständen zu begegnen.« Seine Mundwinkel zuckten leicht. Lächelte er etwa? »Ist Ihnen das zu früh?«

»Ich werde es schon schaffen, Heiligkeit.«

Der Patriarch nickte Kami zu. Es war eine eindeutige Geste für sie, zu gehen. Damien hob sein Gepäck auf und drehte sich, um ihr zu folgen. Doch als sie die Tür erreicht hatten, rief der Patriarch leise seinen Namen, und Damien wandte sich um.

»Wenn die Zeit zum Sterben kommt«, sagte der Patriarch, »und sie wird kommen, und zwar zu allen Menschen ... Was werden Sie dann tun? Sich vor der Natur verbeugen, vor den Modellen des irdischen Lebens, die das Wesentliche unserer ganzen Existenz sind? Uns helfen, ein Fundament zu legen, auf dem unsere Nachfahren die Sterne beanspruchen können? Oder sich den Verlockungen dieser fremden Magie unterwerfen und Ihre Seele für ein paar weitere Lebensjahre verkaufen? So, wie der Verkünder es zu tun versucht hat? Denken Sie darüber nach, wenn Sie sich zurückziehen, Pastor Vryce.«

Es war zwar eindeutig eine Aufforderung zum Gehen, doch Damien rührte sich nicht von der Stelle. »Das Fae ist keine Magie.«

Der Patriarch schwenkte eine beringte Hand, um den Gedanken erst gar nicht an sich herankommen zu lassen. »Semantische Spitzfindigkeiten. Was ist der wahre Unterschied?«

»Magie kann man beherrschen«, erinnerte Damien ihn. Er wartete einen Moment, damit sein Gegenüber den Gedanken verarbeiten konnte, dann fügte er hinzu: »Ist dies nicht das Problem, um das es auf Arna geht?«

Dann verbeugte er sich – mit einem leichten Anflug von Trotz. »Ich werde darüber nachdenken, Heiligkeit. Gute Nacht.«

3

Die Sonne war untergegangen.
Narilka stand im schmalen Türrahmen des Geschäfts. Ihr Blick war fest auf den westlichen Horizont gerichtet. Die Kälte, die dem Abend fehlte, war in ihr. Als sie im Keller gewesen war, war die Sonne untergegangen. Wie es aussah, schon vor langer Zeit. Wie hatte sie nur so sorglos sein können?

Die Sterne waren kaum noch zu sehen.

Der Himmel wies kein starkes Licht auf. Nur ein Vollmond war zu sehen, der gleichmäßig über dem östlichen Horizont stand. Bald würde auch er fort sein, dann würden nur noch die – spärlichen, unwirklichen – Sterne des Randgebiets den schwachen Halbmond im Westen begleiten, der ihren Heimweg erhellte.

Sie wäre beinahe ins Geschäft zurückgekehrt, denn Panik verengte ihre Kehle. *Helfen Sie mir,* hätte sie am liebsten gesagt. *Ich habe länger gearbeitet als nötig. Bitte, bringen Sie mich nach Hause ...* Doch ihr Zuhause lag eine gute Strecke entfernt, und Gresham war bestimmt beschäftigt. Außerdem hatte er seine absolute Verachtung über ihre Furcht vor der Nacht schon so oft artikuliert, dass sie wusste, dass bei ihm jede Bitte auf taube Ohren stieß. *Du schleppst genug Wächter mit dir herum, um die ganze verdammte Stadt damit zu versorgen,* würde er wütend sagen. *Es gibt Frauen, die weniger mitnehmen und trotzdem unbehelligt nach Hause kommen. Jetzt werd mal vernünftig, Mädchen! Ich hab allerhand zu tun!*

Um sich Mut zu machen, atmete Narilka zum letzten Mal die staubige Luft des Geschäfts ein. Dann zwang sie sich zu einem Schritt ins Dunkel hinaus. Die Kälte des Herbstabends legte sich wie eine eiskalte Ranke um ihren Hals – oder manifestierte sich ihre Furcht? –, und sie zog den Schal enger um sich, bis es der dicken Wolle gelang, den schlimmsten Teil der Kälte abzuwehren.

Übertrieb sie *wirklich*? Benahm sie sich *wirklich* albern? Gresham hatte es inzwischen so oft gesagt, dass sie allmählich an sich selbst zweifelte. Hatte sie wirklich einen konkreten Beweis dafür, dass sie mehr riskierte als andere Frauen – dass es zwar stimmte, dass Frauen vorsichtig sein mussten und nicht stehen bleiben sollten, doch dass die meisten die Nacht überlebten?

Als sie am Laden des Silberschmieds vorbeikam, blieb sie so lange stehen, bis sie in dem glatten Schaufenster ihr Spiegelbild erkannte. Sie hatte dichtes, onyxschwarzes Haar und glatte, helle Haut, die nun von der Kälte leicht gerötet war. Ihre Wimpern waren dicht wie Samt und umrahmten fast ebenso dunkle Augen. Sie war so zierlich und schön wie eine Blume und so zerbrechlich wie eine Porzellanpuppe. Sie hatte ein Gesicht, um das normale Frauen sie beneideten, für das Männer zu sterben bereit waren, doch eine Wesenheit – die weder Mensch noch sterblich war, sondern ein böses Ding, das Arnas Dunkel inkarnieren ließ – würde es mit Genuss zerstören.

Narilka eilte fröstelnd weiter. Je schneller sie ging, desto eher war sie zu Hause. In der Innenstadt Jaggonaths waren noch immer Menschen unterwegs – so viele, dass sie sich vorstellen konnte, zwischen ihnen unterzutauchen. Doch als sie das Händlerviertel verließ, wurden es weniger, und so kam sie sich in der Dunkelheit wie nackt vor. Sie durfte nicht stehen bleiben. Ihre Eltern ängstigten sich inzwischen bestimmt schon schrecklich – und aus gutem Grund. Sie schaute sich nervös um und registrierte die verlassenen Straßen des Westbezirks, in dem die winzigen Häuschen immer weiter auseinander standen. Der Boden unter ihren Füßen war inzwischen so schlammig und kalt geworden, dass sie durch die Schuhsohlen fror, aber nicht steif genug, um zu fest zu werden. Ihre Füße erzeugten beim Gehen rhythmische, peinlich auffällige Sauggeräusche. Sie kam sich vor wie ein wandelndes Ziel.

Der Jäger. So nannte man ihn. Sie fragte sich, was er war, was er einst gewesen war. Ein Mensch? Dies munkelten jedenfalls die Mädchen aus den Tavernen, wenn sie nicht gerade in der Sicherheit ihres gut beleuchteten Arbeitsplatzes kicherten oder warmes Bier tranken. *Einst* sei er ein Mensch gewesen, hieß es, doch nun sei er etwas anderes. Doch empfinde er noch immer die Gelüste eines Menschen, wenn sie vielleicht auch verdorben waren. Warum sonst waren all seine Opfer weiblich, jung und ausnahmslos anziehend? Aus welchem Grund hatte er sonst einen so ausgeprägten Geschmack für Schönheiten – und zwar ausgerechnet für zarte Schönheiten –, wenn nicht irgendeine Art männlichen Verlangens noch an seiner Seele haftete?

Hör auf!, befahl sie sich. Sie schüttelte rasch den Kopf, als könne dies die unerwünschten Gedanken vertreiben. Die Furcht. *Denk nicht daran!* Sie würde es schon nach Hause schaffen, und alle würden sehr erleichtert sein. Damit hatte es sich. Ihre Eltern würden wütend auf Gresham sein, weil er sie so lange nach Einbruch der Dunkelheit im Geschäft behalten hatte. Sie würden ihm einen zornigen Brief schreiben, den er natürlich ignorieren würde. Danach hatte sie es ausgestanden. Für immer. Es würde nur eine Erinnerung bleiben. Dann konnte sie zu ihren Kindern sagen, ja, ich war im Dunkeln draußen. Und wenn sie wissen wollten, wie es gewesen war, würde sie es ihnen erzählen. Eine Geschichte, die man am Kamin erzählte. Oder?

Aber du bist genau das, was er haben will, flüsterte eine

Stimme in ihrem Inneren. *Genau das, was er haben will. Weil es so etwas wie dich gibt, schickt er seine Jünger nach Jaggonath. Damit sie es suchen.*

»Verdammt sollt ihr sein!«, rief sie plötzlich – und meinte ihre Eltern, ihre Ängste und die Dunkelheit. Und natürlich auch ihr Aussehen. Götter im Himmel, wie wäre ihr Leben wohl ausgefallen, wenn sie hässlich gewesen wäre oder durchschnittlich ausgesehen hätte; wenn sie klein und dick gewesen wäre? Hätte man ihr dann, wie manchen anderen Kindern, erlaubt, nach dem Sonnenuntergang draußen zu spielen? Hätte sie sich dann an die Nacht gewöhnt, ihren Schrecken nicht schlimmer eingestuft als andere Kindheitsängste und sich einfach und vernünftig mit ihnen beschäftigt? *Sei pünktlich zu Hause,* hätten ihre Eltern sie ermahnt. *Sprich nicht mit Fremden. Und wenn irgendein Dämon erscheint, hebe einen Wächter hoch.* Dann hätten sie sie hinausgehen lassen. Götter Arnas, welche Freiheit, welche Freiheit!

Narilka griff sich ans Auge, um eine Träne abzuwischen, die auf ihrer Wange halb gefroren war. Dann blieb sie stehen, um ein Steinchen zu entfernen, das in ihren Schuh gedrungen war. Und während sie dies tat, wurde ihr deutlich die sie umgebende Stille bewusst. Sie hörte keinen Schritt, obwohl rechts und links von ihr starker Fußgängerverkehr geherrscht hatte. Kein Vogel sang, kein Insekt zirpte, keine Kinder schrien in der Ferne. Nichts. Es war, als sei die ganze Welt plötzlich gestorben – als sei sie das einzige auf Arna zurückgebliebene Lebewesen; als sei dieser Straßenabschnitt der einzige Fleck, an dem im Schöpfungsganzen Leben existierte.

Dann ließ ein Geräusch hinter ihr sie zusammenzucken. Es kam fast lautlos, war nicht mehr als der Anflug einer Bewegung, doch vor dem nächtlichen Hintergrund absoluter

Lautlosigkeit hatte es die Stärke eines Aufschreis. Narilka fuhr herum und blickte in die Richtung, aus der sie gekommen war.

Und sah einen Mann.

»Verzeihen Sie.« Seine Stimme war glatt, seine Körperhaltung elegant. Er verbeugte sich, und dabei fing der Mondschein weiches brünettes Haar ein. »Ich wollte Sie nicht erschrecken.«

»Haben Sie nicht«, log sie. Nun tröpfelte Schlamm in ihren Schuh, aber sie wollte den Mann nicht aus den Augen lassen, um ihn abzuwischen. Sie verlagerte leicht ihr Gewicht und wäre daraufhin beinahe umgefallen. Ihr Götter, war sie denn so instabil? Sie wagte es nicht, so ängstlich dreinzuschauen, wie ihr zu Mute war. Furcht zog den Jäger an. »Es kam mir alles nur so ... still vor.«

»Nächte sind manchmal so.« Der Mann kam langsam und lässig auf sie zu, seine träge Anmut wirkte im Mondschein hypnotisierend. Er war hoch gewachsen, hager und hatte fein geschnittene Züge und fesselnde Augen. Außer einem dünnen goldenen Band, das sein Haar daran hinderte, ihm ins Gesicht zu fallen, trug er keinen Schmuck. Sein Haar war schulterlang und in einem Stil geschnitten, der mehrere Jahre aus der Mode war. Seine Augen waren blassgrau und silbern gesprenkelt. Sie blitzten im Mondschein wie Diamanten. Narilka spürte, dass unter seiner Schale kalte Erheiterung verborgen war. »Verzeihen Sie«, wiederholte er, »aber eine junge Frau allein draußen? Das kam mir ungewöhnlich vor. Geht es Ihnen gut?«

Narilka fiel ein, dass sie seine Annäherung nicht gehört hatte, dass sie inmitten des ganzen klebrigen Schlamms eigentlich etwas vernommen haben müsste – doch dann fing sein Blick den ihren ein, hielt ihn fest, und plötzlich hatte sie vergessen, was sie eigentlich störte.

»Ja«, stammelte sie. »Das heißt ... Ich glaube schon.« Sie fühlte sich außer Atem, als sei sie nicht gegangen, sondern gerannt. Sie wollte zurücktreten, doch ihr Körper wollte nicht gehorchen. Welche Art Manipulation hatte er eingesetzt, um sie zu binden?

Obwohl er näher kam – zu nahe –, tat er es nur, um ihr Kinn mit der Spitze eines fein manikürten Fingers zu berühren und ihr Gesicht zu ihm emporzuheben. »Wie zerbrechlich«, murmelte er. »Wie zierlich. Und allein in der Nacht. Das ist nicht klug. Möchten Sie eine Eskorte?«

»Bitte«, hauchte sie.

Er reichte ihr seinen Arm. Sie zögerte kurz, dann nahm sie ihn. Eine antiquierte Geste, die aus der Erwecker-Epoche stammte. Ihre Hand bebte leicht, als sie auf der Wolle seines Ärmels zu liegen kam. Der Arm darunter strahlte keine Wärme aus, und auch kein anderer Teil seines Körpers. Er war kalt – strahlte Kälte aus – wie auch die Nacht. So wie sie, obwohl sie völlig andere Absichten hatte, Furcht ausstrahlte.

Götter im Himmel, dachte sie. *Bring mich einfach nach Hause. Ich schwöre, in Zukunft werde ich vorsichtiger sein. Bring mich einfach nur nach Hause.*

Sie hatte den Eindruck, dass er lächelte. »Sie haben Angst, mein Kind.«

Sie wagte keine Antwort. *Lass mich die Nacht nur überleben. Bitte.*

»Wovor? Vor der Dunkelheit? Vor der Nacht an sich?«

Sie wusste zwar, dass sie nicht über diese Dinge sprechen sollte, aber sie konnte sich nicht bezähmen. Seine Stimme erzwang eine Antwort. »Vor den Geschöpfen, die in der Nacht jagen«, hauchte sie.

»Ah.« Der Mann lachte leise. »Und aus gutem Grund. Sie wertschätzen Ihre Art, mein Kind, jene, die von den Lebenden zehren. Aber das da« – er berührte die auf ihren Ärmel gestickten Wächter und die Wächterspangen, die ihr Haar hielten –, »bindet es nicht genügend Fae, um Sie zu beschützen?«

Es reicht, um die Dämonen fern zu halten, dachte sie. So hätte es jedenfalls sein sollen. Doch nun war sie sich nicht mehr ganz sicher.

Er legte eine Hand unter ihr Kinn und wandte ihr Gesicht sanft dem seinen zu. Wo seine Finger ihr Fleisch berührten, war Kälte, doch keine bloße Kälte menschlicher Art. Sie brannte wie ein Feuerfunke und ließ ihre Haut kitzeln, als sie verblasste. Narilka fühlte sich auf seltsame Weise von der sie umgebenden Welt entbunden, als sei alles nur ein Traum. Der Mann ausgenommen.

»Verstehe ich richtig?«, fragte er. »Haben Sie die Nacht noch nie erlebt?«

»Sie ist gefährlich«, sagte Narilka leise.

»Und wunderschön.«

Seine Augen waren Pfützen aus geschmolzenem Silber und saugten sie auf. Sie schüttelte sich. »Meine Eltern hielten es für das Beste.«

»Sie waren nie draußen, wenn die Sonne und der *Kern* untergingen? Nie? Mir war nicht bewusst, dass die Furcht hier so extrem ist. Sogar jetzt ... Sie schauen nicht hin. Sie wollen sie nicht sehen.«

»Was sehen?«, brachte Narilka heraus.

»Die Nacht. Ihre Schönheit. Die *Energie*. Das so genannte dunkle Fae, eine Kraft, die so zerbrechlich ist, dass sogar der Mondschein sie schwächt. Doch in der Dunkelheit ist sie so stark, dass sogar der Tod vor ihr zurückweicht. Die Gezeiten der Nacht, von der jede ihre eigene Farbe und Musik hat. Eine ganze Welt, mein Kind! Gefüllt mit Dingen, die nicht existieren können, wenn das Licht des Himmels zu stark ist!«

»Dinge, die die Sonne vernichtet.«

Der Mann lächelte, doch seine Augen blieben kalt. »Einfach so.«

»Man hat's ... mir nie erlaubt.«

»Dann schauen Sie jetzt hin«, sagte er leise. »Und *sehen* Sie.«

Narilka schaute in seine Augen, die nun nicht mehr blassgrau, sondern schwarz waren und aus deren Schwärze eine Schwindel erregende Leere wurde. Sterne umwirbelten sie in einem verzwickten Tanz, den keine menschliche Wissenschaft hätte erklären können – doch sie spürte die Rhythmen ihrer Echos in ihrer Seele, im Muster des Bodens unter ihren Füßen und im aufgeregten Schlagen ihres Herzens. Alle tanzten im gleichen Rhythmus, Erde und Sterne. *Dies ist Erdwissenschaft,* dachte sie verwundert. *Das Alte Wissen.* Fae-Ausläufer sickerten durch die Dunkelheit, um sie zu umfangen. Feine Stränge samtenen Purpurs, von ihr angezogen wie Motten von der Wärme einer Flamme. Narilka schüttelte sich, als sie sich an ihr rieben, und spürte die wilde Energie, die sie enthielten. Rings um sie her war das Land lebendig mit tausend finsteren Farbtönen, die die Nacht sich zu Eigen machte: zerbrechliches Fae, wie er gesagt hatte, im Mondschein fast unsichtbar – doch dort, wo es dunkel war, stark und von gespenstischer Schönheit. Sie wollte darauf zugehen, einem Knäuel der feinen, fast unsichtbaren Fäden näher kommen, doch die Hand auf ihrem Arm hielt sie zurück, und ein einzelnes Wort fesselte sie. *Gefährlich,* warnte er. Sprache ohne Ton. *Für Sie.*

»Ja«, sagte sie leise. »Aber, ach, bitte ...«

Musik erfüllte die kalte Nachtluft. Sie schloss die Augen, um sie zu genießen. Die Musik war anders als jede, die sie je gehört hatte; fein wie das Fae an sich, formlos wie die fesselnde Nacht. Mit Edelsteinen besetzte Noten, die nicht durchs Gehör in sie eindrangen wie die Musik der Menschen, sondern durch ihr Haar, ihre Haut und sogar ihre Kleider. Musik, die ihre Lunge mit jedem Atemzug aufnahm, während sie zugleich eigene silberne Noten ausatmete, um sich an ihrer Harmonie zu beteiligen. *Ist so die Nacht?*, fragte sie sich. *Wirklich?*

Das schwache Lächeln, das sich auf sein Gesicht legte, spürte sie mehr, als dass sie es sah. »Für jene, die zu schauen verstehen.«

Ich möchte hier bleiben.

Er lachte leise. *Das können Sie nicht.*

Warum nicht?, fragte sie.

Kind des Sonnenscheins! Erbe des Lebens und all dessen, was es beinhaltet. In jener Welt existiert auch Schönheit, wenn auch von einer primitiveren Art. Sind Sie wirklich bereit, all das aufzugeben? Das Licht? Für immer?

Die Dunkelheit zog sich in zwei Obsidian-Stecknadelköpfe zurück, die von knirschenden Eisfeldern umgeben waren. Seine Augen. Das dunkle Fae war auch in ihnen lebendig – und eine Musik, die weitaus unheilvoller war und auf dunkle Weise verführerisch. Sie wünschte sie sich so sehr, dass sie beinahe aufgeschrien hätte.

»Ruhig, mein Kind.« Seine Stimme war fast wieder menschlich. »Der Preis ist zu hoch für Sie. Aber ich kenne die Verlockung wohl.«

»Sie ist fort ...«

»Für Sie wird sie nie fort sein. Nicht ganz und gar. Schauen Sie.«

Und obwohl die Nacht wieder finster und schweigsam war, wurde ihr etwas anderes bewusst. Ein tiefpurpurnes Beben in ihren Augenwinkeln. Matte Echos einer Musik, die mit der Brise kam und ging. »Sie ist so wunderschön ...«

»Sie sind ihr aus dem Weg gegangen.«

»Ich hatte Angst.«

»Vor der Dunkelheit? Oder vor ihren Geschöpfen? Solche Entitäten hält man nicht in Schach, indem man einfach die Tür verschließt, mein Kind. Auch nicht mit dem Licht einer Lampe. Wenn sie einen kennen lernen wollen, lernen sie einen kennen, und wenn sie einen haben wollen, kriegen sie einen auch. Ihre putzigen Wächter reichen gerade aus, um kleine Dämonen in Schach zu halten, doch gegen größere kann einem bloßer Lichtschein und menschliche Gesellschaft in keiner Weise helfen. Wozu also soll es gut sein, wenn man sich der Hälfte der Weltwunder verschließt?«

»Zu nichts«, keuchte sie. Und sie wusste, dass es die Wahrheit war.

Der Mann nahm ihren Arm, drückte ihn sanft und ging mit ihr weiter. Sie brauchte einen Moment, um zu begreifen, was er damit gemeint hatte, doch selbst dann erschien die Geste ihr eigenartig. Zu menschlich für eine so außermenschliche Nacht. Sie ließ sich schweigend von ihm nach Hause bringen, wobei seine Schritte neben den ihren völlig lautlos waren. Was sonst hatte sie erwartet? Rings um sie her tanzten Schatten, fremdartige Umrisse, denen der Mondschein das Leben schenkte. Sie schüttelte sich vor Freude und beobachtete sie. War dieser wundersame Weitblick nun für immer der ihre? Würde er bleiben, wenn der Mann gegangen war? Hatte er ihr in dieser unheimlichen Nacht ein Geschenk gemacht?

Endlich, Äonen später, erreichten sie den letzten Hügel vor Narilkas Haus. Sie blieben schweigend auf ihm stehen und schauten auf den allzu menschlichen Wohnort hinab. Dort, im Licht, würde die Musik verblassen. Das Fae würde fort sein. Helle geistige Gesundheit würde in all ihrer langweiligen Pracht wieder die Herrschaft übernehmen.

Die Nasenlöcher des Mannes weiteten sich, als er das Häuschen musterte. Er schien die von dort herkommende Brise zu prüfen. »Sie haben Angst«, sagte er.

»Meine Eltern haben mich vor Einbruch der Dunkelheit erwartet.«

»Sie hatten guten Grund, sich zu fürchten.« Er sprach mit ruhiger Stimme, aber sie spürte die Drohung hinter seinen Worten. »Und Sie wissen es.«

Sie schaute in seine Augen und erblickte in ihnen eine solche Mischung aus Kälte und Kraft, dass sie sich zitternd abwandte. *Es war die Sache wert,* dachte sie. *Es war es wert, eine solche Nacht zu sehen. Einen solchen Ausblick zu haben, wenn auch nur einmal.* Dann brachte die Berührung seiner kalten Finger auf ihrer Haut sie dazu, sich ihm wieder zuzuwenden.

»Ich werde Ihnen nicht wehtun«, versprach er. Der Anflug eines Lächelns huschte über sein Gesicht – als amüsiere ihn sein eigenes Wohlwollen. »Doch was Sie für sich selbst daraus machen, mir begegnet zu sein ... liegt in Ihren Händen. Ich glaube, Sie gehen nun lieber nach Hause.«

Plötzlich unentschlossen, trat sie zurück. Sie war wie betäubt, denn das Fae, das ihren Willen gebunden hatte, löste sich in der Nacht auf. Er lachte leise, und das Geräusch war so intim, dass es sie aus der Fassung brachte. Sie spürte hinter seinem Lachen einen Schimmer der Dunkelheit, und einen Moment lang konnte sie überdeutlich sehen, was in seinen Augen war. Schwarzes Fae, absolut lichtlos. Eine Stille, die sämtliche Musik aufsaugte. Eine unheimliche Kälte, die danach gierte, lebendige Hitze zu verschlingen.

In plötzlicher Panik machte sie einen Schritt zurück und spürte feuchte Grasbüschel unter den Füßen.

»Nari!«

Sie fuhr herum, in die Richtung, aus der Ruf gekommen war. Die Gestalt ihres Vaters zeichnete sich vor dem leuchtenden Haus ab. Er rannte den Hügel hinauf, um zu ihr zu gelangen. »Narilka! Wir haben uns Sorgen gemacht!« Sie wollte ihm entgegenlaufen, ihn begrüßen, ihn beruhigen – um seine Hilfe, seinen Schutz zu bitten –, doch plötzlich hatte sie keine Stimme mehr. Es war, als hätte sein plötzliches Auftauchen irgendein intimes Band zerrissen, als lechze ihr Körper noch immer nach dem Geliebten, den er verloren hatte. »Große Götter, Nari, ist dir was passiert?«

Ihr Vater umarmte sie. Wortlos. Sie selbst hätte keinen Ton hervorgebracht. Sie klammerte sich verzweifelt an ihn und war sich kaum der Tränen bewusst, die über ihre Wangen liefen. Auch nicht ihrer Mutter, die herauslief, um sich zu ihnen zu gesellen.

»Nari! Geht es dir gut, Kleine? Wir wussten nicht, was wir tun sollten. Wir haben uns solche Sorgen gemacht!«

»Es geht mir gut«, brachte sie heraus. »Es geht mir gut.« Es gelang ihr, sich von ihrem Vater zu lösen und allein stehen zu bleiben, ohne zu wanken. »Ich war selbst schuld. Tut mir Leid ...«

Sie schaute dorthin, wo sie ihren Begleiter zuletzt gesehen hatte, und es überraschte sie nicht, dass er verschwunden war. Obwohl das Gras dort, wo sie gestanden hatte, niedergetreten war, hatten seine Füße keine Markierungen hinterlassen. Es gab auch kein anderes Anzeichen dafür, dass er hier gewesen war. Auch dies: keine Überraschung.

»Es geht mir gut«, murmelte sie, doch wie wenig Wahrheit in diesem Satz steckte! Dann ließ sie sich nach Hause bringen, über das Ackerland, in die unbedeutende Sicherheit des Lichts. Und sie trauerte um die Schönheit, die rings um sie her verblasste, als das Dunkel der Nacht immer weiter zurückfiel. Doch die Weitsicht würde nun die ihre sein, wenn sie es wagte, nach ihm auszuschauen. Sein Geschenk.

Wer du auch bist, ich danke dir. Was es auch kostet, ich werde es zahlen.

Widerwillig ließ sie sich hineinbringen.

4

Sie nutzten den Fluss, um an die Küste zu gelangen, doch das rasch fließende Wasser ließ sie etwas empfinden, das menschlicher Übelkeit entsprach. Einer ging auf See verloren, verfing sich in Cascas Abendtide und trieb so weit ab, dass seine Gefährten jegliche Hoffnung fahren ließen, seiner je wieder habhaft zu werden. Sie trauerten zwar, doch nur kurz. Er hatte um das Risiko gewusst, wie alle anderen, und Zustimmung signalisiert, als er sich den kalten, tückischen Wassern anvertraut hatte. Ihn jetzt zu betrauern – oder irgendwann einen beliebigen anderen – hätte ihrer ureigenen Natur widersprochen. *Bedauern* kam in ihrem Wortschatz nicht vor, und *Sorge* ebenso wenig. Sie kannten nur Hunger und – möglicherweise – Furcht. Und die besondere Lehnstreue, die sie in einem Ziel verband, das verlangte, dass sie die höchste Barriere besiegten und sich im Lebensraum der Menschen bewegten, um einer anderen Macht zu dienen.

Im Morgengrauen hatten sie Höhlen gefunden, in denen sie sich verstecken konnten; zerklüftete Löcher, von Wind, Eis und Zeit aus Granitklippen geschlagen. Als die Gezeitenmuster einander kreuzten und sich verhedderten, Casca, Domina und Prima um die Vorherrschaft übers Meer rangen und die Sonne und der *Kern* den Himmel gemeinsam regierten, toste unter ihnen die Brandung. Sie schliefen wie Tote, unbeeindruckt von Toben des Wassers, und ruhten auf Haufen frisch erlegter Tiere, die zuvor in den Höhlen gehaust hatten. Ihr Fleisch als solches interessierte sie zwar nicht, doch leckten sie nach dem Erwachen ein oder zwei Mal ihr Blut, als wollten sie den Gaumen reinigen. Die wenige Nahrung, die Tiere dieser Art lieferten, hatten sie schon am Abend zuvor beim Kampf aufgesaugt, und Fleisch ohne Wirkung bot diesen Geschöpfen wenig Nährwert. Und keinen Genuss. Die Menschheit hatte hingegen beides zu bieten: Genuss und Nährwert in einem; und das war mehr, als selbst die Rakh zu bieten hatten. Das wussten sie. Sie hatten es ausprobiert. Sie gierten nach mehr, und ihr Verlangen war so stark, dass es, wenn es sein musste, die Stelle ihres Mutes einnahm. In den Nächten, in denen sie an der See entlanggingen, kam dies oft vor.

Dreieinhalb Tage – acht Monduntergänge – später sichteten sie weit draußen im Wasser ein Licht, das die Anwesenheit eines kleinen Handelsschiffes verkündete. Sie setzten Lichtsignale ein, die sie speziell zu diesem Zweck mit sich führten, und sandten einen verzweifelten Hilferuf aus. Das plötzliche Aufleuchten des grünen Lichts vor dem schwarzen Himmel beleuchtete ein Schiffchen, das Schwierigkeiten hatte, sich auf den Wogen zu behaupten. Ein Lichtsignal – lebendiges Orange voller heißer Versprechungen – wurde zur Antwort in die Luft geschossen, und sie beobachteten mit nachtklugen Augen, dass man ein kleines Ruderboot zu Wasser ließ, vermutlich, um der tödlichen Küste zu trotzen und sie, wenn möglich, zu retten.

Nahrung!, flüsterte einer.

Noch nicht, warnte ein anderer.

Wir haben ein Ziel, erinnerte der Dritte die beiden.

Sie standen nebeneinander am kalten nördlichen Ufer, denn sie glaubten, so hätten auch echte Menschen gestanden. Sie jubelten ihren Rettern mit verzweifelter Stimme zu – genauso, wie echte Menschen es getan hätten. Und während dieser Zeit stritten sie leise über die Frage, was wichtiger war: Nahrung oder Gehorsam.

Wenn wir das Gebiet der Menschen erreichen, ist genug für alle da, bemerkte der Klügste von ihnen – und sie schwelgten in diesem Gedanken, als die Männer mit ihrem Schiff Felsen und Brandung besiegten, um das Ufer zu erreichen.

5

Das Innere der Boutique war klein und mit einem Wirrwarr aufgehängter Kleidungsstücke und baumähnlichen Zubehörständern voll gestopft. Damien musste einen Ständer mit perlenverzierten Gürteln zur Seite schieben und weit zurücktreten, damit er auf der schmalen Fläche des Spiegels seine ganze Gestalt betrachten konnte.

Er warf zuerst der ein Lächeln unterdrückenden Ciani einen Blick zu, dann dem hektisch umherwieselnden Ladenbesitzer, der ab und zu an seinen Kleidern zupfte, als suche er zwischen den gemusterten Teilen nach Pollen. Dann schaute er sich wieder im Spiegel an.

Schließlich sagte er: »Ich hoffe, du scherzt nur.«

»So ist die neueste Mode.«

Damiens Spiegelbild war in mehrere Schichten aus purpurnem Leinen gekleidet, von denen jede etwas anders nuanciert war. Die geschichteten Enden der Weste, die er über dem Unterhemd und dem Hemd trug, und die dreistufigen Manschetten und Aufschlaghosen ließen ihn seiner Meinung nach wie jemanden wirken, der sich aus dem Abfallhaufen einer Färberei bedient hatte.

»Dies tragen alle Eingeweihten«, versicherte ihm der Ladenbesitzer. Er zupfte an Damiens Weste und versuchte den gemusterten Stoff über den Torso des vollschlanken Mannes straff zu ziehen. Die dicken Muskelschichten, aus denen Damiens Körper hauptsächlich bestand, waren zudem von der reichhaltigen Nahrung und dem verführerisch süßen Bier des Ostlandes gepolstert. Endlich gab der Mann auf, trat zurück und ersparte sich den diplomatischen Hinweis, dass eine Mode wie diese für erheblich kleinere Männer entworfen wurde.

»Leicht kontrastierende Farben sind in dieser Saison modern.

Aber wenn Ihr Geschmack eher dem *Traditionellen* verhaftet ist« – er dehnte das Wort, als wolle er andeuten, dass es normalerweise kein Bestandteil seines Vokabulars war –, »kann ich Ihnen vielleicht etwas Bunteres zeigen.«

»Ich bezweifle, dass es helfen würde.«

»Hör mal«, sagte Ciani grinsend. »Du hast doch gesagt, du möchtest dich wie ein Jaggonather Kleriker kleiden ...«

»Wie ein Jaggonather Kleriker *mit Geschmack*.«

»Ach. Das hast du aber nicht gesagt.«

Damien bemühte sich, eine finstere Miene aufzusetzen, doch der deutliche Schalk in ihrem Blick machte es schwierig. »Lass mich mal raten. Hat irgendein heidnischer Eiferer dich bestochen, damit ich wie ein Trottel aussehe?«

»Also wirklich! Würde ich so etwas tun?«

»Wenn der Preis stimmt?«

»Ich muss dich wohl daran erinnern, dass ich den Beruf einer Beraterin ausübe. Zuerst das Geld, dann anständige Verträge, dann zuverlässige Beratung. Man kriegt das, wofür man zahlt, *Pater*.«

»Ich bezahle dich doch gar nicht dafür.«

»Eben.« Ihre braunen Augen funkelten schalkhaft. »Das sollte man vielleicht berücksichtigen.«

»Bitte!« Der Ladenbesitzer schien von ihrem Wortwechsel wirklich genervt zu sein. »Lady Ciani ist uns sehr gut bekannt, Euer Ehren. Sie hat geholfen, einige der wichtigsten Bewohner Jaggonaths einzukleiden ...«

Damien stierte sie in unverhüllter Verblüffung an. »Als *Mode*beraterin? Du?«

»Ich helfe dir doch auch, oder nicht?«

»Aber ... wirklich? Ich meine – beruflich?«

»Glaubst du, ich könnte es nicht?«

»Keinesfalls! Ich meine ... Natürlich glaube ich, dass du es kannst ... Aber warum? Also, warum sollte jemand das

Honorar für eine Beratung durch einen Adepten bezahlen, damit er jemanden hat, der ihm hilft, Kleider auszusuchen? Man braucht doch kein Fae, um sich morgens anzuziehen.«

»Ach, du bist Ausländer.« Ciani schüttelte traurig den Kopf. »Hier ist das Fae in *alles* einbezogen. Wenn der Bürgermeister sich zur Wiederwahl stellt, möchte er die Ausstrahlung seiner Kleidung bewertet haben. Wenn irgendein machthungriger Unternehmer darauf aus ist, das Geschäft seines Lebens abzuschließen, braucht er jemanden, der ihm sagt, welcher Aufzug seiner Sache am dienlichsten ist. Wenn zum Beispiel irgendein Würdenträger aus einem anderen Bezirk in die Stadt kommt, möchte er von allem, das er vielleicht anzieht, das Potenzial kennen. Ich berate in *sämtlichen* Angelegenheiten, Damien – weil alles irgendwie mit dem Fae zusammenhängt ... Willst du die Klamotten nun haben oder nicht?«

Damien musterte mit neu erwachtem Interesse sein Spiegelbild – vielleicht sogar mit ästhetischem Entzücken. »In welcher Hinsicht können sie mir nützen?«

Ciani verschränkte in spöttischer Härte die Arme vor der Brust. »Für so was werde ich normalerweise bezahlt.«

»Ich lade dich zum Essen ein.«

»Ah, wie großzügig.«

»In ein teures Restaurant.«

»Das hättest du doch sowieso getan.«

Damien schaute sie skeptisch an. »Ich dachte, du könntest die Zukunft nicht vorhersagen?«

»Habe ich auch nicht getan. Es war offensichtlich.«

Damien seufzte melodramatisch. »Dann lade ich dich also zwei Mal ein. Die bist die reinste *Söldnerin*.«

»Söldnerin ist nämlich mein zweiter Vorname.« Ciani baute sich neben ihm auf und nahm ihn lässig in Augenschein. Damien versuchte aus ihrem Verhalten irgendeinen Hinweis auf eine Manipulation zu entdecken – ein geflüstertes Wort, eine unterschwellige Geste, vielleicht einen Blick, der irgendein visualisiertes Symbol traf, das sie als Schlüssel benutzte. Er suchte sogar nach einem Hinweis dafür, dass sie sich konzentrierte, aber er fand nichts. Hätte er sie nicht schon zuvor manipulieren gesehen, hätte er geglaubt, dass sie ihn beschwindelte.

Lesen: nicht die Zukunft, sondern die Gegenwart. Nicht das *Schicksal*, sondern die *Tendenz*. Echte Weissagungen waren unmöglich, da es keine bestimmte Zukunft gab, sondern die Saat aller möglichen Zukünfte in der Gegenwart existierte. Wenn man geschickt war, konnte man sie sehen.

»Du stichst aus der Masse hervor«, versicherte sie ihm.

Damien lachte leise.

»In fremder Gesellschaft wirst du Männer aus dem Konzept bringen. Frauen werden dich als ... faszinierend empfinden.«

»Damit kann ich leben.«

»In Gesellschaft von Bekannten ... Davon gibt es in Jaggonath nicht viele, oder?« Ihre braunen Augen funkelten. »*Ich finde, du siehst entzückend aus. Deine Schüler werden noch mehr Angst vor dir haben als jetzt. Da steht keine große Veränderung an. Ich kenne mindestens eine Schankmamsell, die dich über alle Maßen attraktiv finden wird.*«

»Das ist verlockend.«

Cianis Blick verengte sich. »Sie ist verheiratet.«

»Wie schade.«

»Und was deine Vorgesetzten betrifft ...« Sie zögerte. »Deinen Vorgesetzten? Hast du nur einen?«

Bei dem Gedanken an den Patriarchen spannte Damien sich an. *Sachte, Damien. Du hast noch Monate Zeit. Reiß dich zusammen.* »Nur einen, der zählt.«

Ciani musterte ihn von Kopf bis Fuß, dann noch einmal. »In diesem Anzug«, rief sie schließlich aus, »wirst du ihn bis zum Gehtnichtmehr irritieren.«

Damien schaute sie eine Weile an, dann grinste er. Schließlich wandte er sich dem Ladenbesitzer zu, der nervös einen roten Seidenschal zwischen den Fingern drehte.

»Ich nehme ihn«, sagte er.

Die Straße draußen war grau in grau. Das kalte Herbstsonnenlicht über Jaggonath machte langsam dem Dunkel der Abenddämmerung Platz. Dunkle Umrisse fröstelten an der Ecke einer Gasse, das höhlenartige Maul eines offenen Torwegs, die huschenden Füße eines Dutzends frierender Fußgänger. Waren es Lampenschatten, die das Auge trogen? Oder irgendeine Kraft, die aufrichtig das Leben ersehnte und vielleicht in Abwesenheit des Sonnenscheins nach ihm suchte?

»He.« Ciani stupste ihn an. »Komm zu dir. Du bist nicht im Dienst.«

»Entschuldige.« Damien klemmte sich die Hälfte der Pakete unter den Arm und nahm den Rest an die Hand. Damit er dicht neben ihr hergehen konnte, ihre Körperwärme durch die grobe Wolle seines Hemdes spürbar wurde. Damit seine Hand die ihre beim Gehen berühren konnte.

»Dein Patriarch missbilligt es, nicht wahr?«

»Was? Einkäufe?«

»Dass wir zusammen sind.«

Damien lachte leise. »Hast du das Gegenteil erwartet?«

»Ich dachte, du hättest ihn vielleicht dazu behext.«

»Der Patriarch ist gegen Hexerei immun. Und ich vermute auch gegen die meisten anderen menschlichen Lustbarkeiten. Was uns betrifft ... Es genügt wohl, wenn ich sage, dass unsere Fronten abgesteckt sind und wir uns beide hinter unseren Waffen verschanzen: er hinter seiner moralischen Besessenheit, ich hinter meiner Fixierung auf das Recht des Privatlebens. Wenn es erst mal losgeht, wird es ein ordentliches Scharmützel geben.«

»Du klingst, als könntest du es kaum erwarten.«

Damien zuckte die Achseln. »Eine offene Auseinandersetzung ist mir viel lieber als Fechtereien mit Anspielungen. Als Diplomat bin ich eine Niete, Ci.«

»Aber als Lehrer bist du gut?«

»Ich bemühe mich.«

»Darf ich fragen, wie es läuft? Oder ist es ... vertraulich?«

»Kaum.« Damien verzog das Gesicht und richtete die Pakete neu aus. »Ich habe zwölf Grünschnäbel im Alter von elf bis fünfzehn Jahren. Sie haben bestenfalls marginales Potenzial. Zwei Jüngere habe ich aussortiert, da ich den Eindruck hatte, dass sie im schlimmsten Kampf mit der Pubertät stecken. Es ist, verdammt noch mal, höchste Zeit, dass ein paar Leute lernen, wie man manipuliert ... Und ich glaube, seine Heiligkeit weiß es auch.« Seine eigene Jugend fiel ihm ein – und ein paar sehr böse Dinge, die er unbewusst beschworen hatte. Sein Meister hatte ihm befohlen, jedes einzelne zu jagen und aus der Welt zu schaffen. Damien erinnerte sich nicht allzu gern daran. »Schwer zu sagen, ob sie mehr Angst vor mir oder dem Fae haben. Ein solcher Anfang ist nicht gut. Trotzdem sind sie, je nachdem, wie man es sieht, alle positiv, so dass Hoffnung besteht, nicht wahr? Gestern zum Beispiel ...«

Damien sah, dass Ciani sich plötzlich versteifte. »Was ist denn?«

»Die Strömung hat sich verändert«, sagte sie leise. »Siehst du es nicht?«

Statt das Offensichtliche zu sagen – dass nur Adepten solche Dinge sehen konnten, ohne sich ernstlich anzustrengen –, manipulierte er schnell seine Sehkraft und beobachtete das Erd-Fae mit eigenen Augen. Doch wenn es irgendeine Veränderung im gemächlichen Strömen der Kraft zu ihren Füßen gab, war sie für seinen heraufbeschworenen Weitblick zu subtil, um sie wahrzunehmen. »Ich kann nicht ...«

Ciani griff mit plötzlich kalten Fingern nach seinem Arm. »Wir müssen eine Warnung ...«

Eine Alarmsirene durchdrang die Abenddämmerung. Ein grauenhafter, kreischender Lärm, der wie eine Todesfee durch die engen Steinstraßen heulte und von Ziegelgestein und Verputz widerhallte, bis die ganze Luft schrill vibrierte. Damien bedeckte ein Ohr mit der Hand und versuchte, das andere zu erreichen, ohne seine gesamten Einkäufe fallen zu lassen. Der Ton war ein körperlicher Angriff – und darüber hinaus schmerzhaft wirkungsvoll.

Wer diese Sirene konstruiert hat, dachte er, *hat seine Lehrjahre bestimmt in der Hölle absolviert.*

Dann verstummte das Heulen. Damien ließ die Hand sinken, doch er war bereit, sie sofort wieder zu heben, falls er etwas hörte, das dem Geheul auch nur ähnelte. Doch Ciani ergriff seine Hand und drückte sie. »Komm mit«, sagte sie leise. Auf Grund des Klingelns in seinen Ohren konnte er sie zwar kaum hören, doch ihre Geste verdeutlichte ihm, was sie wollte. »Komm mit.«

Sie drängte ihn voran, und er ging los. Er lief neben ihr her, eine Straße entlang, die plötzlich voller Menschen war. Es waren Dutzende, und zwar in allen Stadien des Bekleidet- und Tätigseins: arbeitende Menschen mit Tellern in der Hand; Kinder, die sich an Hausaufgabenblätter klammerten; Frauen, die Säuglinge stillten – eine Frau hatte sogar die Hand voller Spielkarten, die sie beim Gehen sortierte. Sie strömten wie Insekten aus einem eingestürzten Bienenstock aus den Häusern und Geschäften, die die engen Straßen Jaggonaths säumten. Was ihn an andere Bilder erinnerte ...

Damien blieb stehen, so dass Ciani gezwungen war, ebenso innezuhalten. Sein Blick war noch manipuliert genug, so dass er die Strömung sah, die vor ihren Füßen wogte, doch das Bild war kaum mehr als ein Schatten seiner vorherigen Vision. Er prüfte ihr Fließen erneut und spürte, dass sein Herzschlag eine Sekunde aussetzte. Die Strömung hatte sich *wirklich* verändert. Nun konnte er es sehen. Nicht ihre Richtung oder ihre Geschwindigkeit hatte sich verändert, sondern ihre *Intensität* ... Damien griff fest nach Cianis Hand. Die Strömung war schwächer als vorher, geringer, als jede natürliche Tide hätte veranlassen können. Es war, als zöge das Fae sich von diesem Ort zurück, als sammele es sich anderswo, um dann mit der plötzlichen Wucht eines Tsunami ...

»Ein Erdbeben?«, sagte er leise. Auf Grund der Enthüllung entgeistert – und voller Ehrfurcht.

»Komm mit«, erwiderte Ciani. Sie zog ihn voran.

Sie liefen, bis sie das nördliche Ende der Straße erreichten, die sich dort zu einem großen Einkaufsplatz ausweitete. Dort blieb Ciani atemlos stehen und bat Damien, das Gleiche zu tun. Auf dem kleinen, gepflasterten Platz hatten sich schon mehrere Hundert Menschen versammelt, und mit jeder Minute kamen weitere an. Die angebundenen Pferde zerrten nervös an den Zügeln. Ihre Nüstern zuckten, als wollten sie den Geruch der Gefahr auffangen. Im gleichen Moment, in dem Damien und Ciani den winzigen Platz betraten, fingen die Hängeschilder zahlreicher Läden an zu schwingen. Aus einer offenen Tür drang das Krachen zerbrechenden Glases. Ladenbesitzer verließen eilig die Häuser und trugen wertvolle Gegenstände auf den Armen – Kristall, Porzellan, feingliedrige Skulpturen. Die Schilder über ihnen schwangen noch heftiger hin und her, und die in Panik versetzten Tiere kämpften um ihre Freiheit.

»Ihr seid *gewarnt* worden«, sagte Damien leise. Welch unglaubliche Vorstellung! Er war daran gewöhnt, die Geschichte Arnas als eine Abfolge von Fehlschlägen und Verlusten zu sehen – doch hier hatte man wirklich triumphiert, und zwar über die Natur an sich! Ihre Ahnen auf der Erde hatten keine Möglichkeit gehabt, genau vorauszusagen, wann ein Erdbeben stattfand – wann der konzentrierte Druck, der sich monate- und jahrelang aufgebaut hatte, plötzlich zu Bewegung wurde, Berge auseinander brechen ließ und Flüsse umleitete, bevor der Mensch auch nur wusste, was ihn getroffen hatte. Aber hier, auf Arna, gab es Warnsirenen. Warnsirenen! Doch nicht überall, fiel ihm ein. Nur im Osten. Nicht in seiner Heimat. Ganji verfügte über nichts Ebenbürtiges.

Damien wollte gerade etwas sagen – um Ciani seine Ehrfurcht mitzuteilen –, als ein Geräusch, das noch schrecklicher war als die Sirene, den Abend zerriss. Er brauchte ein paar Sekunden, bis er erkannte, dass ein Mensch es erzeugte; eine Stimme, von solchem Schmerz geschüttelt, von solchem Entsetzen verzerrt, dass sie als solche kaum zu erkennen war. Damien drehte sich instinktiv um, um ihren Standort auszumachen. Seine freie Hand tastete schon nach einer Waffe ... doch Ciani packte seinen Arm und hinderte ihn daran. »Nein, Damien. Du kannst nichts tun. Lass es sein.«

Der Schrei erreichte plötzlich seinen Höhepunkt. Der Ton war so entsetzlich, dass es Damien kalt über den Rücken lief. Dann wurde er, so schnell, wie er begonnen hatte, abgebrochen. Damien hatte in seinem Leben schon gegen manches groteske Ding gekämpft, und manche hatten lange gebraucht, bis sie gestorben waren. Aber nichts von dem, was er je erlebt hatte, hatte je solche Töne hervorgebracht.

»Da hat jemand manipuliert, als es losging«, murmelte Ciani. »Mögen die Götter ihm beistehen.«

»Sollten wir nicht lieber ...«

»Es ist zu spät, um zu helfen. Bleib hier.« Sie kniff fest in seinen Arm, als befürchte sie, er könne trotz ihrer Warnung fortgehen. »Die Sirene ist früh genug losgegangen. Er hat die Warnung gehört. Dazu ist das verdammte Ding schließlich da. Aber es gibt immer wieder irgendeinen armen

Tölpel, der versucht, das Erd-Fae anzuzapfen, wenn es anfängt zu wogen ...«

Sie sprach nicht weiter.

»Und dann stirbt er? Einfach so?«

»Er *brät*. Sie braten alle. Ohne Ausnahme. Kein Mensch kann Energie dieser Art kanalisieren. Nicht mal ein Adept. Er hat wohl darauf gesetzt, dass es nur ein geringfügiges Beben ist; dass er ein Stückchen von dem, was es freigibt, beherrschen und dem Rest ausweichen kann. Vielleicht war er auch betrunken und in seiner Urteilsfähigkeit beeinträchtigt. Oder nur dumm.« Sie schüttelte den Kopf. »Ich verstehe es nicht. Nur ein Schwachsinniger würde sein Leben gegen ein Erdbeben verwetten. Niemand kann dieses Spiel je gewinnen – *niemand*. Warum versuchen sie es immer wieder? Was hoffen sie dadurch zu erringen?« Irgendetwas an seiner Haltung ließ sie plötzlich zu ihm aufschauen, und sie fragte: »Man hat euch doch im Westen davor gewarnt, oder?«

»Nur allgemein.« Damiens Magen zog sich zusammen, als sein Verstand den schrecklichen Schrei noch einmal abspielte. »Man hat uns gewarnt. Aber nicht in so ... deutlicher Form.«

Er wollte noch etwas sagen, als sie seinen Arm drückte. »Es geht los. Pass auf.«

Ciani deutete über den Platz, auf die ihnen gegenüberliegende Schneiderei. In den Sturz ihrer Bogentür war ein großer Wächter eingelassen. Er war in einem feinen Strichmuster in eine Bronzetafel graviert. Nun glühte die ganze Platte in kaltem blauem Licht, das ihren Rand wie die Korona einer Sonnenfinsternis umriss. Im gleichen Moment, in dem Damien die Entfaltung beobachtete, nahm ihre Intensität zu, und kaltes blaues Feuer brannte das Muster ihres Schutzsigils in seine Augen und sein Gehirn.

»Erdbebenwächter«, sagte Ciani. »Sie schreiten erst ein, wenn das Fae sich intensiviert ... dann zapfen sie es an und benutzen es, um die Gebäude zu stärken, die sie beschützen. Aber wenn es ein großes Beben ist, kriegen sie mehr ab, als sie verarbeiten können. Was du da siehst, ist die Überschussenergie, die ins sichtbare Spektrum verpufft.«

An sämtlichen Gebäuden, die den Platz umgaben, feuerten nun ähnliche Bewacher. Damien schaute von Ehrfurcht ergriffen zu, als Stränge silbernen Feuers über Türrahmen, Fenster und Mauern hinwegschossen, bis die von Menschenhand erschaffenen Häuser gänzlich in ein bebendes Netz aus kalten silbernen Flammen gehüllt waren. Und obwohl die Kraft des Bebens ausreichte, um Ziegelsteinhäuser erbeben zu lassen, kippte keines um. Es zerbrachen auch keine Fenster. In einem Geschäft krachten Möbel zu Boden, in einem anderen zerbrach klirrend Glas, doch die Häuser selbst – verstärkt mit dem feinen, brennenden Netz – hielten dem seismischen Sturm stand.

»Ihr lasst die ganze Stadt bewachen?«, fragte Damien leise. Das schiere Ausmaß lähmte ihn.

Ciani zögerte. »Den größten Teil. Nicht überall wurde es so gut gemacht wie hier. Nicht alle Hexer sind gleich, und das gilt auch für ihr Können ... Manche Menschen können sich diesen Schutz einfach nicht leisten.« Und wie um ihre Worte zu illustrieren, wurde südlich von ihnen das Krachen einstürzenden Gesteins laut. Über den Dächern sammelten sich Staub und eine dicke Wolke aus silberblauen Funken. Damien spürte, dass der Boden unter seinen Füßen bebte. Er sah Ziegel und anderes Gestein, das sich um ihn herum schüttelte, als die Kraft des Bebens versuchte, die Gebäude zum Einsturz zu bringen. Doch die menschliche Manipulation kämpfte, damit alles intakt blieb. Ozongeruch erfüllte die Luft, und eine scharfe Unterströmung: Schwefel? Der Geruch einer Schlacht zwischen der Natur und dem menschlichen Willen.

Unsere Ahnen kannten nichts in dieser Art. Nichts! Wir verehren sie vielleicht, aber in dieser speziellen Arena haben wir sie übertroffen. Die gesamte Naturwissenschaft der Erde hätte dies nie hinbekommen ...

Unglaublich, dachte er. Er hatte es offenbar auch gesagt, denn Ciani murmelte: »Du billigst es?«

Damien schaute in ihre Augen und las dort die wirkliche Frage hinter ihren Worten. »Die Kirche sollte so etwas nutzen, statt es zu bekämpfen.« Der Boden sang ihm nun etwas vor, mit einer tiefen, grollenden Stimme, die er in den Knochen spürte. »Ich werde mich bemühen, dass sie es tut«, versprach er.

Die Kraft der Erdstöße nahm ab, und die Wächter, die darum kämpften, irgendein Gleichgewicht aufrechtzuerhalten, erfüllten den Platz mit silberblauem Licht, das fast so hell war wie der *Kern*. Einige feuerten nun himmelwärts und ließen die aufgestaute Energie in Stößen blauweißer Blitze frei. Sie sprangen von einem Dach zum anderen, schossen dann himmelwärts und zerlegten den Abend in tausend brennende Bruchstücke. In der Nähe gab ein *unbewachter* Baum dem Beben nach. Ein schwerer Ast krachte neben ihm auf den Boden und verfehlte um Haaresbreite einige Stadtbewohner. Es kam Damien wie seine zweite Natur vor, den Arm um Ciani zu legen und sie zu beschützen, indem er sie an sich zog. Und ebenso natürlich erschien es ihm, dass sie sich wortlos an ihn schmiegte, bis ihre Hüfte sich an seinem Schritt rieb und dort ein Feuer entstand, das ebenso intensiv war wie die sie umgebenden, vom Fae erzeugten Flammen.

Er strich mit der Hand über die Krümmung ihrer Hüfte und sagte ihr leise ins Ohr: »Begibt man sich in Gefahr, wenn man während eines Erdbebens eine Frau liebt?«

Ciani drehte sich in seinen Armen, bis sie ihn anschaute, bis er den zarten Druck ihres Busens an seinem Brustkorb und das langsame Spiel ihrer Finger an seinem Nacken spürte. Ihre Hitze gegen den Schmerz in seinen Lenden.

»Wenn man eine Frau liebt, ist man immer in Gefahr«, sagte sie leise.

Sie nahm seine Hand und führte ihn zur Feuersbrunst.

Das war knapp, dachte Senzei Reese.

Hinter ihm rutschte irgendein kostbares Stück Kristall, das Allesha gesammelt hatte – seiner Meinung nach bewusst, um Erdbeben zu trotzen – aus seiner Halterung und knallte laut auf den Hartholzboden. Schon wieder ging einer ihrer Schätze zu Bruch. Er fragte sich, warum sie nicht wollte, dass er sie mit einem Wächter der Art, die ihr Haus bewachte, an Ort und Stelle fesselte. Er fragte sich auch, ob ihre »gemischten Gefühle« hinsichtlich des Fae-Einsatzes sich nicht auch in die »gemischten Gefühle« übersetzen ließen, die sie ihm gegenüber empfand.

Denk bloß nicht darüber nach.

Kraft: Er konnte sie um sich herum spüren. Sie reichte aus, um in ihr zu ertrinken. Energie, wie tosendes Feuer, das seiner Lunge den Sauerstoff entzog, bis er, von Schwindel erfasst, vor Verlangen atemlos zitterte. Einen Moment lang war sie fast sichtbar gewesen – eine reine Wand aus Erdkraft, eine Gezeitenwoge flüssigen Feuers –, doch er hatte sich gezwungen, die Vision abzubrechen, und jetzt war er ebenso Fae-blind wie Allesha. Nur Ciani und ihresgleichen konnten ihre Fae-Sehkraft ohne bewusste Manipulation aufrechterhalten – und unter diesen Umständen bedeuteten Manipulationen den sicheren Tod.

Doch was für einen Tod!

Diesmal hätte er es fast getan. Trotz des ihm bekannten Risikos hätte er es fast riskiert. Er hätte auf Grund des durch Mark und Bein gehenden Schmerzes der Warnsirene fast mit den Zähnen geknirscht und war mit der Manipulation fortgefahren, als sei nichts passiert. Was wäre es für ein Moment gewesen, wenn das wilde Fae in Jaggonath – in *ihn* – hineingeströmt wäre und sämtliche Barrikaden niedergebrannt hätte, die ihn daran hinderten, Cianis Können und Weitblick zu teilen ... die Barrieren, die ihn daran hinderten, mehr als ein Mensch zu sein. Er war *nur* ein Mensch.

Bei fast jedem Erdbeben ergriff irgendeine gequälte Seele die Chance und fügte dem Geheul der Sirene ihren Todesschrei hinzu. Ciani konnte den Grund nicht verstehen – Senzei jedoch verstand ihn nur zu gut. Er verstand das Verlangen, das diese Menschen verzehrte; die Gier, die sie wie Blut durchpulste, bis jede lebende Zelle von ihr durchdrungen war. *Verlangen.* Es verlangte ihn nach dem Einzigen auf Arna, das er vielleicht nie bekam. Nach der einzigen kostbaren Sache, die die Natur ihm versagt hatte.

Im Nebenzimmer fiel ein weiteres Kristallstück um und zerbrach klirrend auf dem Boden.

Senzei weinte.

Erst als das Sonnenlicht gänzlich fort war und die schlimmsten Erdstöße – jedenfalls die unmittelbaren – abgeklungen waren, kam der Fremdling aus seiner unterirdischen Zuflucht. Das Fae warf noch tektonische Echos. Es war das Werk bloßer Augenblicke, es zu analysieren, seine Herkunft zu bestimmen und über seine Implikationen nachzusinnen.

Der Wald wird beben, wurde ihm klar. *Und zwar bald. Dort ist die seismische Lücke zu groß, um sie zu ignorieren. Und das Rakh-Gebiet ...* Aber natürlich konnte man es nicht genau sagen. Seit Generationen war keine Nachricht mehr aus dem Gebiet der Rakh gekommen, weder über Erdbeben noch über ihr Ausbleiben – oder auch nur über irgendwelche anderen Dinge. Er konnte nur spekulieren, inwiefern die dortigen Plattengrenzen über das Unerträgliche hinaus belastet wurden ... doch darüber hatte er schon sehr oft nachgedacht, ohne die Hypothese je bestätigen zu können. In einer Welt, in der das Naturgesetz nicht vollkommen, sondern eher *reaktiv* war, konnte man sich nie sicher sein.

Er hockte sich auf den Boden und berührte ihn mit einem behandschuhten Finger. Er beobachtete das Erd-Fae, das an dem Hindernis vorbeiströmte, und kostete seinen Verlauf durch die Berührung.

Die Strömung hatte sich verändert.

Unmöglich.

Einen Moment lang schaute er ihr einfach nur zu. Vielleicht saß er einem Irrtum auf. Dann lehnte er sich auf die Fersen zurück, blickte in die Ferne und beobachtete das Fließen seines Einflusses auf der Strömung. Ja, sie war anders. Es war zwar ein winziger, aber wahrnehmbarer Unterschied.

Er beobachtete das Fae noch eine Weile, dann korrigierte er sich: *Unwahrscheinlich. Aber wahr.* Jede beliebige Fae-Einheit, die er vergiftet hatte, hätte in Richtung Wald eilen müssen, dem Strudel bösartiger Energie untertan. Es kostete ihn Mühe, nicht selbst dorthin zu eilen; nicht jedes Mal, wenn er sich zu einer Bewegung entschied, diese Richtung unbewusst zu bevorzugen. Dass der Einfluss seiner persönlichen Boshaftigkeit woandershin kanalisiert wurde, bedeutete, dass ein neuer Faktor im Spiel war. Eine Manipulation oder ein Geschöpf – wahrscheinlich Letzteres – war in diese Richtung unterwegs. Und es konzentrierte sowohl seine Böswilligkeit als auch sein Verlangen auf Jaggonath.

Wenn es gegen die Strömung hierher kam, musste es hoch konzentriert sein. Und auf Grund der Wirkung, die es ausübte, höllisch gefährlich.

Vielleicht sogar gefährlicher als der Jäger?

Der Fremdling lachte leise.

Ohne die Sirene – *das Verdammte, das die Verdammten warnt,* dachte er –, hätte der Patriarch von Jaggonath vielleicht nie von dem Erdbeben erfahren. Doch auch der über den Rand seiner Tasse schwappende Tee hatte es ihm gesagt. Er hob das feine Porzellantässchen hoch und nippte nachdenklich daran. Während die Sirene kreischte. Irgendein dämlicher Hexernarr kreischte ebenfalls – doch es geschah ihm recht. Auf dieser Welt gab es keine Freifahrt, am wenigsten auf dem Fae. Es wurde Zeit, dass die Menschen es lernten, und zwar alle.

Ihm kam kurz der Gedanke, dass er seinen Besucher gerade vor dieser Gefahr hätte warnen sollen. Da er aus dem Westen kam, wo Erdbeben seltener und viel ungefährlicher waren, hatte er vielleicht nichts davon gewusst. Vielleicht hatte er sogar versucht, den wogenden Strom zu bändigen, ihn seinem Hexerwillen zu unterwerfen.

Dann gäbe es Gerechtigkeit, dachte der Patriarch. *Und ich wäre von dieser Last befreit. Doch für wie lange? Man würde einen anderen schicken. Und dann ginge alles wieder von vorn los.*

Er stellte die Tasse vorsichtig hin, beobachtete sie einen Moment, um sich zu vergewissern, dass sie nicht wegrutschte, und ging dann ans Fenster. Unter seinen Füßen zitterte der Boden. Ein dumpfes Grollen erfüllte die Luft, doch davon abgesehen gab es kaum einen Beweis für eine Störung der öffentlichen Ordnung. In der großen Kathedrale von Jaggonath gab es sie nie. Der Glaube von Tausenden hatte dem uralten Steingemäuer Jahr für Jahr mehr Kraft verliehen, als jeder Hexer bändigen konnte. Obwohl auf dem Höhepunkt seismischer Aktivität keine Wächter seine Eingänge schützten und kein dämonisches Feuer von seinen Türmen blitzte, blieb das Bauwerk stehen. Die vielen tausend Menschen, die auf dem Hauptplatz Jaggonaths versammelt waren, mussten sehen, dass es stehen blieb – ein Eiland der Ruhe in einer verrückt spielenden Stadt. Doch nur Wenige würden durch das Kathedralentor schreiten und ihr Leben dem Glauben unterwerfen, der dies ermöglicht hatte.

So könnte der ganze Planet sein, dachte der Patriarch. *Und so wird er – eines Tages – auch sein.*

Er musste daran glauben. Er musste den Glauben beibehalten, auch wenn sein geistliches Amt manchmal eher daraus bestand, sich vom großen Maul des Zynismus Arnas verschlingen zu lassen. Er durfte nie vergessen: Der Traum, dem er diente, würde weder in einem Leben noch in fünfen erfüllt werden. Nicht mal in einem Dutzend. Der Schaden, den der Mensch hier angerichtet hatte, war zu groß. Eine einzige Generation konnte ihn nicht beheben ... Und der Mensch richtete noch immer Schaden an. Auch in diesem Moment würde das wilde Fae, vom Erdbeben in abscheulicher Menge freigesetzt, zu den Geistern hinstreben, die es stofflich werden lassen konnte. Ins Hirn eines Kindes, das von Scheusalen träumte. Ins Hirn eines bösartigen Erwachsenen, der an Rache dachte. Tausend Empfindungen von Hass und Angst sowie paranoide Vorstellungen, aus dem Hirn des Menschen gerissen, würden vor dem nächsten Morgen Gestalt annehmen. Bei dieser Vorstellung drehte sich sein Magen um. Was konnte er sagen, damit sie verstanden, dass die Möglichkeit, dass der Mensch nicht überlebte, mit jedem Tag gewaltig größer wurde? Ein einzelner Mensch konnte in seinem Leben von *tausend* solchen Ungeheuern träumen – und sie alle würden vom Menschen zehren, weil er ihr Ursprung war. Konnte die Tätigkeit irgendeines Hexers, so gut er es auch meinte, solche Zahlen kompensieren?

Der Patriarch fühlte sich ermüdet. Zum ersten Mal in seinem Leben wurde er sich einer Hoffnung bewusst, die seit seinen ersten Momenten in der Kirche in ihm lebte: die verzweifelte Hoffnung, dass die Wende *jetzt* kommen würde, zu seinen Lebzeiten. Zwar nicht in ihrer Gänze – das wäre zu viel verlangt –, aber immerhin so weit, dass er ihren Anfang sah. So weit, dass er wusste, dass es einen Unterschied gab. So zu leben wie er, zu dienen, ohne Fragen zu stellen und dann zu sterben, ohne zu wissen, ob es einen Nutzen gehabt hatte ... Er schaute auf die flammende Stadt hinaus, und seine Hände ballten sich zu Fäusten. Es wäre ihm lieber gewesen, er hätte wirklich keine andere Wahl gehabt. Es wäre ihm am liebsten gewesen, man hätte das Fae nicht einsetzen können, um jung zu bleiben, das Leben zu verlängern. Es wäre ihm am liebsten gewesen, er hätte sich nicht in jeder Minute seines Lebens dieser schrecklichen Entscheidung stellen müssen: Engagement für seinen Glauben oder die Möglichkeit, das Fae zu hofieren, damit es sein Leben verlängerte, damit er sah, welche Auswirkung dieser Glaube auf zukünftige Generationen hatte. Der Tod an sich war nicht annähernd so entmutigend wie die Aussicht, in Unwissenheit zu sterben.

So wurde auch der Verkünder verlockt, dachte er finster.

Und was diesen cholerischen Pastor betraf ... Sein Magen verkrampfte sich vor Zorn, als er an ihn dachte. Wie leicht war es doch für ihn und seinesgleichen! Wie scheinbar mühelos, ein Stück gespitzten Stahls aus seiner Scheide zu ziehen und das Ergebnis menschlicher Schwäche einfach zu zerteilen. *Dies ist mein Glaube,* konnte ein solcher Mensch sagen und auf einen Haufen erschlagener Vampir-Verwandte deuten. *Ich diene Gott auf diese Weise.* Der Glaube dieser Leute war einfacher als der des Patriarchen, keine Frage. Es war ein Glaube, der fortwährend vom Adrenalinansturm der Gewalt und dem Nervenkitzel des Wagemuts gestärkt wurde. Ein Glaube, den man in Zahlen ausrechnen konnte: *Getötete Ghule. Enthauptete Dämonen. Überzeugte Konvertiten.* Wenn die Zeit der Abrechnung kam, sagte ein solcher Mensch vielleicht: Die

Welt wurde durch meine Anwesenheit auf folgende Weise verbessert: nicht durch moralischen Einfluss oder die Verbreitung der Lehre, sondern wegen der menschlichen Nachtmahre, die ich erledigt habe.

Und darum, dachte der Patriarch verbittert, *beneide ich ihn.*

6

Als die *Neokönigin Matilla* endlich in den Hafen einlief, waren zwei Männer nötig, um Yiles Jarrom festzuhalten, bis sie angelegt hatte. Und zwar zwei starke Männer.

»Verdammte Arschlöcher!«, murmelte er, und zwar so giftig, dass die beiden Männer ein Stück zurückwichen, ohne ihn jedoch loszulassen. »Denen werde ich zeigen, was es heißt, einen Vertrag mit mir zu brechen!«

Die beiden Männer – vom Hafenmeister rekrutierte Helfer, die verhindern sollten, dass es an der Pier zu offenen Mordtaten kam –, klammerten sich fest an Jarroms Arme, als der flachrumpfige Frachter, der der Gegenstand seiner Schmähungen war, Anlegeposition einnahm. Eine Schar von Hafenarbeitern eilte schnell heran und vertäute das Schiff in Rekordzeit. Dann wurde die Gangway ausgefahren, und der Erste Offizier des Frachters, ein junger und ziemlich schlaksiger Kerl, marschierte über den Kai auf Jarrom zu. Die Männer ließen ihn los, was gut für sie war. Denn ein paar Minuten später hätte er, wenn sie ihn nicht losgelassen hätten, Feuer gespuckt und sich durch sie hindurchgebrannt.

»Verdammte Schweinehunde!« Jarroms Gesicht war rot vor Zorn, seine bebenden Hände wurden zu Fäusten. »Verdammte Schwachköpfe! Wo habt ihr mit meiner Fracht gesteckt? Wo ist euer feiger und arschlöchriger Kapitän, der mich belogen hat, um seinen Vertrag zu kriegen?«

Der Erste Offizier schaute Jarrom nicht an, sondern musterte seine eigenen Füße. »Geben Sie mir eine Minute, mein Herr, dann versuche ich zu erklären ...«

Jarrom schnaubte aufgebracht. »Ich soll dir eine Minute geben? Meine Faust kannst du kriegen! Ich brauche meine kostbare Zeit doch nicht damit zu vergeuden, dass ich mit einem Lakaien rede! Wo ist euer Kapitän, Junge? Oder der verflucht beste Lotse im Ostreich, auf den er so verdammt stolz ist? Bring die beiden her, dann können wir reden!«

Da der junge Mann nicht sofort antwortete, fügte Jarrom hinzu: »Zwei Prima-Monate, Junge – so lange sollte es angeblich dauern. Zwei unbedeutende Monate, auch dann, wenn die Hölle aufbricht oder Brecher aus Novatlantis eure Fahrt verzögern. Und wie lange, frage ich, habt ihr gebraucht? Mehr als drei Kurzmonate, fast vier sogar! Meine Kunden sind inzwischen so weit, dass sie drohen, mein Unternehmen in die Luft zu jagen! Wo, zum Henker, seid ihr also *gewesen?*«

Der junge Mann erwiderte mit sorgfältig abgewägten Worten: »Es ist eine gefährliche Route, Mer Jarrom. Das wissen Sie doch. Orrin ist ein verdammt guter Kapitän, und Jafe war der beste Lotse, der je auf Arna gelebt hat. Trotzdem bleibt die Fahrt ein Albtraum, und das haben Sie gewusst, als sie uns angeheuert haben. Sie wussten, dass wir es vielleicht nicht schaffen würden, ob mit Vertrag oder ohne.« Seine Stimme verblasste zu einem Flüstern. »Wir hätten es beinahe nicht geschafft. Gott steh uns bei.«

»Das ist doch nicht meine Schuld, oder? Ihr seid unterwegs keinen übermäßigen Stürmen begegnet, auch keinen Brechern aus dem Osten. Zwar hat es im Süden ein kleines Erdbeben gegeben, aber es hat das Wasser kaum aufgerührt. Wieso also ...« Dann wurde Jarrom plötzlich klar, was der Erste Offizier gesagt hatte. »Was soll das heißen, er *war?* Habt ihr euren Lotsen verloren, Junge? Ist das eure Entschuldigung? Jafe Saccharat ist unterwegs gestorben?«

Der Erste Offizier hob den Kopf. Nun endlich schaute er Jarrom in die Augen. Die Heftigkeit seines Blicks ließ Jarrom einen Schritt zurückweichen. Er war gewiss ein starker Mann und so mutig, wie ein starker Mann es sich leisten kann. Ihm war im Hafen eine Menge Gewalt begegnet, und er war meist als Sieger aus ihr hervorgegangen. Einmal hatte er sogar mit einem Sukkubus gerungen, dem es nicht gelungen war, ihm die Lebenskraft auszusaugen. Auch dies war fast ein Sieg gewesen. Obwohl ihm im Grunde keine dieser Situationen je Angst gemacht hatte, ließ der Blick des Jungen sein Blut beinahe gefrieren. Aus dem bleichen, hohlwangigen Gesicht schauten ihn blutunterlaufene Augen an, die von dermaßen dunklen Ringen umgeben waren, dass sie fast wie Schrammen wirkten ... Doch es war nicht das, was ihn so erschreckte. Jarrom begegnete im Hafen täglich einem Dutzend Männer, die so aussahen, ohne je Mitleid oder Furcht zu empfinden. Nein. Etwas anderes machte ihn fassungslos, etwas, das er noch nie zuvor gesehen hatte, weder in einem Menschen noch in einem Dämon noch in einem Schauermann. Genau genommen auch nicht *in* den Augen eines Ersten Offiziers. Vielleicht war es etwas, das *nicht da* war?

»Er ist nicht tot«, murmelte der junge Mann. »Der Lotse lebt. Sie sind alle –*wir* sind alle – lebendig. Glaube ich.«

»Dann erklär mal«, sagte Jarrom warnend. Doch das Feuer hatte seine Stimme nun verlassen. Er hörte es selbst. Was war passiert? Was *konnte* passieren, um einen solchen Blick in die Augen eines Menschen zu bringen?

»Es ist eine gefährliche Route«, wiederholte der Erste Offizier. Bar jeder Emotion, als hätte er diese Erklärung schon so oft wiederholt, dass sie für ihn jede Bedeutung verloren hatte. »Zuerst kommt nämlich der Küstensockel, an dem es recht sicher ist, wenn nicht gerade ein Brecher kommt, doch wer geht das Risiko schon ein? Dann sind dort, wo die Schlange sich wendet, die Grate – gezackte Berge, die Schiffswände im Nu aufschlitzen können. Und die Sandbänke der östlichen Meerengen sind auch mörderisch, und die Weißwasser im Osten von Sattin ... Sie wollten, dass wir Ihre Fracht schnell herbringen, Mer Jarrom. Das bedeutet, dass man viele Risiken eingeht. Nur ein guter Lotse kann dergleichen wagen. Und Jafe war der beste, oder? Er hat uns dorthin gebracht, wo wir ihn am meisten brauchten, ziemlich nahe an die Küste des Rakh-Gebiets. Sie besteht nur aus Klippen, Geröllblöcken und tückischen Ufern, aber er hat gesagt, er spart uns genug Zeit ein ... Und er kannte den Weg. Hat er gesagt. Er kannte alles: jeden Unterwasserberg, jeden Felsen und seine Höhe, wie tief sie liegen, wenn die Gezeiten wechseln, und wie viel Zeit zwischen Ebbe und Flut vergeht, wenn ein besonderer Weg offen ist ...« Er blinzelte. »Jafe hat wirklich alles gewusst.«

»Was ist also passiert?«, fragte Jarrom. »Warum, verdammt, wart ihr nicht zum abgemachten Termin hier?«

Der Erste Offizier holte tief Luft und atmete langsam aus. Als er wieder das Wort ergriff, war ein leises Zittern in seiner Stimme. »Ich ... das heißt, er ... hat es *vergessen,* Herr.«

»Vergessen?«

»Stimmt, Herr.«

Die Entrüstung erhitzte erneut Jarroms Blut, und die Wut brach sich in seinen Adern Bahn wie billiger Fusel. »*Vergessen?* Euer verfluchter Lotse hat den Kurs *vergessen?*«

Der Erste Offizier nickte. »Stimmt, Herr. Er hat ihn vergessen ... den Kurs durch sämtliche Meerengen, hat er, glaube ich, gesagt. Er hat nämlich so geschrien ... und daran haben wir es gemerkt. Er stand auf dem Vorderdeck, schrie wie ein Blöder und hat gedroht, ins Wasser zu springen. Er hat gesagt, irgendwas hätte ihm alle Landmarkierungen genommen; es hätte sie einfach aus seinem Hirn rausgewischt. Wir haben drei Mann gebraucht, um ihn zu beruhigen.«

Jarrom schnaubte. »Das kann ebenso gut das Ergebnis eines schweren Besäufnisses gewesen sein.«

Der Erste Offizier bedachte ihn mit einem finsteren Blick, der umso schlimmer wog, da er aus blutunterlaufenen Augen kam. Welch schrecklicher, geplagter Blick. »Wir trinken nicht, wenn wir nach Osten fahren«, sagte er kühl. »Keiner von uns. Die Strecke ist einfach zu gefährlich. Da kommt man schneller ums Leben, als man eine Flasche entkorken kann.«

»Na schön, na schön. Dann hat euer heiliger Lotse also nicht getrunken. Er hat ... Die Landmarkierungen wurden ihm also genommen? Einfach weggenommen? Was war denn mit seinen Aufzeichnungen? Wurden ihm die auch gestohlen? Oder sind sich die besten Lotsen des Ostens zu fein dafür, Notizen zu machen?«

»Ach, die hatte er noch«, versicherte der Erste Offizier. »Er hat sie hervorgekramt und uns gezeigt. Hübsche Lederfolianten, eigenhändig beschrieben. Sauber ausgeführt, alles private Symbole und so weiter.«

»So dass ihr sie nicht lesen konntet.« Die Geschichte wurde immer absurder. »Wahrscheinlich hat er auch vergessen, wie man liest?«

Der Erste Offizier zögerte. Er schien nachzudenken. Dann nickte er nur und schaute wieder auf seine Füße. »Ja, Herr«, sagte er leise. »So war es.«

»Und euer Kapitän? Und der Rest eurer räudigen Mannschaft? Hatte die auch kein Hirn mehr? Du siehst jedenfalls ganz gesund aus.«

»Es war, als hätte irgendwas ein Stück aus uns rausgeschnitten«, sagte der Erste Offizier leise. »Es passierte, als wir schliefen. Sobald man aufwachte, war irgendein Teil von einem weg. Es kam auch nicht mehr zurück. Der Kapitän ... Es würde Ihnen nicht viel bringen, mit ihm zu reden, Mer Jarrom. Ich kann nur eins sagen: Nehmen Sie Ihre Fracht und gehen Sie. Und freuen Sie sich, dass sie überhaupt hier angekommen ist. Und hoffen Sie, dass das, was uns befallen hat, nicht ansteckend ist.« Er schaute erneut auf und blickte Jarrom in die Augen. »Verstehen Sie, was ich meine?«

Jarrom wandte sich ab. Er weigerte sich, in die gepeinigten

Augen zu schauen. »Ich hatte Abnehmer, musst du wissen. Mit Verträgen. Nur die Götter wussten, ob sie bereit waren, noch eine Nacht zu warten, als ich ihnen immer nur leere Versprechungen machen konnte. Wenn sie ...« Er hielt inne und runzelte finster die Stirn. Dann kniff er die Augen zusammen, um die *Matilla* in der Finsternis des Abends deutlicher zu sehen. »Wer sind *die* denn, verdammt?«

Drei Männer verließen das flache Schiff. Jarrom wusste, dass sie nicht zur Mannschaft gehörten. Er hatte die Mannschaft selbst angeheuert. »Ihr habt unterwegs Passagiere an Bord genommen, Junge? Dass das Vertragsbruch ist, ist dir doch klar.«

»Ich ... weiß.« Der Erste Offizier schien nach Worten zu suchen. Jarrom bemerkte, dass seine Hände zitterten. »Ich glaube, sie ... waren gestrandet. Wir haben sie gerettet. Glaube ich.«

»Ganz sicher bist du dir aber nicht, was?« Die Männer waren blass und bewegten sich mit fast katzenhafter Anmut. Sie waren zwar wie Einheimische angezogen, doch der Stoff kleidete ihren Leib irgendwie ungelenk. Sie waren eindeutig etwas anderes gewöhnt. Weniger? Einer wandte sich Jarrom zu und grinste kurz. Es war das Grinsen einer Katze, das Grinsen eines hageren und hungrigen Jägers und wirkte darüber hinaus *erheitert*. Obwohl alle Instinkte Jarrom sagten, er solle zu den Leuten hingehen und sie zur Rede stellen, bemerkte er plötzlich, dass er sich nicht bewegen wollte. Er wollte auch nicht zu ihnen hingehen, egal aus welchem Grund.

»Ich selbst habe noch genug gewusst«, sagte der Junge leise. »Es hat gerade so gereicht. Wir sind nach Norden gefahren, auf einem anderen Kurs. Da oben ist es sicherer, wenn man aufläuft. Man kann hoffen, wieder in Bewegung zu geraten. Ich musste langsam machen, verstehen Sie? Ich musste unseren Terminplan außer Acht lassen, Herr. Sonst wären wir umgekommen. Ich *musste* langsam machen, verstehen Sie?«

Die eigenartigen Männer waren nun verschwunden – verschwunden wie geisterhafte Fae-Erscheinungen im finsteren Abenddunkel –, doch Jarrom wurde das Gefühl nicht los, dass sie ihn noch immer beobachteten, dass ihre Blicke ihn verhöhnten. Er spürte, dass er eine Gänsehaut bekam, und zwar wie nie zuvor. »Tja«, sagte er laut – als könne Lautstärke sein wachsendes Unbehagen vertreiben. »Dann können wir von Glück reden, dass du nicht auch alles vergessen hast, wie?«

Die geröteten Augen blinzelten einmal langsam. »Den Kurs habe ich nicht vergessen«, sagte der Erste Offizier leise. »Nein, den nicht.«

Plötzlich wirbelte ein Ausbruch von Klang und Farbe über den Hafen auf die beiden zu. »Bassy!« Seidentaft raschelte wie der Wind, Füßchen trommelten ein Stakkato auf die vom Dunst feuchten Planken. Parfüm, in femininen Mengen. »Bassy! Liebling! Du hast es geschafft!«

Dann lag sie in seinen Armen, ein winziges Mädchen, das noch dünner war als der Junge. Und sie weinte vor Freude, küsste ihn ab und hinterließ überall auf seinem gebräunten, gegerbten Gesicht Lippenstiftabdrücke. »Ich hatte solche Angst, Schätzchen, solche Angst! Als ich hörte, dass ihr nicht planmäßig eingelaufen seid – und ich *weiß* doch, wie genau Kapitän Rawney ist, aber du kannst dir sicher all die schrecklichen Dinge vorstellen, an die ich denken musste, als niemand wusste, wo ihr wart ...«

Yiles Jarrom würde den Blick in den Augen des Ersten Offiziers niemals vergessen, der von seiner Braut umarmt wurde. Niemals. Tage, Wochen, sogar Monate würden den Rest dieses abscheulichen Abends in sein Gedächtnis einschließen, das diesen schrecklichen Anblick nie ausradieren konnte – den kurzen Blick, der in einer Sekunde das sagte, was ganze Bände von Prosa niemals so wortgewandt hätten ausdrücken können. Und so grauenhaft.

Wer ist sie?, fragten ihn die blutunterlaufenen Augen bittend. *Wer?*

Helfen Sie mir doch!

»Die Götter mögen uns beistehen«, flüsterte Jarrom. »Uns allen.«

7

Der Patriarch erinnerte sich:
»Mama?«

Das Haus war ungewöhnlich still. Der Junge blieb im Türrahmen stehen. »Mama?« Keine Antwort. Er legte seine Schulbücher im Hausflur ab, auf dem schweren Alteichenschrank, der für diesen Zweck gedacht war. »Mama?« Ihm war plötzlich innerlich kalt, und er empfand Zorn. Ihm war kalt, weil hier eindeutig etwas nicht stimmte. Und er war zornig, weil er den Grund dafür zu kennen glaubte.

»Mama?«

Verdammt noch mal, wenn sie es schon wieder machte ... Er suchte das Haus nach Anzeichen ihrer Anwesenheit ab, nach ihren Schwächen: nach halb geleerten Flaschen, die dort lagen, wo sie zufällig hingefallen waren, nach dünnen Verpackungsfolien mit dem Überresten von Cerebuspulver – und den Utensilien ihrer überall verstreuten Haushaltsaufgaben, die dort lagen, wo ihre Laune sie überkommen hatte. Doch zum ersten Mal waren all diese Zeichen nicht vorhanden. Was auch passiert war – das war es nicht. Die Enge, die sich im Brustkorb des Jungen aufgebaut hatte, entspannte sich leicht, und er dachte: Sie ist noch nüchtern. Dann fügte er hinzu: Vielleicht.

»Mama?«

Das Haus war still, abgesehen von einem merkwürdig zirpenden Geräusch, das aus der Küche kam. Dort ging er hin und spielte dabei mit einer Hand nervös an seinem Wächtermesser. Seine Freunde würden bestimmt gleich ungeduldig nach ihm rufen, denn sie wollten, dass er wieder rauskam. Vielleicht kamen sie sogar ins Haus, wenn das Warten ihnen zu langweilig wurde. Bevor es dazu kam, musste er seine

Mutter finden, sich schnell um sie kümmern und wieder rausgehen. Die Scham, dass die anderen sie sahen, wenn sie zweifach abgefüllt war, wollte er sich nicht aufladen. Als sie nur getrunken hatte, war es schon schlimm genug gewesen. Nun, da sie angefangen hatte, Cerebuspulver in ihre Getränke zu mischen, war es hundert Mal schlimmer.

Diese Kombination, *hatte der Arzt sie gewarnt,* bringt Sie um. Sie frisst einem buchstäblich das Gehirn weg. Sind Sie darauf aus? Wollen Sie Ihrer Familie das antun?

Einer der Freunde des Jungen klopfte ungeduldig an die Haustür. Der Junge beschleunigte seinen Schritt. Er musste sie nur finden, um sich die Erlaubnis zu holen, mit den anderen den Fluss zu überqueren, dann konnte er gehen. Es war nicht mal wichtig, ob sie ganz bei Sinnen war oder was sie sagte, wenn sie es ihm erlaubte. Solange er seine Pflicht tat und sie fragte, war sein Rücken gedeckt. Das Wichtigste war, dass er es so schnell machte, dass seine Freunde sie nicht zu Gesicht bekamen. Ach, vermutlich ahnten sie, warum er sie nicht gebeten hatte, mit ins Haus zu kommen ... Aber es war weniger schlimm als der tatsächliche Anblick. Längst nicht so schlimm.

Als er die Hand auf die Klinke der Küchentür legte, bemerkte er, dass er zitterte. Angenommen, sie war wirklich in Schwierigkeiten? Angenommen, der Arzt hatte Recht – und die Mischung von Illusionsdrogen und alkoholischer Enthemmung war wirklich mehr, als das menschliche Gehirn vertragen konnte? Würde ihr Gehirn eines Tages wirklich zerfressen werden? Was sollte er tun, wenn es inzwischen dazu gekommen war?

Er zwang sich zitternd, die Klinke zu drücken. Er wollte gar nicht wissen, was dahinter lag.

Bitte, Mama. Sei gesund. Sei nüchtern ... Zumindest so nüchtern, dass du mit mir reden kannst. Bitte.

Er öffnete die Tür.
Und sah.
Und schrie auf.
Irgendwo in der Ferne wurde eine schwere Tür aus Alteichenholz aufgestoßen. Er hörte es kaum. Das Entsetzen erfüllte seine Kehle so sehr, dass ihm das Atmen unmöglich war. Er wollte zurückweichen, doch seine Hände waren an die Türklinke gefesselt. In der Küche zirpten Dutzende von Dingen; *finstere* Dinge; *feuchte* Dinge; Dinge *mit blitzenden Krallen und spitzen Zähnen,* von denen helles Karmesinrot auf die Immerrein-Fliesen tröpfelte. Dinge, die auf den Schultern seiner Mutter hockten, helle Krallen in ihr verfilztes Haar tauchten und weiche, schleimige Bröckchen hochschaufelten, um sie zu fressen.

Es gelang ihm, einen Schritt zurückzutreten. Sein Herz schlug heftig. In seinem Kopf wirbelte alles durcheinander.
Zwei Schritte. Noch einer.
Es frisst Ihnen das Gehirn weg, *hatte der Arzt gesagt.*
Er lief davon.

8

*V*erschlafe nie die Echtnacht, *hatte der Meister Damien gelehrt.* Ob du ihre Kraft nutzen willst oder nicht, du musst wach sein, um ihren Ablauf zu beobachten. In unserer Welt gibt es zu viele Dinge, die ihr Leben aus dieser ultimaten Dunkelheit beziehen, zu viele Bösartigkeiten, die man nur manipulieren kann, wenn aller Sonnenschein gegangen ist. Sei also wach und nimm den Takt deines Gegners auf.

Damien saß auf der breiten Bank am nördlichsten Fenster seines Zimmers und beobachtete die Stadt. Seine Nerven zuckten noch auf Grund des Traums, den der schrille mechanische Wecker unterbrochen hatte. Es war fünf Minuten nach drei. Die Echtnacht würde heute bloß drei Minuten dauern – doch er war, seiner Ausbildung gemäß, wach, um das Ereignis zu beobachten. Er zog die schweren Fenstervorhänge beiseite und sah die gelbgrüne Sichel Cascas trotzig im Osten versinken. Er schaute zu, als das Mondlicht langsam am Nachthimmel verblasste. Dann: völlige Finsternis. Der *Kern* war weg, und mit ihm die Millionen Sterne, die das Herz der Galaxis markierten. Arnas Nachthimmel zeigte die Ödnis, eine Leere, die so riesig war, dass man leicht vergessen konnte, dass andere Sterne überhaupt existierten, geschweige denn Planeten, auf denen Lebewesen heranwuchsen, kämpften, Leben schenkten und starben ... Ganz zu schweigen von einem Ort, den man *Erde* nannte.

Damien holte tief Luft und modellierte seine Sehkraft dergestalt, dass seine Weitsicht möglicherweise auf die besonderen Fae-Wellenlängen reagierte. Unter ihm, auf den städtischen Straßen, streckten sich zaghaft tiefpurpurne Schatten aus, als prüften sie ihre Stärke. Ausläufer aus dunkelstem Violett – so dunkel, dass man sie kaum sah, so stark, dass es schmerzte, sie anzuschauen – krochen langsam auf die offenen Flächen der Stadt. Einkaufszonen, Stadtparks, sogar Dächer: Orte, an denen der Sonnenschein Dinge dieser Art normalerweise in Schach hielt, die nun jedoch auf Grund der besonderen Nachtfinsternis wehrlos waren. Damien beobachtete ihr Fließen und murmelte ein Dankgebet, dass sich keine Menschen auf den Straßen aufhielten. Von allen Formen, die das Fae annehmen konnte, war dies die gefährlichste. Sie konnte in Minuten erscheinen lassen, wozu sie sonst Stunden brauchte, wenn nicht gar Tage – und einen viel gewalttätigeren Verlauf nehmen. Gott sei Dank hielten das Licht des *Kerns* und die drei Monde, die das Sonnenlicht reflektierten und über die dunkleren Nächte wachten, das Zeug die Hälfte des Jahres fern. Die *meisten* dunkleren Nächte.

Damien versuchte, ein Gefühl für die örtlichen Strömungen zu bekommen – um zu analysieren, wer eine besondere Dunkelheit wie diese vielleicht manipulieren würde und warum –, aber es war, als wolle man sich inmitten von Weißwasser-Stromschnellen auf ein einzelnes Wellchen konzentrieren. Schließlich ließ er, von der Anstrengung erschöpft, seine Weitsicht verblassen. Zu Hause hätte er nun jeden Hexer der Stadt identifiziert und die wenigen ausgemacht, die es wagten, das Zeug zu manipulieren – doch die Strömungen waren hier so launisch und kompliziert, dass sein Können im Vergleich kaum mehr als das eines Kindes war.

Er schaute zu, als Dominas Sichel termingemäß über den östlichen Horizont glitt. Er schaute zu, als das dunkelviolette Licht sich verdünnte und auflöste, als sei es von der Sonne zerstreuter Frühnebel. Er schaute zu, als es sich in Myriaden von Rissen und Spalten zurückzog, die es vor dem Licht beschützten, während frisches Mondlicht auf die Straßen und Dächer strömte, um sie von ihrer tödlichen Anwesenheit zu reinigen. Er schaute zu, bis der Mond halb aufgegangen war, dann ging er wieder zu Bett.

Drei Uhr fünfunddreißig. Sobald sein Kopf das Kissen berührte, war er eingeschlafen.

Fünfzehn Minuten später erfolgte die Explosion.

»Verdammt, was ...?« Damien richtete sich benommen auf. Er war noch immer schlaftrunken. Dann erinnerte er sich an einen lauten, plötzlichen Lärm, der nicht gänzlich in seinen Traum integriert gewesen war. Er war verstummt, bevor er wach genug gewesen war, um ihn zu identifizieren. Hatte er ihn sich nur eingebildet? Er schüttelte den Kopf, um Klarheit zu gewinnen, dann hörte er auf dem Korridor des Anbaus Türen schlagen. Das Geräusch rennender Füße in Halbschuhen. Nein. Er hatte sich überhaupt nichts eingebildet.

Er warf sich eine Baumwollrobe über, dachte kurz nach und griff nach seinem Schwert. Auch wenn er nicht wusste, was draußen vor sich ging, es war gut, vorbereitet zu sein. Er eilte in den Korridor hinaus und orientierte sich schnell. Eine Pastorenschwester aus Kale tauchte gerade aus dem Zimmer auf, das dem seinen gegenüberlag. Ihr Gesicht war weiß. »Im Südwesten«, sagte sie leise, und ihm wurde klar, dass ihr Fenster offenbar in diese Richtung schaute. »Was ist denn?«, fragte er. Doch sie schüttelte den Kopf: *Nein, kann Ihnen nicht weiterhelfen. Ich weiß es auch nicht.*

Im Südwesten. So schnell er konnte, lief Damien durch den Korridor und nahm auf der breiten Haupttreppe jeweils zwei Stufen auf einmal. Als er das Außentor erreichte, schloss es sich gerade. Durch die Fenster kam zu viel Licht, viel mehr, als Dominas Sichel hätte abgeben können. Ein Licht, das flackerte, als litten die Flammen an Tollwut. Als er die Hand auf das Tor legte, schwang es auf, und er erkannte zusammenzuckend, dass auch dies nicht stimmte. Feuer hätte gelb, orange oder auch gelbweiß sein müssen; dieses Licht war kaltblau, als würde es von einer unnatürlichen Flamme erzeugt.

Vor dem Anbau standen etwa zwei Dutzend Kirchengäste da, hatten den Kopf in den Nacken gelegt und starrten zum Himmel hoch. Damien blieb nicht stehen, um zu schauen. Wenn das Feuer – vorausgesetzt, es war eins – im Südosten brannte, befand er sich am falschen Ort, um seinen Ursprung zu bestimmen. Er lief um die Ecke der Kathedrale, bis das Gebäude seine Sicht nicht mehr blockierte. Und dann sah er ...

Feuer. Es raste himmelwärts. Es war kein natürliches Feuer. Nein. Es war kaltblau wie das Feuer der Erdbebenwächter. Vom Fae erzeugte Flammen, ohne Zweifel. Damien versuchte sich den Stadtplan vorzustellen, um den Ursprung des Brandes zu bestimmen. Im gleichen Moment verkrampfte sich etwas in ihm: eine Mischung aus Grauen und Furcht, die so kalt und stark war, dass er anfing zu zittern.

Ciani ...

Er lief los. Die Straße des Handels hinunter. Er lief an verängstigten Müttern, huschenden Straßenhändlern und unausweichlichen, den Hals reckenden Touristen vorbei. Er schubste sie, wenn nötig, beiseite. Am Marktweg und den Sieben Ecken vorbei, ins Handwerkerviertel hinein. Er durchquerte es und ließ es hinter sich. Dort, auf dieser stillen Straße, wurde das Fae-Lädchen betrieben. Und hier, auf dieser plötzlich von Menschen wimmelnden Straße ...

... brannte es. Es brannte in so heftigem Fae-Licht, dass es ihn zurücktrieb, dass er jeden körperlichen Instinkt bekämpfen musste, an den davor befindlichen Häuserblock heranzukommen. Es war unmöglich, ihn anzuschauen, denn er brannte wie tausend Sonnen und musste die Netzhaut eines jeden versengen, der es versuchte. Damien manipulierte einen Schild für seine Augen, spürte, dass das ihn umgebende Licht nachließ, und machte dann einen neuen Versuch. Es ging besser. Er zwang sich zum Weitergehen, an den Feuerwehren vorbei, die nun ausgerichtet wurden, vorbei an einem Adepten in einer versengten Robe, dessen Aufmerksamkeit dem Brand galt, vorbei an ... Es waren zu viele Menschen, um sie zu zählen. Sie liefen entweder auf das Feuer zu oder flohen vor ihm. Er kam ihm so nahe wie möglich, wobei die gesamte Kraft der Fae-erzeugten Flammen gegen ihn drückte. Bis er ihren unnatürlichen Rauch in der Lunge spürte und auch dagegen eine Abschirmung errichten musste.

Das Lädchen war weg. Seine veränderte Sicht sah es nun. Das, was da noch brannte, waren nur noch Trümmer des bereits Zerstörten. Irgendeine monströse Explosion hatte das Haus in Stücke gerissen und auch die Hauptteile der beiden Nebengebäude. Nun war alles weg, zusammen mit denen, die zu dieser Stunde im Laden gearbeitet hatten ...

Fae-Lädchen, hatte auf dem Schild gestanden. *Rund um die Uhr geöffnet.*

Diese Explosion konnte niemand überlebt haben. Niemand.

Ciani!

Damien bemühte sich, eine Weissagung zu fabrizieren, aber die Strömungen waren aufgewühlt und ihre Muster nicht analysierbar. Er konnte nur erkennen, dass irgendetwas eine Kettenreaktion ausgelöst hatte – dass irgendeine bösartige, auf Ciani gerichtete Manipulation ihre Wächter nacheinander gezündet hatte, bis das ganze Gebäude in die Luft geflogen war ...

Tränen waren in seinen Augen. Er wischte sie mit der freien Hand ab und versuchte gleichmäßig zu atmen. Der Rauch in seiner Lunge war dick. Er schirmte sich auch gegen ihn ab. Dann nahm er wahr, dass mehrere Adepten in der Menge hart arbeiteten, um die aus dem Fae geborenen Flammen zu zügeln, damit sie nicht auf die Nachbargebäude übersprangen. Damien hob die Hand, als wolle auch er anfangen, eine

Manipulation vorzunehmen – doch eine fremde Hand ergriff die seine, und eine vertraute Stimme sagte: »Das können die besser als wir.«

Damien wandte sich um, als stünde ihm ein Angreifer gegenüber. Er brauchte einen Moment, um zu erkennen, dass Senzei der Sprecher war. Er trug ein dickes Baumwollgewand. Das Haar hing ihm noch vom Schlaf in der Stirn. Langsam und schmerzhaft drang die Wahrheit in Damien ein. Senzei Reese. Im Bademantel. Er war mitten in der Nacht hierher geeilt, weil er die Explosion gehört hatte ... Denn als es passiert war, war er nicht hier gewesen. Also war Ciani hier gewesen. Damien verwünschte das Schicksal, weil es so gehandelt hatte – und hasste sich, weil er sich wünschte, es sei umgekehrt gewesen.

Ciani!

Er neigte den Kopf und blinzelte neue Tränen fort, um den Rauch aus seinen Augen zu spülen. Senzei schwieg, was die schreckliche Wahrheit der ganzen Angelegenheit bestätigte. Wenn Ciani überlebt hätte, hätte er gesprochen. Falls sie überhaupt eine Überlebenschance gehabt hatte ... Aber sie war im Inneren des Ladens gewesen, als er explodiert war, und hatte nie eine Chance gehabt. Senzeis Schweigen bestätigte es.

Mit einem wütenden Fluch – er richtete sich gegen das Schicksal, Jaggonath und die Echtnacht – wandte Damien sich wieder der Menge zu und bahnte sich mit den Ellbogen einen Weg fort von Sagenmeisterin Cianis Kremationsfeuer.

Verlust. Wie eine Wunde, aus der alles Blut bereits geströmt war. Die nun nicht mehr heilen konnte, weil all ihre lebenswichtigen Flüssigkeiten nicht mehr waren. Von Trauer ausgetrocknet.

Damien, in der Stille der Nacht allein, kämpfte darum, mit seinen Gefühlen ins Reine zu kommen. Er hatte schon früher Freunde verloren. Geliebte sogar. Das waren die Risiken, die sein erwählter Beruf mit sich brachte. Jeder Verlust war Trauer für sich, ein Eiland des Kummers, endlich und verständlich. Warum war es diesmal so anders? Lag es am Schreck des Geschehenen, an seiner Plötzlichkeit – an dem schrecklichen Unvermögen, dort zu sein, ohne etwas tun zu können, während die letzten Überreste eines Frauenlebens in Rauch aufgingen? Oder ... etwas mehr? Irgendein Gefühl, dass er sich noch nicht eingestanden hatte, das mit den Scherzen, der Unterhaltung und dem Lieben zwischen ihnen gewachsen war? Irgendein Gefühl, das die Hitze des Feuers nun kurzgeschlossen hatte, als hätte es nie existiert? Ihm war, als hätte irgendein Teil von ihm, das er fast immer verschlossen gehalten hatte, angefangen, sich ganz kurz zu öffnen ... Als sei es, verkohlt von der Hitze des schrecklichen Brandes, gleich darauf wieder zugeschlagen.

War dies die Liebe? Hätte sich die Liebe so angefühlt, wenn sie länger gedauert hätte?

Damien Vryce, allein in seinem Zimmer im Anbau, weinte stumm vor sich hin.

Weißt du überhaupt, wie alt ich bin?, hatte sie ihn einst gefragt. Ihre hellen Augen hatten erheitert gefunkelt.

Nein. Wie alt bist du?

Fast siebzig.

Damals hatte er gedacht, wie wunderbar es doch sein müsse, seinen siebzigsten Geburtstag zu erleben, ohne einen Tag älter als dreißig auszusehen. Ihretwegen hatte ihn die Zahl mit Staunen erfüllt. Sie war voller Vitalität.

Es war ein Scheißalter zum Sterben.

Die Tür ging langsam und knarrend auf. Damien hob den Kopf gerade so hoch, dass er sehen konnte, wer eintrat. Es musste reichen. Als er es gesehen hatte, ließ er ihn wieder sinken.

»Tut mir Leid«, sagte der Patriarch leise. »Tut mir wirklich Leid.«

Ach, wirklich?, hätte Damien am liebsten gefaucht. Doch seine Wut war jetzt vergangen. Die Trauer hatte ihn ausgeleert.

»Danke«, sagte er leise.

»Kann ich irgendetwas tun?«

»Nein.« Es gelang ihm, den Kopf zu schütteln, doch selbst diese Bewegung war anstrengend. »Ich kann nicht ... Ich brauche einfach Zeit. Es kam so plötzlich ...«

»Es ist immer schwierig, jemanden zu verlieren, den wir mögen. Und besonders bei einem so sinnlosen Unfall.«

»Es war kein Unfall«, erwiderte Damien leise.

Der Patriarch betrat sein Zimmer – langsam, lautlos – und nahm ihm gegenüber Platz. Als er das Wort ergriff, war sein Tonfall freundlicher als zuvor. Freundlicher, als Damien es sich je erträumt hätte. »Wollen Sie darüber reden?«

»Zu welchem Zweck? Ich konnte es nicht deutlich genug analysieren. Irgendetwas hat entweder sie oder ihren Laden attackiert, und ihre Wächter haben ... fehlgezündet. Ich konnte nicht erkennen, was es war, wie es ablief oder warum. Ich weiß nicht mal, was ich dagegen machen könnte, selbst wenn ich es wüsste. Und ich glaube ...« Er schloss fest die Augen. »Ich glaube ... Ich war im Begriff, mich in sie zu verlieben.«

»Das habe ich schon vermutet«, sagte der Patriarch leise.

»Ich komme mir so verdammt hilflos vor!« Damien stand plötzlich auf und brachte einen Stuhl ins Wanken. Er drehte sich und musterte die hinter ihm an der Wand hängenden Waffen. »Ich habe während des Brandes dagestanden – während *sie,* wie ich annehmen muss, verbrannt ist –, und was konnte ich tun, um zu helfen? Ich bin nicht mal in die *Nähe* des Hauses gekommen!« Er schüttelte den Kopf und spürte das Nass auf seinen Wangen. »Man kann sich nicht vorstellen, wie es ist, wenn man so etwas sieht. Man wird das Gefühl nicht los, dass man es eindämmen könnte, wenn man nur wüsste, was man tun muss ... doch man kann nichts tun. Man steht nur hilflos herum und kann denjenigen, den man mag, nicht retten.«

»Ich verstehe Sie«, sagte der Patriarch leise, »mehr als Sie glauben.«

Damien hörte, dass der Heilige Vater aufstand und dorthin ging, wo er sich befand. Doch im Gegensatz zu Senzei fasste er ihn nicht an.

»Sie war in dieser Gemeinde aktiv. Sehr angesehen. Man wird zu Ehren ihres Ablebens Vertreter aus Jaggonath und anderswo senden.« Er zögerte. Damien hörte seiner Stimme an, wie viel diese Worte ihn kosteten. »Angesichts ihres Dienstes für die Gemeinde, wäre es nicht ... unzumutbar, wenn unsere Kirche eine solche Geste machen würde.«

Von seinem Angebot überrascht, wandte Damien sich um und schaute ihn an. Und er dachte: *Wenn sie noch leben würde ... Sie sind ungefähr im gleichen Alter.* Doch wie lange würde der Patriarch ohne den Vorteil der Verjüngung noch leben?

»Nein«, murmelte er. »Danke ... Aber es ist nicht angemessen. Ich verstehe das.« Er schloss die Augen. »Aber danke für das Angebot.«

»Wer das Fae umwirbt, geht gewisse Risiken ein. Doch auch dieses Wissen macht es nicht leichter, oder? Wenn man einen Menschen verliert, ist es am Ende immer gleich.« Der Patriarch wirkte, als wolle er noch etwas sagen, doch dann kam nichts mehr. Angesichts dessen, wie seine Gefühle in dieser Sache vielleicht aussahen, war Damien ihm dankbar dafür.

»Was wir auch tun können, um zu helfen«, sagte der Patriarch schließlich, »soll getan werden. Sie müssen es mir nur sagen.«

9

Es ist vollbracht, hauchte der Erste.
Nicht gut.
Nein. Aber vollbracht.
Zu schade, dass wir nicht wussten, dass die Wächter hochgehen. Voller Verlangen: *Da hätten wir sie auch selbst umbringen können.*

Sie schwiegen eine Weile, weideten sich an der Vorstellung.

Sie hatte ein erfülltes Leben, sagte schließlich einer.
Ein ganzes Leben, stimmte ein anderer zu.
Köstlich.
Und wir können jetzt heimkehren. Ja?

Sie wandten sich zu jenem um, der, da er keinen anderen Titel hatte, ihr Führer geworden war.

Wir kehren heim, sagte er zu ihnen. *Aber jetzt noch nicht.*

10

Ich kann nicht glauben, dass sie tot ist, dachte Damien.

Nur ein formloser Haufen geschwärzter Trümmer war vom Fae-Lädchen übrig geblieben. Die Ermittler durchwühlten sie nun fast vierundzwanzig Stunden, doch sie hatten noch immer keine Erklärung für den Brand, der plausibler war als ihre erste Hypothese: Irgendetwas hatte den Laden attackiert, und es war stark genug gewesen, um die schützenden Wächter zur Kettenreaktion zu treiben. Ciani war von ihrer eigenen Verteidigungsanlage ums Leben gebracht worden.

Es kann vorkommen, sagte er sich. *Wir alle, die wir das Zeug manipulieren, vergessen leicht, wie instabil es ist. Selbst in den Händen eines Adepten.*

Wer das Fae hofierte, musste den Preis dafür bezahlen.

Damien blinzelte die zunehmende Feuchtigkeit aus seinen Augen und konzentrierte seine Sinne auf die Asche. Auch wenn er wusste, dass ein halbes Dutzend Adepten es bereits getan hatte, ohne etwas zu entdecken, er musste es versuchen. Der Schmerz, Ciani zu verlieren, war schon schlimm genug; die Frustration der Untätigkeit war mehr, als er ertragen konnte.

Obwohl die Asche für das Auge abgekühlt war, war sie für seine inneren Sinne weiß glühend. Damien benötigte nur eine minimale Manipulation, um die Kraft zu spüren, die in ihr zurückgeblieben war. Es war, als sei das gesamte zahme Erd-Fae im Inneren des Ladens verdampft und habe sich in einen heißen Fleck chaotischer Energie konzentriert. Er fragte sich geistesabwesend, welche Auswirkungen es auf die örtlichen Strömungen hatte, wenn sich eine solche Masse roher Hitze an einem Ort befand. Dann fragte er sich, wer sich nun, da Ciani nicht mehr lebte, die Mühe machen würde, sie zu kartografieren.

Hör auf damit. Sofort. Damit machst du es für dich nur noch schlimmer.

Wie lange dauerte es, bis irgendein Idiot versuchte, das Zeug zu bändigen? Er hielt nach einer verräterischen Markierung Ausschau und sah ein Sigil, das mit Kreide auf ein Stück Ziegel gemalt war. Ciani wäre entrüstet gewesen. *Götter im Himmel,* hätte sie gesagt, *gibt es denn nichts, das so gefährlich ist, dass nicht irgendein Trottel versuchen würde, es zu manipulieren?*

Erneut versuchte er, einfach zu weissagen, was passiert war. Und wieder vernebelte die reine Masse der entfesselten Energie seine Sinne, so dass seine Manipulation nichts erbrachte. Es war, als wolle er sich auf das Flackern einer Kerze konzentrieren, die genau vor der Sonne stand. Seine Versuche brachten ihm nur Kopfschmerzen ein.

Dann ertönten Schritte hinter ihm, und er drehte sich um, um zu sehen, wer sonst noch an diesen Ort gekommen war.

Senzei.

Der Mann sah schrecklich aus. Ausgezehrt. Ausgetrocknet. Damien nahm an, dass er seit dem Zwischenfall nicht mehr geschlafen hatte. Wahrscheinlich hatte er auch keine Zeit gehabt, etwas zu essen. Oder kein Verlangen danach.

Senzei schaute sich nervös um, als befürchte er Lauscher. Es war niemand da. Seine blutunterlaufenen Augen richteten sich auf Damien, dann schaute er schnell fort. Im gleichen Moment glaubte Damien in seinem Blick Angst zu erkennen.

»Ich muss mit dir reden«, sagte Senzei. Seiner Stimme fehlte es an Substanz, er klang wie ein Gespenst. Man musste sich anstrengen, um ihn zu verstehen. »Aber nicht hier.« Er schaute erneut zur Straße hin; es war eine schnelle und aufgeregte Geste.

»Wo also?«

»Bei mir daheim. Kannst du kommen? Es ...« Senzei zögerte. Sein Blick traf den Damiens. »Es geht um Ciani.«

Wilde Hoffnung wallte in Damien auf. »Was?«

Senzei wirkte absolut elend. Damien wurde den Verdacht nicht los, dass er sich fürchtete zu sprechen. »Komm mit.« Mehr wollte er nicht sagen. »Ich ... dort können wir uns unterhalten.«

Damien hätte ihn am liebsten gepackt und geschüttelt. Er wollte Antworten hören. Doch er bemühte sich, diesen Instinkt zu besiegen. Er nickte steif und ließ sich von Senzei führen.

Kurz hinter den engen Pflasterstraßen des Handelsbezirks der Stadt lag ein kleines Wohngebiet. Das Haus, zu dem Senzei Damien führte, war eins von einem Dutzend ähnlicher Gebäude; bescheidene Ziegelhäuser, deren schmaler Aufbau und Mangel an Hofraum deutlich sagten, wie teuer die Grundstücke in dieser Gegend waren. Senzei führte ihn zu einem Eckhaus, und Damien nahm die Einzelheiten in Augenschein: sauber gekalkte Steinmauern, eine kleine Veranda, Hängepflanzen. Über der Tür: ein Sigil – ein Erdbebenwächter. In die unteren Ecken sämtlicher Fenster waren kleinere Symbole geschnitzt. Die Vorhänge der Parterrefenster erschienen Damien für Senzeis Geschmack überraschend weiblich ... Dann fiel ihm ein, dass er mit einer Frau zusammenlebte. War es eine Untermieterin? Oder seine Freundin? Es war ihm peinlich, dass er sich nicht mehr an die exakte Form ihrer Beziehung erinnern konnte.

Als sie an die Tür kamen, ging sie auf. Im Schatten des Rahmens machte Damien die Gestalt und die Gesichtszüge einer Frau aus. Sie ähnelte Senzei in vielerlei Hinsicht – sie war blass, dunkelhaarig und für ihre Größe etwas zu dünn. Und ängstlich. Sehr ängstlich. Sie strahlte die gleiche Furcht aus wie Senzei.

»Du hast ihn also gefunden«, hauchte sie aufgeregt.

»Am Laden.« Sie gingen rasch hinein. Die Frau verriegelte hinter ihnen die Tür mit zwei Schlössern und einem Einbruchswächter. Damien fiel auf, dass sämtliche Fenster trotz der relativen Wärme des Nachmittags fest geschlossen waren.

»Waren die Leute von der Versicherung ...?«

»Nein.« Senzei schüttelte mitfühlend den Kopf. »Keiner.«

»Man muss den Göttern trotzdem dafür danken.«

Senzei stellte sie einander vor: Allesha Huyding, seine Verlobte. Pastor Damien Vryce. Vielleicht bildete Damien es sich nur ein, aber er fand, dass er es mit den Titeln übertrieb.

»Ich hole euch etwas zu trinken«, sagte Allesha. Bevor Damien antworten konnte, dass dies nicht nötig sei, war sie verschwunden.

»Das Fae macht sie nervös«, erläuterte Senzei. »Und diese Situation ...« Er seufzte abgehackt. »Ich glaube, sie hat große Angst davor, die Regulatoren könnten in Erfahrung bringen, was wirklich passiert ist.«

Damien musste seine gesamte Selbstbeherrschung aufbringen, um nicht zu schreien, als er sagte: »Was ist mit Ciani?«

Die Furcht in Senzeis Blick schien etwas anderem zu weichen. Trauer. Erschöpfung. Trostlosigkeit.

»Sie lebt«, sagte er leise. Doch in seiner Stimme war keine Freude. »Sie lebt ... Aber das ist auch schon alles.«

»Wo ist sie?«

Senzei zögerte, doch sein Blick richtete sich flackernd auf eine Tür, die von seinem Wohnzimmer abzweigte. Dies genügte. Damien ging auf sie zu ...

Senzei ergriff mit überraschender Stärke Damiens Arm und hielt ihn fest.

»Sie ist verletzt. Schlimm. Bevor du zu ihr gehst, musst du erfahren ...«

»Ich bin Heiler, Mann, ich ...«

Sie hat keine Schmerzen dieser Art.

Die Hand auf Damiens Arm zitterte. Irgendetwas an Senzeis Ton – vielleicht auch an seinem Gesichtsausdruck – hielt ihn davon ab, sich loszureißen.

»Was hat sie?«, fragte er scharf.

»Sie wurde verletzt«, wiederholte Senzei. »Sie ist ...« Er hielt inne, suchte nach den passenden Worten. Vielleicht sammelte er auch nur Mut, um weiterzusprechen. »Sie ist nicht mehr das, was sie war.«

»Heißt das, die Explosion ...«

»Es war nicht die Explosion. *Ich* habe die Explosion hervorgerufen.« Senzei ließ Damiens Arm los und rieb sich nervös die Hände, als wolle er sich von irgendetwas säubern. »Um zu vertuschen, was passiert ist. Damit das, was sie verletzt hat, glaubt, sie sei umgekommen ... Damit es sie in Ruhe lässt.«

Damien hörte die hinter ihm aufgehende Tür, leise Schritte und das Klirren von Eis in Gläsern. Dann wurde die Tür geschlossen, und sie waren wieder allein.

»Erzähl mir mehr«, sagte er.

Senzei holte tief Luft. Damien sah, dass er zitterte. »Wir waren für drei Uhr verabredet. Sie wollte während der Echtnacht etwas ausprobieren. Ich sollte ihr helfen. Ich bin hingegangen ...« Er schloss die Augen und erinnerte sich daran. »Ich habe sie gefunden ... das heißt ... Man hat sie angegriffen ...«

»Körperlich?«, drängte Damien.

Senzei schüttelte den Kopf. »Nein. Es gab keinerlei Spuren. Kein Anzeichen einer Rauferei. Aber man ist – irgendwie – zu ihr durchgedrungen. Sie lag zusammengerollt auf dem

Fußboden. Sie hat gewimmert wie ein verletztes Tier. Ich ... wollte ihr helfen. Ich habe sie in etwas eingewickelt, damit sie nicht friert. Ich konnte nicht erkennen, ob sie einen körperlichen Schock hatte oder nicht, aber es erschien mir praktisch. Ich wusste nicht, was ich sonst tun sollte. Dann hat sie ein paar Worte ausgestoßen. Ich habe versucht zu verstehen, was sie sagte, aber es waren nur unverständliche Bruchstücke. Ich glaube, ihr war meine Anwesenheit nicht mal bewusst. Sie sagte etwas von drei *Dingern* und einem Dämon in Menschengestalt. Sie wurde hysterisch und hatte schreckliche Angst davor, sie könnten zurückkehren. Ihre Reaktion hat mich am meisten geängstigt. Ich ... Tja, du kennst sie doch. Es war völlig untypisch für sie. Sie hat gesagt, sie kämen zurück, um sie irgendwohin mitzunehmen.« Senzei biss sich in der Erinnerung auf die Unterlippe. »Sie hat gesagt, sie würde lieber sterben als fortgehen – und dass ich sie bitte töten sollte, bevor es dazu käme ...«

Damien schaute die Tür an, sagte jedoch nichts.

»Da habe ich beschlossen, etwas zu tun. Mir kam die Idee, ich könnte es so aussehen lassen, als wären ihre Verteidigungsanlagen überlastet worden und hätten den Laden in die Luft gejagt ... Dann würde niemand Fragen stellen. Außer den Leuten von der Versicherung«, fügte er erbittert hinzu. »Ich dachte, ich könnte die Waren im Laden opfern und alles in ihm lassen, damit es verbrannte ... Du weißt doch ... diese Art der Zerstörung birgt Energie ... Ich dachte, wenn ich es richtig mache, wird jeder, der hinter ihr her ist, sie für tot halten. Und sie in Ruhe lassen.« Senzei holte tief Luft. Er bebte noch immer. »Ein Adept hätte es so machen und dir alles erzählen können. Aber nicht ich. Wenn ich es richtig machen wollte, durfte ich es nicht wagen, jemanden einzuweihen ...« Er schaute zu Damien auf. Seine blutunterlaufenen Augen leuchteten. »Deswegen konnte ich es dir nicht an diesem Abend sagen. Tut mir Leid.«

»Erzähl weiter«, sagte Damien leise.

»Ich habe sie hierher gebracht. Niemand hat uns gesehen, dem Schicksal sei Dank. Die Echtnacht hat niemanden aus dem Haus gehen lassen. Niemand – und nichts – hat uns gestört. Es ist mir gelungen, beim ersten Ausflug einige Bücher zu bergen, aber der Rest musste dran glauben. Es ist nämlich der Wert des Vernichteten, das das Opfer mit Energie speist.« Senzei zögerte, als warte er darauf, dass der Geistliche ihn kritisierte, doch Damien sagte nichts. »Ich habe mir ein Gewand übergeworfen, bin zurückgelaufen und habe es getan. Ich habe den Laden in die Luft gejagt. Und es hat geklappt, nicht wahr?« Er schloss die Augen und schüttelte sich. »Das gesamte Wissen. Sämtliche Artefakte. Hätte ich damals gewusst, was ich heute weiß ... Das Opfer war größer, als ich ahnte. Weil ich nichts von *ihr* wusste.«

»Was ist mit ihr?«

Senzei schaute auf die Tür. »Sie ist da drin«, sagte er leise. »Sie lebt. Körperlich ist sie unversehrt. Aber ... Sie hat keine Erinnerung mehr. Man hat ihr die Erinnerung genommen. Und das Fae ...« Er wandte sich ab, so dass Damien sein Gesicht nicht mehr sah. Senzeis Schultern zuckten. »Sie hat das Gedächtnis verloren! Sie ist wie wir, verstehst du? Wie du und ich. Wie der größte Teil der Menschheit. Man hat es ihr genommen, völlig genommen. Sie kann nicht mehr *sehen*.«

Damien legte die Hand auf Senzeis Schulter. Er versuchte sich und ihn zu stabilisieren. In seinem Kopf wirbelte alles durcheinander. »Sie erinnert sich an gar nichts?«

»Sie weiß, wer sie ist. Was sie ist. Was sie *war*. Aber sie hat das Wissen nicht mehr, verstehst du? Die ganzen Millionen Fakten, die sie im Lauf der Jahre angesammelt hat – all die Dinge, die sie zur Sagenmeisterin gemacht haben –, sind einfach verschwunden. Verstehst du? Hier geht es nicht um irgendeinen gottverdammten Unfall, der sie zufällig mit Gedächtnisverlust geschlagen hat. Man hat ihr das Wissen genommen – und ihren Weitblick! Man hat ihr gerade so viel gelassen, dass sie weiß, was sie verloren hat. Kein Wunder, dass sie sterben wollte!«

Allmählich wurde Damien klar, was Senzei meinte. Bis in die feinsten Verästelungen. »Und nun ist ihre Forschungsbibliothek ...«

»Verbrannt!«, sagte Senzei wütend. Als fordere er Damien zur Kritik heraus. »Ich habe getan, was ich für das Beste hielt. Manchmal muss man so verdammt schnell Entscheidungen treffen, dass man gar keine Zeit zum Nachdenken hat. Man tut das Beste, was man kann. Ich habe das Beste getan, was ich konnte. Ich dachte, vielleicht hat mein Eintreffen sie unterbrochen; dass sie gleich zurückkehren, um ihr noch mehr wehzutun ... Jedenfalls hat *sie* es geglaubt. Sie war außer sich – und mir ist nichts anderes eingefallen, um sie zu beschützen.« Seine Hände ballten sich zu Fäusten, seine Knöchel traten weiß hervor. »Und es hat funktioniert, oder nicht? Du konntest nichts erkennen. Die Adepten können es auch nicht. Man hat Berater hinzugezogen, doch niemand hat eine Ahnung, was wirklich passiert ist. Nicht mal die gottverdammten Leute von der Versicherung blicken da durch. Glaubst du, all das hätte ich ohne ein riesiges Opfer geschafft?«

»Reg dich ab«, sagte Damien leise. »Niemand macht dir einen Vorwurf.«

Senzei holte tief Luft und atmete langsam aus. »Wenn man es wüsste, sähe die Sache anders aus«, murmelte er. »Schon die Regulatoren würden meinen Kopf verlangen.«

»Denen erzählt niemand was.«

Senzei schaute zu ihm auf. Sein Gesicht war unheimlich

weiß. »Sie hätte dir vertraut. Deswegen habe ich es auch getan.«

»Lass mich zu ihr«, sagte Damien leise.

Senzei nickte.

Der Raum, in dem Ciani sich befand, war klein und an allen Wänden von Bücherregalen umgeben. In der Mitte war ein Feldbett aufgestellt, auf dem eine Gestalt lag, die so still und farblos wirkte, dass Damien einen Moment lang tatsächlich glaubte, sie sei tot. Er trat an ihre Seite und setzte sich auf den Rand des Bettes, wobei er sich bemühte, es nicht knarren zu lassen. Er hatte geglaubt, sie schliefe, doch nun, als er an ihrer Seite war, konnte er erkennen, dass ihre Augen geöffnet waren. Leer. Sie starrten ins Nichts.

»Ci«, sagte er zärtlich.

Sie drehte sich langsam zu ihm um, doch ihr Blick hatte keine Schärfe. Er sah nun, dass ihre Wangen tränenfeucht waren. Ihr Kissen war nass. Er nahm die Hand, die ihm am nächsten war, in die seine und drückte sie fest; das Fleisch war biegsam, unempfänglich. So bar von Leben wie ihr Gesichtsausdruck.

Keine Adeptin mehr. Gütiger Gott, welch ein Schlag. Wie wird man mit so etwas fertig? Wie fängt man nach einem solchen unglaublichen Verlust wieder von vorn an?

Er strich ihr das Haar aus der Stirn. So, wie sie auf ihn reagierte, hätte sie eine Marmorstatue sein können. Trotzdem hielt er ihre Hand so, wie sich eine aufopfernde Mutter an ein im Koma liegendes Kind klammerte, und sprach zu ihr. Als könne dies sie zurückbringen. Als könne irgendwas sie zurückbringen.

Und er bekämpfte seinen eigenen Schmerz und seine Wut, weil er ihr nicht helfen konnte.

Wir müssen diese verfluchte Welt ändern, bevor es zu spät ist. Wir dürfen unser Schicksal nicht fremdbestimmen lassen.

»Pater?«

Eine federleichte Berührung an seiner Schulter. Damien drehte sich um, blickte Senzei an und wandte sich dann wieder Ciani zu. Ihre Augen waren halb geschlossen. Sie atmete langsam und gleichmäßig. Sie war wohl eingeschlafen. Er löste vorsichtig seine Hand von der ihren, um sie nicht zu wecken.

»Ich habe Hilfe *angerufen*«, hauchte Senzei. »Ich weiß zwar nicht, ob er irgendetwas kennt, das sie retten kann, aber vielleicht weiß er etwas, das wir nicht wissen.«

Damien nickte traurig.

Warum soll ich an einer Heilung herumstümpern, wenn ich sie doch nicht retten kann?

Senzei führte ihn nach oben, in einen Raum, der wie ein Arbeitszimmer aussah: ein halb fertiges, voll gestopftes Zimmer, das die Hälfte der zweiten Etage einnahm. Die Wand, vor der er stand, war voller Regale, auf der alle Arten von Büchern und Artefakten ruhten. Gegenüber lagen, auf einem alten breiten Schreibtisch, zahlreiche Dokumentenstapel. Damien erblickte auch Wächter-Gebrauchsanweisungen und ein Symbol, das er aus dem Laden kannte. Senzei wollte wohl in Erfahrung bringen, wer – oder was – Cianis Verteidigungsanlagen möglicherweise umgangen hatte.

In der Mitte des Raumes stand ein Mann ... Jedenfalls sah er so aus. Er war bärtig, stämmig und auf eine Art gekleidet, die für eine solche Zusammenkunft gänzlich ungeeignet war. Ein üppiges, von Pelz umsäumtes Gewand aus Smaragdsamt war über seiner Brust geöffnet und wischte zu seinen Füßen über den Boden. Es erweckte den Eindruck, als sei es nur lose gegürtet und als trüge der Mann nichts darunter. Von den Sommersandalen bis zu seinen klotzigen Juwelen passte nichts an seinem Aufzug zur Zeit und zum Ort, an dem er sich befand. Außerdem passten die einzelnen Teile nicht zusammen. Es sah so aus, als hätte er jeden Ring und jede Kette aus einer momentanen Laune heraus ausgewählt, ohne darüber nachzudenken, ob sie zu seinem Gesamtaufzug passten.

Damien führte eine Wahrnehmung aus. Das, was er erblickte, ließ ihm die Haare zu Berge stehen. Er griff instinktiv nach seinem Schwert – und stellte fest, dass er es nicht bei sich hatte.

Der Fremde nickte. »Dein Priester möchte Dämonen erschlagen.« Er hob einen Messingkelch an die Lippen, trank und nickte. Damien wusste genau, dass er ihn zuvor nicht in der Hand gehalten hatte. »Ein bewundernswerter Reflex. Doch als jemand, der nicht gern sterben möchte, hoffe ich, dass er ihn überwindet.«

»Das ist Karril«, sagte Senzei leise. »Ein alter ... *Freund* Cianis.«

Damien holte tief Luft, erinnerte sich daran, wo er war, und schaffte es, die Fäuste zu lockern. Trotzdem schlug sein Herz heftig, und das Adrenalin rauschte durch seinen Kreislauf, als sei er zu einer Schlacht unterwegs. *Es ist nur ein Reflex für ihn, die Fae-Geborenen zu konsultieren. Er weiß nicht, dass jede Begegnung dieser Art dazu dient, die Verwundbarkeit des Menschen auf diesem Planeten zu bestätigen.*

Aber wo zieht man die Grenze? Wann fangen wir an, diese Welt zu beherrschen, statt sie nur so hinzunehmen, wie sie ist?

»Wie geht es ihr?«, fragte der Dämon.

Damien war so verdutzt, dass er eine Weile brauchte, bevor er antworten konnte. Um was für eine *Anrufung* handelte es sich hier, die dem Fae-Geborenen solche Autonomie verlieh? Dann fand er seine Stimme wieder und antwortete: »Sie schläft. Jedenfalls im Moment. Gott sei Dank.« Er seufzte schwer. »Wenn ich nur wüsste, was ich für sie tun kann.«

»Karril hat sie schon mal geheilt«, sagte Senzei zu Damien.

»Ich habe ihr Frieden geschenkt«, korrigierte ihn der Dämon. »Eine Illusion, mehr nicht. Damals hat es ausgereicht. Sie wollte nur vergessen. Diesmal hat man sie verstümmelt – und ich bin kein Heiler.«

»Aber du weißt, was geschehen ist?«, fragte Damien. »Weißt du, wer es getan hat?«

Der Dämon war eine Weile ganz still. »Ich weiß«, sagte er schließlich, »wer ihr wehgetan hat und warum ... Und warum sie diesmal nicht geheilt werden kann. Es tut mir Leid, aber so ist es nun mal.«

»Das kann ich nicht hinnehmen.«

Der Dämon wirkte überrascht. »Ein ungewöhnlicher Geist«, dachte er laut. »Allmählich verstehe ich, was sie in dir gesehen hat.«

Damiens Miene verfinsterte sich. »Wenn du etwas weißt, würde ich es gern hören. Falls du aber hier bist, um unsere Beziehung zu bewerten ...«

Karril trank einen großen Schluck aus dem Kelch, dann ließ er ihn fallen. Er verschwand, bevor er auf den Boden schlug. »Die Kirchlichen benehmen sich abscheulich, meinst du nicht auch, Senzei? Sie haben überhaupt keine Vorstellung, wie man mit Fae-Geborenen umgeht. Als könnten sie unsere Existenz vernichten, indem sie einfach grob zu uns sind.«

Damien schaute ihn finster an. »Unter den gegenwärtigen Umständen ...«

»Das reicht! Du hast ja Recht. Immerhin hat man mich *angerufen.*« Das Wort schien ihn aus irgendeinem Grund zu amüsieren. »Ich werd's dir sagen, Priester. Alles, was ich weiß. Senzei kann dir später erklären, was es mich kostet. Es schwächt mich jedoch beträchtlich, ihrem Schmerz so nahe zu sein. Und es in allen Einzelheiten zu diskutieren ...« Der Dämon schüttelte sich melodramatisch und sagte warnend:

»Um die Wahrheit zu sagen, ich weiß nicht viel ... Aber es ist mehr, als du aus jeder anderen Quelle erfahren könntest.«

Er seufzte schwer. »Zuerst muss ich wohl erklären, dass Ciani und ich uns seit langer Zeit kennen. Sie war die Erste, die meine Ahnen katalogisiert und bestimmte Fragen aufgeworfen hat, die unsere Existenz betreffen.« Er kicherte. »Keine Angst, Priester – ich erspare dir die Einzelheiten. Ich will nur sagen, dass ich Ciani gut kannte. Und als sie beschloss, allein ins Rakh-Gebiet zu gehen, war ich einer der wenigen, denen sie davon erzählte. Ich habe natürlich versucht, es ihr auszureden. Jede empfindsame Wesenheit hätte es getan. Aber sie war stur. Es hat nichts genützt, ihr zu sagen, dass schon viele Forscher in dieses Gebiet vorgestoßen sind, ohne je zurückzukehren und davon zu berichten. Sie wollte Wissen sammeln, die hat danach *gehungert,* und ich brauche dir wohl nicht zu erzählen, wie stark ihr diesbezüglicher Trieb war. Haben die Rakh überlebt, hat sie gefragt. Haben sie die Barriere errichtet, die wir Baldachin nennen, oder ist er älter als sie? Wenn sie überlebt haben, was ist aus ihnen geworden? Du siehst also, sie wollte Antworten haben. Und es gab nur eine Möglichkeit, sie zu erhalten. Ich habe sie zuletzt am Fuß des Südpasses gesehen, im Weltende-Gebirge. Sie war lebendiger als je zuvor, von dem Rausch ergriffen, eine neue Herausforderung anzunehmen. Ausgezeichnet! Ich habe hinter ihr hergeschaut, solange es ging, doch als sie den Rand des Baldachins erreichte, konnte mein Weitblick ihr nicht mehr folgen. Sie schritt durch die Barriere, ohne einen Blick zurückzuwerfen, hinein in die Fae-Stille, die das Rakh-Gebiet seit Jahrhunderten schützt. Sechs Jahre vergingen. Dann brachte man sie zu mir. Man hatte sie bei Kale aus dem Wasser gezogen. Sie war halb ertrunken, fast gänzlich verhungert, und die Elemente hatten sie ziemlich misshandelt. Selbst als man sie wärmte, hat sie noch gezittert. Sie hatte schreckliche

Angst. Man hielt sie für verrückt, besessen oder etwas noch Schlimmeres. Man hat getan, was man konnte, um ihr zu helfen. Man hat menschliches Können auf sie angewandt und sie, da es versagte, den Göttern überlassen. In diesem Fall«, er verbeugte sich leicht, »mir.«

Damien versteifte sich, doch Senzei legte warnend eine Hand auf seinen Arm.

»Ob es dir nun passt oder nicht«, fuhr der Dämon fort, »in dieser Region habe ich einen solchen Status. Wenn es dich stört, kannst du dich mit meinen Geistlichen darüber streiten. Mein Reich ist das Vergnügen in all seinen Manifestationen. Es gibt einige Arten von Schmerz, die ich ertragen, und noch weniger, von denen ich zehren kann. Doch meine wahre Nemesis ist die *Apathie*. Sie ist der Fluch meines Daseins: meine Negation, mein Gegenspieler, mein Untergang. Das musst du verstehen, wenn ich sage, das ich alles für sie getan habe, was ich konnte. Aber ich weiß nur wenig über das, was ihr passiert ist. Ein paar geflüsterte Worte, ein paar flüchtige Bilder. Das war alles. Um in ihre Erinnerungen einzutauchen, hätte ich mich auflösen müssen – es wäre mein Tod gewesen –, und das hätte ihr langfristig auch nichts genützt. Doch dies habe ich von ihr erfahren: Die Rakh, die in dieses Land geflohen sind, haben überlebt, und ihr Bedürfnis, sich vor der Aggression des Menschen zu schützen, hat den Baldachin entstehen lassen. Sie wirken, wie alle einheimischen Spezies unbewusst, auf das Fae ein, und ihre Psyche ist der menschlichen gänzlich unähnlich. Trotzdem gibt es Ähnlichkeiten – und die Dämonen, die die Rakh erschaffen haben, zehren ebenso gern von den Menschen, sobald man ihnen diese Option eröffnet hat. Ciani hat ein unterirdisches Nest dieser Dämonen entdeckt. Sie hat den Fehler begangen, es zu erforschen. Ich brauche dir bestimmt nicht zu erzählen, welche Art Macht an Orten herrscht, an die das Sonnenlicht nie vordringt. Es gibt einen

Grund dafür, dass man Minen und Weinkeller einmal im Jahr rituell der Sonne öffnet. Man hat Ciani entdeckt, ihr eine Falle gestellt und sie als Nahrungsquelle verwendet. Doch es hat sie nicht nach Blut, Fleisch oder einer anderen körperlichen Materie verlangt. Sie waren auf *Substanz – Tiefe – Komplexität* aus und haben sie auf Kosten von Gefangenen wie Ciani errungen, die sie zu diesem Zweck unter der Erde eingruben. Sie haben, solange sie geistig gesund waren, von ihren Erinnerungen gezehrt, und dann von den Gezeiten ihres Wahnsinns. Anfangs waren diese Geschöpfe kaum mehr als gespenstische Erscheinungen; später, als sie ständige Verbindung zu ihren Gastkörpern hatten, erlangten sie auf deren Kosten Festigkeit. Wenn ihre Nahrungsquelle irgendwann alterte und starb, mussten sie eine andere finden. Denn sie waren immer hungrig und verlangten ständig nach frischer Lebenseingabe, um ihre Existenz zu sichern. Außerdem glaube ich, dass ihre Nahrungsaufnahme sie amüsiert hat. Das waren die Geschöpfe, die Ciani in eine Falle lockten und aus dem Sonnenschein entfernten. Dies war der langsame und schreckliche Tod, zu dem sie sie verurteilten, indem sie einen der ihren ernähren musste. Und dies war das Gefängnis, aus dem sie, so gering ihre Chancen auch waren, entkam. Indem sie ihren Häscher tötete, um ihre Erinnerungen zu befreien, denn sonst hätte keine Zeit und keine Manipulation sie je heilen können. Von der erlittenen Qual halb tot und ziemlich durchgedreht, kämpfte sie sich ins Menschenreich zurück – um in meinem Tempel gebracht zu werden, wo der Schmerz endlich gelindert werden konnte.«

Der Dämon hielt einen Augenblick inne, damit seine menschlichen Zuhörer Gelegenheit hatten, seine Worte zu verdauen. Dann fügte er leise hinzu: »Mehr weiß ich nicht. Mehr weiß niemand. Ich konnte nur helfen, ihre Erinnerungen zu vergraben, und das habe ich getan. Vielleicht war es falsch – ich weiß es nicht genau –, aber sie hätte ihre Identität nie zurückerlangen können, solange ihre Seele noch der Vergangenheit verhaftet war.«

»Du stellst ihre Angreifer als ... Primitive dar«, sagte Damien provozierend.

Der Dämon zögerte. »Ich glaube, dass die Wesenheiten, mit denen Ciani zu tun hatte, nur Fae-Konstrukte von primitivem Geist waren, die nur Empfindungen wie Hunger und Angst vor der Sonne kennen. Vielleicht sind sie auch etwas sadistisch veranlagt. Ich glaube aber, dass einige von ihnen viel weiter entwickelt sind. Vielleicht lag es an ihrer Begegnung mit Ciani – oder generell mit der Menschheit –, nachdem sie unter dem Baldachin hergekommen waren. Es ist keine Frage, dass sie dort oben mit ihren Opfern einen sadistischen Instinkt demonstriert haben.« Seine Augen glitzerten. »Sie sind ein Gegner, den man ernst nehmen muss.«

»Ich habe schon früher Dämonen getötet«, sagte Damien kalt.

Karril lehnte sich zurück und musterte ihn. »Du willst ihr doch helfen, oder nicht? Es gibt aber nur eine Möglichkeit dazu. Du musst den töten, der ihr wehgetan hat. *Genau diesen einen*. Und er ist eindeutig der Kultivierteste der Truppe.« Sein Gesichtsausdruck war grimmig. »Inzwischen ist er wahrscheinlich wieder zu Hause, auf der anderen Seite der Barriere, durch die kein Mensch manipulieren kann – deswegen könnt ihr euch auf das, was ihr dort findet, auch nicht vorbereiten. Und was die Rakh angeht ... Euer Volk hat schon mal versucht, sie auszurotten. Glaubt ihr, sie sind euch deswegen wohlgesinnt? Glaubt ihr, eure Hexerei kann sich mit der ihren messen, wenn sie das Fae so natürlich manipulieren, wie ihr atmet? Wenn ihre Macht von der Erinnerung an den versuchten Völkermord durch die Menschheit gespeist wird?«

Damien sagte eine Weile nichts. Er saß nur da und dachte an Ciani. Wie sie gewesen war. Wie sie nun war. Dann schaute er Senzei an – und erblickte in seinen Augen genau das, was er zu finden gehofft hatte: von Entschlossenheit überwältigten Schmerz. Genug, um dem seinen zu entsprechen.

»Es wird hart werden«, stimmte er Karril zu. »Wo also fangen wir an?«

11

Der Tempel der Lust befand sich gleich hinter der Grafschaftsgrenze, so dass die strengen Gesetze Jaggonaths hinsichtlich öffentlicher Räusche hier keine Wirkung hatten. Dementsprechend hatte man als Reaktion auf die abendliche Wärme sieben der acht Wände hochgeklappt. Die Brise strömte hinein, die Andächtigen hinaus. Zweier- und Dreierpaare und sogar ein paar entschlossene Einzelpersonen breiteten sich auf der Treppe vor dem Tempel aus und verfolgten interessiert alles, was vorbeikam – zum *Vergnügen*. Die warme Luft transportierte den Geruch von Wein, mit Drogen versetztem Weihrauch und menschlichen Pheromonen und ließ ihn, zusammen mit dem scharfen Aroma mehrerer Dutzend Fackeln der Stadt entgegenströmen. Am Rand des Einflussbereichs des Tempels, wo das Licht widerwillig der Mitternacht Platz machte, wimmelten Gestalten mit der energischen Rastlosigkeit kreisender Insekten herum. Die Neugierigen kamen aus Jaggonath, um zuzuschauen. Die Dämonischen kamen aus den Tiefen der Nacht, um sich gütlich zu tun. Ein Sukkubus nahm am Rand einer solchen Versammlung flackernd weibliche Gestalt an; seine hungrigen Augen suchten nach einer ungefährlichen Möglichkeit, sich dem gut geschützten Tempel zu nähern. Ein Vampir in männlicher Gestalt leckte erwartungsvoll mit der Zungenspitze über seine trockenen Lippen, als eine Einheimische sein Vorrücken hinnahm. Alle Formen der Lust wurden hier in Betracht gezogen, sogar solche wie die ihren. Und wegen der Sicherheit der sie nährenden Menschen schützte der Lustdämon Karril nur die seinen.

Ein großer Mann stand am Rand des Lichts des Tempels. Er war schlank, aristokratisch geschmackvoll gekleidet und eindeutig kein Bestandteil der voyeuristischen Umgebung. Und als wolle er dies bestätigen, trat er vor und schritt ins Licht des Tempelkreises. Frauen schauten auf, als er vorbeiging, von seiner Schönheit fasziniert, und eine griff sogar nach ihm. Doch er nahm die meisten und die Hand derjenigen, die ihm zu nahe gekommen war, gar nicht wahr. Sie schaute in seine Augen, stockte und wich fröstelnd zurück.

In der Mitte des Tempels befand sich ein Springbrunnen. Man hätte ihn auch als Altar bezeichnen können. Sexuell eindeutige Schnitzereien verspritzten den mit Drogen versetzten Rotwein für Karrils Jünger. An den Brunnen war ein Mann mittleren Alters gelehnt, der beträchtlich kleiner war als der Ankömmling. Seine zerknitterte Kleidung und sein herzliches Grinsen besagten, dass er gerade in der Umarmung eines anderen Menschen Erfüllung gefunden hatte.

Der Fremdling ging dorthin, wo der Mann stand, und wartete.

»Gut geraten«, sagte der kleinere Mann erfreut.

»Du vergisst, dass ich über Dämonensicht verfüge.«

»Ich meine, dass du weißt, wo du mich findest und wie ich gerade aussehe.«

»Du vergisst, dass ich dich kenne.«

Der kleinere Mann kicherte. »So ist es.« Er seufzte, dann warf er einen Blick auf die Gemeinde. »Eines Tages machen sie mich wirklich zu einem Gott – ist es nicht immer so? Ist eigentlich Furcht einflößend, wenn man derjenige ist, den es trifft. Ich frage mich ständig, was ich wohl empfinde, wenn es ansteht. Oder ob es eine schrittweise Umwandlung ist.«

»Erspar mir diese heidnische Philosophie.«

»Es ist deine Philosophie mein Freund, nicht die meine.« Karril tauchte einen mit Edelsteinen verzierten Kelch tief in den Brunnen. Rotwein tröpfelte von seinem Ärmel, als er trank.

»Können wir uns unterhalten?«, fragte der Fremdling.
»Natürlich.«
»Unter uns.«
Karril zuckte die Achseln. »Sofern es an einem Ort wie diesem überhaupt Privatsphäre geben kann.« Rings um sie her erschien ein Raum, der in seinem Drum und Dran geschmacklos luxuriös war. »Es ist zwar nur eine Illusion, aber wenn es dir bequemer ist ...«
»Ich finde den Anblick einer solchen Verehrung ... unerfreulich.«
»Ah, schon wieder die Empfindlichkeit der Kirche. Mein Thema für diese Woche.« Karril kicherte. »Schäm dich, mein Freund. Ich dachte, du wärst inzwischen darüber hinausgewachsen.«
Er ließ sich auf einem vornehmen Samtsofa nieder und deutete auf einen ihm gegenüberstehenden Hocker. »Er kann dich tragen.«
Der Fremdling setzte sich hin.
»Kann ich dir etwas anbieten? Wein? Cerebus? Menschenblut?«
Die Miene des Fremdlings entspannte sich fast zu einem Lächeln. »Ich lehne doch immer ab, Karril.«
»Ich weiß. Trotzdem macht es mir Freude, dir etwas anzubieten.« Karril trank einen großen Schluck aus seinem Kelch. Als er leer war, ließ er ihn verschwinden. »Was also bringt den Wald nach Jaggonath?«
»Die Suche nach Schönheit. Wie immer.«
»Hast du sie etwa gefunden?«
»Eine reizende, zu sehr beschützte Blume; sie wächst auf dem Acker eines Bauernhofs.«
Ein Schatten fiel über das Gesicht des Dämons. »Willst du sie jagen?«
»Eigenartigerweise nicht. Sie hat mich in einem seltenen

Moment von Edelmut erwischt, und ich fürchte, ich habe ihr Sicherheit versprochen.«

»Du wirst langsam weich.« Der Dämon grinste.

»Meine Lüste variieren. Obwohl diese, zugegeben ... ausgefallen war.«

»Du könntest deinen bösartigen Ruf verlieren.«

Der Fremdling kicherte. »Unwahrscheinlich.«

»Was also führt dich an diesen Ort? Zu mir? Oder soll ich etwa glauben, dass dir nur an meiner Gesellschaft liegt?«

Der Fremdling schaute ihn eine ganze Weile nur an. Karril erschuf einen neuen Kelch, aus dem er trank, und wartete; ein solches Schweigen konnte alles Mögliche bedeuten.

»Was weißt du eigentlich«, sagte der Fremdling schließlich, »über den Zwischenfall im Fae-Lädchen?«

Der Gesichtsausdruck des Dämons verfinsterte sich sichtbar. Er stand auf und wandte sich von seinem Besucher ab. Der Kelch und das Sofa verschwanden; das leidenschaftliche Rot des Rauminneren veränderte sich zu einem mürrischen Blaugrau. »Warum willst du das wissen?«

»Ich war heute Abend dort. An dem, was noch davon *übrig* ist. Ich habe eine Wahrnehmung, eine Sichtung, eine Weissagung und mehrere andere Dinge vorgenommen, deren Bezeichnung du nicht mal kennst. Alles war blockiert. Man muss schon etwas mehr können als ein Lehrling, um meine Sehkraft zu blockieren, Karril. Irgendwas an diesem Laden war für jemanden verflucht wichtig – und er muss ein verdammt gutes Opfer gebracht haben, um ihn zu schützen.«

»Es betrifft dich nicht«, sagte der Dämon leise.

»Alles betrifft mich.«

»Dies nicht.« Karril drehte sich wieder um; sein Ausdruck wirkte angestrengt. »Glaub mir.«

»Wenn ich will, kann ich die Blockade einreißen. Es gibt keinen Adepten in Jaggonath, dessen Manipulation mich behindern könnte, wenn ich entschlossen genug wäre. Aber dann wäre sie für immer weg. Und was immer sie schützt ...« Er breitete viel sagend die Hände aus. Karril zuckte zusammen, sagte aber nichts. »Muss ich dich daran erinnern, dass ich nur eine Anrufung durchzuführen brauche, um dich zu fesseln?«, sagte der Fremdling drängend. »Dass du mir dann erzählen musst, was ich wissen will? Es wäre eine viel unerfreulichere Beziehung, Karril. Warum ersparst du uns nicht diesen Ärger?«

»Weil es jemanden gibt, dem ich nicht wehtun möchte.«

Die Augen des Fremdlings weiteten sich in plötzlichem Verständnis. Als er das Wort ergriff, war seine Stimme leise. Verführerisch. »Glaubst du wirklich, ich würde dich als Hilfsmittel einsetzen, um jemandem wehzutun? Glaubst du, in all diesen Jahren wäre ich nicht klüger geworden?«

»Deine und meine Standards unterscheiden sich ein wenig.«

»Du zehrst von der Jagd.«

»Ich zehre vom *Jäger*. Wenn seine Gelüste sich morgen ändern würden, würde ich es feiern.«

»Selbst wenn ...«

»Warum interessiert es dich überhaupt?«, fragte der Dämon. »Warum machst du dir Sorgen in dieser Angelegenheit?«

Der Fremdling lehnte sich zurück. Er wirkte plötzlich distanziert. »Eine Sagenmeisterin wurde angegriffen. Ich gehöre zufällig zu denen, die die Neutralität solcher Menschen respektieren. Wieso soll ich nicht wütend sein? Die Strömungen in der Stadt haben sich verändert – was andeutet, dass es um mehr geht als nur einen simplen Unfall. Wieso soll ich mir keine Sorgen machen? Ein Nicht-Adept opfert Gott weiß was, um eine Blockade aufzubauen, die nicht mal ich durchdringen kann ...«

»Und irgendetwas Dunkles, das nicht dem Wald entstammt, ist nach Jaggonath gezogen. Darum geht es, nicht wahr?

Machtkämpfe. Verteidigung der eigenen Jagdgründe. Die Sagenmeisterin und ihr Handelsunternehmen haben gar nichts damit zu tun.«

Ein Mundwinkel des Fremdlings zuckte leicht. Es war der Anflug eines substanzlosen Lächelns. »Das natürlich auch«, sagte er leise.

Das Blau des Raumes wechselte zu Grau, dann zu Orange.

»Ich möchte dein Wort haben«, sagte der Dämon.

»Ich habe es kürzlich erst einer jungen Frau gegeben«, erwiderte der Fremdling. »Sie hat nicht mal gewusst, was es wert ist.« Er schaute den Dämon scharf an. »Aber du weißt es.«

»Deswegen will ich es ja haben.«

»Damit ich Lady Ciani nicht wehtue? Ich habe keinen Grund ...«

»*Dein Wort.*«

»Du kannst sehr ermüdend sein, Karril.« Der Ton des Fremdlings war leicht, seine Augen waren schmal, sein Blick finster. »Wie du willst. Ich werde, bis diese Sache aufgeklärt ist, weder Ciani aus Faraday wehtun noch dazu beitragen, dass ihr etwas passiert.«

»*Nie.*«

»Na schön – *nie*. Bist du nun zufrieden? Vertraust du mir?« Der Fremdling lächelte, doch sein Blick war kalt. »Nur wenige Lebewesen würden mir vertrauen.«

»Aber wir kennen uns schon lange, nicht wahr? Ich weiß, woher du kommst. Ich weiß, wer du bist. Und was noch wichtiger ist: Ich weiß, wer du *warst*.«

»Dann wird es Zeit, dass du mich auf deinen Wissensstand bringst.«

»Ein Priester steckt in der Sache drin«, sagte Karril. »Ein Ritter der Flamme. Macht dir das was aus?«

Der Fremdling zuckte die Achseln. »Das ist sein Problem, nicht meins.«

»Ich frage mich, ob ihm dies genehm wäre.«

Und wieder: Der Ausdruck des Fremdlings war kein richtiges Lächeln und sein Tonfall nicht ganz erheitert. »Ich könnte es unterhaltsam machen.«

Der Dämon lächelte und erschuf einen Sessel für sich. Er nahm Platz. Der Raum wurde langsam wieder rot. Vornehmer Samt. Und zwar in Mengen.

»Willst du wirklich nichts trinken?«

»*Erzähle es mir*«, verlangte der Fremdling.

Und der Dämon erzählte es ihm.

12

»Dies ist ein Rakh.«
Senzei nahm die uralte Zeichnung vorsichtig in die Hand und befreite sie von ihrer Seidenpapierhülle. Das Blatt war altersgelb, und die Tinte hatte sich gebräunt. Er war unglaublich vorsichtig, als er es ins Licht der Lampe hielt, als spüre er seine Zerbrechlichkeit.

Die Skizze zeigte ein vierbeiniges Säugetier. Es hatte einen Schwanz, wie alle Säuger Arnas. Visuell unbeeindruckend. Senzei las den lateinischen Namen vor, der darunter stand. Es waren Erdworte, Erdbegriffe. Die Spezies war so oft umbenannt worden, dass es wohl kaum noch eine Rolle spielte, wie man sie ursprünglich getauft hatte. Dann las er das Datum und schaute Damien verdutzt an. »2 A.S.?«

»Das Original. Dies ist eine Kopie. Zweihundert Jahre später angefertigt, aber angeblich eine genaue Reproduktion. Wenn die Einführung stimmt, hat der Künstler es aus einem Skizzenbuch abgezeichnet, das einem der ursprünglichen Kolonisten gehörte.«

»Die Landemannschaft«, keuchte Senzei. Er stellte sie sich vor.

Damien lehnte sich in den mit Leder bezogenen Sessel zurück. Die finsteren Kathedralengrüfte des Archivs für seltene Dokumente schienen sich über ihm in die Unendlichkeit zu erstrecken. »Es ist die älteste Zeichnung, die wir haben. Sie war auch lange Zeit die einzige. Offenbar haben die ersten Siedler diese Spezies keiner Beachtung für würdig gehalten. Sie hatten natürlich andere Sorgen.«

»Überleben, zum Beispiel.«

Damien nickte. »Schau dir das an.« Er schob einen chronologisch sortierten Skizzenstapel über den Tisch. Senzei blätterte ihn schweigend durch. Nach einer Weile kniff er die Augen zusammen und schüttelte verblüfft den Kopf. Schließlich schaute er sich die Skizzen noch einmal an, diesmal sorgfältiger.

»Es ist unglaublich«, sagte er dann.

»Jetzt wird einem die Angst der Siedler verständlich.«

»Ihr Götter, ja. Wenn sie nicht wussten, dass das Fae ...«

»Und dies war, bevor man die Erste Imitation nachwies. Bevor man wirklich verstand, inwiefern das Hiersein des Menschen das natürliche hiesige Modell verändert hat.« Damien hob die erste Skizze auf und musterte sie. »Ein Tier«, murmelte er. »Mehr nicht. Kaum der Beachtung wert. Bis Pravida Rakhi erklärte, es sei die am weitesten entwickelte Lebensform dieses Planeten. Es war einundvierzig Jahre nach dem Ersten Opfer. Länger hat die menschliche Naivität nicht gedauert.« Er hielt das zerbrechliche Papier vorsichtig, damit es nicht zerknitterte, ins Licht. Das auf seiner Oberfläche posierende Geschöpf hätte mit einem halben Dutzend ihm bekannter – und sogar mit einer ausgestorbenen – Spezies verwandt sein können. Doch wenn man nur eine alte Skizze hatte, war es schwer zu sagen.

»Glaubst du, sie haben nach Rakhis Verkündung angefangen, sich zu verändern?«

Damien schüttelte den Kopf. »Nein. Vorher. Soweit ich weiß, ging es gleich nach dem Opfer los. Doch als Rakhi verkündete, diese Spezies sei das arnaische Äquivalent des Menschen – dass diese Spezies, wäre der Mensch nicht hierher gekommen, hohe Intelligenz und komplexe Gewandtheit entwickelt hätte und schlussendlich zu den Sternen geflogen wäre –, ging die Veränderung alarmierend schnell vor sich. Eine Auswirkung der allgemeinen Einbildung.«

Senzei blätterte erneut die Skizzen durch und legte mehrere in chronologischer Reihenfolge vor sich hin. Obwohl sie von verschiedenen Zeichnern stammten, die sich unterschiedlicher Instrumente bedient hatten, war das allgemeine Muster klar.

Die Spezies veränderte sich.

»Heute wissen wir natürlich, was geschah. Heute wissen wir, dass die hiesige Evolution einen ganz anderen Prozess durchläuft als die auf der Erde. Wächst hier ein Baum höher, werden die nächsten Gaffi-Kälber mit längerem Hals geboren. Wenn Seen austrocknen, werden die Nachkommen von Unterwasser-Lebewesen mit rudimentärer Lunge geboren. Ihre Bedürfnisse wirken sich auf ihre DNS aus, erzeugen ein präzises und perfektes Gleichgewicht. Uns erscheint dies absolut natürlich. Mehreren Adepten ist es sogar gelungen, den Prozess zu manipulieren. Sie haben uns mit un-irdischen Spezies versorgt. Doch all dies verstehen wir *jetzt*, nach Jahrhunderten der Beobachtung. Stell dir vor, was es für unsere Vorfahren bedeutet haben muss, als sie dies vor ihren Augen geschehen sahen!«

Senzei schaute zu ihm auf. »Wann haben sie erraten, wohin das alles führt?«

»Es hat lange gedauert. Rakhi wurde es als Erstem klar. Die Siedler haben die Veränderungen zwar beobachtet, aber sie fand in Hunderten von Spezies statt, in jeder ökologischen Nische des Planeten. Und sie hatten, wie du sagst, ganz andere Sorgen. Jetzt stell dir mal die damaligen Rakh vor: bescheiden intelligent, mit einem Bewusstsein ausgestattet, im Besitz von Fingern und Daumen und dementsprechend handwerklich geschickt. Sie bewohnten die gleiche ökologische Nische wie der primitive Vorfahr des Erdenmenschen in dem Augenblick der Evolution, bevor er zum wahren Menschen wurde. Sie haben sich von einer Generation zur anderen verändert, sich dem Aussehen des Menschen angenähert – bis zum plötzlichen Auftauchen einer konkurrierenden Spezies.

Langsam. Der Planet hat ein Genom nach dem anderen abgetastet, jedes evolutionäre Konzept ausprobiert und dann die nächste Abstimmung vorgenommen. Damit die Ökosphäre im Gleichgewicht blieb. Dann tritt Pravida Rakhi in Erscheinung. Er überzeugt alle Betroffenen, dass diese Lebewesen, wäre der Mensch nie hierher gekommen, die natürlichen Herrscher dieser Welt, *unser* einheimisches Äquivalent geworden wären. Die allgemeine Fantasie ist auf allen Bewusstseinsebenen angeregt. Intellektuelle Neugier, pure Angst, die aus dem Bauch heraus kommt, instinktiver Wettstreit – was du willst. Jeder mögliche Denkmodus, jede Art von Instinkt und Empfinden, jede menschliche Geistesebene, und alle konzentrieren sich auf das Abbild dieser Geschöpfe als *pseudomenschlich*. Ist es ein Wunder, dass dies Auswirkungen auf das Fae hatte? Dass die Einheimischen, die ein natürlicher Bestandteil dieser Welt waren, sich dementsprechend entwickelt haben?«

Damien kramte in den Blättern, die vor ihm ausgebreitet lagen, bis er fand, was er suchte. Er legte es vor Senzei hin.

»131 A.S.«, sagte er leise.

Arnas vorherrschende Einheimische hatten sich sowohl in der Form als auch im Gleichgewicht drastisch verändert. Die Hinterläufe waren kräftiger, die Oberschenkel viel muskulöser geworden. Das Rückgrat war geknickt, damit der Torso aufrecht gehen konnte. Die Vordertatzen – Hände? – fanden noch als Hilfsbeine Verwendung. Am dramatischsten fiel die Veränderung des Schädels aus, vom spitzwinkligen Profil des Raubtiers zu etwas, das überraschend menschlich wirkte.

Senzei deutete auf das Datum der Zeichnung. »Zu dieser Zeit sind sie dahinter gekommen, was hier vor sich ging.«

»Zu dieser Zeit haben sie es *vermutet*. Du darfst nicht vergessen, wie fremdartig eine solche Vorstellung für ihre ererbte Denkweise war. Es erforderte fünf Generationen genauester Beobachtung, bis alle sicher waren. Und noch einige Generationen, um zu versuchen, den Trend mit menschlicher Hexerei umzukehren. Es ging aber nicht. Arna hatte einen Konkurrenten für uns erschaffen, und zwar einen solchen, der uns ähnlich war. Wir mussten es hinnehmen. Im Vergleich dazu war die Tätigkeit eines einzelnen Hexers nicht mal ein Tropfen auf einen heißen Stein. Und die Rakh wurden mit jeder Generation immer menschenähnlicher.«

»So dass wir mit Kreuzzügen reagierten.«

»Eine unschuldige Spezies wurde niedergemetzelt. Und man erschuf, ohne es zu wollen, eine Unzahl von Dämonen – Nebenprodukte der mörderischen menschlichen Instinkte. Alle zehrten vom Hass des Menschen, alle erfreuten sich an seiner Intoleranz. Ist es da ein Wunder, dass die menschliche Gesellschaft in ein absolutes Chaos überging, dass man die starren gesellschaftlichen Modelle der Erweckungsbewegung für die einzige Hoffnung des Menschen hielt, die Ordnung aufrechtzuerhalten?«

»Und so wurde die Kirche geboren.«

Damien schaute Senzei an, sagte jedoch nichts. Einen Moment lang wirkte der Raum unnatürlich still.

»Und so wurde die Kirche geboren«, sagte er zustimmend. Schließlich fiel sein Blick wieder auf den Tisch, und er entrollte einen dicken Pergamentbogen, der ganz oben auf den Zeichnungen lag. Eine Landkarte.

»Der Lebensraum der Rakh.«

Senzei schaute sich die Karte an. »Scheiße«, murmelte er.

Damien war seiner Meinung.

Das Land, in das die Rakh sich zurückgezogen hatten, war von der Natur sehr gut befestigt, um den aggressivsten menschlichen Instinkten zu trotzen. Im Westen versorgte das Weltende-Gebirge es mit einer entmutigenden Barriere aus eisbedeckten Gipfeln und gefrorenen Flüssen. Im Osten boten steile Basaltklippen, die Jahrhunderte von Tsunamis herausgemeißelt hatten, weder einen bequemen Landeplatz noch Hoffnung auf Quartier. Auch die Südländer waren nicht verlockender: Hektar für Hektar tückisches Sumpfgebiet grenzte an eine der tödlichsten Spezies Arnas. Nur im Norden gab es ein wenig Hoffnung auf ein Durchkommen: zwischen den gezackten Gipfeln und vom Wind geformten Klippen, die über der Schlangen-Meerenge aufragten.

Damien deutete mit dem Finger auf die Mündung des Achron-Flusses und murmelte: »Das ist der einzige Weg.«

»Was ist mit den Bergen?«

Damien musterte Senzei scharf – und ihm wurde schlagartig bewusst, wie wenig der kleine Mann herumgekommen war. »Nicht, wenn der Winter vor der Tür steht. Nicht, wenn wir das Gebiet der Rakh lebendig erreichen wollen. Ich habe die Wasserscheidenberge im Mittsommer überquert, und das war schon schlimm genug. Wenn die Kälte einen nicht auf der Stelle umbringt ... Auf diesen Gipfeln leben abscheuliche – und verdammt hungrige – Dinge, die man schwerlich bekämpfen kann, wenn man halb erfroren ist. Wenn wir natürlich bis zum Sommer warten ...«

»Ich kann es nicht. *Sie* kann es nicht.«

»Einverstanden – in jeder Hinsicht. Also dann den Fluss hinauf. Es ist bestimmt nicht einfach, an Land zu gelangen, aber man kann es schaffen. Und du kannst dich darauf verlassen, dass wir einen hohen Preis dafür bezahlen. Geld, meine ich.« Damien beugte sich auf seinem Stuhl vor und konzentrierte sich auf den vor ihnen ausgebreiteten Plan. »Wo ist der Baldachin?«

Senzei zögerte. »Kommt drauf an. Irgendwo *dort*.« Er beschrieb mit dem Finger einen groben Kreis: hoch über der Mitte des Weltende-Gebirges, östlich an der Küste entlang, zu einer Krümmung, die sich fünfzehn Kilometer vor der Ostküste erstreckte und dann durch die Sümpfe zurückführte. »Er ist an manchen Stellen einen Dreiviertelkilometer breit – und anderswo fast zehn. Außerdem bewegt er sich. Manchmal reicht er bis in die Meerengen hinein – weswegen die meisten Schiffe die Küste wie die Pest meiden. Bei mir zu Hause habe ich besseres Kartenmaterial«, fügte er hinzu.

»Gut. Wir werden es brauchen. Erzähl mir davon.«

»Wir wissen nicht viel. Der Baldachin ist eine Wand aus lebendigem Fae. Es tauchte kurz nach der Flucht der Rakh ins Weltende-Gebirge auf. Keine natürliche Fae-Strömung kann diese Wand durchdringen. Keine Manipulation kann von einer zur anderen Seite betrieben werden. Gezähmtes Fae, das man manipuliert, kann verwildern und alles Mögliche bewirken. Schiffe, die in die Wand hineingeraten, stellen fest, dass ihre Instrumente plötzlich durchdrehen, dass die Uferlinie verändert wirkt ... Aber da ein Großteil unserer Technik auf dem Fae basiert, kann man nie sicher sein, was es bedeutet.«

»Woraus besteht der Baldachin? Aus Erd-Fae? Gezeiten-Fae? Solarem Fae?«

Senzei schüttelte den Kopf. »Nichts davon. Nichts, was wir Menschen verstehen können. Ciani glaubt, dass den Rakh irgendeine Kraft innewohnt – wir sehen ähnliche Dinge in anderen Spezies –, und dass der Baldachin ein Anhängsel ihrer Gemeinschaftsexistenz ist. Ihr Verlangen nach Schutz.«

»Vor dem Menschen«, sagte Damien grimmig.

Dies brauchte Senzei nicht zu kommentieren.

»Weiß man, was aus den Rakh geworden ist? Hat Ciani je darüber gesprochen?«

»Wir wissen, dass sie überlebt haben. Wir wissen, dass sie zumindest bescheiden intelligent sein müssen, sonst hätten sie die Geschöpfe nicht manifestieren lassen können, denen Ciani begegnet ist. Und wir wissen, dass es eine große Anzahl von ihnen gibt – sonst würde der Baldachin nicht existieren. Das ist alles. Ich kann dir noch hundert Gerüchte erzählen ... Aber du weißt selbst, wie verlässlich Gerüchte sind. Niemand weiß, ob sie ihrer ursprünglichen Vorlage gefolgt sind und irgendwann eine dem Menschen angemessene Gestalt angenommen haben. Sie können sich auch in eine völlig andere Richtung entwickelt haben. Die Tatsache, dass die Dämonen der Rakh in menschlicher Gestalt auftreten können, scheint auf das Erstere hinzuweisen – aber ich würde mein Leben nicht darauf verwetten. Manche Dämonen sind sehr vielseitig.«

Wäre eine Welt ohne Dämonen nicht besser? Damien hätte gern darüber diskutiert. *Wäre sie es wert, sich für sie zu opfern?* Doch er verschluckte die Worte, bevor er sie aussprach; es war weder der richtige Ort noch die richtige Zeit für Theosophie. Senzei und er würden unter äußerst schwierigen Umständen viel Zeit miteinander verbringen; alles, was die Situation unter zusätzliche Spannung stellen konnte, musste um jeden Preis vermieden werden.

»Wir müssen auf alles vorbereitet sein«, sagte er. »Wenn wir erst mal dort sind, können wir uns von zu Hause nichts mehr schicken lassen. Was klein und nützlich ist, nehmen wir mit. Was groß und schwer ist ... packen wir vielleicht auch noch ein. Oft sind es die kleinen Dinge, die alles entscheiden – besonders dann, wenn man nicht weiß, was einem irgendwann bevorsteht.«

Senzei lehnte sich zurück, doch an seiner Haltung war nichts Entspanntes. Sein Körper war steif aufgerichtet und angespannt. »Glaubst du wirklich, wir können es schaffen?«

Damien zögerte. Schaute Senzei in die Augen. Zeigte ihm seine privaten Zweifel. »Ich glaube, dass wir es versuchen müssen«, erwiderte er leise. »Und was den Rest betrifft ... Wir wissen es erst, wenn wir drin sind, nicht wahr? Erst wenn wir sehen, was uns bevorsteht. Die Chancen stehen sicherlich gegen uns.« Er zuckte die Achseln. »Doch bevor wir nicht dort sind, werden wir nicht mal wissen, in welchem Verhältnis.«

»Wir brauchen einen Adepten«, murmelte Senzei.

Damien schaute sich um, als suche er nach Lauschern. Seine Geste erinnerte Senzei daran, wo sie waren – wahrscheinlich diente sie genau dazu. »Nicht hier«, murmelte Damien und sammelte die Zeichnungen ein. »Hier kann man zwar forschen, aber für alles andere ... ist es nicht die passende Umgebung.«

»Verstehe.«

»Wir gehen zu dir. In Ordnung? Ich lasse Kopien von der Landkarte anfertigen und dir schicken.« Damien schaute sich um und hielt gerade so lange inne, um Senzeis Aufmerksamkeit auf die beiden rituell gekleideten Priester zu richten, die sich in Hörweite befanden. »Wir müssen die Sache so gut wie möglich ausarbeiten, bevor wir den ersten Schritt in Richtung Rakh-Gebiet machen.«

»Und dann mögen uns die Götter helfen.«

Von dem Plural erschüttert, schaute Damien ihn an. »Dann bete mal inbrünstig, wenn du willst, dass deine Götter sich einmischen.« Seine Stimme und seine Haltung waren angespannt. »Und zwar bald. Denn wenn wir erst mal unter dem Baldachin sind und sich zwischen uns und Jaggonath die Stille erstreckt ... wird kein Gott dieser Region deine Gebete hören. Oder irgendwas anderes.«

Sie lag still wie der Tod auf Senzeis Gästebett. Ihre Augen stierten glasig ins Nichts. Das Licht einer einzelnen Kerze erhellte ihr Gesicht und ihre Hände wie ein Relief und ließ die weißen Höhepunkte ihres farblosen Leibes und die Schatten, die sie wie in Stein gemeißelt wirken ließen, scharf hervortreten. Sogar ihre Augen wirkten blasser, als hätte der Kummer ihnen jegliche Farbe entzogen. Als hätten die Angreifer sie nicht nur ihres Gedächtnisses beraubt, sondern auch der Farbe.

Das Essen, das neben ihr stand, war nicht angerührt. Damien schob es vorsichtig beiseite und nahm an ihrer Seite Platz.

»Ci ...« Seine Stimme war kaum mehr als ein Flüstern, doch in der absoluten Stille des Gemachs hätte es ebenso gut ein Schuss sein können. »Ci – wir nehmen ihre Spur auf. Verstehst du?« Er legte eine Hand auf ihre Schulter – eiskaltes, nicht reagierendes Fleisch – und drückte sie sanft. »Du musst dich jetzt zusammenreißen.«

Sie drehte sich langsam zu ihm herum. Ihr Gesicht war zwar trocken, doch er konnte salzige, getrocknete Streifen erkennen. Die Trostlosigkeit ihres Blicks brach ihm fast das Herz.

»Wozu denn?«, fragte sie leise.

Damien manipulierte sie vorsichtig und betete darum, dass sie nichts davon merkte. Er erschuf eine Verbindung zwischen ihnen, die ihre Aufmerksamkeit auf ihn gerichtet hielt, damit sie nicht wieder in die reaktionslose Finsternis zurückfiel. »Wir brauchen dich.«

Einen Moment lang sah es aus, als wolle sie sich wieder von ihm abwenden, doch irgendetwas – vielleicht das Fae – hielt sie stabil. Als er ihre Stimme hörte, war sie ein trockenes – ausgetrocknetes – Flüstern. »Wozu?«

»Ach, Ci ... Ich dachte, du hättest es schon erraten.« Damien nahm ihre Hand und zog sie sanft unter dem Deckenrand hervor, um sie mit der seinen zu umfassen. Kaltes, fast lebloses

Fleisch. Wie verdünnt ihre Vitalität nun war – wie zerbrechlich war der Faden geworden, der eine Frau wie sie an das Leben band? »Du musst mit uns gehen.«

Sie schaute überrascht drein. In ihrem Gesichtsausdruck lag mehr Vitalität, als er in den Tagen seit dem Angriff in ihr gesehen hatte. Er spürte, dass sich in seinem Inneren etwas verkrampfte, und versuchte die aufsteigende Flut der Hoffnung zu unterdrücken. Oder wenigstens zu beherrschen. Es hing so viel von dem ab, wie sie es aufnahm ...

»Wir können dich nicht hier zurücklassen«, sagte er. »Dann wärst du ungeschützt. Kein Wächter, den Senzei und ich manipulieren können, kann sie zurückhalten. Deine eigenen haben doch schon nicht funktioniert. Senzei weiß nicht im Geringsten, ob die Illusion, die er für den Laden manipuliert hat, halten wird, wenn wir erst mal unter dem Baldachin sind. Man könnte plötzlich merken, dass du noch lebst ... dann hätten wir keine Möglichkeit, zu dir zurückzukommen. Wir würden nicht mal erfahren, was passiert ist.« Er holte tief Luft und wählte sorgsam die nächsten Worte. »Ohne dich, Ci ... können wir den, der dies getan hat, nicht finden.« Er spürte, dass ihre Hand sich in der seinen versteifte, sah die Furcht in ihrem Blick. Er fuhr schnell fort: »Wenn der Baldachin nicht wäre, könnten wir eine Wahrnehmung durchführen. Doch da er nun mal zwischen uns ist ... Senzei sagt, niemand kann etwas durch ihn erkennen, nicht mal ein Adept. Und Gott weiß, dass wir keine Adepten sind. Mit dir auf der einen und uns auf der anderen Seite wäre die Suche nach dem Angreifer so etwas wie die Suche nach der Nadel im Heuhaufen. Es ist sogar noch schlimmer: als müssten wir einen einzelnen Strohhalm in einem Heuhaufen finden, ohne zu wissen, welchen wir suchen. Wir wüssten nicht mal, wo wir anfangen sollen.« Er drückte zärtlich ihre Hand und wünschte sich, seine

Körperwärme und seine Lebenskraft könne auf sie übergehen. »Wir *brauchen* dich, Ci.«

Ciani schloss die Augen. Ein Beben erinnerten Schmerzes durchlief ihren Leib. »Du verstehst nicht«, hauchte sie. »Du kannst es wahrscheinlich gar nicht verstehen.« Eine Träne sammelte sich unter ihren Wimpern, doch sie war zu schwach, um sich zu lösen; ihr Körper war zu ausgetrocknet, um so viel Flüssigkeit abzugeben. »Wie es ist, mit dem Fae zu leben. Wie ein Adept. Sen hält es für konstantes *Sehen,* aber das ist es überhaupt nicht.« Sie runzelte die Stirn und suchte nach Worten. »Es ist überall. In allem. Es gibt so viele verschiedene Arten, dass ich sie nicht mal alle benennen kann. Manche sind so flüchtig, dass man sie nur als Funke im Augenwinkel sieht – als Licht- oder Energieblitz. Bevor man sich auf sie konzentrieren kann, sind sie weg. Und die Strömungen fließen durch alles hindurch – durch *alles!* –, nicht nur drum herum, wie Senzei es wahrnimmt. Sie durchdringen jede lebende und tote, jede feste und eingebildete Substanz dieses Planeten. Manchmal schaut man zum Himmel hinauf, dann fließt das Gezeiten-Fae für eine Sekunde und es ist da – wie ein Sprung in einem Kristall, der plötzlich das Licht anzieht; ein Spektrum lebender Farben, das weg ist, bevor man einatmen kann. Es gibt auch Musik, so schön, dass es schmerzt, ihr zu lauschen. Wohin man auch schaut, was man auch anfasst, alles ist von lebendigem Fae durchdrungen – alles in einem permanenten Zustand des Fließens, sich stündlich verändernd, wenn die verschiedenen Gezeiten es durchlaufen. Das Ergebnis ist eine so reiche und wunderbare Welt, dass man sich schütteln muss, nur um in ihr zu leben ...« Sie holte bebend Luft. »Verstehst du? Wenn ich einen Stein anfasse, spüre ich nichts Hartes, Felsiges – ich spüre alles, was der Stein je gewesen ist und vielleicht noch werden wird. Ich spüre, wie er das Erd-Fae überträgt, mit dem Gezeiten-Fae interagiert; welche Auswirkungen die Kraft der Sonne auf ihn haben und was er sein wird, wenn die Echtnacht hereinbricht ... Verstehst du, Damien? Das Stück Gestein ist *lebendig*. Für uns ist *alles* lebendig, sogar unsere Atemluft. Erst jetzt ...« Sie hustete stockend, und er sah die Tränen, die sich in ihre Stimme stahlen. »Begreifst du nicht? Das haben sie mir genommen! Jetzt ist alles tot. Wenn ich mich umschaue, sehe ich nur Leichen. Ein Universum voller Leichen. Als bestünde alles, was ich sehe, aus verwesendem Fleisch ... Nur verwest es nicht; auch im Verdorbenen ist nämlich Leben. Sogar Aas hat seine eigene spezielle Musik ... Doch hier ist nichts. Nichts! Ich berühre dieses Bett ...« Sie packte den Bettrand mit der freien Hand und drückte ihn, bis ihre Knöchel weiß hervortraten. »Doch ich spüre nichts mehr ... Bei den Göttern, es ist *leblos* ... Verstehst du? Sie haben nicht *mich* entleert, sondern meine ganze Welt!«

»Ci ...« Damien strich ihr zärtlich das Haar aus dem Gesicht und wärmte ihre Haut mit seinen Fingern. »Ci, wir holen sie für dich zurück. Verstehst du? Aber wir brauchen deine Hilfe. Du musst mit uns gehen. Wenn du es nicht tust, ist alles vergeudete Zeit. Ci?« Er streichelte ihr Haar so sanft, als sei sie ein verängstigtes Kätzchen, doch sie ächzte nur leise und wortlos. Dann fing sie an zu weinen.

»Wir werden dir helfen, Ci«, sagte Damien leise. »Ich schwöre es.«

Die in Senzeis Arbeitszimmer gebrachten Bücher und Dokumente hatten die Abmessungen seines Schreibtischs längst überschwemmt. Als Damien eintrat, fand er Senzei auf dem Boden sitzend vor, in der Mitte seines Sigil-Läufers und umgeben von sorgfältig geordneten Stapeln.

Damien wartete, bis Cianis Assistent zu ihm aufschaute. »Ich bringe sie um«, zischte er. »Ich bringe diese Schweinehunde um – und zwar langsam. Hast du verstanden? Ich werde dafür sorgen, dass sie leiden.«

»So spricht der Wächter des Friedens.«

»Frieden wird in der Charta meines Ordens nicht erwähnt. Übrigens auch nicht im Kirchenmanifest. Das ist nur Nachkriegspropaganda.« Damien griff nach einem freien Hocker, schob ihn neben den Schreibtisch und setzte sich hin. »Hast du irgendwas gefunden?«

»Eine einfache Frage für eine komplizierte Aufgabe.« Senzei deutete auf die ihn umgebenden Stapel und benannte einen nach dem anderen. »Dinge, die wir mitnehmen sollten. Dinge, die wir lesen sollten, bevor wir gehen. Dinge, die wir mitnehmen sollten, die aber zu groß, zu zerbrechlich oder zu schwer zum Tragen sind, so dass wir die Informationen, die sie enthalten, in etwas anderes kopieren müssen, am besten mit wasserfester Tinte. Dinge, die wir ...«

»Ich verstehe schon.« Damien schlug eine in Leder gebundene Schwarte auf, die am Rand des Schreibtischs lag: *Evolutionäre Trends in einheimischen Spezies: Eine neoterranische Analyse.* »Wie steht's mit dem Problem der menschlichen Arbeitskräfte? Gibt's da irgendwelche Fortschritte?«

Senzei zögerte. »Ich habe noch Cianis Akten ... Eins der wenigen Dinge, die ich retten konnte. Detaillierte Dossiers über alle Adepten, die in dieser Region leben. Angesichts unserer Lage sind sie mehr als niederschmetternd.«

»Du traust ihrer Kraft nicht?«

Senzei seufzte. »Ich traue *ihnen* nicht. Muss ich dich daran erinnern, dass die Adeptengabe absolut willkürlich ist, dass wir nicht im Geringsten verstehen, wie sie zu denen kommt, die über sie verfügen, oder – was noch wichtiger ist – warum? Die Adepten in Jaggonath sind ein absolut repräsentativer Querschnitt der Menschheit: Die meisten sind ichbezogen, instabil, intellektuell begrenzt ... ausgestattet mit allen Mängeln, die uns als Spezies definieren. Einer oder zwei geben zu etwas Hoffnung Anlass ... Aber es gefällt mir nicht, Damien. Mir gefällt die Vorstellung nicht, in dieser Angelegenheit einem Fremden zu vertrauen, ob er nun Adept ist oder nicht.«

»Du wolltest doch, dass wir einen Adepten mitnehmen.«

»Ich wollte Ciani dabeihaben«, sagte Senzei verbittert. »Oder jemanden wie sie. Aber es gibt niemanden wie sie. Sie war eine Ausnahme. Ich kann mir nicht vorstellen, dass sich einer dieser Leute« – er deutete auf drei Stapel in seiner unmittelbaren Nähe – »für die Sache eines Fremden stark macht – was Ciani immer getan hätte. Dass sie ihr Leben riskieren würden, um in Erfahrung zu bringen, was sich auf der anderen Seite dieses Gebirges befindet. Verstanden? Ich habe mich geirrt. Also erschieß mich.«

»Sachte, sachte.« Damien setzte sich Senzei gegenüber auf den Läufer. »Nimm es nicht so tragisch, Sen. Nicht schon jetzt, wo das Spiel kaum begonnen hat.« Er entnahm dem Stapel, der ihm am nächsten war, ein Stück Papier – eine Fae-Landkarte der Schlangen-Meerenge – und musterte es. »Ich hätte zwar auch gern einen Adepten dabei«, sagte er, »aber was nicht geht, das geht nicht. Wir beide haben auf unseren verschiedenen Gebieten Kraft genug. Das muss dann eben reichen.«

»Ich hoffe es«, sagte Senzei elend.

Damien legte die Landkarte wieder hin und versuchte das Thema zu wechseln. »Was ist mit den Rakh?«

Senzei zögerte. »Was genau meinst du?«

»Wann können wir auf einen stoßen? Und wie?«

Senzei musterte ihn einen Moment. Er war eindeutig verdutzt. »Bist du des Wahnsinns? Wir müssen ihnen um jeden Preis aus dem Weg gehen. Sie hassen die Menschheit so sehr ...«

»Das besagen Dokumente, die fast tausend Jahre alt sind. Ich sage ja nicht, dass sie keine Gültigkeit mehr haben – vielleicht ist alles noch schlimmer geworden –, aber müssen wir unbedingt davon ausgehen? Mir ist klar, dass wir ihren Lebensraum durchqueren werden, doch es würde mich überraschen, wenn wir jeden Kontakt vermeiden könnten. Glaubst du nicht, wir wären besser dran, wenn wir uns dem einen oder anderen unter sorgfältig ausgetüftelten Umständen nähern, statt blindlings in eine Stadt voller potenzieller Gegner zu reiten?«

Senzei verdaute diese Vorstellung. »Vielleicht ja. Wenn wir erst mal unter dem Baldachin sind, könnte ich eine Anrufung manipulieren. Die bringt uns vielleicht etwas mit potenziell sympathischer Geisteshaltung. Doch um es genau zu wissen, müssten wir warten, bis wir in ihrem Bereich sind. Wenn sich doch nur ein paar Rakh außerhalb des Baldachins befänden ...«

Cianis Stimme unterbrach sie. »Woher willst du wissen, dass sich dort keine befinden?«

Die beiden Männer schauten auf. Ciani lehnte im Türrahmen. Sie war in eine Decke gehüllt und fröstelte, als schütze sie sich vor dem kalten Herbstwind, der vor dem Haus wehte. Trotz ihrer Todesblässe, ihrer eingefallenen Wangen und des dünnen roten Netzes, das ihre Augäpfel bedeckte, sah sie besser aus als seit Tagen. Seit dem Zwischenfall.

Lebendig, dachte Damien. *Sie sieht lebendig aus.*

»Woher willst du wissen, dass es nicht so ist?«, drängte Ciani.

»Die Rakh kommen nie unter dem Baldachin hervor. Sie ...«

Ihre Stimme war ein rasselndes Flüstern. »Und woher wissen wir das?«

Senzei wollte etwas sagen, doch Damien legte eine Hand auf seinen Arm. Brachte ihn zum Schweigen. Auf den ersten

Blick schien Ciani auf eine einfache Information aus zu sein: Welche Fakten hatte sie vergessen, die Senzei und ihn veranlassten, dies von den Rakh anzunehmen? Doch auf den zweiten Blick ... Damien schaute ihr in die Augen und sah ein kurzes Aufglühen von Feuer. Intelligenz. Man hatte Ciani zwar das Gedächtnis genommen, aber ihren Scharfsinn nicht verdunkelt. Es war unmöglich.

»Wir wissen es nicht«, sagte Damien. »Wir haben es angenommen.«

»Aha.« Ciani schüttelte traurig den Kopf. In dieser Geste war ein Anflug von Humor, ein bloßer Schatten ihres alten Ichs. »Ein schlechter Zug«, sagte sie leise und schwach.

Senzei versteifte sich. »Du glaubst, sie verlassen den Schutz des Baldachins? Dass es einen oder mehrere geben könnte, die sich außerhalb dieses Schutzwalls aufhalten?«

»Ich habe keine Informationen, die eine solche Vermutung stützen«, erwiderte Ciani sanft. Damien sah den Schmerz in ihren Augen, die konstante Frustration eines Menschen, der in sich nach Erinnerungen kramte, doch keine fand. Vielleicht wusste sie nicht mal, was ihr alles an Wissen verloren gegangen war. »Aber möglich ist es doch, oder?« Sie zögerte. »Kennen wir irgendeinen Grund, der dagegen spricht?«

»Überhaupt keinen«, versicherte Damien ihr. Dann stand er auf und war neben ihr, um sie aufzufangen, als ihr inneres Kräftestrohfeuer erstarb. Als sie hinfiel. Sie war so leicht, so zerbrechlich ...

»Sie muss etwas essen«, sagte er. »Ich bringe sie runter und schaue mal nach, ob ich ihr etwas einflößen kann. Sen...?«

»Ich arbeite daran«, erwiderte Senzei. Er kletterte über mehrere Bücherstapel hinweg, um an den Schreibtisch zu gelangen. Dort angekommen, kramte er in einem Landkartenstapel. »Ich kann eine Konvergenz vornehmen, um etwas anzuziehen, das eventuell außerhalb ist. *Falls* überhaupt etwas da ist. Ich werde versuchen, es dazu zu bewegen, unterwegs zu uns zu stoßen – was besser wäre, als dort auf es zu warten, oder?«

»Viel besser.«

»Natürlich werden wir nicht wissen, was es ist. Oder woher es kommt. Das erfahren wir erst, wenn es bei uns ist.« Senzei schaute Damien an. »Weißt du genau ...«

»Ja«, sagte Damien schnell. »Die Begegnung mit einem Rakh auf unserer Seite des Baldachins ist jedes Risiko wert. Mach dich an die Arbeit.«

»Vielleicht mag es uns nicht.«

»Oder umgekehrt«, sagte Damien trocken. »So ist das Leben.«

Dann trug er Ciani nach unten.

Senzei fand Allesha in der Küche, wo sie das Geschirr der letzten Mahlzeit spülte. Er wartete einen Moment in gespannter Stille und hoffte, dass sie ihn zur Kenntnis nahm. Wenn sie ihn gesehen hatte, ließ sie es sich jedoch nicht anmerken. Ihm schien, als sei ihr Körper etwas verkrampfter geworden, als scheuerten ihre Hände energischer, als nutze sie die Hausarbeit, um irgendeine persönliche Angst zu verdrängen ... Aber vielleicht bildete er es sich auch nur ein. Auf Grund der Belastung. Doch nicht Allesha.

»Lesh«, sagte er schließlich leise. Er sah, dass sie sich versteifte. Sie stellte sorgfältig den Teller ab, den sie gerade spülte, schien Senzei aber sonst nicht zur Kenntnis zu nehmen. »Lesh? Ich muss mit dir reden. Hast du eine Minute Zeit für mich?«

Sie drehte sich langsam um. Irgendetwas an ihrem zerzausten Äußeren, das völlig frei von Kosmetik oder Künstlichkeit war, erinnerte ihn an den Tag, an dem sie einander zum ersten Mal begegnet waren. Wie sehr er sie seit diesem ersten Augenblick liebte. Die Kluft, die nun zwischen ihnen war, ließ ihn sich noch elender fühlen, weil er trotz all seiner Bemühungen unfähig schien, die Freude jener unschuldigen, glücklichen Tage neu zu erleben.

»Lesh? Möchtest du dich hinsetzen?« Senzei deutete auf den Tisch mit den fein geschnitzten Stühlen. Die ganze Küche war so feingliedrig wie sie.

»Es geht mir gut«, sagte sie leise.

Senzei zögerte. Er wusste nicht, wie er anfangen sollte. Er wusste nicht, wie er ihr all die Dinge sagen sollte, die sie wissen musste, denen nur die offizielle Entscheidung fehlte. »Du weißt, wie schlimm es um Ci steht. Also ... Damien glaubt, dass die einzige Möglichkeit, dies zu ändern, darin besteht, dass wir ins Gebiet der Rakh vorstoßen. Um das Geschöpf zu erwischen, das ihr dies angetan hat – und es zu vernichten.« Die gewalttätigen Worte fühlten sich eigenartig auf seiner Zunge an. *Erwischen. Vernichten.* Es waren keine Worte seines Fachs oder des stillen Stadtlebens, sondern Schlüssel zu einem weitaus dunkleren Universum. »Ich glaube ... das heißt ... also ...«

»Dass du gehst«, erwiderte sie leise.

Senzei nickte steif.

Sie drehte sich um.

»Lesh ...«

Sie brachte ihn mit einer Handbewegung zum Schweigen. Er sah, dass ihre Schultern bebten, dass sie gegen Tränen ankämpfte. Oder war sie wütend? Er trat auf sie zu, sein Instinkt sagte ihm, er solle sie umarmen, er solle körperliche Nähe einsetzen, um seiner Bekanntmachung die Schärfe zu nehmen, doch sie entzog sich ihm. Nur um wenige Zentimeter – doch dies deutete eine größere Kluft zwischen ihnen an. Sie war schon seit Monaten in der Mache.

»Einfach so«, sagte sie leise. »So einfach ...«

Sein Herz zog sich zusammen. »Ich wusste nicht, wie ich es dir sagen sollte. Ich habe den richtigen Zeitpunkt nicht gekannt. Die ganze Sache ist einfach irgendwie passiert ... Lesh, es tut mir Leid. Ich hätte es dir ja früher gesagt ...«

Allesha schüttelte den Kopf. »Das ist es nicht. Das ist es überhaupt nicht.« Sie drehte sich zu ihm um. Ihre Augen hatten rote Ränder, doch dies lag nicht an den letzten paar Minuten. Sie hatte geweint. »Und es liegt auch nicht nur an Ciani. Oder an dem, was in den letzten Tagen passiert ist. Ich möchte, dass du es verstehst, Sen. Es geht schon viel zu lange so, und ich ... Ich kann es nicht mehr ertragen.«

Sie wandte sich wieder von ihm ab. Ihre Stimme wurde so leise, dass er sie kaum noch hörte. »Ich glaube, wir sollten Schluss machen«, sagte sie leise. »Aufhören. Es führt doch zu nichts, Sen – und es wird auch nicht besser. Vielleicht war es von Anfang an nicht richtig. Vielleicht hat es mal eine Zeit gegeben, in der ich etwas hätte verändern können ...« Sie schaute ihn wieder an. »Aber es tut mir Leid. Ich hab's vermasselt. Für uns beide.«

Sie griff an den Rand der Spüle, wo in der Seifenlauge ein schmaler goldener Ring lag. Sie wischte ihn so sorgfältig ab, als bestünde er aus dünnem Porzellan. »Ich glaube, du nimmst ihn lieber zurück«, sagte sie. Sie hielt Senzei den Ring hin, ohne ihn anzuschauen. »Du kannst ihn behalten. Ich will ihn nicht haben. Ich möchte ihn nicht mehr ansehen müssen ...«

Senzei schaute den Verlobungsring entsetzt an. Er konnte es nicht fassen. Nicht aufnehmen.

»Ich denke schon seit langer Zeit darüber nach«, sagte Allesha eilig. »Ich möchte, dass du es weißt. Ihr Götter, es geht mir schon so lange im Kopf herum, dass ich kaum noch weiß, wann mir der Gedanke zuerst kam. Ist das nicht abscheulich?« Sie holte tief Luft. »Denn eines Tages ist mir klar geworden, dass ich zwar vieles für dich sein kann, aber niemals die Erste in deinem Leben. Niemals. Ach, ich habe versucht, mir das Gegenteil einzureden! Ich habe mir gesagt, wenn wir nur genügend Zeit miteinander verbringen, wenn du dich nur mehr um unsere Beziehung kümmerst ... könnten wir uns Prioritäten setzen und die Art Beziehung haben, an der mir etwas liegt. Die Art Beziehung, die ich *brauche*. Aber wir kriegen es nicht hin. Ich weiß es jetzt. Der Zwischenfall hat es nicht ausgelöst, sondern mir klar gemacht. Es ist schon in Ordnung, Sen. Du bist nun mal so. Ich muss mich damit abfinden ...«

»Wenn es um Ciani geht ...«

»Es geht nicht um Ciani! Glaubst du, das weiß ich nicht? Es geht nicht um eine andere Frau. Ihr Götter!« Allesha lachte kurz und verbittert auf. »Wenn es doch nur um eine andere Frau ginge! Ich weiß nämlich, wie ich mich einer anderen Frau erwehre. Aber ich weiß nicht, wie ich *damit* wetteifern soll.« Sie schaute ihn nun an, und ihr normalerweise zärtlicher Blick flammte vor Verärgerung. Und Schmerz. »Ich meine das *Fae*, Sen. Ich meine dein Verlangen nach etwas, das du nie kriegen wirst. Glaubst du, ich sehe nicht, wie es an dir frisst? Glaubst du, ich spüre es nicht jedes Mal in dir, wenn wir zusammen sind? Jedes Mal, wenn wir uns berühren? Dass ich es nicht jedes Mal in dir spüre, wenn wir uns lieben – wie du dir wünschst, es könnte mehr sein; wie du dir wünschst, du könntest es auf allen unterschiedlichen Ebenen erleben? Glaubst du, ich spüre die Frustration nicht? Wie sie dich ablenkt?« Sie holte tief und bebend Luft. »Ich kann nicht mehr damit leben. Tut mir Leid. Ich hab es immer wieder versucht ... aber ich halte es nicht mehr aus.«

»Lesh ... Wir können das Problem lösen. Wir können ...«

»Wenn du wieder nach Hause kommst? In zwei, drei Jahren? Glaubst du wirklich, ich sollte ... darauf warten?«

Senzei konnte nichts sagen. Alle Worte wurden von seinem

Inneren verschluckt. Verärgerte Worte, bittende Worte, appellierende Worte ... und Worte die von seinem schlechten Gewissen kündeten. Weil er es hatte kommen sehen. Tief in seinem Inneren, auf Ebenen, die er nicht gern ausgelotet hatte. Und er verachtete sich, weil er nicht verstanden hatte, es zu beenden.

»Ich liebe dich«, sagte er. Er legte all seine Leidenschaft in seine Stimme – wünschte sich, er könnte ihr seine Gefühle direkt überspielen, ohne künstliche Vehikel wie Wörter verwenden zu müssen. »Ich liebe dich mehr als alles andere, Lesh ...«

»Und ich liebe dich«, erwiderte sie leise. »Ich habe dich immer geliebt.« Sie kniff fest die Augen zu, und aus ihrem Augenwinkel drückte sich eine Träne hervor. »Aber das allein ist wohl keine Grundlage für eine Ehe, Sen. Erkennst du es nicht?«

Er wollte sich mit ihr auseinander setzen. Er wollte sie anflehen zu bleiben; ihr sagen, dass er bald wieder bei ihr sein würde; dass sie dann einen neuen Anfang machen konnten – dass er sich ändern würde, ganz bestimmt! –, doch die Worte blieben ihm im Halse stecken, und er konnte sie einfach nicht artikulieren. Denn sie hatte Recht. Er wusste es. Er konnte ihr alle Versprechungen machen, die er wollte, sie würden nicht das Geringste ändern. Das Verlangen war das Wichtigste in seinem Leben. War es immer gewesen. Würde es immer sein. Bloße Worte konnten daran nichts ändern. Und wenn es ihr nicht reichte, dass er keinen Versuch machte, dies auszudrücken, dass er daran arbeitete, das schreckliche Sehnen zu unterdrücken, wenn sie zusammen waren, es zu verbergen versuchte ... dann gab es nichts, was er machen konnte, um die Sache zu reparieren. Überhaupt nichts.

»Tut mir Leid«, rasselte er. Er spürte deutlich, dass sich zwischen ihnen eine riesige Kluft aufgetan hatte und er nicht wusste, wie er sie überbrücken sollte. Er kam sich verloren vor, als sei er plötzlich von Fremden umgeben. »Es tut mir so Leid ...«

»Ich hoffe nur, du findest, was du brauchst«, murmelte Allesha. »Oder dass du wenigstens irgendwann deinen Frieden findest. Wenn es irgendetwas gäbe, mit dem ich dir helfen könnte ... Ich würde es tun. Das weißt du.«

»Ich weiß«, sagte er leise.

Sie kam zu ihm hin und küsste ihn zärtlich. Er schlang die Arme um sie und zog sie fest an sich. Als könne dies die Probleme verschwinden lassen. Als könne eine bloße Zurschaustellung von Zuneigung alles besser machen. Doch sie waren längst über dieses Stadium hinaus, als seine Aufmerksamkeit anderswo gewesen war. Als er den Kern seiner Beachtung dem Fae gewidmet hatte, ohne zu erkennen, dass rings um ihn her sein Leben allmählich in Scherben fiel; dass es verwitterte wie Hauspflanzen, die aus Wassermangel verdursteten. Weil er nicht gesehen hatte, was sie brauchten.

Senzei schaute wie benommen zu, als Allesha den Goldring auf den Küchentisch legte. Das von ihren Händen tropfende Wasser erzeugte ein spiegelhelles Pfützchen.

»Ich werde mich um das Haus kümmern«, sagte sie sanft. »Ich werde es in Ordnung halten, bis du zurückkommst. Damit du dir keine Sorgen um deine Sachen zu machen brauchst ... solange du fort bist.« Sie schaute die restlichen Teller an, dann wandte sie sich ab. »Tut mir Leid, Sen.« Sie hauchte die Worte nur, und in ihrer Stimme war das Echo frischer Tränen. »Tut mir so Leid ...«

Sie lief aus dem Raum. Senzei machte Anstalten, ihr zu folgen, doch dann hielt er sich mit schmerzlicher Anstrengung zurück. Was sollte er ihr sagen? Wo sollte er die Zauberworte finden, die alles besser machten, damit sie so tun konnten, als sei es nie dazu gekommen? Damit *er* so tun konnte, als sei sie im Unrecht; dass er nicht an ihr versagt hatte; dass sich alles wieder normalisieren würde, wenn er aus dem Gebiet der Rakh zurückkehrte?

Senzei ließ sich schwer auf einen Küchenstuhl sinken. Er betastete den schmalen goldenen Ring und die feinen eingravierten Liebes-Sigils.

Und fing an zu weinen.

13

»Heiligkeit?«

Der Patriarch klappte den dicken Wälzer zu, der vor ihm lag, und schob ihn zur Seite. »Treten Sie ein, Pastor Vryce.« Er deutete auf den gepolsterten Stuhl, der vor dem Schreibtisch stand. »Nehmen Sie Platz.«

Damien hätte sich gern hingesetzt, aber er konnte es nicht. Dazu war seine Seele viel zu angespannt. Er hatte den Eindruck, in seinem Inneren müsse irgendetwas reißen, wenn er versuchte, seinen Körper zu knicken und sich irgendwie zu entspannen. »Heiliger Vater, ich ... Ich möchte Sie um etwas bitten.«

Es könnte auch jetzt noch schief gehen. Alles könnte zusammenkrachen.

Der Patriarch schaute ihn von oben bis unten an – von seinem zerzausten Haar über die von Schlaflosigkeit kündenden Augen bis zu dem beigefarbenen Hemd und den abgetragenen braunen Wollhosen. Dann nickte er langsam. »Fahren Sie fort.«

»Ich muss ... Das heißt, es ist etwas geschehen ...« Damien hörte das Beben in seiner Stimme, holte tief Luft und versuchte sich zusammenzureißen. *Vergiss nicht, dass es nicht nur deine Angst ist, dass er ablehnen könnte. Es ist auch die Art, in der das Fae auf ihn reagiert.* Er wollte erneut das Wort ergreifen, doch der Patriarch brachte ihn mit einem Wink zum Schweigen.

»Setzen Sie sich, Pastor Vryce.« Seine Stimme war ruhig, aber dominant. Er strahlte *Autorität* aus, was das Fae zwischen ihnen verdichtete. »Das ist ein Befehl.«

Damien zwang sich zum Hinsetzen. Er wollte erneut sprechen, doch auch diesmal hinderte der Patriarch ihn daran. Er schob einen Kelch aus karmesinrotem Glas über den Tisch auf ihn zu; er war mit einer noch dunkleren Flüssigkeit gefüllt. Damien nahm ihn an sich und trank: süßer Rotwein, frisch gekühlt. Nur mit Mühe konnte er sich entspannen. Trank noch einen Schluck. Einige Minuten später nahm das Klopfen seines Herzens einen normaleren Rhythmus an.

»Und nun«, sagte der Patriarch, als Damien das Glas beiseite gestellt hatte, »sprechen Sie.«

Damien sprach. Nicht so, wie er es vorbereitet hatte. Nicht mit der vorsichtigen Verflechtung von Wahrheiten, Halbwahrheiten und Andeutungen, die das Ziel verfolgte, den Patriarchen so zu manipulieren, dass er die erforderliche Entscheidung traf. Irgendetwas am Verhalten des Heiligen Vaters brachte ihn dazu, anders vorzugehen. Vielleicht lag es am Fae, das zwischen ihnen auf Ebenen kommunizierte, die Damien kaum spüren konnte. Oder vielleicht auch nur am menschlichen Instinkt, der ihm sagte, dass der Heilige Vater bereit war, ihn anzuhören, und es deshalb verdiente, die Wahrheit zu erfahren.

Damien erzählte ihm alles. Der Heilige Vater unterbrach ihn ein oder zwei Mal, um Fragen zu stellen, die bestimmte Punkte klärten, doch sonst zeigte er keine Reaktion. Sein Gesichtsausdruck gab keinen Hinweis auf Verständnis oder Feindseligkeit, er wirkte nicht einmal vorsichtig. Er strahlte nichts von dem aus, was Damien erwartet hatte.

»Das Endergebnis«, schloss er seinen Vortrag und holte tief Luft, um sich zu beruhigen, »besteht darin, dass ich um die Erlaubnis ersuchen muss, meine hiesigen Pflichten unterbrechen zu dürfen, um in den Osten zu gehen. Ich brauche Urlaub, Eure Heiligkeit. Ich glaube, dass die Situation es verlangt.«

Der Patriarch schaute Damien eine geraume Weile an, und seine klaren blauen Augen nahmen an seiner Seele Maß.

Jedenfalls wirkte es so. Schließlich sagte er: »Und wenn ich es Ihnen verweigere?«

Damien versteifte sich. »Es geht nicht nur um eine persönliche Angelegenheit. Wenn diese Dämonen den Lebensraum der Rakh verlassen können ...«

»Beantworten Sie bitte meine Frage.«

Damiens Blick traf auf seine harten, kalten Augen – dann antwortete er auf die einzig mögliche Weise, auch wenn es ihn innerlich auseinander riss. »Ich habe einen Eid abgelegt, Eure Heiligkeit. Dass mir der Traum des Verkünders wichtiger ist als mein Leben. Den Plänen zu dienen, die er für notwendig erklärt hat ... einschließlich der Hierarchie meiner Kirche. Wenn Sie mich fragen, ob ich meine Pflicht kenne, ist das meine Antwort. Wenn Sie vorhaben, die Situation zu nutzen, um mich zu prüfen ...« Er spürte, dass seine Hände die hölzerne Lehne des Stuhls umklammerten, und zwang sie, sich zu entspannen. Er zwang sich auch, die Verärgerung aus seiner Stimme zu verbannen. *Es ist sein Recht. Und irgendwie auch seine Pflicht.* »Tun Sie es bitte nicht. Ich flehe Sie an. Als Mensch und Ihr Diener.«

Der Patriarch sagte eine ganze Weile nichts. Damien hielt seinem Blick so lange stand, wie es ihm möglich war, doch dann wandte er sich ab. Er kam sich hilflos vor, er konnte das Fae nicht zu seinem Vorteil manipulieren. Er kam sich doppelt hilflos vor, da der Patriarch es allein durch seine Existenz konnte.

»Kommen Sie«, sagte der Heilige Vater endlich. Er stand auf. »Ich möchte Ihnen etwas zeigen.«

Er führte Damien schweigend durch den Westflügel, und das leise Rascheln seines über den glatten Mosaikboden schleifenden Gewandsaums war das einzige Geräusch, das ihre Schritte in den langen Korridorgrüften begleitete. Bald kamen sie an eine fest verrammelte Tür, deren eisernes

Schloss mit Auszügen aus dem Buch der Gesetze beschrieben war. Eine dicke Vorhangschnur hing von der Decke herab, an der der Patriarch zog. Sie warteten. Bald kündeten eilige Schritte und das Klirren von Metall auf Metall an, dass jemand durch den Korridor kam. Ein Priester erschien, der gerade den Schlüsselring ordnete, der an einer goldenen Kette um seinen Hals hing. Er verbeugte sich ehrerbietig vor dem Patriarchen und fand den Schlüssel, den er suchte. Damien wandte sich Seiner Heiligkeit zu – und sah einen ähnlichen Schlüssel in seiner Hand. Sein Griff bestand aus feinem Goldfiligran, Fragmenten von Blutstein, in einem spiralförmigen Muster angeordnet.

Sie schlossen die schwere Tür in einer synchronen Bewegung auf. Der Patriarch nickte Damien zu, damit er hindurchging, dann nahm er eine Lampe an sich, die neben der Schwelle hing, und folgte ihm. Die Tür ging hinter ihnen zu und wurde verschlossen.

»Hier entlang«, sagte Seine Heiligkeit.

Eine Treppe hinunter. Hinein in die Tiefen der Kathedrale, in die tiefsten Tiefen des Bauwerks – sogar in die Erde –, bis sie so weit unter der Oberfläche Arnas waren, dass das Erd-Fae dünner und schwächer wurde. Damien manipulierte vorsichtig seine Sehkraft, doch er konnte es kaum erkennen, als es sich an das sie umgebende Gestein klammerte. Eigenartigerweise – oder unheimlicherweise? – war kein dunkles Fae gegenwärtig. An solch einem Ort hätte es aber sein müssen, so tief unter dem Boden der Gebete, die das Eigentum der Kirche bewachten. Gab es hier unten irgendwelche Wächter? Oder ... etwas anderes?

Schließlich kamen sie an eine weitere Tür, die nur über ein einzelnes Schlüsselloch verfügte. In das alte Holz war ein Sigil eingeschrieben, und Damien dachte: *Ein Wächter? Ist es möglich?* Als sie vor ihr standen, knarrte der Boden, und Damien hörte hinter den Wänden eine Maschinerie umschalten. Irgendeine Art Alarmsystem. Er stellte sich einen Dieb vor, der an diesem Ort festsaß. Es war keine schöne Vorstellung.

Der Patriarch berührte mit Ehrfurcht das eingravierte Zeichen, dann schloss er die Tür vorsichtig auf. Trotz ihres Gewichts öffnete er sie ohne Hilfe ...

... und eine Kraft überspülte sie wie eine Flut, gezähmtes Fae in solcher Konzentration, dass es unmöglich war, es nicht zu spüren, auch ohne zu manipulieren. Es war auch unmöglich, es nicht zu *sehen*. Es war ein Licht, das wie in die Luft versprühtes, geschmolzenes Gold funkelte, ein feiner, strahlender Dunst. Er glitzerte wie die Sterne des äußeren *Kerns,* und damit verglichen wirkte die Lampe des Patriarchen stumpf und dunkel.

»Überbleibsel des Heiligen Krieges«, sagte der Heilige Vater leise. Er stellte die Lampe auf einem Tisch neben der Tür ab, trat beiseite und nickte Damien zu, damit er eintrat. »Schauen Sie sich um. *Sehen* Sie, wenn Sie es müssen.«

Damien schaute sich vorsichtig um. Trotz des relativen Mangels an Erd-Fae unter der Oberfläche war sein Weitblick hochkonzentriert, als er es manipulierte. Und plötzlich konnte er die ihn umgebenden Gegenstände kaum noch sehen, so strahlend war ihre Macht. Die Intensität ließ seine Augen tränen. Nach einer Weile war er gezwungen, Abstand zu nehmen, und ließ die Manipulation verblassen. Die Welt kehrte – sehr langsam – zur Normalität zurück.

»Licht war natürlich damals die Hauptwaffe. Invasionswerkzeug. In jeden anderen Gegenstand, den Sie hier sehen, sind andere Dinge eingebunden ... aber Licht spielte immer eine Rolle. Man hat geglaubt, damit könne man den Wald erobern.« Der Patriarch griff an die Wand neben Damien und betastete den Rand eines vergammelnden Wandteppichs.

»Manchmal glaube ich, dass dies für unsere Niederlage verantwortlich war. Wenn wir uns der Methoden unseres Gegners bedienen, erben wir auch seine Schwächen. Machen Sie weiter«, drängte er Damien. »Schauen Sie sich um.«

Der Raum war riesengroß. Seine hohe, gewölbte Decke ähnelte mehr der hoch über ihm aufragenden Kathedrale als den groben Steintunneln, die zu seinem Eingang führten. Man hatte Nischen in die Wände geschlagen und mit Glas versiegelt. So hatte man die heikleren Relikte beschützt, damit sie nicht von der Feuchtigkeit beschädigt wurden. Die meisten waren bloße Bruchstücke – ein Kleiderfetzen, ein paar goldene Fäden, ein Stück verrosteten Metalls –, doch die Kraft entströmte allem gleichermaßen, als sei das Fae, das man in der Zeit ihres Einsatzes an die Gegenstände gebunden hatte, von ihrem materiellen Zustand unbeeinträchtigt. An den Wänden zeugten stumme Wächterschilde von der verzweifelten Inbrunst jener Zeit, in der Priester gleichzeitig als Hexer und Soldaten gedient hatten – und schließlich als Märtyrer. Denn der Wald hatte triumphiert. Die Geschöpfe, denen die Menschheit in ihren gewalttätigen Jahren das Leben gegeben hatte, hatten weitaus mehr Macht zusammengetragen, als ein einzelnes Heer von Priester-Hexern je zu beschwören hoffen konnte.

Am anderen Ende des Raumes leuchtete ein mit einer goldenen Flüssigkeit gefülltes Kristallfläschchen in einem mit Goldrand versehenen Behälter. Es strahlte in üppigem innerem Licht. Der Patriarch ging darauf zu und bedeutete Damien, ihm zu folgen. »Sonnen-Fae«, erläuterte er. »Fest genug gebunden, um sogar hier zu überleben, wo die Sonne nie scheint. Kein Adept hätte es erschaffen können. Nur die Kraft der Gebete Tausender hat solche Macht. Stellen Sie sich eine Zeit vor, in der ein solches Einssein möglich war ...« Seine Stimme verblasste, doch Damien beendete den Satz in Gedanken: *Als unser Traum so nahe vor der Vollendung stand. Als die Vollendung unseres Ziels noch in Sichtweite war.*

Der Patriarch ergriff und öffnete den Behälter, dann hob er das Fläschchen aus seinem samtenen Bett. »Man hat es an Wasser gebunden. So eine einfache Substanz ... Man nahm an, da alle Lebewesen Wasser zu sich nehmen und es schließlich mit ihrer physischen Existenz verbinden, müsse dies das vollkommene Invasionswerkzeug sein.« Er hob es hoch, so dass die kristallinen Facetten das Lampenlicht einfingen und es tausendfach reflektierten. »In diesem Ding steckt die ganze Macht des Sonnenscheins. Die ganze Kraft dieser himmlischen Wärme. Was es auch ist, mit dem das Sonnen-Fae die Macht der Nacht schwächt – diese Flüssigkeit enthält es. Was vor dem Licht flieht, wird hiervon verletzt. Was die Wärme des Lebens nicht ertragen kann, wird hiervon verbrannt. All dies ... gebunden an die alltäglichste Substanz Arnas.« Er drehte das Fläschchen langsam um und schaute zu, als das Licht in ihm rotierte. »Man wollte den Wald damit besäen. Man wollte es auf den Boden schütten, damit jeder lebende Organismus, der dort Wurzeln treibt, es als Nahrung aufsaugt. Irgendwann hätte es dann das gesamte Ökosystem befallen. Und irgendwann hätte es auch der großen Finsternis eine Niederlage bereitet.«

Er verfiel in Schweigen, und Damien fragte: »Aber was ist passiert?«

Der Patriarch biss sich auf die Lippe, musterte das Fläschchen und zuckte müde die Achseln. »Wer weiß? Niemand ist je von der Expedition zurückgekehrt. In der nachfolgenden Schlacht wurden unsere Heere niedergerungen. Die Kriegsflut wendete sich gegen uns.« Damien schaute den Priester an. Seine Augen wirkten im goldenen Licht katzengrün. »Nur Gott weiß, was aus dem Rest geworden ist. Dies ist alles, was noch übrig ist.«

Der Patriarch drehte das Fläschchen sanft in der Hand, und Lichtstrahlen durchquerten den Raum. Ohne den Blick von ihm abzuwenden, sagte er zu Damien: »Ihr Orden wurde nicht gegründet, um Kindermädchen für angehende Hexer heranzuziehen, Pastor Vryce. Er existiert, weil gewalttätige Zeiten manchmal gewalttätige Taten erfordern. Und weil ein Einzelner manchmal Erfolg haben kann, wo ein Heer von Männern vielleicht versagt.«

Er schloss den Deckel des Behälters und stellte das Fläschchen auf ihn. Dann entnahm er seinem Gewand ein quadratisches Tüchlein aus dicht gewebter weißer Seide und schlug das Fläschchen darin ein, bis das ihm entströmende Licht unsichtbar wurde.

Er hielt es Damien hin. Und wartete.

Damien zögerte. Schließlich nahm der Patriarch Damiens Hand und schloss seine Finger um das seidene Päckchen. Er ließ es erst los, als Damiens Finger sich fest um den Gegenstand geschlossen hatten.

Der Anflug eines matten Lächelns legte sich auf seine Züge. »Ich glaube, dort, wo Sie hingehen, kann es Ihnen vielleicht nützlich sein.«

Dann schaute er sich im Raum um, musterte die zerlumpten Überreste seines Glaubens und schüttelte traurig den Kopf.

»Mögen Sie mehr Glück haben als seine Schöpfer«, sagte er leise.

14

Es war ein kalter, finsterer Morgen, als die letzte Tasche endlich gepackt und auf den Pferden gesichert war. In der Ferne drohten Gewitterwolken. Senzei warf ihnen einen unbehaglichen Blick zu und murmelte den Schlüssel einer Wahrnehmung, um sich zu vergewissern, dass sich seit seiner Weissagung von heute Morgen nichts geändert hatte. Doch nein, es sah noch immer so aus, als würde der schlimmste Teil des Sturms an ihnen vorüberziehen. Und was die anderen betraf: Sie waren alle der Meinung, dass er es nicht wert war, den Aufbruch zu verschieben.

»Wir müssten Briand eine ganze Weile vor Sonnenuntergang erreichen«, sagte Damien. »Ob wir dann dort bleiben oder nach Einbruch der Nacht weiterziehen ...« Er schaute Ciani an, um zu sehen, wie sie reagierte. Doch obwohl es ihr etwas besser ging – sie war, verglichen mit ihrem früheren Zustand, fast guter Laune –, war ihr nicht danach, das Gewicht einer solchen Entscheidung zu tragen.

Und zwar mit Recht, fiel ihm ein. *Sie hat nämlich alles vergessen, was derlei Entscheidungen relevant macht. Etwa die Geschöpfe, die sich in der Nacht im Freien aufhalten.*

Wir entscheiden es, wenn es so weit ist.

Ihre Erscheinung hatte sich verändert. Sie hatten sie verändert. Nicht mit Fae, sondern durch die einfache Kunst der Kosmetik. Als Damien sie nun anschaute, war er mit ihren Bemühungen zufrieden. Sie hatten ihr Haar gebleicht, so dass sie nun goldblond war, und ihrer Hautfarbe einen Olivton verliehen. Zwischen den Gesichtszügen, die sie neu entworfen, und der Hohlwangigkeit, die ihr Leiden ihrem Gesicht hinzugefügt hatte, sah sie ihrem alten Ich kaum noch ähnlich. Klobige Kleidung und Stiefel mit Absätzen machten sie größer und veränderten ihre Körperhaltung. Damien war sich ziemlich sicher, dass niemand – nicht mal ihre Quälgeister – sie nun noch erkennen würde. Doch für den Fall des Falles hatte er noch eine Verdunkelung hinzugefügt. Um nichts dem Zufall zu überlassen.

Der Baldachin wird möglicherweise alles wieder zunichte machen. Aber bis dahin kann jede Kleinigkeit hilfreich sein.

Senzei las die letzten Punkte der Kontrollliste vor und hakte jeden Gegenstand ab, sobald feststand, dass er eingepackt war. Alles Lebenswichtige war auf die drei Reiter verteilt; zusätzliche Gegenstände – und Duplikate – waren auf den drei Packpferden festgebunden, die das Grüppchen mit sich führte. Die Liste war vier Seiten lang und in winziger Schrift geschrieben. Damien fragte sich, was sie trotz alledem vergessen hatten. Senzei hatte ihm vorgeworfen, bis auf die Spüle alles eingepackt zu haben. *(Haben wir die vergessen?,* hatte Damien gefragt). Doch Damien wusste aus Erfahrung, dass es besser war, auf Reisen wie diese lieber zu viel als zu wenig mitzunehmen. Sie würden später noch Zeit haben, ihre Ausrüstung zu verringern, und wenn es nötig war, konnten sie die überzähligen Pferde und Vorräte verkaufen. Er hatte zu viele Reisen gemacht, bei denen ein fehlender Gegenstand oder ein verletztes Pferd die ganze Expedition zum Halten gebracht hatte. Wenn es nötig wurde, mit leichtem Gepäck zu reisen, konnten sie es tun. Bis dahin waren sie auf alle Eventualitäten vorbereitet.

Endlich schaute Senzei auf. Sein Blick traf den Damiens, und der Priester glaubte in seinen Augen ein schmerzliches Flackern zu sehen. Seit sie angefangen hatten zu packen, war Senzei ungewöhnlich ruhig gewesen – still und mürrisch. Hatte er vielleicht Probleme mit Allesha? Damien kannte ihn nicht gut genug, um sich danach zu erkundigen, geschweige denn, ihm zu helfen, damit fertig zu werden, aber er wusste aus Erfahrung, wie schwierig es war, eine Beziehung aufzubauen, die eine solche Trennung überstand. Er hatte es selbst auch nie richtig verstanden.

»Das ist alles«, meldete Senzei. »Es ist alles da. Wir sind fertig.«

Damien schaute in das Licht des frühen Morgens hinaus. Grauer Dunst sammelte sich im Norden, schwere und schwarze Gewitterwolken im Osten. Der westliche Horizont war noch von nächtlicher Finsternis verschleiert. »In Ordnung«, murmelte er. »Brechen wir auf.«

Je eher wir unser Ziel erreichen, desto früher beißen diese Lumpen ins Gras.

Am Fuß der Weltende-Berge stand eine reglose Gestalt. Sie stand schon seit Stunden da, seit der Ruf sie erreicht hatte. Seit menschliche Hexerei ihren Schlaf auf eine Weise gestört hatte, die ihre Art nicht kannte.

Nun studierte sie seit Stunden die Strömungen. Sie hatte zugeschaut, als die kleinen Wellchen, die der fremdartige Ruf geboren hatte, gegen das gleichmütige Erd-Fae der Berge schlugen. Sie hatte zugeschaut, als die fremdartige Botschaft von den Fae-Gezeiten des frühen Morgens absorbiert wurde, um in zart veränderten Mustern wieder nach außen zu verlaufen. Aus solchen Mustern konnte sie viel über den Hexer lesen, der den Ruf gesandt hatte – und aus welchem Grund. Der Ruf kam aus der Menschenstadt Jaggonath, von einem Hexer, dem sie den Namen Senzei gegeben hatten. Er wollte sie hinter dem Baldachin hervorlocken, damit sie auf seine Reisegruppe traf. Ebenso konnte sie lesen, welche anderen Muster sich bewegten, um mit den seinen zusammenzulaufen, und wie ihre eigene Anwesenheit das Gleichgewicht möglicherweise veränderte. Die Situation war kompliziert. Die Gefahr war real. Und was das Reisen mit Menschen anging ... Sie schüttelte sich.

Mehrere Stunden später zog die Gestalt den Schluss, dass sie faszinierter war als vorsichtig. Ein sehr eigenartiges Empfinden.

Sie wählte einen Weg, der den ihren schneiden würde, und machte sich auf den Weg.

FESTUNG DER NACHT

15

Ah, die Freuden des Fliegens! Mit weit ausholenden Bewegungen durch die Luft zu schwimmen – sich durch Wolken zu ziehen, Vögel zu überholen, sich von der ungefährlichen Liebkosung des Windes auf dem Körper fesseln zu lassen. Und unter ihm, gelegentlich durch einen Riss in der Wolkendecke sichtbar: Briand. Heimat. Nur sah sie diesmal anders aus – wie ein aus Licht, Musik und feinen bunten Pinselstrichen bestehendes Märchenland. So fein konstruiert, dass ihm schien, ein kräftiger Regen könne es zur Gänze fortspülen. Häuser lösten sich in graue und ockerfarbene Ströme auf; Bäume bluteten Grün und Umbra in die schlammigen Straßen – selbst die Menschen lösten sich in viele Farben auf, wie ein unter den Wasserhahn gehaltenes Aquarell. Seine Mutter und sein Vater verflüssigten sich in Ströme aus Rosarot, Braun und Grün, kreisten in der Flut und runter, runter, runter, in den geheimen Abfluss unter der Stadt, der schon auf alles wartete, bereit, all diese wunderschönen Farbtöne zu verschlingen ... Er konnte die Farben Briands nun zum Fluss hinunterlaufen sehen, wo sie sich mit den verwässerten Tönen Kales und Seths vereinigten, den grellen, hellen Tönen Jaggonaths, den kalten, aschgrauen Tönen der fernen Berge. Alles wirbelte zusammen, vermischte sich mit der rauen Strömung des Flusses. Welch prächtiger Anblick! Und er, den nur die Freude des Gegenwärtigen scherte, paarte sich mit dem Wind, flog hoch über den chromatischen Flusswassern dahin, in ...

... in die Dunkelheit. Vor ihm. Ein schwarzer Punkt, sengend in seiner Intensität. Ein winziges Bruchstück von Nicht-Licht in einem bunten Universum, ein Klecks auf der Märchenlandschaft. Er fröstelte, bog nach rechts und wandte sich ab. Die Schwärze tat seinen Augen weh, verbrannte sie, wie

möglicherweise die Sonne. Es war besser, sie nicht anzuschauen. Es war besser, sich auf die Farben des Himmels zu konzentrieren, auf die Myriaden Farbtöne des Lebens. Es war besser ...

Er war wieder da. Vor ihm.

Es überraschte ihn dermaßen, dass er aus dem Rhythmus kam. Einen Moment lang packte ihn der Wind. Nun waren es plötzlich keine freundlichen Brisen mehr, auf denen er ritt, sondern die rauen Stakkatostöße einer Sturmfront. Er zappelte. Vor ihm war das Pünktchen brennender Schwärze, doch nun war es nicht mehr ein bloßer Fleck inmitten silbergrauer Wolken, sondern ein ausgewachsenes Loch im sich rasch verdunkelnden Himmel. Und in seinem Inneren – oder auch dahinter – lag etwas auf der Lauer, dessen Gedanken so laut waren, dass sie in seinen Ohren wie Donner brüllten. Er wollte wegfliegen, doch der Wind hatte sich gegen ihn gedreht. Er wollte den Flug verlangsamen, doch die Schwärze war wie ein Vakuum und saugte ihn noch näher heran. Nachdem er alle anderen Mittel zur Flucht angewandt hatte, versuchte er sich endlich auf die Welt zu konzentrieren, die er hinter sich gelassen hatte – jene andere Welt, die farblose; jene, die aus lauter Langeweile in ihm den Wunsch hervorgebracht hatte, sich umzubringen –, denn wenn er sich an sie erinnern konnte, wusste er, würde er in sie zurückkehren. Doch die in seinem Blutstrom rotierenden Chemikalien waren zu stark dafür. Er konnte nicht zurück. Er flog – war immer geflogen – und kannte keine andere Wirklichkeit als die des Fliegens. Und das der sich hungrig vor ihm ausbreitenden Schwärze.

Er versuchte entsetzt, ihr zu entkommen.

Sie war nun größer. Sie nahm den halben Himmel ein und verdeckte die Sonne wie eine riesenhafte Gewitterwolke. Er krallte sich verzweifelt an die Luft, wollte wenden. Doch als er sich drehte, drehte sich auch die Schwärze. Als er eine andere

Richtung nahm, war sie erneut vor ihm. Hungrig. Unversöhnlich. Verschluckte alle Farben des Himmels und die ihn umgebende Luft. Er fiel in ein Luftloch stürmischer Turbulenzen und spürte, dass der Sturmwind ihn seiner Nemesis immer weiter entgegentrieb. Das riesige Maul der Finsternis, das den Himmel fast verschluckt hatte, das bestimmt auch das Land verschlingen würde, das so spürbar danach gierte, auch ihn zu fressen ...

Und als er es berührte, als er in ihm das erkannte, was es war, schrie er auf. Vom Entsetzen verzehrt, begierig, gehört zu werden. Und in seinen letzten Momenten vergaß er, dass das gleiche Narkotikum, das ihm die Fähigkeit des Fliegens verliehen hatte, auch sein Bewusstsein von seinem Körper trennte und so einen echten Aufschrei unmöglich machte. Er schrie und schrie ... und verstummte. Sein Körper lag reglos auf einer Flickendecke, und seine erstarrten Finger krallten sich in dicken Kattun. Niemand kam, um ihm zu helfen.

Wer kann schon den Todesschrei einer körperlosen Seele hören?

Das Dae namens Briand war solide befestigt, wie es sich für eine Zuflucht von Reisenden gehörte, die der Haupthandelsroute zwischen Jaggonath und den nördlichen Hansestädten diente. Doppelpalisaden aus grob zugehauenen Pfosten verbargen den größten Teil des Komplexes vor dem Blick, doch über den angespitzten Pfählen konnte Damien das Dach von mindestens einer großen Pension ausmachen. Es lief spitz zu, wie es die Art der Häuser im Norden war. Doch selbst das begrenzte Blickfeld verdeutlichte, was für ein Ort Briand war. Das Dach war mit Hellosdornen gespickt, die angeblich Untote abwehrten, und die beiden sichtbaren Schlafsaalfenster verfügten über Eisengitter, in die ein Schutzmotiv eingearbeitet war.

Als könnten Wände allein einen echten Dämon abhalten, dachte er grimmig. *Als ließen sich Blutgespenster von Gitterstangen vertreiben.*

»Wir halten an?«, fragte Senzei.

Damien schaute Ciani an – *Fray*, korrigierte er sich – und versuchte ihre Kondition einzuschätzen. Es war schwierig, über die verschiedenen Elemente ihrer Verkleidung hinwegzusehen, um zu beurteilen, wie müde sie war. Ciani war zwischen der Schminke, die ihren Gesichtsausdruck verändert hatte, und dem Nebel der Verzweiflung, der ihre Seele einhüllte, schwer auszumachen.

Er zog den Schluss, dass sie weiterreiten konnte. Sie alle konnten weiterreiten. Natürlich war nichts falsch daran, sich so schnell wie möglich ihrem Ziel zu nähern; schließlich stand der Winter vor der Tür. Doch die Vorstellung, im Freien festzusitzen, wenn die Nacht kam, war nicht erfreulich. Damien allein wäre damit fertig geworden – Gott wusste, dass er oft genug im Freien übernachtet hatte –, und Senzei vielleicht auch. Aber nicht Ciani. Nicht jetzt. Nicht, wenn die Nacht für sie so bedrohlich war. Sie mussten ihre Seele ebenso bewachen wie ihren Körper, und die Erstere war so schrecklich zerbrechlich ...

»Wir halten an«, sagte er mit fester Stimme und glaubte Erleichterung in Cianis Augen zu sehen.

Am Haupttor stand ein freundlicher und tüchtiger Posten. Nach einer kurzen Befragung wurde ihnen der Zutritt hinter den Palisadenzaun gewährt. Damien registrierte ins Holz gebrannte Sigils, in schwere Pfosten eingravierte Wächterzeichen. Er hielt die meisten für nutzlos. Auf jeden Faegeborenen Berater, der einwandfreie Manipulationen verkaufte, kam mindestens ein Dutzend Betrüger, die sein Gewerbe imitierten. Und da er dies genau wusste, musste ein Dae wie Briand zwölf Mal so viel Schutz kaufen, wie es braucht.

Als er über die dadurch entstehenden Kosten nachdachte, murmelte er: »Hier kann man mit Hexerei gutes Geld verdienen.«

Senzei brachte ein halbherziges Grinsen zu Stande und deutete mit dem Kopf auf das Gebäude vor ihnen. »Glaubst du, das hat sie nicht gewusst?«

Als Damien Senzeis Blick auf das Grundstück folgte, sah er, dass einer von Cianis Wächtern den Eingang der Pension zierte. Er war prächtig verarbeitet, in seiner Ruhe sogar schön und belegte einen Ehrenplatz hoch über dem gebogenen Türsturz. Er musste, nahm Damien an, ein hübsches Sümmchen gekostet haben, denn Cianis Arbeiten waren keine Billigware.

Dann sah er ihr Gesicht – und stellte fest, dass sie nichts von dem erkannte, was sie selbst produziert hatte. Als sei es das Erzeugnis eines Fremden. Irgendetwas in seinem Inneren verkrampfte sich. Als verstünde er erst jetzt, was man ihr angetan hatte.

Dafür werden sie sterben, Ci. Das verspreche ich dir. Dafür werden die Lumpen sterben.

Wie bei allen Zufluchten dieser Art, war das Dae eine ausgedehnte Ansammlung grundverschiedener Gebäude, die mit beschützten Gehwegen und – im Fall mehrerer zweistöckiger Häuser – stabil umbauten Brücken verbunden waren. Wer sich innerhalb eines Dae befand, brauchte es aus keinem Grund zu verlassen. Wie die meisten Zufluchten verfügte auch Briand gewiss über genügend Platz, um, wenn nötig, eine Handelskarawane unterzubringen, und auch genügend Nahrung, um seine Bewohner und sämtliche unterstützenden Gewerbe – praktische, ästhetische und hedonistische – zu versorgen. Private Domizile ballten sich zweifellos satellitengleich an der Rückseite der Wälle, jedes einzelne über private Gehsteige mit den anderen verbunden. Doch trotz all seines Platzes und seiner Waren musste Briand ein steriler Ort sein.

Alle Daes waren so, ungeachtet ihrer Lage. Die Bedürfnisse Reisender brachten genug Gewinn ein, um Menschen zu verlocken, hier tätig zu werden, doch sonst gab es keine ausreichenden Gründe, jemanden an einen solchen Ort zu locken. Sogar die Dae-Verwalter gingen oft fort, wenn sie ihr Vermögen gemacht hatten. Briand war nicht mehr als eine Raststätte – auch für jene, die hier ihr ständiges Zuhause hatten.

Das Portal, das von Cianis Manipulation beschützt wurde, war eindeutig der Haupteingang. Damien und Ciani befreiten die Pferde von ihrer Last, und Senzei machte sich auf die Suche nach einem Stallburschen. Kurz darauf kehrte er in Begleitung zweier schlaksiger Jungen zurück. Die beiden waren noch keine zwanzig und zeichneten sich durch die nervösen, verklemmten Gesten von Burschen aus, deren Pubertätsenergie noch kein ungefährliches Ventil gefunden hatte. *Sie müssten sich mal einen Abend im Ort vergnügen*, dachte Damien. Dann dachte er kurz nach und korrigierte sich: *Was ihnen fehlt, ist ein guter Ort.*

Im Inneren der Pension war es trotz des draußen noch immer herrschenden Tageslichts dunkel. Ein knisterndes Feuer in der Mitte des großen Gemeinschaftsraumes schien die einzige Lichtquelle zu sein. Laternen hingen an Pfosten vor den Außenwänden und warteten darauf, dass jemand sie anzündete. Wenn noch mehr Reisende eingetroffen waren – wenn der Sonnenuntergang nahe war und die Gefahren der Nacht dem Aufgang entsprechend näher –, würde man das Haus zu ihrer Bequemlichkeit gut ausleuchten. Doch nun, ohne Gäste und unbewirschaftet, erweckte es eher den Eindruck einer Gruft.

»Keine Fenster«, murmelte Damien.

»Was hast du erwartet?«

»Oben habe ich welche gesehen.«

»Die sind weiter vom Boden entfernt«, erwiderte Senzei.

»Da ist das Fae schwächer. Es ist trotzdem noch ein Risiko ... Aber wenn irgendwelche reichen Gäste Aussicht verlangen ...« Er zuckte die Achseln.

Damien musterte die dicken Holzwände, die dick verputzte Decke und schüttelte den Kopf. »Glaubst du wirklich, so was kann Dämonen aufhalten?«

»Wenn die Gäste daran glauben«, hielte Senzei ihm entgegen, »entsteht da nicht eine gewisse Kraft?«

»So viel, dass es eine Rolle spielt?«

Senzei hatte keine Zeit für eine Antwort. Eine Frau hatte den Raum betreten. Sie hielt ein dickes schwarzes Hauptbuch in der einen und einen groben Bleistift in der anderen Hand. Sie war in den mittleren Jahren, ihr Haar war an den Schläfen und an der Stirn angegraut und am Hinterkopf zu einem strengen Knoten gebunden. Sie wirkte geschafft, aber sie brachte zu ihrem Willkommen ein professionelles Nicken zu Stande. Sie durchquerte schnell den Raum und gönnte sich einen kurzen Seitenblick, um zu sehen, was das Feuer machte. Dann nickte sie zufrieden.

»Ich bin Kanadee«, sagte sie schroff. Kein Händedruck, nur ein kurzes, sie willkommen heißendes Nicken. Sie griff sich an die Stirn, um sich eine Haarlocke aus den Augen zu wischen, dann schlug sie das Buch auf und trug ihre Namen ein. *Senzei Reese,* sagte Damien. *Fray Vanning, Pastor Damien Vryce.* Beim letzten Eintrag schaute Kanadee auf, und ihr Blick suchte in seinem Gesicht ... wonach? Es geschah zu schnell, als dass Damien ihren Ausdruck hätte lesen können; als er ihm auffiel, war sie wieder rein geschäftsmäßig. »Sie möchten also Zimmer für die Nacht«, sagte sie. Nun, da Damien danach lauschte, konnte er hinter ihren Worten ein schwaches Beben vernehmen. Ihre Wange glitzerte feucht im Schein des Feuers. Hatte sie kurz zuvor geweint?

»Bitte nebeneinander«, sagte er. »Wenn möglich.«

Kanadee musterte kurz seine Begleiter und schätzte sie ein. Ciani war ihr eindeutig akzeptabel; Senzei wurde mit einem kurzen Stirnrunzeln, dann mit einem Nicken bedacht. »Vierzig pro Kopf und Nacht. Abendessen inklusive. Geweckt wird um halb sieben, aufgetragen ab sieben. Was Sie sonst verzehren, wird extra berechnet. Wenn niemand hier ist, rufen Sie jemanden aus der Küche.« Sie deutete mit dem Kopf auf eine Tür am anderen Ende des Raumes. »Sie sind nur zu dritt?«

Damien nickte. Kanadee zog eine Glocke aus ihrer Schürzentasche, und ein Bindfadenknäuel und Schlüssel fielen zu Boden. »Wenn Sie irgendwelche Fragen haben, wenden Sie sich an mich, klar?« Sie ließ die Glocke erklingen, dann bückte sie sich, um die heruntergefallenen Gegenstände aufzuheben. Amulette mit Sigil-Zeichen, Schlüssel mit eingravierten Horoskopsymbolen, ein einfaches, doch fein gearbeitetes Abbild der Erde ... All dies war wieder in ihrer Tasche, als ein dürrer Knabe auftauchte. Kanadee deutete auf das Gepäck der Gäste. »Bring das in die Ostwohnung«, befahl sie. »Führe die Leute hinauf und zeig ihnen die Unterkunft.«

Der Junge sammelte die Taschen ein und ächzte, als sich das Gewicht von Senzeis Büchern zum Rest dessen gesellte, was sich schon auf seinen Schultern befand. Doch trotz seines offensichtlichen Unbehagens wollte er nicht, dass einer der Gäste selbst etwas trug. »Er ist ein braver Junge«, sagte Kanadee. In ihren Worten schwang ein besorgtes Echo mit. Es war so flüchtig, dass Damien es fast übersehen hätte, doch so schmerzlich, dass es das Licht in ihrer Umgebung zu verdüstern schien. Hatte sie kürzlich ein Kind verloren? Er mühte sich ab, um zu definieren, was er empfunden hatte; um der Sache einen Namen zu geben. Es war wohl eher so, dass sie gerade *erwog*, eins zu verlieren. Ein Kind, das im Sterben lag? »Sagen Sie ihm, was Sie brauchen, und er wird es besorgen, klar?«

Manchmal trugen die symbolhungrigen Jünger des Einen Gottes eine Erdscheibe. Manchmal war ihr Verlangen nach einem materiellen Symbol ihres Glaubens einfach zu groß und ihr Verständnis für die Ziele der Kirche zu begrenzt ... und das war die annehmbarste Option. Die Kirche hatte gelernt, dies zu tolerieren.

Damien murmelte eine Wahrnehmung – und schnappte nach Luft, als der Grund ihres Leidens rings um sie sichtbar wurde. Als er die Ursache erkannte.

Er zögerte einen Moment. Seine erste Pflicht betraf seine Freunde ... doch sie würden ihn erst wirklich brauchen, wenn der Morgen graute, wenn es Zeit wurde, wieder aufzubrechen. Cianis Wächter mussten reichen, um sie an diesem Ort zu schützen, und es war möglich, dass ein oder zwei der anderen an die Wand genagelten Talismane tatsächlich funktionierten. Während es ihn ... nach Aktivitäten verlangte. Er wollte gebraucht werden. Er wollte etwas *tun*.

»Geht schon mal rauf«, sagte er zu seinen Gefährten. »Ich komme gleich nach.«

Als ihre Arbeit getan war, wollte Mes Kanadee sich dorthin zurückziehen, woher sie gekommen war. Doch als sie sah, dass Damien ihr folgte, blieb sie stehen und wandte sich ihm zu. »Ich habe doch gesagt, dass Tam sich um Sie kümmern wird. Auf mich wartet Arbeit ...«

»Ich bin Priester«, sagte Damien leise. »Und Heiler. Möchten Sie, dass ich Ihnen helfe?«

Sie wirkte, als wolle sie etwas Spitzes sagen – doch dann brach ihre Verteidigung zusammen und ihre Erschöpfung zeigte sich. Verzweiflung. Sie protestierte schwach. »Was können Sie schon tun? Wenn Gebete allein reichen würden ...«

»Manchmal setzen wir mehr als nur Gebete ein.«

Kanadee schaute überrascht zu ihm auf. Blickte tief in seine Augen. Diesmal schätzte sie ihn nicht ab; sie war nur verwundert. Und kein bisschen ängstlich. Er sah, dass sie innerlich mit sich rang – ihr Hunger nach Hoffnung in jedweder Form gegen den Dae-typischen Argwohn Fremden gegenüber. Ihre Finger klammerten sich an das Gästebuch, als spürten sie seinen Titel durch den dicken Lederumschlag. *Pastor.* Ihrer Kirche. Der Titel schien sie zu beruhigen. Einem Priester konnte man doch sicher trauen.

Endlich senkte sie den Blick, und Damien sah sie zittern.

»Ich wünsche bei Gott, dass Sie es können«, sagte sie leise. »Ich wünsche bei Gott, dass irgendjemand es kann.« Sie öffnete die schwere Tür und bedeutete ihm, ihr zu folgen. »Kommen Sie. Ich zeige es Ihnen.«

Der Junge lag still auf einem zerwühlten Bett. Seine Finger krallten sich in die Steppdecke, auf der er lag. Seine Haut war blass, doch für einen Dae-Bewohner typisch. Seine Hautfarbe verriet sein jugendliches Alter. Sein zerzaustes und ungeschnittenes Haar und seine nicht gerade ästhetische Kleidung wiesen auf eine vage Aura des Trotzes hin. Persönliche Dinge lagen überall im Raum verstreut, so dass es nicht einfach war, ihn zu durchqueren, ohne auf etwas zu treten. An die Wand genagelte Sigils reichten von Fae-Signaturen beliebter Liedermacher bis zu Symbolen mit geheimnisvolleren Zwischentönen und einigen, die wirkten, als hätte echte Kraft sie angerührt. Dunkle Kräfte, registrierte Damien, beeinflusst von dem Chaos, das für Heranwachsende typisch war. Aber dennoch eine Macht. Der Junge versuchte zu manipulieren.

Als Kanadee sah, dass Damien die Wände musterte, errötete sie. »Er hatte ... Interessen. Ich wusste nicht, ob ich ihn daran hindern sollte, oder wie ...« *Doch jetzt ist es zu spät,* schien sie auszusagen. *Und wenn er irgendeine Macht hofiert hat, die er nicht hätte hofieren sollen, und sich bei diesem Prozess selbst wehgetan hat, muss ich mir keine Vorwürfe machen, dass ich es nicht verhindert habe?*

»Ich will ihn mir anschauen«, sagte Damien leise.

Er setzte sich auf die Bettkante und versuchte dabei, den Jungen nicht durchzurütteln. Der Junge atmete regelmäßig, seine Farbe war trotz der Dae-typischen Blässe gut. Damien nahm die ihm zugewandte Hand und versuchte, sie von der Decke zu lösen, in die sie sich krallte. Die Finger waren zwar steif, ließen sich aber öffnen. Dies schloss schon mal die meisten legalen Drogen als Ursache des Problems aus.

»Wie lange dauert es schon?«, fragte er.

»Eineinhalb Tage.« Kanadees Hände wanden sich nervös um ihre Schürze. Ihre Knöchel waren weiß. »Wir haben ihn morgens so gefunden. Wir haben versucht, ihn zu ... füttern. Er will aber nichts annehmen. Nicht mal Flüssigkeiten. Ich habe einen Arzt geholt. Er hat nach einem Experten geschickt. Er müsste morgen ankommen. Um ein IV anzusetzen, damit wir ihn nicht verlieren ... Aber keiner weiß, was man gegen das Koma tun soll, Pater. Keiner weiß, was es hervorgerufen hat. Ich habe auch einen Heiler geholt – einen Heiden, aber was hätte ich sonst tun sollen? Von der Kirche war niemand hier, und ich war verzweifelt.« Ihr Tonfall bat um Vergebung.

»Hat er irgendetwas gefunden?«

»Er konnte es nicht sagen. Oder wollte es nicht sagen. Ich hätte ihn gar nicht erst fragen sollen.« Sie klang elend.

Damien sprach die Frage so sanft wie möglich aus, denn sie musste gestellt werden. »Wissen Sie, ob er über längere Zeit hinweg Drogen genommen hat?«

Kanadee zögerte. Damien spürte, dass ihr Blick von Sigil zu Sigil über die Wände irrte. »Nein«, sagte sie schließlich. »Er hat ein oder zwei Mal irgendwelche Sachen ausprobiert. Aus Neugier. Tun das nicht alle?«

»Welche?«, drängte Damien. »Wissen Sie es?«

Kanadee schaute weg und biss konzentriert auf ihre Unterlippe. »Filmriss, glaube ich. Vielleicht auch mal Cerebus. Vielleicht Zeitlupe. Wir haben gesagt, es ist in Ordnung, wenn er sie mal ausprobiert, vorausgesetzt, er kauft sie in Jaggonath. Auf dem freien Markt. War das falsch?« Ihr Tonfall war ein Schuldeingeständnis und eine Bitte um Vergebung, Verständnis, Absolution. »Wir dachten, wir können ihn ohnehin nicht daran hindern.«

»Wenn er das genommen hat, hat es mit seinem Zustand nichts zu tun.« Damien hob die schlaffe Hand des Jungen ein paar Zentimeter über die Decke und ließ sie langsam fallen. »Die Drogen aus Jaggonath sind streng dosiert. Wenn er bei diesem Markt geblieben ist, ist es unwahrscheinlich, dass er irgendwelche Überraschungen erlebt. Seine Glieder sind biegsam«, erläuterte er. »Stünde er jetzt unter Drogeneinfluss, wäre es anders. Alle legalen Drogen aus Jaggonath sind mit einem Paralytikum versetzt.« Damien schaute zu ihr auf. »Und der Arzt konnte Ihnen gar nichts sagen?«

»Er wusste nichts. Er will ihn in ein Krankenhaus in der Stadt bringen, wo man bessere Einrichtungen hat. Aber die Reisezeit ...« Sie schaute sich um und schüttelte hilflos den Kopf. »Das ganze Fae-Zeug. Könnte es sein, dass ... Ich meine, könnte er irgendetwas herbeigerufen haben, das ...« *Das von ihm zehrt?*, sagte ihr verzweifelter Ton. *Das seinen Geist von uns genommen hat?*

»Ich schaue ihn mir mal an«, sagte Damien sanft.

Manipulationen dieser Art fielen ihm leicht. Die Kirche hatte ihn dazu ausgebildet. Als Reaktion auf seinen Willen versammelte sich Fae – leicht belastet durch die Anwesenheit des instabilen Heranwachsenden, doch sein Wille reichte aus, um ihm Ordnung zu geben –, und er verband ihn in einer persönlichen Wahrnehmung mit dem Jungen. Er gestattete sich, tief in die Seele des Jugendlichen zu schauen und –

hoffentlich – den Grund seiner Besinnungslosigkeit zu erfahren.

Doch zu seiner Überraschung stieß er auf Widerstand: eine dicht gewebte Mauer aus Fae, die ihn zwang, in der Ferne zu bleiben. Ungewöhnlich. Damien sondierte sie, versuchte, ihre Schwachstelle zu finden. Bemühte sich, eine Verbindung durch sie zu treiben. Doch die Struktur der Barriere war bemerkenswert ausgeglichen – bemerkenswert im Gegensatz zu dem Jungen oder allem, was ein Jugendlicher vielleicht heraufbeschworen haben konnte. Sie war elastisch und gab gerade so viel nach, um seine aggressiven Energien zu zerstreuen. Sosehr er sich auch bemühte, es sah so aus, als könne er sie nicht durchdringen.

Damien fügte seinen Anstrengungen Gebete hinzu. Im Gegensatz zu den meisten heidnischen Religionen glaubte seine Kirche nicht an einen Gott, der auf Anruf persönlich in Erscheinung trat. Trotzdem war ein Gebet ein starker Fokus für jede Manipulation. Eigenartiger- und unerklärlicherweise schien der Widerstand durch sein Tun stärker zu werden. Als sei in seinem Gebet irgendetwas enthalten, das seine Kraft der scheinbar undurchdringlichen Barriere hinzufügte.

Es ist unmöglich, dachte er finster. *Offenkundig unmöglich. Selbst wenn ein Priester das verdammte Ding manipuliert haben sollte ... Ich müsste es doch entschlüsseln können. Ich müsste wenigstens eine Art persönliche Signatur ausmachen können.*

Wer würde so etwas tun? Und welchem Zweck könnte es dienen?

Damien richtete seine Aufmerksamkeit frustriert auf die leibliche Hülle des Jungen. Doch jeder Aspekt seines Körpers war genau so, wie er sein musste, wenn man von seinem komatösen Zustand absah. Er verbrachte lange Zeit damit, den Leib des Jungen auf jeder möglichen Ebene zu studieren, und musste sich am Ende seine Niederlage eingestehen. Er stellte keinen offensichtlichen biologischen Schaden fest. Und was die Seele des Jungen anging ... sie war nicht erreichbar. Es sei denn, ihm fiele ein neuer Angriffsplan ein. Mit dem er sie aus einem anderen Winkel treffen konnte.

Ciani wäre damit fertig geworden. Ciani hätte eine solche Barriere in der Hälfte der Zeit aufgelöst, die ich gebraucht habe, um sie zu erkennen. Verdammt sollen sie sein, diese Geschöpfe und ihre teuflische Gier! Selbst ohne Fae hätte sie uns sagen können, wer ein solches Ding gedreht hat. Denn nicht der Junge ist dafür verantwortlich. Er kann es nicht sein. Aber wer? Oder was? Und was am wichtigsten ist: Warum?

»Ist er Ihr Sohn?«, fragte er freundlich.

»Mein Erstgeborener«, sagte sie leise. »Ich ...« Tränen zeigten sich in ihren Augen. Sie brachte eine Weile kein Wort heraus. Dann: »Können Sie ihm helfen, Pater? Gibt es überhaupt noch Hoffnung?«

Damien ließ den Rest seiner Wahrnehmung verblassen. Sein Kopf pulsierte von der Belastung der Anstrengung und auf Grund des ungewohnten Geschmacks des Versagens. Es gelang ihm jedoch, gelassen zu sprechen, als er der Frau antwortete. »Ich bin überfordert. Das bedeutet aber nicht, dass die Ärzte ihm nicht helfen können.« Er hörte die Erschöpfung in seiner Stimme, doch er schaffte es, sie stark klingen zu lassen. Kanadee brauchte seine Kraft. »Tut mir Leid, meine Liebe. Ich wünschte, ich könnte mehr tun.«

Sie weinte sehr lange in seiner Umarmung.

Niemand beachtete die drei in der dunkelsten Ecke des Gemeinschaftsraumes sitzenden Reisenden. Fast zwei Dutzend Gäste hatten in der schützenden Enge des Dae Obdach gefunden, bevor das Tor bei Sonnenuntergang geschlossen wurde, doch die meisten waren eine von den Strapazen ermüdete, introvertierte Bande und keine Bedrohung der Intimsphäre der kleinen Gruppe. Eine besonders große Schar von Männern hatte seit der Abenddämmerung getrunken, und hin und wieder wurde in ihren Reihen eine Stimme laut, die sämtliche anderen im Gemeinschaftsraum übertönte, wenn sie irgendeinen wichtigen Punkt der Diskussion hervorhob. Doch im Allgemeinen bildeten sie eine straffe, auf sich bezogene Einheit, die vielleicht eine attraktive Kellnerin beachtete, jedoch kein Interesse an den Menschen in ihrer Umgebung zeigte. Die restlichen Gäste saßen zu zweit oder zu dritt zusammen und zeigten weit mehr Interesse am Mittelfeuer und seiner Wärme als an dem Trio, das es vorzog, sich in der Dunkelheit einer fernen Ecke zu isolieren.

»Es ist nicht gut gegangen?«, fragte Senzei leise.

»Überhaupt nicht.« Damien trank einen großen Schluck aus dem vor ihm stehenden Humpen. Briand-Bier. Es war nicht das Beste, aber jeder Alkohol war ihm willkommen. »Da war eine Art Barriere ... Ich habe so etwas noch nie zuvor *gesehen*. Ich kam nicht durch. Ich konnte machen, was ich wollte.« Er trank noch einen Schluck und seufzte. »Sie kam mir wie absichtlich konstruiert vor, wie ein manipuliertes Hindernis. Das war das Komischste. Wer könnte so etwas errichtet haben? Und warum? Der Junge verfügt nicht über dieses Geschick, da bin ich mir sicher. Doch wer hat es? Und wozu?« Er trank noch einen großen Schluck Bier und zuckte zusammen, weil es so bitter war. »Wenn wir davon ausgehen, dass sein Problem nicht nur ein Medizinisches ist – dass irgendetwas Fae-Geborenes ihn befallen hat –, stellt sich die Frage: Welche Art Dämon würde so etwas tun und sich dann bemühen, seine Spuren zu verwischen? Und dann noch so *verflucht* gut!«

»Vorsichtig«, sagte Senzei warnend – er meinte damit Damiens Lautstärke, seinen Zorn und seine Lästerungen. »Du hast getan, was du konntest. Mehr können wir auch nicht tun.«

»Aber wenn ...« Damien hielt inne. Gerade noch rechtzeitig. *Aber wenn wir Cianis Können einsetzen könnten*, hatte er sagen wollen. *Sie hätte in dem Jungen wie in einem Buch gelesen. Sie hätte ihn in der Hälfte der Zeit gesund machen können, die ich gebraucht habe, um das Problem zu bestätigen.* Ihr Verlust schmerzte ihn, denn er betraf auch sie. Sie mussten ohne ihre Gabe reisen, die sie hätte beschützen können. Gott im Himmel, wenn sie in Ordnung wäre, wäre alles viel einfacher ... Doch andererseits hätten sie Jaggonath dann nie verlassen. Dann hätten sie sich in ihrer Wohnung in der Geesstraße lieben können, ohne einen Gedanken an die Zukunft zu verschwenden. Dann hätten sie sich nur eine Sorge machen müssen: Ist genug zu essen da, damit es für das Frühstück am nächsten Morgen reicht?

Ich glaube, ich war im Begriff, mich in dich zu verlieben. Auf eine Weise, wie es mir vorher noch nie passiert ist. Warum hatten wir, bevor dies passierte, nicht etwas mehr Zeit, um zu sehen, wie sich alles entwickelt?

Damien wollte sich gerade wieder Senzei zuwenden, um ihn hinsichtlich des Jungen um einen Rat zu bitten, als Lärm vom anderen Ende des Raumes seine Aufmerksamkeit auf sich zog. Er wandte sich der Tür zu und versteifte sich, als sie sich öffnete. Er hörte das Knirschen der dicken Metallscharniere und das Klimpern des losgemachten Schlosses.

»Schließen die Daes nicht ... «, sagte er leise.

»Ja.« Senzei nickte schnell. »Nach Sonnenuntergang werden alle Türen abgeschlossen. Eine Ausnahme wäre ... ungewöhnlich.«

Ein Nachtwächter quetschte sich herein und wechselte eilige Worte mit der Dae-Verwalterin. Mes Kanadee zögerte, dann nickte sie; die Tür ging ganz auf. Dunkelheit strömte herein – und mit ihr ein Mann, dessen Bewegungen so flüssig und elegant waren, dass man kaum glauben konnte, dass er nicht in der Lage war, durch die Türritzen hineinzufließen.

Die Köpfe aller Anwesenden wandten sich ihm zu, und sämtliche Blicke musterten den Mann, für den man die Dae-Regeln gebrochen hatte. Doch die Verwalterin bedachte sie mit einem Blick, als wolle sie ihren Gäste jeglichen Protest von vornherein verbieten. Einer nach dem anderen wandte sich ab und nahm die unterbrochene Konversation wieder auf. *Es ist nur ein Mann,* schien ihr Blick zu sagen. *Was geht es euch überhaupt an?* Damien flüsterte den Schlüssel einer Verdunkelung, damit ihr Blick über ihren Tisch hinwegfuhr, als sei er unbesetzt. Er war nicht darauf aus, sich ihr zu stellen, und ebenso wenig verfolgte er die Absicht, sein Recht abzutreten, den Fremden im Geheimen zu studieren.

Der Neuankömmling war ein großer, schlanker Mann, der sich mit lässiger Eleganz bewegte. Er sah gut aus – Frauen würden auf ihn fliegen, nahm Damien an – und bewegte sich mit völlig natürlich wirkender Anmut. Seine Kleider waren einfach, doch solide gefertigt, ohne großen Zierrat, doch eindeutig teuer. Eine bis zu den Waden reichende Jacke aus feiner Seide streifte über den Rand seiner handschuhweichen Stiefel, unterstrich seine Größe und wogte mit jeder seiner Bewegungen. Mitternachtsblau, die Farbe des Abends. Sein Haar war weich und glatt und wurde mit einer einfachen Spange am Genick festgehalten. Abgesehen von diesem Gegenstand war kein Gold an ihm zu erblicken, auch nicht Edelsteine irgendeiner Art. Auch sonst nichts von offensichtlichem Wert, nur ein schmales Schwert mit einer stark verzierten Scheide, die an seiner Seite schwang ... und die in seinem Gürtel steckende Pistole.

Damien manipulierte eine geringfügige Wahrnehmung in

die Richtung der Schusswaffe – und zischte überrascht und ungläubig auf.

»Unmanipuliert«, hauchte er.

Senzei nickte. »Ich weiß.«

Das bedeutet ...

Sie schauten einander an.

»Ich überprüfe ihn«, murmelte Senzei, und sobald er sicher war, dass der Fremde ihn nicht sehen konnte, stahl er sich hinaus und ging zu ihren Zimmern. Damien wandte sich um – und sah, dass Ciani den Blick auf ihn richtete. Neugierig. Leidend. Gespannt, sein Wissen zu teilen.

Damien versuchte ihr zu erklären, was es mit Feuerwaffen auf sich hatte und wie gefährlich sie waren. Er sprach über Technik im Allgemeinen, die Kraft der menschlichen Angst und dass es manchmal zu physikalischen Prozessen kam, die der Mensch nicht sah – weil sie zu gering waren, zu schnell oder einfach außerhalb seiner Sichtweite stattfanden –, dass seine Ängste sie stören und dazu bringen konnten, nach hinten loszugehen. Dass ein solches Schießeisen in den Händen seines Besitzers explodieren konnte, wenn er am dringendsten auf sein Funktionieren angewiesen war. Was bedeutete, dass niemand ein solches Ding mit sich herumtrug, wenn es nicht sicher manipuliert war. Oder wenn er kein absoluter Trottel war, der auf sinnlosen Risiken gedieh. Oder ...

Oder wenn er ein Adept war.

Damien versteifte sich bei diesem Gedanken. In gleichem Maße begierig und vorsichtig. Er hatte eine Nase für verdächtige Zufälle, und die Ankunft dieses Menschen stank geradezu nach einem solchen.

Die Wahrscheinlichkeit, dass einer dieser Art hier hereinspaziert, ist ... unglaublich. Entweder ist er nicht das, was er zu sein scheint, oder es gibt einen Grund, dass er sich heute

Abend zeigt. Aber mir fällt keiner ein, den ich gern hören würde ...

Senzei glitt wieder auf seinen Sitz zurück. Seine Hand umklammerte ein kleines schwarzes Notizbuch. »Nichts«, sagte er leise. »Keine Beschreibung passt. Wenn er ein Adept ist, stammt er nicht aus dieser Gegend. Falls doch, ist er uns einfach nicht bekannt ...«

»Unwahrscheinlich«, murmelte Damien. Ein Können dieser Art war nur schwer zu verbergen, besonders in der Kindheit. Und Neuigkeiten über eine Begabung verbreiteten sich schnell. Wenn der Mann sich nicht in Cianis Akten fand, war er nicht aus dieser Gegend.

Damien ließ sich *sehr* vorsichtig auf eine Wahrnehmung ein. Der Fremde hatte möglicherweise einberechnet, dass andere Manipulatoren vielleicht den Wunsch verspürten, ihn zu identifizieren ... Vielleicht hielt er es aber auch für ein Eindringen in seine Privatsphäre und würde Rache fordern. Adepten waren eine pingelige Bande.

Damien entspannte die ihn und seine Gefährten schützende Verdunkelung gerade so weit, dass er durch sie manipulieren konnte. Dann tastete er vorsichtig in der Absicht hinaus, den Fremden mit einer Wahrnehmung zu streifen. Selbst wenn der Mann eine so feine Berührung spürte, er würde sie vielleicht für das halten, was sie war – eine freundliche Anfrage –, und sie unbeachtet übergehen.

Damien atmete tief und konzentriert. Er spürte, dass sich die Manipulation aufbaute und sich zwischen ihnen durch den Raum erstreckte. Sie kommandierte das Fae, auf das sie unterwegs traf, wie einen Eisenspäne ausrichtenden Magneten. Bald erstreckte sich ein einzelner glänzender Zielglühfaden von Damiens Tisch zu dem, an dem der Fremde saß – so fein wie Spinnenseide, so leuchtend wie Kristall. Er erlaubte ihm, seine Sinne in den persönlichen Raum des

Fremdlings auszudehnen und sein Wesen mit dem seinen zu berühren.

Er begegnete einer Oberfläche, die wie poliertes Glas war. Glatt, reflektierend – undurchdringlich. Seine Wahrnehmung streifte darüber hinweg. Es gab einen kurzen Augenblick, dem er den Eindruck hatte, kein Glas, sondern Eis zu berühren. Dann war alles weg, jeder Kontakt zwischen ihnen abgerissen. Seine Manipulation war einfach verschwunden – der Faden hatte sich in Luft aufgelöst –, als hätte sie nie existiert. Als hätte er es nicht mal versucht.

Eine Abschirmung, dachte er. Ihre Ausführung erzeugte Ehrfurcht in ihm. Es war ohne Frage die Arbeit eines Adepten. Und selbst bei diesem Standard prächtig ausgeführt. Er zweifelte nicht an der Macht des Mannes – oder an seinem Geschick, sie auszuüben.

Langsam und ruhig, als reagiere er auf Damiens flüchtige Berührung, wandte der Fremdling sich zu ihm um. Ihre Blicke trafen sich durch die ganze Länge des Gemeinschaftsraums. Der klare, stabile Blick des Mannes war informativer, als jede Manipulation es hätte sein können – und weitaus wahrnehmender. Damien hatte das Gefühl eines Eindringens in seinen eigenen Raum, die kalte Berührung eines fremden Bewusstseins, das analysierte, wer und was er war – und dann war es schnell weg und der Raum zwischen ihnen erneut undurchdringlich.

Ein mattes Lächeln fuhr über das Gesicht des Fremden. Dann wandte er sich wieder ab, eindeutig zufrieden mit dem, was er an Informationen erhalten hatte. Man hatte ein Kelchglas vor ihm abgestellt, aus dem er einen kleinen Schluck trank, als er dem Tanz des Feuers in seinem Steingehege zuschaute. Er war völlig ruhig und wirkte unbekümmert über Damiens Gegenwart oder die Manipulation, die seinen Seelenfrieden nur kurz gestört hatte. Auch sonst schien ihn niemand zu stören, der im Raum anwesend war.

»Er ist verdammt selbstsicher«, murmelte Senzei.

Damien registrierte die Verbiesterung in seiner Stimme und spürte, dass sie in seinen eigenen Gedanken Echos warf. *Wie viel von unserer Reaktion ist Neid?*, fragte er sich. *Wie kann ein Mensch eine Kraft dieser Art erleben, ohne sich zu wünschen, sie zu beherrschen?*

Ganz besonders Senzei, mahnte er sich. Ciani hatte es ihm erzählt. Der Mann lechzte nach Sehkraft wie ein Verhungernder nach Nahrung. Was bedeutete es für ihn, wenn er Kraft dieser Art so offen zur Schau gestellt sah?

»Du hältst ihn für einen Adepten«, hauchte Ciani.

Damien schaute sie an. Überlegte seine Worte. »Es ist möglich«, sagte er schließlich.

Ciani beugte sich ein Stück vor. Ihre Augen glänzten. »Glaubst du, er könnte uns helfen?«

Aus irgendeinem Grund ließ der bloße Gedanke Damien frösteln. »Das würde sehr gefährlich werden. Wir wissen nichts über ihn. *Gar nichts*. Selbst wenn er bereit wäre, sich uns anzuschließen – können wir es uns leisten, einen völlig Fremden mitzunehmen?« *Der darüber hinaus noch gerade im richtigen Moment eingetroffen ist,* fügte er stumm hinzu. *Wie auf Bestellung. Ich traue der Sache nicht.*

Er schaute plötzlich auf den Mann zurück und fragte sich, wie viel von seiner Reaktion Vernunft war und wie viel das Ergebnis wachsender Spannung über andere Dinge. Dass er zum Beispiel in diesem überbefestigten Gasthof sitzen musste, während die Geschöpfe, die er suchte, sich wahrscheinlich mit jeder vergehenden Minute weiter entfernten. Oder sein Problem mit dem Jungen, dem ihm ungewohnten Geschmack des Versagens. Hätte er über die Kraft eines Adepten verfügt, der ihm den Rücken stärken konnte ...

Nein. Undenkbar. Das Risiko war einfach zu groß.

»Würden wir einen Fremden in unsere persönliche Angelegenheit einbeziehen, ohne das Geringste über ihn und seine Kräfte zu wissen, wäre es unglaublich gefährlich. Wie könnten wir das riskieren?«

»Das Problem ist unsere Unwissenheit?«

Damien schaute Ciani scharf an. In ihrer Stimme war ein Ton, den er nicht ganz analysieren konnte. »Zum größten Teil, ja.«

Ciani zögerte nur kurz, dann schob sie ihren Stuhl zurück und stand auf.

»Was hast du vor?«, zischte Damien.

»Erkenntnis suchen«, erwiderte sie knapp. »Wie man es früher auf der Erde gemacht hat.« Zum ersten Mal, seit sie Jaggonath verlassen hatte, lächelte sie, wenn auch nervös. »Irgendjemand muss es tun, meint ihr nicht auch?«

Dann war sie weg. Bevor Damien protestieren konnte. Bevor Senzei, der die Arme ausstreckte, sie aufhalten konnte. Die beiden Männer schauten entgeistert zu, als sie sich einen Weg durch den nur matt beleuchteten Raum suchte. Wie sie darauf wartete, dass die Aufmerksamkeit des Fremden sich auf sie richtete und sie ein Gespräch mit ihm begann. Nach ein paar offenbar freundlichen Worten bot er ihr an seinem Tisch einen Platz an. Sie setzte sich hin.

»*Verflucht* soll sie sein«, murmelte Damien.

»Und alle anderen Weiber auch«, knurrte Senzei.

»Ganz meine Meinung.«

Der Fremde rief eine Bedienung an seinen Tisch. Es war die gleiche junge Frau, die schon Damien und Senzei bedient hatte, doch nun hatte sie ihre Bluse straff hinter den Gürtel geklemmt, damit sie ihre Brüste betonte, die sie eindeutig stolz zur Schau stellte. Welche Art Charisma den Fremden auch auszeichnete, auf Frauen schien es zehnfach zu wirken. Aus irgendeinem Grund war dies irritierender als alles andere zusammen.

»Glaubst du, sie ist sicher?«, fragte Damien leise.

Senzei dachte nach. Dann nickte er langsam. »Ich glaube, sie ist vielleicht in ihrem Element.«

Damien schaute Senzei überrascht an.

»Beobachte sie«, sagte Senzei leise. In seiner Stimme war eine Liebe, die Damien ihn bisher noch nicht hatte artikulieren hören. Zum ersten Mal spürte er die wahre Tiefe ihrer Freundschaft – und er dachte traurig über die Tatsache nach, dass er diesen Ton nie in der Stimme seines Gefährten gehört hatte, wenn er über seine Verlobte sprach.

Es muss ihr klar geworden sein. Und es muss sie verdammt verletzt haben.

Ciani war tatsächlich in ihrem Element. Sie war angespannt und vorsichtig – aber *lebendiger* als seit Tagen. Und warum auch nicht? Was sie auch dazu gebracht hatte, ihr Leben dem Erwerb von Wissen zu widmen – ihr Instinkt war noch intakt und gedieh. Man hatte ihrem Gedächtnis zwar die Fakten geraubt, aber man hatte ihren Charakter nicht verändert.

Als Damien sah, dass der Fremde gut auf ihre Vorschläge reagierte – und dass sie selbst allmählich mehr Behagen in seiner Gegenwart empfand, entspannte er sich. Das heißt, er versuchte es. Doch in ihm war noch eine andere Spannung, und diese nahm zu. Es war, genau besehen, nicht die Sorge um sie, sondern eher ...

Eifersucht. Engstirnige, egoistische männliche Eifersucht. Los, werd erwachsen, Damien. Sie ist nicht dein Eigentum. Und bloß weil sie ein hübsches Gesicht und ein paar Neuigkeiten zu erzählen hat, bedeutet es nicht, dass sie ihm gehört.

»Sie kommen«, sagte Senzei leise.

Er musste sie auf anderen Ebenen beobachtet haben, denn

es dauerte noch mehrere Minuten, bis Ciani und der Fremde tatsächlich aufstanden. Er stand als Erster auf, ohne die geringste Mühe, dann trat er hinter ihren Stuhl, um ihn für sie zurückzuziehen. Der Brauch einer anderen Zeit, einer anderen Kultur. Als sie sich der Richtung zuwandten, in der Damien und Senzei saßen, wirkte Ciani nicht mehr ängstlich. Ihre Augen glitzerten in neu gefundener Lebhaftigkeit. *Nicht für den Mann,* erinnerte Damien sich. *Für das Geheimnis, das ihn umgibt.*

Als würde dies die Sache leichter machen.

Falls der Fremde ihnen ihr vorheriges Eindringen in seine Privatsphäre verübelte, ließ er es sich nicht anmerken. Als Ciani sie einander vorstellte, verbeugte er sich höflich, reichte ihnen jedoch nicht die Hand. Die gesellschaftlichen Bräuche eines vergangenen Zeitalters – oder ein paranoider Adept. Damien mutmaßte Letzteres.

»Das ist Gerald Tarrant«, gab Ciani bekannt. »Er stammt eigentlich aus Aramanth, war aber bis vor kurzem in Sheva.« Damien konnte den Ortsnamen genau identifizieren, aber wie alle Städte in der Nähe des Verbotenen Waldes hatte man sie nach einem Erdgott des Todes oder der Vernichtung benannt. Er war also aus dem Norden. Das war unheilvoll. Im Allgemeinen hielt sich jeder Mensch mit Sehkraft von dieser Gegend fern, und zwar aus gutem Grund. Der Wald hatte den Ruf, jedermann zu verderben, der auf ihn reagieren konnte.

»Setzen Sie sich doch zu uns«, sagte Senzei. Damien nickte.

Der Neuankömmling zog sich einen Stuhl heran und half Ciani auf den ihren, bevor er selbst Platz nahm. »Ich habe kaum mit Gesellschaft gerechnet«, sagte er erfreut. »Wenn man um diese Stunde eintrifft, erwartet einen oft ein weniger enthusiastisches Willkommen.«

»Was führt Sie nach Briand?«, fragte Damien knapp.

Die blassen Augen Tarrants funkelten – und einen Moment

lang, einen kurzen Moment lang, schienen sie in Damiens Seele zu greifen und sie abzuwägen. »Der Sport«, erwiderte er schließlich. Mit dem Anflug eines Lächelns, das verdeutlichte, dass er wusste, wie uninformativ er war. »Nennen Sie es das Verfolgen eines Hobbys.« Mehr schien er zu dem Thema nicht sagen zu wollen, und seine Haltung lud auch nicht dazu ein, weiter danach zu fragen. »Und Sie?«

»Geschäfte. In Kale. Für Fray eine Familienangelegenheit – und für uns eine Gelegenheit, aus der Stadt herauszukommen. Ein Alibi, um zu verreisen.«

Der Fremde nickte. Damien hatte das beunruhigende Gefühl, dass er genau wusste, was man ihm verschwieg. »Es ist gefährlich, nachts zu reisen«, sagte er, um Tarrant zum Reden zu verlocken. »Besonders in dieser Gegend.«

Tarrant nickte. »Es wäre auch mir lieber, wenn wir alles, was wir zu erledigen haben, am Tag erledigen könnten und uns zwischen Abenddämmerung und Morgengrauen nicht zu rühren bräuchten.« Er nippte an dem Kelch in seiner Hand. »Aber wenn dies der Fall wäre, wäre die arnaische Geschichte bestimmt anders verlaufen, nicht wahr?«

»Sie hatten Glück, dass man Sie eingelassen hat.«

»Ja«, stimmte Tarrant zu. »Ich hatte Glück.«

Und so weiter. Damien konstruierte Fragen, die dazu dienen sollten, ihm Einblick in irgendwelche Facetten der Existenz seines Gegenübers zu gewähren – doch Tarrant schmetterte alle ab, ohne mit der Wimper zu zucken. Es schien ihm Spaß zu machen, verbal mit ihnen zu fechten, und manchmal warf er ihnen Wissensleckerbissen hin, um sie zu locken – um sie anschließend mit einer raschen Antwort oder einer bestens geplanten Mehrdeutigkeit beiseite zu wischen, so dass sie in keinem Fall mehr über ihn erfuhren, als er sie wissen lassen wollte. Und das war ungefähr so viel wie gar nichts.

Damien fragte sich, ob er mit Ciani das gleiche Spiel

gespielt hatte. War es überhaupt möglich, sie auf diese Weise auf den Arm zu nehmen?

Schließlich lehnte Tarrant sich in seinen Stuhl zurück, als wolle er das Ende dieser Phase ihrer Beziehung signalisieren. Er stellte den Kelch vor sich hin; in seinem Inneren funkelte eine rote Flüssigkeit und reflektierte das Licht der Lampen.

»Die Dame hat mir erzählt, dass Sie an einer Heilung arbeiten.«

Damien schaute Ciani verwundert an. Doch ihr Blick war auf Tarrant gerichtet. Er berechnete schnell seine Möglichkeiten und zog den Schluss, dass es keine bessere Möglichkeit gab, den Mann zu prüfen, als ihm die Wahrheit zu sagen.

»Der Sohn der Verwalterin«, sagte er leise. Er musterte Tarrant, um dessen Reaktion zu sehen. »Er liegt im Koma. Ich habe versucht, ihm zu helfen.«

Tarrant neigte anmutig den Kopf. »Tut mir Leid.« Was wiederum alles bedeuten konnte. *Tut mir Leid, dass er krank ist. Tut mir Leid, dass Sie ihm helfen möchten. Tut mir Leid, dass Sie versagt haben.* »Kann ich Ihnen behilflich sein?«

»Heilen Sie auch?«, sagte Damien argwöhnisch.

Tarrant lächelte, als hätte er sich selbst einen Witz erzählt. »Hab's schon länger nicht mehr gemacht. Meine Spezialität ist die Analyse. Vielleicht könnte ich Ihnen damit nützlich sein?«

»Vielleicht ja«, erwiderte Damien vorsichtig. Er warf einen Blick durch den Raum, konnte die Mutter des Jungen aber nicht ausmachen. Sie schien an sein Lager zurückgekehrt zu sein. Als eine Kellnerin in seine Richtung schaute, winkte er sie heran und bat sie, die Dae-Verwalterin ausfindig zu machen. Er habe Neuigkeiten, die sie vielleicht interessierten.

»Sie ist Fremden gegenüber zurückhaltend«, sagte er warnend. »Mir hat sie vertraut, weil sie meiner Kirche angehört. Ob sie Sie an den Jungen heranlässt, ist eine andere Frage.«

»Aha.« Tarrant sinnierte darüber nach. Dann griff er in

seine Jacke und an seinen Hals und zog eine dünne Scheibe an einer Kette hervor. Es war eine hübsche Handarbeit, eine feine Gravur aus reinem Gold: die Erde.

Er lächelte, und sein Gesichtsausdruck war beinahe erfreut. »Wollen wir doch mal sehen, ob ich sie nicht überzeugen kann, meine Dienste anzunehmen. Sollen wir?«

Nach dem relativen Lärm im Gemeinschaftsraum wirkte das Zimmer des Jungen noch stiller. Es war sogar bedrückend still. Damien fand es klaustrophobisch. So war es vorher nicht gewesen. Oder lag es an seinem Territorialinstinkt und seiner Reaktion auf Tarrants Eindringen?

Sei nicht kindisch, Vryce. Reiß dich am Riemen.

Sie hielten sich zu dritt in dem kleinen Raum auf. Die Mutter des Jungen hatte nichts dagegen, dass der Fremde sich ihren Sohn anschaue. Sie hatte zwar Angst und Besorgnis gezeigt, aber zugestimmt. Heidnischen Wirrwarr wollte sie jedoch nicht zulassen. Na schön. Damien hieß die Gelegenheit willkommen, den Mann einzuschätzen, ohne dass Cianis Anwesenheit ihn ablenkte.

Tarrant trat an die andere Seite des Bettes und schaute sich den Jungen an. Damien fiel urplötzlich auf, dass seine Hautfarbe kaum dunkler war als die des Jungen: Fleisch ohne Melanin. Es kleidete ihn so gut, dass es Damien zuvor nicht aufgefallen war, doch nun, im Kontrast zum kränklichen Teint des Jungen, wirkte er unheilvoll. Dabei war der Sommer gerade erst vorbei. Damien überdachte sämtliche Gründe, aus denen ein anscheinend gesunder Mensch nicht sonnenbraun sein konnte. Einige dieser Gründe – sehr wenige – waren harmlos. Die meisten waren es nicht.

Sei gerecht. Auch Senzei ist blass. Manche Menschen betreiben Geschäfte, die sie an die Nacht fesseln.

Ja ... und einige dieser Geschäfte sind mir höchst suspekt.

Tarrant nahm auf der Bettkante Platz. Er studierte den Jungen eine Weile, dann nahm er eine oberflächliche Untersuchung der offensichtlichen Symptome vor: Er hob die Lider, um sich die Pupillen anzusehen, drückte einen langen Zeigefinger an den Hals des Jungen, um seinen Puls zu fühlen, und schaute sich sogar seine Fingernägel an. Es war schwer zu unterscheiden, wann er ihn nur anschaute und wann er eine Wahrnehmung vornahm. In diesem Sinne war er wie Ciani, die keine Worte oder Gesten einsetzte, um eine Manipulation auszulösen. Er wandte nur die schiere Kraft seines Willens an. Er war also fraglos ein Adept.

Als hätte ich je daran gezweifelt.

Damien musterte die Mutter des Jungen, und sein Herz zog sich mitleidsvoll zusammen. Sie hatte Tarrant gestattet, sich ihren Sohn anzusehen, weil er für ihn gebürgt hatte. Doch Tarrant war kein Priester, und man konnte deutlich sehen, dass seine Anwesenheit sie übernervös machte. Sie rang die Hände in ihrer Schürze und bemühte sich, nicht zu protestieren. Sie schaute Damien an. Ihr Blick bat um Rückversicherung. Damien wünschte sich, er könne ihrem Wunsch entsprechen.

Als sein Blick erneut auf den Jungen fiel, erstarrte er, denn er sah, dass Tarrants Messer von innen gegen den Arm des Besinnungslosen drückte. Ein dünner roter Streifen zeigte sich dort, wo es gerade gewesen war: ein dunkles, dickes, feuchtes Karmesinrot.

»Was machen Sie da, verdammt?«, zischte er.

Tarrant ignorierte ihn einfach. Dann klappte er das Messer zusammen und schob es sorgfältig hinter seinen Gürtel. Die Mutter des Jungen stöhnte leise und wankte. Damien fragte sich, ob sie ohnmächtig werden würde. Er wusste nicht, ob er zu ihr gehen oder diesen Wahnsinn beenden sollte. Welchem Zweck konnte es wohl dienen, den Jungen auf diese Weise aufzuschneiden? Doch er blieb, wo er war, von einer schrecklichen, morbiden Faszination entmutigt. Als er zuschaute, berührte Tarrant die Wunde mit einem schlanken Finger und sammelte einen Blutstropfen. Er führte ihn an die Lippen und atmete sein Bukett ein. Dann, offenbar zufrieden, drückte er das karmesinrote Tröpfchen auf seine Zunge. Schmeckte es. Und versteifte sich.

Er schaute die Frau an. Sein Gesichtsausdruck war finster.

»Sie haben mir nicht gesagt, dass er süchtig ist.«

Alle Farbe wich aus ihrem Gesicht, als hätte jemand unter ihren Füßen einen Zapfhahn geöffnet, als sei ihr ganzes Blut herausgeströmt. »Ist er nicht«, sagte sie leise. »Das heißt, ich wusste nicht ...«

»Was hat er genommen?«, fragte Damien heiser.

»Filmriss.« Der Schnitt, den Tarrant vorgenommen hatte, ließ noch immer Blut austreten. Ein dünner Faden lief über das Handgelenk des Jungen bis auf die Steppdecke. »Und nicht mal Legalisiertes, nicht wahr?«

Kanadee zitterte nun. »Wie können Sie das wissen?«

»Es ist einfache Logik. Der Junge ist völlig abhängig. Hätte er legale Drogen genommen, hätte er regelmäßig nach Jaggonath reisen müssen ... und das hätten Sie gewusst. Andererseits kommen hier viele Reisende durch ...« Er zuckte viel sagend die Achseln. »So was garantiert zwar Diskretion, aber zu einem hohen Preis. Er hat das Risiko gekannt und akzeptiert. Ich nehme an, es war ein Teil des Nervenkitzels.«

»Das können Sie doch nicht sagen!«

Tarrant kniff die Augen leicht zusammen. Das war alles. Aber mehr war auch nicht nötig. Kanadee machte einen Schritt zurück und wandte sich ab. Sie wollte ihm wohl nicht in die Augen schauen.

»Und das ist alles?« Ihre Stimme war kaum mehr als ein Flüstern. Ihre Hände zitterten. »Nur ... Drogen?«

Tarrant drehte sich um und musterte den Jungen. Nachdem er eine Weile geschwiegen hatte, aktivierte Damien seine eigene Sehkraft – und schaute zu, als der Schild, gegen den er viele Stunden gekämpft hatte, sich Schicht für Schicht zurückzog. Er klappte auf wie die Blüten einer erblühenden Blume. Er empfand einen plötzlichen Ansturm von Neid und musste um seine Konzentration kämpfen.

Wieso fällt es ihm so verdammt einfach in den Schoß?

Hinter der Barriere war ... Dunkelheit. Leere. Eine dermaßen absolute Schwärze, dass ihre Kälte Damiens Gedanken beinahe einfror. Er wagte es nicht, mit seinem Geist hinauszutasten, um ihren Ursprung zu analysieren, solange ein Fremder am Ruder stand – aber dennoch konnte er erkennen, dass irgendetwas ganz einfach nicht stimmte. Irgendetwas, das eine bloße Abhängigkeit oder die selbstzerstörerischen Fantasien eines an Depressionen leidenden Heranwachsenden übertraf. Irgendetwas, das auf einen Eingriff von außerhalb hinwies. Auf eine Arglist, die viel größer war als alles, was dieser arme Junge heraufbeschworen hatte.

»Lassen Sie uns allein«, befahl Tarrant. Er schaute die Frau an. Sie wollte protestieren, doch dann schluckte sie die Worte hinunter und beugte sich der Kraft seines Willens. Als sie sich umdrehte und schweigend den Raum verließ, flossen Tränen über ihre Wangen. Damien hätte sie am liebsten getröstet. Aber er wollte lieber zur Hölle fahren, als den Jungen auch nur eine Minute mit Tarrant allein lassen.

Als die Tür sich fest hinter der Frau schloss, streckte Tarrant die Hand aus und fasste den Jungen an. Ein schlanker Finger drückte auf seine Stirn. Langsam, Schicht für Schicht, nahm der Schild, der sich geöffnet hatte, erneut seine Position ein. Langsam wurde die klaffende Schwärze, die in dem Jungen war, immer weniger sichtbar, bis selbst Damiens stärkste Wahrnehmung sie nicht mehr ausmachen konnte. An der

Fingerspitze des Adepten fingen dunkelblaue Linien an zu strahlen, wie Blut, dem man den Sauerstoff entzogen hatte. Damien schaute zu, als sie anfingen, die Haut des Jungen zu durchdringen; feine Fädchen aus azurblauem Eis, die die Kapillaren erstarren ließen, als sie in den Blutstrom des Jungen eindrangen ...

Damien ergriff Tarrants Arm. Sein Fleisch war kalt und schien die Wärme aus seiner Hand herauszusaugen, als er ihn berührte. Damien zog Tarrant mit aller Kraft von dem Jungen zurück und zischte wütend: »Was soll das werden, wenn es fertig ist, verdammt?«

Tarrants Blick richtete sich – unendlich ruhig und kalt – auf ihn. »Es wird ihn natürlich töten«, sagte er gelassen. »Natürlich schrittweise. Es wird erst morgen kulminieren. Die Familie wird an einen *natürlichen* Tod glauben. Die Mediziner werden ihn der Vergiftung zuschreiben und auf die Schwarzmarktdrogen zurückführen. Und damit hat die Sache ein Ende. Ist es nicht besser so?«

»Dazu haben Sie kein Recht!«

»Der Körper dieses Jungen dient keinem Zweck mehr«, sagte Tarrant leise. »Man kann ihn monatelang von einer Stadt zur anderen transportieren und Blut, Zucker, Stärkungsmittel und sonst was in seinen Blutstrom schütten, um ihn noch für Jahre am Leben zu erhalten ... Aber zu welchem Zweck? Hier ist nichts mehr, das es wert wäre, erhalten zu werden.« Seine blassgrauen Augen funkelten kalt. »Ist es den Lebenden gegenüber nicht netter, sich eines solchen Hindernisses zu entledigen, statt sie ihres Geldes und ihrer Energie zu berauben, bis sie nichts mehr haben, für das es sich zu leben lohnt?«

Damien hatte den Eindruck, dass er irgendwie geprüft wurde, ohne die Parameter der Prüfung oder ihren Zweck zu kennen. »Sie sagen, er wird sich nicht erholen?«

»Ich sage, es ist nichts mehr da, das sich erholen *kann*. Die Seele ist noch da; sie hängt an einem Faden. Aber der Mechanismus, der ihr gestatten würde, sich wieder mit ihm zu verbinden, ist entfernt worden, Priester. Er wurde *verschlungen*, wenn Sie so wollen.«

»Sie meinen ... sein Gehirn?«

»Ich meine sein *Gedächtnis*. Den Kern seiner Identität. Er ist weg. Er hat die Drogen die Verbindung zu seinem Körper schwächen lassen ... und während er abwesend war, ist etwas anderes eingezogen. Ist eingezogen und hat das Haus geputzt.« Tarrants graue Augen waren auf Damien gerichtet und wägten seine Reaktion ab. »Es gibt keine Hoffnung für ihn, Priester – weil *er* als solcher nicht mehr existiert.« Er deutete auf den Jungen. »Das da ist eine leere Hülle. Würden Sie es jetzt, wo Sie es wissen, auch dann noch Mord nennen, wenn ich ihn verfallen ließe?«

Gedächtnis, dachte Damien. *Identität. Gott im Himmel ...*

Er griff nach einem Stuhl – oder irgendetwas, das ihn tragen konnte – und ließ sich schließlich auf die Ecke einer Truhe sinken.

Gedächtnis. Verschlungen. Hier, mitten auf unserem Weg.

Er stellte sich vor, wie diese *Dinger* in das Dae eingefallen waren. Wie sie sich an dem Jungen gütlich taten wie zuvor an Ciani. Nur hatten sie diesmal keinen Grund gehabt, sich zu rächen – und kein begründetes Interesse an der Verlängerung der Leiden ihres Opfers. Sie hatten alles gefressen, was dagewesen war, und nur eine leere Hülle zurückgelassen ...

Bedeutet es, dass sie genau vor uns sind; dass sie den gleichen Weg nehmen? Wissen sie, dass wir kommen? Lassen sie es uns auf diese Weise wissen? Fordern sie uns vielleicht heraus? Gnädiger Gott, jede Möglichkeit ist schlimmer als die vorherige ...

Dann schaute er in Tarrants Augen und las die Wahrheit hinter seiner Ruhe.

»So etwas sehen Sie nicht zum ersten Mal«, sagte er. Stille. Ziemlich lange. In Tarrants kalten blassen Augen war nicht das Geringste zu erkennen.

»Sagen wir mal, ich bin auf der Jagd«, sagte Tarrant schließlich. »Sagen wir mal, dies ist seine Markierung, seine Spur, seine Fährte.« Er warf einen Blick auf den Körper des Jungen und sagte leise: »Und Sie, Priester?«

Er jagt. Die gleichen Dinger wie wir. Ist dies die Kontaktaufnahme eines Verbündeten oder eine Falle? Der Zufall ist mir zu groß. Sei vorsichtig.

»Sie haben einen Freund getötet«, sagte er leise.

Tarrant verbeugte sich. »Mein Beileid.«

Damien versuchte zu denken. Er bemühte sich, diese neue Variable in seine Gesamtberechnungen einzubringen. Aber es ging ihm zu schnell. Er brauchte Zeit zum Nachdenken. Er musste mit Senzei und Ciani reden. Wenn die Geschöpfe, die sie töten wollten, ihnen nur einen Tag voraus waren und die Straße benutzten, auf der auch sie reisen wollten ... Damien schüttelte den Kopf und versuchte alle Optionen abzuwägen. Vielleicht sollten sie schneller machen und sich nachts nicht in Daes aufhalten. Oder den Kurs ändern, sie zu umgehen versuchen und vor sie gelangen. Vielleicht *wollten* diese Geschöpfe auch nur, dass sie etwas in dieser Art taten, und hatten die kleine Tragödie nur inszeniert, um eventuelle Verfolger abzuschütteln. Um ihre Verfolger zu zwingen, einen kürzeren Weg zu nehmen, auf dem sie weniger geschützt waren ...

Zu viele Verschwörungen und Gegenverschwörungen. Zu viele Variable. Damien witterte Gefahr, aber er wusste nicht, aus welcher Richtung der Geruch kam.

»Wohin sind Sie unterwegs?«, fragte er.

Tarrant zögerte. Er war plötzlich vorsichtig. Damien hatte zum ersten Mal den Eindruck, dass auch er einem Fremden nur ungern vertraute. Die Erkenntnis ernüchterte ihn.

»Wohin die Spur auch führt«, sagte Tarrant schließlich. »Im Moment nach Norden. Aber wer kann schon sagen, wohin sie morgen führt?«

Er ist ebenso ängstlich wie ich, etwas preiszugeben. Aus vergleichbaren Gründen?

»Dann sind Sie also bis morgen hier?«

Tarrant lachte leise. »Die Spur, der ich folge, ist nur nachts sichtbar, Priester – deswegen muss ich mich nach ihr richten. Ich raste in einem Dae, wenn ich kann – wegen des Geschmacks echter Nahrung und des Klangs menschlicher Stimmen. *Vorausgesetzt,* man lässt mich herein. Aber ich war schon zu lange hier. Die Fährte« – er deutete auf den Körper des Jungen – »erkaltet schon. Der Jäger muss weiterziehen. Wenn Sie mir jetzt bitte erlauben wollen ...«

Er trat noch einmal neben den Jungen. Damien musste sich zwingen, sich nicht zu rühren, als Tarrants schlanke Finger die farblose Haut erneut berührten. Wie Fliegen. Blutegel. Das kaltblaue Fae baute sich erneut auf, ein schlankes Netz des Todes, das sich in die Haut des Jungen einwob. Er musste mit sich ringen, um sich nicht einzumischen.

»Sie könnten ihr«, sagte er schnell, »auch die Wahrheit sagen.«

»Seiner Mutter?« Tarrant schaute zu Damien auf, und einer seiner Mundwinkel zuckte unmerklich. Erheiterung? »Er ist im Entsetzen gestorben. Wollen Sie, dass sie das erfährt?« Dann konzentrierte er sich wieder auf den Jungen, auf den feinen Todesschleier, der unter seinen Fingerspitzen Form annahm. »Tun Sie Ihre Arbeit, Priester. Ich kümmere mich um meine. Es sei denn, Sie wollen sie mir abnehmen.«

»Ich bringe keine Unschuldigen um«, sagte Damien kalt.

Das Todes-Fae stellte sein Wirken ein. Gerald Tarrant schaute Damien an.

»Es gibt keine Unschuldigen«, sagte er leise.

So vorsichtig, wie man ihn hineingelassen hatte, ließ man den Mann in die Nacht hinaus. Mes Kanadee bewachte die Tür, bis sie fest hinter ihm verschlossen war, und Damien, der sich freiwillig gemeldet hatte, ihr zu helfen, fügte einen Schutz hinzu, um die Fae-Sigils wieder zu aktivieren.

Dass Tarrant sie verließ, verbitterte und erleichterte ihn gleichzeitig. Und ebenso beneidete er ihn. Es war Furcht einflößend, in der Nacht allein draußen zu sein, besonders in einer Gegend, die so arglistig war wie diese. Aber es war auch erfrischend. Für einen Menschen, der wusste, wie man sich schützte – und dies wusste Tarrant eindeutig –, war es die höchste Herausforderung.

Damien schaute zu, bis die letzten Riegel vorgelegt waren, dann gesellte er sich zu seinen Gefährten ans Feuer. Die Nacht hatte die Reihen der Reisenden gelichtet, die den Raum vorher gefüllt hatten. Außer einer einzelnen Frau, die am Feuer schlief, und einem Paar in den mittleren Jahren, das an einem weit entfernten Tisch seinen Getränken zusprach, war das Grüppchen allein.

Senzei schaute zu Damien auf, dann wandte er sich wieder dem Feuer zu. »Wo ist er hin?«

»Nach Norden.«

»Unsere Route?«

»Höchstwahrscheinlich.«

»Hast du erfahren, was er macht?«

Damien schaute ins Feuer. Bemühte sich, Tarrants Bild aus dem Kopf zu kriegen. »Ich habe ein wenig über seinen Charakter erfahren«, erwiderte er. »Das reicht.« Es wäre ihm lieb gewesen, sich die Kälte vom Hals zu schaffen, die in seine Seele eingetreten war, die Bilder, die sich weigerten, von ihm zu gehen. Das des klaffenden schwarzen Lochs, wo früher die Seele des Jungen gewesen war. Das der kaltblauen Würmer, die ihm sogar jetzt noch das Leben aussaugten, damit er einen »natürlichen« Tod starb. Das der blassgrauen Augen und der Herausforderung, die er in ihnen gesehen hatte ...

Er fröstelte trotz der Wärme des Feuers. »Ich erzähle dir später davon. Morgen früh. Zuerst muss ich meine Gedanken sortieren, damit es einen Sinn ergibt, wenn ich es dir berichte.«

»Er ist ein Adept«, sagte Ciani. Ihr Tonfall war ein Bekenntnis.

Damien legte einen Arm um sie und drückte sie sanft. Doch die Spannung in ihrem Körper weigerte sich nachzugeben; nun war eine Barriere zwischen ihnen, eine subtile, doch überall vorhandene Blockade, die begonnen hatte, als die Angreifer so viele ihrer gemeinsamen Erinnerungen verschlungen hatten. Aber nun erschien sie ihm noch stärker – irgendwie kälter. Als hätte die Anwesenheit Tarrants sie wachsen lassen. Damien hatte angenommen, die Zeit würde ihnen zurückgeben, was sie verloren hatten. Nun war er sich dessen plötzlich nicht mehr sicher.

»Ich sehe solche Kräfte nicht zum ersten Mal«, berichtete er. Weil er versuchen wollte, die Kälte in seinem Inneren zu erklären, die namenlose Eisigkeit, die in ihm aufstieg, sobald er daran dachte, sich mit Tarrant zusammenzutun. »Aber ich habe sie noch nie so kaltblütig ausgeführt gesehen.«

Außerdem gibt es so viele Kleinigkeiten, die an ihm nicht stimmen. Wie das Erdmedaillon. Seine angebliche Treue zu einer Kirche, die seinesgleichen ablehnt. Seit dem Tod des Verkünders hat kein Adept mit meinem Glauben Frieden geschlossen.

»Ohne ihn sind wir besser dran«, sagte er zu Ciani. Manipulierte Fae in seine Worte. Bemühte sich, überzeugend zu klingen.

Er hätte sich wirklich gern selbst geglaubt.

16

Langsam, vorsichtig kam das Xandu aus den Bergen herab. Biegsame Läufe trotteten leise über weichen Boden, suchten sich einen Weg durch die spitzen, tückischen Findlinge auf der einen und das Gewirr gefallener Äste auf der anderen Seite. Tot, alles war tot. Auch wenn im Tiefland erst der Herbst Einzug hielt – der Winter hatte die Gipfel des Weltende-Gebirges bereits mit Weiß gekrönt, und Kilometer für Kilometer, Zentimeter für Zentimeter würde der Teppich des Lebens, von dem das Xandu und seinesgleichen abhängig waren, von der Kälte des Winters erstickt.

Das Xandu hob den Kopf und hielt die Nüstern in den Wind. Es suchte nach dem Versprechen einer Veränderung. Wie weit konnte es in dieser absoluten Einöde noch gehen? Seine Instinkte beharrten darauf, dass es im Westen Nahrung gab – dichtes grünes Gras, das das Eis des Winters noch nicht spröde gemacht hatte; gekräuselte Blätter, vom Atem des Herbstes rost- und bernsteinfarben, doch noch nicht gefallen. Noch nicht ausgetrocknet. Noch nicht so tot wie dieser Ort – so wie all seine üblichen Weidegründe tot waren; steiniges Land in ausgetrockneten, nutzlosen Schoten, die einst vielleicht zur Nahrung gedient hatten.

Es war ein Jungtier, noch unerfahren mit dem rauen Rhythmus der Jahreszeiten. Noch nicht *bewusst* auf allen Ebenen, dass ein Xandu vielleicht ein Bewusstsein haben konnte. Um seine Läufe wogten die Fae-Gezeiten, aber für das Xandu waren sie so bedeutungslos wie die Sterne, die am Tag aufgingen und die man als Licht gar nicht brauchte. Das Xandu ignorierte sie. Seine einzige Sorge galt nun, neben der Sicherheit, der Nahrung – und es sandte dieses Bedürfnis hinaus und ließ es über das Weltende-Vorgebirge ins Tiefland Echos werfen, ohne es selbst zu wissen.

Und es erhielt eine Antwort. Sie roch nach nichts. An ihr war auch nichts, das das Xandu hätte bestimmen oder worauf es hätte reagieren können. Bezeichnen wir es als ... Gewissheit. Ein erklärendes Richtungsgefühl. Das Xandu war hungrig, und dort war die Nahrung, und wenn es sich mit einer bestimmten Geschwindigkeit in eine bestimmte Richtung bewegte, mussten die Zwillingspfade des *Verlangens* und des *Vorrats* einander schneiden. Das Xandu wusste dies so sicher, wie es die Rhythmen seines Körpers kannte, den Geschmack von Hochgras, das in voller Blüte stand, und den Geruch des Winters. Zweifellos. Und ohne Worte.

Es verfiel in einen Galopp. Seine Läufe prasselten laut über die feste Erde, und es hielt wachsam nach Raubtieren Ausschau. Doch es gab nur wenige Tiere, die ein junges, gesundes Xandu jagen würden. Seine langen, leuchtenden Hörner waren vielleicht nur für Brunftkämpfe gedacht, aber auch sehr wirkungsvoll, wenn es galt, aufgeblasene Räuber aufzuspießen.

Das Xandu war viele Stunden unterwegs. Die Sonne ging im Westen unter, und kurz darauf folgte ihr jener Sternenvorhang, der in Sachen Licht ihr nächster Rivale war. Der Abend senkte sich finster über das Tiefland. Das Xandu fing nun neue Gerüche auf. Eigenartige Gerüche von Pflanzen und Tieren, die in diesem fremden Gebiet heimisch waren. Trotzdem lief es weiter. Hier wuchsen Dinge, die ihm eventuell ebenfalls als Nahrung dienen konnten, doch Nahrung war jetzt nicht mehr seine primäre Sorge.

Dann erblickte es etwas am Horizont. Zuerst war es bloß ein amorpher Umriss, doch als das Xandu näher galoppierte, wurde es deutlicher erkennbar. Ein eigenartiges Tier, das auf den Hinterläufen stand, als habe es sich in sexueller Protzerei aufgerichtet. Das Xandu verlangsamte zu einem Trotten, dann ging es ganz normal. Das Geschöpf strahlte ein dermaßenes Gefühl von *Geradheit* und Vollkommenheit aus, dass das Xandu nicht daran dachte, sich zu fürchten. Es hatte Nahrung gesucht, und Nahrung gab es hier. Bald würde es Wärme brauchen, und hier war ein Geschöpf, das über das Feuer herrschte. Und wenn das Xandu sich einsam fühlte ... Hier, in diesem Geschöpf, war ein Gefährte für den Winter, der die Verwüstungen der Eis-Zeit an seiner Seite besiegen und es dann freilassen würde, damit es seinesgleichen suchte, wenn der Frühling wieder kam.

Wortlos, mühelos nahm es das Verlangen des Fremden auf. Im Inneren seines Körpers verlagerten unsichtbare Moleküle ihre Ergebenheit von einem chemischen Muster zum anderen; Instinkte, die bis zu diesem Augenblick bloß geruht hatten, wurden von neuem Leben erfüllt, und andere – die zuvor seine Handlungen vorgeschrieben hatten – versanken im Halbschlaf. Und das Xandu wusste, ohne zu verstehen, wie, dass auch das eigenartige Geschöpf ein anderes geworden war. Und dass die Veränderung natürlich und richtig war.

Dann griff das Fremde in seine Haut – eine falsche Haut, fiel dem Xandu auf, die es um sich geschlungen hatte – und brachte Nahrung hervor, die es dem Xandu schenkte. Und dann mehr und noch mehr, bis der Hunger des Xandu gestillt war. Es bot ihm auch Wasser an, das in seine zur Schale geformten Handflächen fiel, und das Xandu trank.

Dann schwang das Geschöpf sich auf den Rücken des Xandu, und auch das war richtig und genau so, wie es sein sollte. Und zwar so sehr, dass es dem Xandu plötzlich seltsam erschien, wieso es ein solches Geschöpf noch nie zuvor getragen hatte.

Sie wandten sich nach Norden und verringerten in energischem Galopp die Strecke zwischen ihrem Aufenthalts- und ihrem Zielort.

17

Es gelang ihm nicht.
Senzei saß allein in der Mitte der Lichtung und versuchte seinen Geist zu beruhigen. Seit sie dem Mann im Dae begegnet waren, schepperten seine Nerven wie hundert gleichzeitig losgehende Wächter. Deswegen fiel es ihm schwer, sich zu konzentrieren. Bei jedem seiner Versuche, das Fae zu packen und zu manipulieren, schob sich die Erinnerung an Gerald Tarrant in seinen Weg.

Es störte ihn. Und es wollte nicht aufhören, ihn zu stören. Er hatte den Eindruck, dass Tarrant irgendwie mit ihnen gespielt hatte. Doch er wusste nicht, wie oder warum.

Lass dich nicht davon beeinflussen. Nicht zu sehr. Wir müssen wissen, wohin Cianis Angreifer gegangen sind und was sie vorhaben ... Wenn du es nicht auf die Reihe kriegst, dies wahrzunehmen, hättest du auch zu Hause bleiben können.

Und dieser Gedanke hatte seinen eigenen Schmerz.

Vielleicht war es nur so, dass Tarrant in seinem Inneren einen sich widersprechenden Emotionensturm ausgelöst hatte: Verlangen, Wut und Neid auf einmal, alles als Antwort auf seine offensichtliche Macht. Vielleicht war es auch etwas viel Unheilvolleres: Es konnte sein, dass Tarrant zwischen ihnen eine Verbindung installiert hatte: eine unterschwellige Verbindung zwischen sich und den drei Reisenden, die auf dunklere Absichten hinwies. Doch zu welchem Zweck?

Es gibt nur eine Möglichkeit, es rauszukriegen, dachte Senzei ergrimmt.

Er hatte den Gefährten seine Befürchtungen nicht mitgeteilt. Noch nicht. Damien war den ganzen Morgen mürrisch gewesen, und Senzei argwöhnte, dass irgendetwas, das Tarrant getan hatte, als er mit ihm allein gewesen war, die Ursache dafür war. Er hatte keinen Grund, es noch zu verschlimmern. Und Ciani ... Sein Brustkorb verkrampfte sich vor Kummer, wenn er nur an sie dachte. Sie würde zwar nur stumm leiden, aber er würde es in ihren Augen sehen und ein schlechtes Gewissen kriegen, weil er derlei spürte. Weil er überhaupt etwas spürte. Am liebsten hätte er sie angeschrien: *Du hattest die Kraft, du hattest sie, und du hast sie verloren, wie konntest du es nur zulassen!* Als wäre es ihr Fehler gewesen. Als hätte sie dieses Ereignis verhindern können.

Trotz der relativen Morgenwärme fröstelte er. *Keiner von uns ist so vernünftig, wie er es gern wäre. Mögen die Götter uns daran hindern, dass wir uns entzweien.*

Ein plötzliches Rascheln versetzte den Busch hinter ihm in Bewegung. Senzei verdrehte sich, um die Ursache zu erkennen, und sah Ciani am Rand der Lichtung stehen.

»Ich wollte dich nicht unterbrechen«, sagte sie schnell. »Damien hat nur gesagt, ich soll mal nachsehen, ob du schon aufbruchsbereit bist.«

Damit wir bei Sonnenuntergang das nächste Dae erreichen, dachte er. *Und uns wieder einschließen können, damit wir sicher sind.*

Die Antwort liegt hier, in der Nacht. Tarrant hat es gewusst.

»Komm her«, sagte er leise und tätschelte den Boden neben sich.

Ciani zögerte, dann trat sie auf die Lichtung und setzte sich hin. »Ich möchte dich nicht stören«, sagte sie.

»Ich wollte manipulieren. Wenn du willst, kannst du mitmachen.«

In ihren Augen: freudige Erregung. Furcht. Verlangen. Senzei bekämpfte den Instinkt, sich abzuwenden, weil er wusste, wie weh es ihr tat.

Meine Götter. Habe ich so für sie ausgesehen? Hat das Schicksal nicht mehr getan als unsere Rollen umzukehren?

Er nahm ihre Hand in die seine. Ihre Finger griffen ineinander. Er hielt sie fest, ihre Handflächen lagen aneinander, bis es möglich war, das Pochen ihres Pulses in seinem Leib zu spüren, sich vorzustellen, dass ihre Blutströme irgendwie miteinander verbunden waren – und durch diese Verbindung sämtliche Fertigkeiten, die eine Manipulation möglich machten.

Na schön, du Lump. Ich kann offenbar erst dann wieder manipulieren, wenn mein Verstand mit dir fertig geworden ist. Schauen wir also mal dorthin, wo du bist und was du vorhast.

Er ließ seinen Willen an den Fae-Strömungen entlang suchen und registrierte das deutliche Nach-Norden-Zerren, das sich auf alles in dieser Region auszuwirken schien. Das konnte nur der Wald sein, der seinen bösartigen Einfluss ausübte. Bald würde es schwierig sein, in eine andere Region zu manipulieren. Wie konnte ein Adept es ertragen, an einem solchen Ort zu leben, wenn jeder Gedanke von diesem einzelnen Punkt angezogen wurde? Hatte Tarrant nicht behauptet, er sei von irgendwo aus dem Norden hierher gekommen?

Langsam nahm die sie umgebende Landschaft vor seinen besonderen Sinnen Form an. Senzei umfasste fest Cianis Hand und teilte die Vision mit ihr. Der Grund fing an, in einem farblosen Licht zu leuchten. Ströme von Erd-Fae wirbelten wie Nebel um ihre Knie und reagierten auf irgendein ungesehenes Muster tief unter ihnen im Boden. Senzei zog sich zurück – und aufwärts – und zwang seinen Blickpunkt, sich auszudehnen und das sie umgebende Gelände mit in Betracht zu ziehen. Nun konnte er die Lichtung und ihre kleinen, nebeneinander sitzenden Körper von oben sehen. *Höher.* Die Bäume machten Buschwerk Platz, dann offenem Gelände. Er sah eine Straße, sie war mit sich verfärbenden Blättern gesprenkelt. Er folgte ihr nach Süden, wobei ihm das Zerren der gegen ihn gerichteten Strömung auffiel. Bald würde es unmöglich sein, gegen ihr Fließen zu manipulieren. Langsam entfaltete sich vor ihm der Ausblick, den er suchte. Da war das Dae in all seiner schützenden Pracht. Da war das Palisadentor. Ein Lichtfleck markierte jede aktive Fae-Signatur, jeden funktionierenden Wächter. Und da waren die Fußabdrücke, die zur Straße führten, die verblassenden Überbleibsel der Identität aller Reisenden, die sich an die Erde klammerten, über sie gegangen waren und auf der sie einen Abdruck hinterlassen hatten, den Fae-Weise lesen konnten.

Es war keine große Prüfung, jene zu bestimmen, die von Gerald Tarrant stammten. Sie ragten aus den anderen hervor wie ein schwarzer Fleck auf dem Angesicht der Sonne – seine Fährte war so dunkel, dass sie zu vibrieren und den Sonnenschein in ihre Substanz hineinzusaugen schien. Die anderen Fußabdrücke wirkten im Tageslicht schwächer, doch die seinen hatten an Substanz gewonnen. Als sei jeder einzelne eine rohe Narbe auf der Erde, die die Sonnenstrahlen in Angst versetzten.

Das ist nicht schön, dachte er ergrimmt. *Das ist überhaupt nicht schön.*

Er folgte der Fährte mehrere Meter weit und verfolgte Tarrants Spur in Richtung Straße. Dann endete sie. Urplötzlich. Es war nicht so, dass sie langsam verblasste, wie es bei den anderen Fußspuren der Fall war. Auch waren sie nicht mit dem harten Licht einer Manipulation markiert, was angedeutet hätte, dass er seine Spur absichtlich tarnte. Sie hörte einfach auf.

Senzei konzentrierte sich stärker und bemühte sich, alle Sehkraft zu sammeln, die er aufbieten konnte. Das Abbild des Dae wurde schärfer. Tarrants Fährte trat klar, fast schmerzhaft in den Brennpunkt ... und verschwand ebenso plötzlich erneut, und zwar an der gleichen Stelle wie zuvor. Als hätte der Mann hinter diesem Punkt aufgehört zu existieren.

Senzei zog sich aus der Beengtheit des Dae zurück und versuchte, eine neue Perspektive zu finden.

»Was ist, wenn er reitet?«, hauchte Ciani.

Die Vorstellung war derart naiv und gegenüber den Grundlagen der Fae-Gesetze so ignorant, dass Senzei bei ihren Worten beinahe in Tränen ausgebrochen wäre. Seine Konzentration verschwamm und damit auch sein Blickfeld. »Dies hier ist nicht wie eine körperliche Fährte. Man verliert sie nicht, wenn die Füße vom Boden abheben. Sie ist das Ergebnis seiner Präsenz, die sich auf die Strömungen auswirkt ... und die dürfte nicht verschwinden, bloß weil er auf einem Pferd sitzt. Die Fährte sähe vielleicht anders aus, aber sie müsste noch vorhanden sein.«

»Angenommen ...« Ciani zögerte. »Er hat sich verwandelt?«

Senzei schaute sie überrascht an. Seine Vision zerbrach wie zerschlagenes Glas in tausend Scherben. Er gab auf.

»Das ist nicht möglich«, sagte er leise.

»Und warum nicht?«

Senzei holte tief Luft und sammelte seine Gedanken. Er versuchte das Gefühl zu verscheuchen, dass sie irgendwie, aus irgendeiner Richtung überwacht wurden. »Ich nehme an, dass ... Gestaltwandlung technisch machbar ist. Es gibt auch Legenden. Aber niemand, den ich kenne, hat es je vollbracht oder gesehen, dass ein anderer es konnte.« Sein Blick traf den ihren. »*Du* konntest es auch nicht«, sagte er sanft. »Ich habe dich nach dem Grund gefragt. Du hast geantwortet, es erfordert eine absolute Unterwerfung an das Fae. Jene Art von Unterwerfung, die der menschliche Verstand nicht hinnehmen kann. Du hast gesagt, dass einheimische Hexer es vielleicht können. Falls es je einheimische Hexer gegeben hat.«

»Das habe ich nicht gemeint«, erwiderte Ciani.

»Ci, Gestaltwandlerei ...«

»Gestaltwandlerei habe ich nicht gemeint.«

Senzei schaute sie eine volle Minute an und bemühte sich, sie zu begreifen. »Was denn? Was hast du denn gemeint?«

»Angenommen, er ist gar kein Mensch«, sagte Ciani drängend. »Angenommen, er war nur ein ... Trugbild? Eine Maske? Angenommen, er brauchte sie nicht mehr, als er das Dae verließ?«

Er starrte sie sprachlos an.

»Ist es nicht möglich? Mir fällt ein ...«

»Es ist möglich«, brachte er endlich hervor. »Aber die ganze Umgebung wimmelt doch von Wächtern! Nichts, das nichtmenschlich ist, könnte sich auch nur ein paar Meter heranwagen. Am wenigsten in einem falschen Körper.«

»Es ist auch etwas hier eingedrungen, um dem Jungen wehzutun«, sagte Ciani. »Etwas, gegen das die Wächter ihn eigentlich hätten verteidigen sollen.«

Am liebsten hätte er gesagt: *Auch dein Wächter war da, gleich über der Tür. Willst du mir erzählen, dass daran etwas vorbeigekommen ist? Dass er nicht nur unter ihm herspaziert ist, sondern während der ganzen Zeit, in der es da war, einen Scheinkörper aufrechterhalten konnte?*

Doch dann fiel ihm etwas ein, das sie ihm einst erzählt hatte. Er erinnerte sich daran, als würde sie es jetzt sagen, mit leiser Stimme und in einem warnenden Tonfall.

Jeder Wächter hat seine Schwachstelle. Jeder, ohne Ausnahme. Manchmal muss man angestrengt suchen, um sie zu finden, aber sie ist da, und zwar in jedem einzelnen. Was bedeutet, dass die Wächter uns nur so gut beschützen, weil so wenige Dämonen Analysen vornehmen können ...

Meine Spezialität ist die Analyse, hatte Tarrant gesagt.

Senzei drückte fest Cianis Hand. Er hoffte, dass sie seine

Angst nicht spürte. Die Luft erschien ihm plötzlich warm, zu warm. Er löste seinen Kragen und spürte, dass seine Hand zitterte.

Lass die Angst nicht an dich ran. Du darfst sie nicht an dich ranlassen. Ihre Kraft ist von der deinen abhängig. Verlier sie nicht, Senzei.

»Komm«, sagte er. Es gelang ihm, sich aufzurichten. »Gehen wir zu Damien zurück.« Er half ihr auf die Beine. »Ich glaube, er sollte davon erfahren.«

Damien hörte sich an, was sie zu sagen hatten – schweigend, geduldig, ohne sie zu unterbrechen oder Fragen zu stellen, dann antwortete er einfach: »Ich hatte das gleiche Problem. Was einfach nur bedeutet, dass wir ihre Fährte mit Manipulationen nicht aufspüren. Ansonsten bleiben unsere Pläne die gleichen.«

»Damien«, sagte Senzei protestierend, »ich glaube, du verstehst nicht ...«

»O doch«, erwiderte Damien steif. Irgendetwas an seiner Art – die Stellung seiner Schultern, sein Tonfall – verriet eine schreckliche Anspannung. Einen Kampf in seinem Inneren, der erst jetzt zur Oberfläche durchbrach. »Ich verstehe mehr, als dir bewusst ist.«

»Wenn diese Dinger genau vor uns sind ...«

»Ja. Es klingt vernünftig, nicht wahr? Nur, *wie können wir es erfahren?*« Damiens Hände ballten sich an seinen Seiten wütend zu Fäusten, und er schaute sich um, als wolle er jemanden verprügeln. »Ich sage dir, wie. In fünfundzwanzig Wörtern – oder weniger. Wir wissen es, weil Gerald Tarrant es uns *erzählt* hat. Deswegen wissen wir es.« Er holte tief Luft und atmete langsam aus. Er kämpfte darum, die Wut zu beherrschen, die offenbar im Begriff war, ihn zu verzehren. »Seit wir das Dae heute Morgen verlassen haben, habe ich pausenlos darüber nachgedacht. Und ich komme jedes Mal zum gleichen Schluss. *Ich habe seinem Wort vertraut.* Nicht willentlich – nicht mal wissentlich –, sondern wie ein Tier, dass einem Dompteur vertraut. So, wie Laborratten den Männern trauen, die sie füttern, bis sie schließlich den Weg nehmen, den sie wollen. Tarrant hat gesagt, irgendetwas hätte das Gedächtnis des Jungen verschluckt, und ich habe es akzeptiert. Gott weiß, dass ich in dem Moment keinen Grund hatte, ihn zu prüfen. Hätte ich mich in seine Manipulation hineinziehen lassen, weiß ich nicht, was dann passiert wäre. Also habe ich es unterlassen. Versteht ihr, was das bedeutet? Ich habe es selbst nicht *gewusst*. Ich habe ihn beim Wort genommen, doch ich hätte selbst *nachsehen* sollen.«

»Du hättest es nicht wissen können«, sagte Senzei eilig. »Eine solche Macht ...«

»*Verflucht* soll sie sein, die Macht!« Damiens Augen funkelten vor Zorn – auf Gerald Tarrant und sich selbst. »Verstehst du denn nicht? Wenn er *nicht* die Wahrheit gesagt hat; wenn dem Jungen das Gedächtnis *nicht* genommen wurde – was hat ihn *dann* angegriffen? Was hat ihn dann auf diese Weise verletzt und dann eine so vollkommene Abschirmung errichtet, dass außer Mer Tarrant niemand in ihn eindringen konnte? Das müsst ihr euch fragen!«

Er holte tief Luft. Dann noch einmal. Um sich abzuregen. Es klappte nicht. »Ich hätte es bestätigen sollen«, murmelte er. »Und wenn nicht sofort, dann eben später. *Ich hätte es nachprüfen sollen.*«

Senzei zögerte – dann streckte er den Arm aus und legte die Hand auf die Schulter des Priesters. Emotionale Unterstützung, ohne den Druck einer Manipulation. Kurz darauf nickte Damien; er bedankte sich für die Geste.

»Wir können umkehren«, sagte Senzei sanft. »Wenn du es *wissen* musst ...«

»Wir können nicht umkehren. Erstens, weil wir eine Aufgabe erfüllen müssen – und je länger wir sie aufschieben, umso schwieriger wird sie werden. Und zweitens, weil ... weil ...«

Er wandte sich um. Entzog sich Senzeis Griff, so dass er allein stand. Seine Schultern bebten.

»Der Junge ist tot«, sagte er schließlich. »Tarrant hat ihn umgebracht. Versteht ihr? Er hat es als Gnadentod bezeichnet. Vielleicht war es sogar einer. Aber verdammt günstig, meint ihr nicht auch? Gott«, hauchte er dann mit zitternder Stimme. »Was habe ich da nur gesehen?«

»Was möchtest du tun?«, fragte Senzei leise.

Damien schaute ihn und Ciani wieder an. Seine Augen waren gerötet. »Wir gehen nach Kale«, erwiderte er. »Auf direktem Weg. Wenn Tarrant Recht hat und die Dinger den Jungen angegriffen haben, haben sie fast zwei Tage Vorsprung, so dass wir sie nicht unabsichtlich überholen können. Wenn er sich geirrt hat ... können sie überall sein. Hinter uns, vor uns, inzwischen sogar wieder im Land der Rakh. Ich könnte ihre Position ebenso wenig bestimmen wie du, Sen. Darin hat er Recht; eine solche Manipulation muss bei Nacht erfolgen. Aber in Kale. In der relativen Sicherheit der Begrenzungen einer Stadt. Nicht hier draußen ... wo das Lagern außerhalb eines Dae bedeutet, dass wir uns Gott weiß was aussetzen.«

»Glaubst du, er steckt mit ihnen unter einer Decke?«, fragte Ciani ängstlich.

»Ich weiß nicht, was er ist – und ich möchte es auch gar nicht wissen. Er bereitet irgendein Spiel vor, vielleicht nur zu seiner Unterhaltung, vielleicht aber auch aus einem finsteren Grund heraus. Ich sage, wir spielen nicht nach seinen Regeln. Das bedeutet, dass wir, wie geplant, auf geradem Weg nach Kale gehen. Ohne Umwege zu machen, ohne Aufschub. Und was am wichtigsten ist: ohne Vorstöße in die Nacht. Wir bitten alle Daes, dass sie ihre Türen geschlossen halten. Wenn er die Nacht so dringend braucht, soll er in ihr bleiben. Einverstanden?«

»Und wenn er sie wirklich jagt?«, fragte Senzei.

»In diesem Fall«, murmelte Damien, »wünsche ich ihm Kraft. Ich hoffe, dass er sie erledigt.«

Er schaute auf die sich vor ihnen ausbreitende Straße, die nach Norden, dem Wald entgegen führte, und fügte hinzu: »Mögen sie ihn mitnehmen, wenn er sie tötet.«

18

Als die Abenddämmerung kam, machte Tobi Zendel sein letztes Netz fest, und da seine Aufmerksamkeit völlig auf die vor ihm liegende Aufgabe gerichtet war, bemerkte er die sich nähernde Gestalt nicht. Er hörte sie erst kommen, als sie Planken der kleinen Pier warnend knarrten.

»Gottverdammte ...« Er drehte sich um, um zu sehen, was hinter ihm stand. Die anatomisch komplizierte Lästerung, die er gerade ausspucken wollte, gefror stumm auf seinen Lippen. »Verflixt«, sagte er leise, denn gegen dieses Wort konnte niemand etwas haben.

Die vor ihm auf der Pier stehende Gestalt war eine komisch gekleidete Frau. Sie war ungefähr so groß wie er, also klein. Außerdem war sie schlank und feinknochig, mit kleinen, hohen Brüsten – obwohl diese von ihrer Kleidung ein wenig verborgen wurden, so dass es ihm schwer fiel, ihren genauen Reiz zu bewerten. Sie war mit eng anliegenden Stoffen bekleidet, die möglicherweise echte Gewänder waren, doch eher wie eine Verpackung wirkten. Handschuhe verbargen ihre Hände, und ein Schal, der eng um ihren Kopf und ihren Hals geschlungen war, verbarg ihren Rest vor jedem Blick, das Gesicht ausgenommen. Dieses war fein gemeißelt und fein gefärbt – ein klares Goldbraun, das vollkommen zu ihren Kleidern passte – und eigenartig weich, als sähe er es durch Milchglas.

»Verzeihung, Mes.« Er hauchte die Worte, als verlange ihre Anwesenheit irgendwie Stille. »Ich hab Sie nur nicht kommen sehen. Kann ich ... Kann ich was für Sie tun?«

Sie schaute zur Schlange hinaus, als suche sie etwas. Einige Sekunden später machte sich ihr Blick an einem fernen Punkt jenseits der Meerenge fest, und sie deutete mit dem Arm auf ihn. Eine Frage, ein Befehl.

Tobi warf einen Blick über seine Schulter, dorthin, wohin sie deutete. Und er lachte irgendwie nervös. »Morgot? Das ist nicht drin, meine Dame.« Die Spitzen ihrer Handschuhe waren, wie ihm auffiel, aufgeschlitzt; dünne, gekrümmte Krallen, wie die einer Katze, blitzten in den Öffnungen. »Das geht die Meerenge rauf, gegen die Strömung ... da haben sie Pech. Wenn Sie dahin übersetzen wollen, nehmen Sie die Fähre nach Kale. Da nimmt man sie bestimmt mit – wenn der Preis stimmt.«

Die Frau griff in eine Stofffalte an ihrer Hüfte und zückte einen kleinen Beutel.

»Es geht nicht ums Geld, meine Dame. Mein Hals ist mir was wert. Verstehen Sie? Es ist 'ne gefährliche Überfahrt. Und ich bin ein Feigling.«

Langsam senkte sie den Arm. Und wartete. Er wollte gerade wieder etwas sagen, als er eine Bewegung bemerkte, oben, am Anfang der Pier. Diesmal war es kein Mensch. Es war ein ... ein ...

Götter der Erde, Götter Arnas. Ein Xandu?

Es war so groß wie ein Pferd und sah auch ungefähr so aus, doch damit endete die Ähnlichkeit auch schon. Dichtes Fell glänzte auf seinen Gliedmaßen und büschelte sich dick um fünfzehige Läufe. Es war überwiegend perlengrau, doch eine Mähne aus dickem weißem Haar zierte seinen Brustkorb und seine Schultern. Kleine weiße Büschel markierten seine Lauscherspitzen. Sein Kopf war schmal und spitz, seine großen Augen so angeordnet, dass sie sowohl zu einem Raub- wie zu einem Beutetier passten. Und seine Hörner ... Er musste sich zusammenreißen, um die Hände nicht auszustrecken und sie zu berühren; die Hände nicht auf ihre kühle Regenbogenlänge zu legen und festzustellen, dass sie tatsächlich, ja, echt waren. Das Geschöpf war echt. Ein echtes Xandu, von dem die Menschen glaubten, sie hätten es schon vor vielen, vielen Jahren zum Aussterben manipuliert.

Zendel musterte die Frau. Ihre Augen waren so schwarz, dass man weder ihre Iris noch das Weiß in ihnen sah, sondern nur die Pupillen. Und er sagte mit leicht zittriger Stimme: »Wollen Sie es eintauschen? Wenn Sie es mir geben, mach ich es. Dann setz ich Sie über. Da drüben gibt's auch Reittiere, verstehen Sie? Auf Morgot können Sie ein Reittier kaufen. Also, Sie wissen doch, wo man an ein Xandu rankommt, oder? Dann wäre es ja nicht so, als würde ich Ihnen was nehmen, das Sie nicht ersetzen könnten.« Er gab sich große Mühe, zusammenhängend zu reden, obwohl seine Gier und seine Verwunderung sich in seinem Inneren verschworen, ihm die Gabe des Sprechens zu nehmen. »Also ... dafür würde ich das Risiko eingehen.«

Sie schaute ihn an, dann das Xandu, dann wieder ihn. Schätzte ihn ab. Dann bewegte sie leicht den Kopf. Zendel hielt es für ein Nicken.

»Wenn Sie wollen, können wir sofort.« Er machte Anstalten zum Ablegen und löste die Taue, die er gerade erst befestigt hatte. »Es ist ganz sicher draußen auf dem Wasser. Es sei denn, Sie wollen auf den Sonnenaufgang warten ...«

Die Frau trat schweigend an den Rand der Pier. Ihre weichen Lederstiefel erzeugten kein Geräusch. Einen Moment lang war sie ihm so nahe, dass er Einzelheiten ihres Gesichts sah – und er gewann den Eindruck, dass die goldene Oberfläche keine Haut war, sondern ein kurzes Fell. Er schüttelte sich. Dann war sie an ihm vorbei und trat ins Boot. Tobi schaute dorthin, wo das Xandu wartete – und stellte fest, dass es schon neben ihm war, bereit, an Bord zu kommen. Kurz darauf trat er beiseite und gestattete es ihm.

Mit klopfendem Herzen – in seinem Kopf wirbelten Gedanken, die mit Ruhm und bevorstehendem Reichtum zu tun hatten – löste er sein Boot von den Anlegepfosten und setzte Segel zur nördlichen Caldera.

19

Fünf gefahrlose Tage und Nächte lagen nun hinter ihnen. Fünf Daes, die sie vor unbekannten Dämonenjägern beschützt hatten – und vor Entscheidungen.

Damien träumte. Anfangs mischten sich nur nebelhafte Bilder – Vignetten der Furcht – mit Erinnerungsfetzen: ein Angstmosaik. Dann gewannen die Träume an Substanz und Bestimmung. Nacht für Nacht spielte er die gleiche Saga durch: ihre Reise, ihre Ankunft, die endliche Konfrontation. Und Nacht für Nacht sah er, in immer anderen Variationen, seine Gefährten sterben. Er starb auch selbst, unter den Händen eines Geschöpfs, das seine Erinnerungen aus ihm herausquetschte wie sämigen Saft aus einer überreifen Frucht und die Schale anschließend fortwarf.

Wieder und wieder. Ohne Hoffnung auf Erfolg. Weil das, was sie hatten, nicht reichte. Sie waren zu wenige und wussten zu wenig. Ihnen fehlte die *Macht*.

Böse ist, was man daraus macht, hatte der Verkünder geschrieben. *Bindet es an einen höheren Zweck, und ihr werdet seine Natur verändern.* Und: *Wir setzen die Werkzeuge ein, die wir brauchen.*

Damien fragte sich, ob man Gerald Tarrant binden konnte. Und wie.

Die Hafenstadt Kale unterschied sich krass von Jaggonath. Der Stadtplan war ein wahrer Irrgarten aus engen, gewundenen Straßen, die von Häusern flankiert wurden, die man in aller Eile gebaut und größtenteils nicht gut in Schuss gehalten hatte. Arm und Reich wohnten nebeneinander. Arbeiterhütten lehnten sich an die dicken Steinmauern der Villen reicher Kaufleute – die von Stacheldraht bewehrt waren, um die Neugier von Fremden abzuschrecken –, die wiederum von Arbeitshäusern flankiert waren, der knickerigen Enge von Mietshauswohnungen und den in Eisen geschlagenen Hülsen massiver Lagerschuppen. Die Straßen waren früher vielleicht mit Steinen gepflastert gewesen, und gelegentlich hatte auch eine flache Shallitplatte – dunkelgrün, schiefergrau oder mitternachtsschwarz – unter den Lagen aus Schlamm, Trümmern und tierischen Exkrementen hervorgelugt, die nun alles in Sichtweite zu bedecken schienen. Der ganze Ort roch: nach Feuchtigkeit, nach Dung, nach Verfall. Aber hier gab es Handel genug, um Tausende zu unterstützen. Und wo der Handel florierte, versammelten sich unausweichlich Menschen.

Sie trafen kurz vor der Abenddämmerung ein und vergeudeten die nächste Stunde damit, dass sie sich gründlich verliefen. Als die Sonne langsam hinter den mit Mehltau bedeckten Mauern versank, wurde der Straßenirrgarten erstickend schwül. Endlich packte Senzei sich einen vorbeischlendernden jungen Burschen – einen dreckigen Zehnjährigen, der offensichtlich mehr Zeit hatte, als er zu vergeuden wusste – und bot ihm ein paar Münzen an, damit er ihnen als Führer diente. Der Junge warf einen kurzen Blick auf den sich verdunkelnden westlichen Himmel, als wolle er darauf hindeuten, wie gefährlich es sei, zu dieser späten Stunde Geschäfte abzuschließen, doch als ihm nicht mehr Geld geboten wurde, hustete er und nickte und führte sie durch das Labyrinth der verwinkelten Straßen in einen etwas viel versprechenderen Bezirk.

Die Windrichtung wechselte und kam nun von der Meerenge her: salzige Luft voller würziger Versprechungen. Hier leerte der Stekkis-Fluss sein frisches Wasser und seinen Schlamm in jene edle Rohrleitung, die Arnas große Ozeane verband und die Menschenländer in zwei Teile spaltete. Hier, gleich hinter den weißen Wassern der Naigra-Fälle (man hatte sie, so hieß es wenigstens, nach einer ähnlichen Formation auf der Alten Erde benannt), wurden Waren, die über den Fluss kamen, gewogen, bemessen, verpackt, bewertet und in die etwa hundert Städte verschickt, die die ganze Länge der Schlangen-Meerenge flankierten. Goldene Figurinen aus Iyama ruhten in versiegelten Kisten neben kostbaren Gewürzen aus Hade und Frühlingswein aus der Grafschaft Merentha. Reisende Kaufleute versammelten sich in von Lampen erhellten Tavernen, tranken einhändig Kale-Bier und legten einander die finanzielle Zukunft dieser oder jener Nation auseinander.

»Lasst uns Zimmer mieten und etwas essen«, sagte Damien. »Und unsere Sachen verstauen. Danach ... Ich glaube, wir sollten uns hier mal gründlich umsehen.«

Fünf Reisetage über die Handelsstraßen des Ostens hatten endlich ihr Ende gefunden – und nach Damiens Geschmack keinen Moment zu früh. Fünf endlose Tage, die sie damit verbracht hatten, einen Kilometer nach dem anderen hinter sich zu bringen, in den Nächten in Daes zu hocken wie furchtsame Erdhörnchen, die sich in der Abenddämmerung eingruben, damit das, was die Nacht als sein Zuhause bezeichnete, sie nicht schnappte. Und auch fünf Tage, in denen sie sich vor Tarrant versteckt hatten, auch wenn sie diese Strategie anders nannten. Sie hatten dafür gesorgt, dass jedes Dae begriff, dass sich dort draußen etwas befand, dem verzweifelt daran gelegen war, hereinzukommen. Damit niemand es wagte, die Türen zu öffnen. War es notwendig? War es vorsichtig? Damien wusste es nicht mehr genau.

»Vielleicht bedeutet er gar keine Gefahr für uns«, hatte Ciani gesagt.

Wie konnten sie sich dessen sicher werden?

Kale. Damien atmete die üppigen Gerüche mit Erleichterung ein, sein Herz klopfte mit neu gefundener Heiterkeit. Die zurückgelegten Kilometer waren zwar notwendig, aber ermüdend gewesen. Ein Weg, auf dem man keine Wahl hatte treffen müssen. Doch nun konnten sie anfangen, ernsthaft zu planen. Konnten anfangen, das Netz zu weben, das ihre Gegner schließlich anlocken und Ciani befreien würde.

Die Angreifer mussten hier durchkommen. Vielleicht waren sie schon in der Stadt. Vielleicht nutzten sie die Gelegenheit, um sich zu nähren, da sie sich an einem so finsteren und anonymen Ort sicher fühlten. In diesem Fall ... gut. Die Schlacht konnte auch hier stattfinden, auf menschlichem Boden; so brauchte niemand ins Gebiet der Rakh vorzustoßen. Ach, vielleicht beschlossen sie es trotzdem, nachdem alles vorbei war – aber dann, weil sie es so wollten, und nicht, weil es eine Notwendigkeit war. Vielleicht konnten sie die Länder erforschen, die der Mensch aufgegeben hatte. Wie einst Ciani. Wer wusste schon, welche Geheimnisse dort, im Schatten des Weltende-Gebirges, vielleicht auf sie warteten?

Dann dachte er an Ciani und ihre Verletzlichkeit und murmelte: »Wir lassen sie nicht allein.« Senzei nickte und bewegte sich näher an sie heran. »Jedenfalls nicht, bevor wir wissen, ob diese Dinger sich in der Stadt aufhalten.«

»Soll ich eine Weissagung machen?«, fragte Senzei.

Damien überlegte. »Zuerst gehen wir essen. Dann suchen wir eine Unterkunft für uns und die Pferde. Danach.«

Bis dahin würde es Nacht sein. Der Dämon/Adept Tarrant (Damien fragte sich, was er war. Konnte er etwa beides sein?) hatte gesagt, man könne die Fährte der Geschöpfe am besten bei Nacht verfolgen. Sie konnten es ja mal versuchen, um zu sehen, ob es stimmte. Einen Versuch machen. Es war das Risiko wert. Oder nicht?

Wir müssen uns der Nacht sowieso bald stellen, dachte

er trocken. *Im Lebensbereich der Rakh gibt es keine Luxushotels.*

(Im gleichen Moment, in dem ihm dieser Gedanke kam, stellte er sich Cianis Stimme vor – zärtlich und verlockend wie immer –, die ihn provokant fragte: *Woher wissen wir das?*)

Sie bekamen Zimmer in einem Gasthof an einer felsigen Seite, an der jeder Eingang mit Wasserspeiern versehen war. Sie waren zwar nicht manipuliert, wie Damien auffiel, aber hässlich genug, um jeden Dämon mit einem Gefühl für Ästhetik zu vertreiben. Primitive Eisengitter vor den Fenstern; sie waren zu irgendeiner Art Sigil-Zeichen verdreht. Auch sie waren nicht manipuliert. In der ganzen Stadt konnte man das Nichtvorhandensein von Manipulation spüren, führte Senzei aus, und das tat nach der starken Konzentration von Wächtern in Jaggonath und den Daes doppelt weh.

Es ist fast wie daheim, dachte Damien. Eigenartigerweise war es beruhigend.

Sie aßen. Eigenartige Dinge, gefangen in der See, überschwemmt mit einheimischen Gewürzen. Schwammige Fleischtentakel in Cremesoße, Saugnäpfe, in feine Ringe geschnitten und gebacken, irgendetwas Kleines und Spinnenartiges, an dem Kopf und Beine noch erhalten waren: *Reißen Sie den kleinen Biestern selbst die Beine aus,* stand auf der Speisekarte. Kale war stolz auf seine Meeresnahrung.

Und hinterher, zum Nachtisch, ein Gefühl der Erwartung, das so schneidend war, dass sie es beinahe schmecken konnten. Die bloßen Süßigkeiten waren im Vergleich dazu mild, und einer nach dem anderen schob sie beiseite.

»Es ist Zeit«, murmelte Damien. »Gehen wir.«

Sie hatten diese Pension auf Grund einer besonderen Einrichtung gewählt: Sie hatte ein flaches, leicht erreichbares Dach. Für eine kleine Bestechungssumme – »Nennen Sie es Schadensersatz«, hatte der Geschäftsführer gesagt – war Damien an den Schlüssel herangekommen. Nun, als der Abend zunehmend dunkler wurde und nur noch wenige Sterne und ein einzelner Mond am Himmel standen, traten sie aus der verräucherten Enge der Pension aufs Dach hinaus, auf dem es ziemlich kalt war.

Das Erd-Fae würde hier oben schwach sein – doch das war gut, wie Senzei meinte. Gut, dass der verderbliche Einfluss des Waldes deswegen verdünnt war, bevor er versuchte, ihn zu manipulieren. Damien musterte seinen Gefährten und sah die Furcht in seinem Blick. Die Erregung. *Er ist in seinem Element,* dachte er. *Endlich.*

Damien lockerte sein Schwert in der Scheide. Dann, als fiele ihm etwas ein, zog er es heraus. Man konnte nicht wissen, welche Art Geschöpf eine solche Manipulation zu ihnen führte oder wie schnell es auftauchen würde. Er sorgte dafür, dass Ciani sicher auf seiner anderen Seite stand, bevor er Senzei zunickte: *Ja. Fang an.*

Der dunkelhaarige Manipulator holte tief Luft, stabilisierte sich und fing an, eine Sichtung zu weben.

Energie. Eine riesige, endlose Meereslandschaft aus Energie – Wirbel, Strudel und Wellenkämme; Erd-Fae, so flüssig und tief, dass es an den Seiten des Gasthofes hochschwappt und vor seinen Augen einen Nebel grenzenlosen Potenzials in die Luft schießen lässt. Welche Pracht! Einen Moment lang kann Senzei sie nur anstarren, den Anblick in sich aufnehmen. Es ist so viel! So ... ungebändigt. Chaotisch. Potent. Er betrachtet die sterile Stadt, ihre von keinem Wächter geschützten Mauern und die unmanipulierten Tore und schüttelt verblüfft den Kopf. Wie kann so etwas sein? Wie kann diese Art Energie existieren, ohne dass jemand kommt, um sie zu zähmen? Die Stadt könnte von Hexern wimmeln – sollte für Hexer etwas bieten – müsste in den Reihen der Fae-Klugen als Brennpunkt der Energie bekannt sein. Warum ist es nicht so? Was gibt es dort, was seine Augen nicht sehen können, was sie daran hindert, hier zu sein?

Er öffnet sich der Energie, heißt ihre Wildheit in seinem Innersten willkommen. Nicht langsam, wie es seine Absicht gewesen war. Nicht vorsichtig, wie er weiß, dass es getan werden müsste. Freudig – überschwänglich – die Barrieren seiner Seele weit aufgestoßen, der Kern seines Ichs entblößt. Und das Fae strömt in ihn hinein. Eine Ekstase, die stärker ist als jede sexuelle, durchflutet seine Glieder: der Geschmack der wahren Energie. Hier, an diesem Ort, könnte er alles tun. Brauchen sie Informationen? Sie sind da, man muss sie nur wahrnehmen. Brauchen sie Wächter? Hier, er könnte vielleicht einen Bewacher bauen, der ganze Epochen überdauert. Hatte er die Adepten von Jaggonath beneidet? Trotz all ihrer Weitsicht haben sie dies nie gekostet! Er schüttelt sich vergnügt und ehrfürchtig, als die Energie ihn durchfließt – wilde Energie, ganz und gar undiszipliniert; Fae, dem es nur an seiner Beherrschung mangelt, um Substanz und Ziel zu erlangen.

Dies ist Leben, denkt er. Dies ist das, wozu ich bestimmt war!

Im fernen Norden, hinter der Taille der Schlange, steigt eine Mitternachtssonne auf. Ein schwarzer Kreis von ebenholzfarbener Schwärze, jettrein; ein Ding, das man nur spüren, doch nicht sehen kann. Sie saugt alles Licht der Welt in sich auf, sämtliche Farben und Strukturen, die im Fae enthalten sind: hinein in die kristalline Schwärze, die Anti-Sonne. Er mustert sie mit Bewunderung und Grauen und denkt: Dort, wo sich alle Energie wie Materie in einem Schwarzen Loch konzentriert ... dort ist die Energie, die wir für diese Queste brauchen. Energie, um das Gebiet der Rakh zu erschüttern, den, den wir suchen, zu töten und nebenbei die Erde zu bewegen!

Und eins ist so sicher wie der Nachthimmel über ihm, die breite Scheibe Dominas, die über ihnen sichtbar wird: Er allein kann diese Energie kanalisieren und dazu bringen, dass sie ihrem Ziel dient. Wer noch? Ciani bestimmt nicht, denn ihr hat man ihr Können genommen. Auch nicht Damien, dessen priesterliche Manipulationen zu sehr dem Intellekt verhaftet sind, mit Fragen der Moral, Korrektheit und der Erwecker-Philosophie ... Nein, er, Senzei, ist der Einzige, der diese schreckliche Kraft beherrschen und dazu bringen kann, ihrem Willen zu dienen.

Senzei hat den Eindruck, dass sein Leben dazu bestimmt war, sich auf dies vorzubereiten, ihn auf diesen einzigen Moment vorzubereiten. Er greift hinaus zur Quelle der Energie – in der Absicht, sie zu nehmen, zu formen, damit sie ihn formt – doch irgendetwas packt ihn von hinten und zwingt ihn zurück. Er wehrt sich wild dagegen, wie ein Tier, das in einem Netz gefangen ist. Dort, in der Ferne – dort ist Freiheit, dort ist Energie! Er spürt, dass er gezwungen ist, einen Schritt zurückzugehen, dann noch einen – und dann schreit seine Seele zornig auf, denn er wird gezwungen, immer weiter von dem schwärzer werdenden Morgengrauen fortzugehen. Weiter fort vom einzigen Ding, das ihm die Energie geben kann, nach der es ihn verlangt; dem einzigen Ding, das ihm Frieden schenken kann. Das Fae strömt um ihn herum vorwärts, sich seines Leidens nicht bewusst. Er greift wild nach der ansteigenden Flut, versucht sich mit ihr zu verbinden, damit sie ihn mit sich fortträgt, dem Punkt aus Energie entgegen ... doch irgendetwas ist ihm im Weg; irgendetwas, das seinem Körper in einem plötzlichen Ausbruch von Schmerz die Luft entzieht, bis ihm auf Grund seiner schieren Kraft schwindlig wird und er fällt. Sein Kopf schlägt fest auf den Boden auf. Oder ist es das Dach? Seine Sinne schalten nacheinander ab, als die schwarze Sonne und seine gesamte Vision verblassen ...

Licht. *Echtes* Licht. Mondlicht, das auf Dachpappe fiel. Senzei stöhnte und wandte sich von ihm ab. Suchte nach Dunkelheit. Irgendwo. Dann wurden langsam andere Dinge deutlich. Menschen. Cianis innig geliebtes Gesicht, von Angst verzerrt. Damiens lodernder Blick, in dem irgendetwas Undefinierbares funkelte. Senzei hatte Kopfschmerzen. Er konnte es nicht analysieren. Auch sein Bauch tat weh. Er empfand einen pochenden Schmerz, der von einem echten körperlichen Schaden kündete. Er legte die Hand auf seinen Unterleib und zuckte zusammen. Vorsichtig, sehr vorsichtig.

»Was ... ist passiert?«

»Du wolltest vom Dach spazieren«, sagte Damien ruhig. »Ciani hat versucht, dich festzuhalten. Ich habe eingegriffen, sobald ich konnte.« Eine kurze Kopfbewegung deutete auf die dunkelrote Flüssigkeit an seiner Klinge und die dunklen Umrisse, die blutend überall um sie herumlagen. In Senzeis Schläfen pochte der Schmerz. »Ich habe noch nie gesehen, dass sich etwas so schnell manifestiert«, sagte Damien. In seiner Stimme war ein eigenartiger Ton, den Senzei nicht identifizieren konnte. »Auch nicht in solchen Mengen. Bist du in Ordnung?«

Senzei schaute über den niedrigen Rand des Dachs nach Norden. Dorthin, wo das Erd-Fae noch immer floss und nun auch für seine unmanipulierten Sinne sichtbar war. In seinen Augenwinkeln sammelte sich Feuchtigkeit. Er blinzelte sie fort und spürte, dass sie langsam über seine Wangen lief.

»Ja«, hauchte er. »Ich glaube schon. Es war ...« – er schüttelte sich – »unglaublich.«

»Wahrscheinlich eher ungezähmt. Wir hätten es wissen sollen. Wir hätten es vermuten sollen, als wir die Stadt sahen.« Damien zückte ein Taschentuch und wischte sein Schwert ab. »Ich glaube, jetzt wissen wir genau, warum in Kale so wenig manipuliert wird, nicht wahr? Auch wir müssen diesem Winkel ausweichen – zumindest so lange, bis wir außerhalb der Reichweite von *dem da* sind.« Er deutete mit dem Kopf nach Norden und steckte sein Schwert in die Scheide zurück. Dann reichte er Senzei die Hand. »Kannst du stehen?«

Senzei zögerte kurz, dann nickte er. Er brauchte mehrere Versuche, doch endlich gelang es seinen Gefährten, ihn aufzurichten. Ihm war, als seien seine Glieder aus Gel gemacht, als könnten sie ihn kaum tragen.

»Es hätte dich reingezogen«, sagte der Priester ruhig. Eine Frage.

Senzei zögerte. Dachte nach. »Ja, ich glaube schon. Ich wollte zu ihm hingehen. Ich wollte, dass es mich ... verschluckt. Damit ich ein Teil von ihm werde. Ihr ... Ihr könnt es nicht wissen.« Er würgte die Worte hervor. Das schreckliche Gefühl, etwas verloren zu haben, erfüllte ihn. Und Angst. Er konnte nicht mehr tun, als stumm den Kopf zu schütteln. »Danke. Danke.«

»Komm mit.« Ciani hängte sich bei ihm ein, um ihm beim Gehen zu helfen. »Lasst uns reingehen. Wir können später darüber reden.«

»Ein Adept«, murmelte Senzei. »Könnt ihr euch das vorstellen? Endlos mit dieser Vision zu leben ... Man würde in ihr ersaufen ...«

»Darum gibt es in Kale keine Adepten«, erinnerte Damien ihn. »Hast du deine Aufzeichnungen vergessen?«

Es sei denn, jetzt ist einer hier, dachte Senzei. *Es sei denn, Tarrant ist uns gefolgt.*

An der Tür, die ins Gebäude führte, hielt Damien an. Er

schaute über die von Teerpappe bedeckte Ausdehnung des Dachs hinweg auf die etwa ein Dutzend Dämonen, die ihre Substanz langsam im Mondlicht verbluteten.

»Verdammt noch mal«, murmelte er. »Es wird uns ein hübsches Sümmchen kosten, das hier reinigen zu lassen.«

Er ist immer praktisch veranlagt, dachte Senzei. *Wer sonst würde sich darüber Gedanken machen?*

Liebe Freunde, wenn ihr hättet sehen können, was ich gesehen habe ...

Dann glitten seine Gedanken in die Dunkelheit hinein und in die selige Taubheit des Schlafs.

Mitternacht. Und etwas mehr. Eine Stunde Frieden, selbst so nahe am Strudel. Ciani schlief – endlich – tief und fest, und Senzei befand sich noch immer in der Vergessenheit seiner Heiltrance. Das Trio teilte sich eine Suite, was sich als ihrer Situation gegenüber als perfekt erwies: So konnte Damien seine Gefährten zwar leicht überwachen, doch wenn einer zufällig in der Nacht wach wurde und sich umschaute, bevor er wieder einschlief, konnte er nicht sehen, dass er gegangen war. Für den Fall des Falles hatte er eine Notiz auf seinem Kopfkissen hinterlegt, aber eigentlich rechnete er nicht damit, dass jemand sie fand. Er würde, wenn sie erwachten, längst zurück sein. Und wenn alles glatt ging, brachte er auch ein paar neue Antworten mit.

Die Stadt an sich war still, und zwar so sehr, dass er das leise Plätschern des Salzwassers hörte, das gegen das felsige Ufer schwappte, an dem Kale lag. Er näherte sich dem Geräusch, indem er es als Kompass nutzte, um sich durch die engen, verwinkelten Straßen zu manövrieren.

Wie der größte Teil der nördlichen Küste bestand auch die Uferlinie Kales aus einer Reihe schartiger Klippen und Überhänge, die Reisenden wenig Gastfreundschaft erwiesen.

Damien bahnte sich langsam einen Weg nach Westen, dem Hafen entgegen. Natürliche Grotten waren tief unter ihm ins Gestein geschnitten, und hin und wieder flog aus einer solchen etwas Dunkles heraus und zog kreischend über die gezackten Untiefen hinweg. Seiner Meinung nach war es kein guter Ort für Boote oder Männer. Aber er war weitaus sicherer als die Meeresufer, die von einer endlosen Prozession von Tsunamis verdroschen wurden. Und so hatte der Mensch diese Küste gezwungen, überall dort einen Hafen zu akzeptieren, an dem es auch nur den geringsten Einschnitt für einen solchen gab, und fand sich mit dessen Unzulänglichkeiten ab. Arna war eine raue Geliebte.

Bald wurde der Klippenrand, den er überquerte, niedriger. Ein schmaler Pfad führte ihn um mehrere größere Hindernisse herum an einen Ort an dem die Erde, von zu vielen Beben erschüttert, eingesunken war. Ein Berg aus schartigen Findlingen fiel dort zur Schlange hin ab, bedeckt von einem Netz hölzerner Gehwege und Treppen, die den sicheren Abstieg zwar anstrengend, doch möglich machten.

Damien kletterte mühsam hinab und bemerkte, dass sich rund um die dort vertäuten Boote etwas tat. Arnas opponierende Monde riefen ein kompliziertes System von Ebbe und Flut hervor, deswegen musste man die wenigen Gelegenheiten, die sich boten, jedes Mal beim Schopf ergreifen. In der Stadt ging das Leben vielleicht zurück, wenn die Sonne sank, doch die Flotten Kales ruhten nie.

Schließlich erreichte er eine breite Strandpromenade, die ihn ungefähr auf eine Höhe mit dem Uferrand brachte. Lange Piers erstreckten sich kilometerlang über dem Wasser und überbrückten die von Findlingen übersäten Untiefen. Bei Flut war es Booten vielleicht möglich, nahe ans Ufer heranzukommen, bei Ebbe mussten die Seeleute nach dem Anlegen allerhand zu ackern haben. Damien fragte sich kurz, warum man nicht etwas Permanenteres getan hatte, um das Land auszufüllen oder es gründlich auszubaggern. Dann fiel ihm ein, wo er war, und er sagte sich: *In diesem Teil der Welt gibt es keine Permanenz. Was der Mensch zu bauen sich entschließt, kann ein Erdbeben im Nu verschwinden lassen. Es ist besser, flexibel zu bauen – oder zumindest vorübergehend – und sich den launischen Wutanfällen der Natur anzupassen, wenn sie sich ergeben.*

Nun, da er darüber nachdachte: Hatte sich der Stekkis-Fluss nicht vor einigen Jahrhunderten ein neues Bett gesucht? War Merentha nicht einst die Hafenstadt an seiner Mündung gewesen, statt Kale? Es musste schwer sein, Zeit oder Geld in eine Stadt zu investieren, die morgen vielleicht keinen Wert mehr hatte. Das allein konnte eine unheimliche Menge über das Aussehen der Stadt erklären.

Damien beobachtete einige Zeit die Männer, die sich auf den Piers bewegten, und beurteilte die unterschiedlichen Facetten ihrer Aktivitäten. Ganji-auf-den-Klippen hatte einen ähnlichen Hafen, deswegen war es keine schwierige Aufgabe für ihn, Parallelen zwischen ihnen zu ziehen. Nach einer Weile glaubte er zu sehen, was er suchte, und bahnte sich einen Weg an das östlichste Ende der Docks, dorthin, wo die Klippen anfingen aufzuragen. Dort war ein kleines Boot vertäut, dessen relativ flacher Rumpf für unwirtliche Häfen bestens geeignet war. Als er näher kam, sah er, dass es über starke Masten und am Heck eine kleine Dampfturbine verfügte. Sein Eigner vertraute zwar der Technik nicht, hatte aber genügend Grips, sich ihrer im Notfall zu bedienen. Ausgezeichnet. Damien analysierte die Größe des Bootes, seine vermutliche Geschwindigkeit, die an Bord vorhandene Raummenge und nickte. Es war viel versprechend.

Er ging dorthin, wo das kleine Schiff vertäut war. Zwei Männer machten sich an Deck zu schaffen. Sie stapelten den

Rest irgendeiner kostbaren Fracht aufeinander. Ein Dritter stand am Bug und schaute ihnen zu. Als Damien auftauchte, schaute er zwar kurz auf, schenkte ihm ansonsten aber keine Beachtung. Damien wartete. Die Fracht wurde auf einen groben Handwagen verladen, an dessen Seite das Emblem irgendeiner Spedition eingebrannt war. Als er voll war, reichten die beiden Männer dem dritten Dokumente, die dieser im Mondlicht las. Dann nickte er. Erst als die Arbeiter den Handkarren packten und ans Ufer zogen – erst als sie außer Hör- und fast außer Sichtweite waren –, schaute der Mann am Bug zu Damien hin und kam zu ihm herüber.

»Kann ich Ihnen helfen?«

Damien deutete mit dem Kopf auf das Boot. »Gehört es Ihnen?«

Der Mann musterte ihn. »Kann schon sein.«

»Ich möchte eine Passage buchen.«

Der Mann sagte nichts.

»Ich bin bereit, gut dafür zu zahlen.«

Der Mann kicherte. »Das trifft sich verdammt gut. Ist nämlich nicht billig.«

Damien zog verächtlich einen kleinen Lederbeutel aus der Tasche und schüttelte ihn, damit das Scheppern der Münzen, die er enthielt, deutlich hörbar wurde.

Die Nasenflügel des Mannes flatterten wie die Nüstern eines Tiers, das seine Beute witterte. »Wo wollen Sie hin?«

»Nach Osten. Ans Südufer. In die Nähe der Achron-Mündung. Sind Sie interessiert?«

Der Mann hustete und spuckte ins Wasser. »Für Geld kriegen Sie so 'ne Überfahrt nicht.«

»Wofür dann?«

»Sie brauchen 'n Lotsen mit Selbstmordabsichten. Aber das bin ich nun mal nicht. Das ist die schlimmste Küste an der Schlange.« Der Schiffer grinste und entblößte fleckige Zahnstummel. »Wie wär's, wenn Sie anderswo Urlaub machen, hm? Ich hab gehört, im Norden soll es einen guten Fluss geben.«

»Es ist geschäftlich«, erwiderte Damien knapp.

»Dann tut's mir wirklich Leid.« Der Schiffer warf einen gierigen Blick auf Damiens Börse, doch sein Gesichtsausdruck wurde nicht nachgiebiger. »Diese Fahrt ist der Tod auf kleiner Flamme. Und darauf bin ich nicht scharf. Übrigens auch kein anderer. Es sei denn, Sie finden einen Narren unter den Söhnen der Kaufleute, der 'ne nagelneue Jacht hat, die er auflaufen lassen will ... Aber auch dann würden Sie schon bei der Landung mit ihm ins Gras beißen. Haben Sie das gerafft?«

Damien öffnete den Beutel und schüttete zwei Goldmünzen auf seine Handfläche. Der Schiffer riss die Augen auf.

»Vielleicht kennen Sie jemanden, der uns fahren würde.«

Der Mann zögerte – es sah so aus, als sei er heftig zwiegespalten –, doch dann schüttelte er den Kopf. »Nicht in Kale, Mer. Ich kenn keinen, der blöd genug wär, es zu versuchen. Tut mir Leid.« Er lachte leise. »Mir fällt für das Geld nicht mal 'ne gute Lüge ein.«

Damien wollte gerade etwas sagen, als eine andere Stimme – so glatt wie die Nacht und fast ebenso ruhig – sich einmischte.

»Ich glaube, der Herr kennt den Wert Ihrer Währung nicht.«

Damien drehte sich schnell zu der Stimme um und stellte fest, dass Gerald Tarrant keine drei Meter von ihm entfernt stand.

»Lassen Sie mich mal«, sagte der große Mann und verbeugte sich leicht.

Nach einer Weile nickte Damien. Tarrant kam näher – und zog eine dünne goldene Scheibe aus seiner Jacke. Er zeigte sie dem Schiffer.

Die Seite, die Damien sah, zeigte ein vertrautes Bild: Es war die Erdscheibe, die Tarrant schon in Briand gezeigt hatte. Doch das, was sich auf der anderen befand, ließ das Gesicht des Schiffers unter den Stoppeln erbleichen und seine Kinnlade herunterklappen.

»Sagen Sie ihm, was er wissen muss«, sagte Tarrant ruhig.

Der Schiffer warf einen Blick hinter sich – nach Norden, über die Schlange hinweg – und stammelte dann: »Hier nicht. Verstehen Sie? Sie müssen nach Morgot gehen. Dort finden Sie wahrscheinlich Männer, die Ihnen helfen können. Morgot.«

Damien schaute Tarrant fragend an, und dieser sagte: »Eine Insel. Sie liegt nördlich von hier. Eine zum Hafen ausgebaute Caldera. Sie dient gelegentlich als Zwischenstation für ... nun, sagen wir, Menschen von zweifelhaftem Ruf.«

Seine Hand fuhr so glatt und schnell auf Damien zu, dass dieser nicht rechtzeitig reagieren konnte. Er nahm die Goldmünzen aus seiner Hand und gab sie dem Schiffer. Ein leichtes Kältegefühl traf das Fleisch des Priesters dort, wo sie einander fast berührt hatten.

»Sie bringen seine Gruppe morgen nach Morgot hinüber.« Tarrants Tonfall ließ keinen Widerspruch zu. Es war schwer, genau zu sagen, ob die Bedrohung nun genau aus seinen Worten oder seiner Haltung kam. »Und keine Fragen. Einverstanden?«

Der Schiffer nahm das Geld linkisch an sich, als wisse er nicht genau, in welcher Form seine Akzeptanz erfolgen solle. »Ja, Herr«, sagte er leise. »Natürlich, Herr.« Er kletterte aufs Deck seines Gefährts und verschwand eilig in der Kabine. Nachdem einige Minuten vergangen waren, ohne dass er wieder auftauchte, wandte Tarrant sich Damien zu, und seine Miene zeigte die deutliche Befriedigung, dass der Mann sie nicht mehr stören würde.

»Verzeihen Sie, dass ich mich in Ihre Geschäfte eingemischt habe.«

Damien zwang sich, auf die Freundlichkeit seines Gegenübers zu antworten statt auf das, was seiner Meinung nach unter ihrer Oberfläche lag. Denn dabei bekam er eine Gänsehaut. »Macht nichts. Ich danke Ihnen.«

»Ich nehme an, damit haben Sie das, was Sie in dieser Nacht zu finden hofften«, sagte Tarrant ruhig.

»So ist es«, erwiderte Damien.

Tarrant lachte leise. »Sie sind ein merkwürdiger Mensch, Priester. Mutig genug, um es mit den Dämonen von Kale aufzunehmen, ganz zu schweigen von den bösartigen Machenschaften der Rakh ... aber nicht zuversichtlich genug, um die Feuerstelle in einem Dae mit einem anderen menschlichen Reisenden zu teilen.«

»Sind Sie einer?«, fragte Damien spitz.

Tarrants Ausdruck spannte sich kaum merklich. Seine blassen Augen wurden schmal. »Ob ich was bin?«

»Menschlich.«

»Ah. Wir wollen doch nicht philosophisch werden, oder? Sagen wir mal, ich wurde als Mensch geboren, wie Sie ... Doch welchen Weg man anschließend nimmt ... Wir machen doch nicht immer nur das, was unseren Müttern gefallen hätte, oder?«

»In Ihrem Fall ist das wohl eine Untertreibung.«

Tarrants silberner Blick traf den seinen. Kalt. Eiskalt. Tote hatten vielleicht solche Augen. »Sie vertrauen mir nicht, was?«

»Nein«, sagte Damien offen heraus. »Sollte ich?«

»Manche haben es getan.«

Ciani möchte es auch, dachte Damien. *Aber ich werde es nie tun.*

»Sie haben den Jungen umgebracht. In Briand.«

»Ja. Ich habe Ihnen den Grund genannt.«

»Und ich habe ihn geglaubt – damals.« Aus dem Gesichtsausdruck Tarrants war unmöglich abzulesen, ob er auf den Bluff hereinfiel oder ihn sofort durchschaute. Damien beschloss, das Risiko einzugehen. »Damals habe ich noch nicht gewusst, was ich jetzt weiß.«

»Ah.« Tarrants Blick fixierte ihn, durchstach seine Formulierung, wägte seine Seele ab. »Ich habe Sie unterschätzt«, sagte er schließlich. »Entschuldigung. Wird nicht wieder vorkommen.«

Damien hatte den Eindruck, in diesem Spiel Punkte gemacht zu haben, obwohl er nicht mal wusste, wie es hieß. Oder ob er die Regeln je erfahren würde. Er deutete auf das Boot, das vor ihnen vertäut war, in dessen Kabine der Schiffer vermutlich noch immer kauerte. *Er zeigt sich wahrscheinlich erst wieder, wenn wir weg sind,* dachte er. Dann korrigierte er sich: *Sobald Tarrant verschwunden ist.*

»Was haben Sie ihm gezeigt?«

Tarrant zuckte die Achseln. »Ich habe nur darauf hingewiesen, dass ich die Situation verstanden habe.«

»Und die ist?«

»Morgot spielt Gastgeber für eine ganze Reihe legaler Schiffsfrachtunternehmen. Es ist aber auch ein Zufluchtsort für Schmuggler und andere unappetitliche Typen. Der Mann hat Sie für irgendeinen einheimischen Inspektor gehalten, der hinter irgendeinem Freiberufler her ist. Für jemanden, der seinen Freunden schaden will.« Dann fügte er leise hinzu: »Wenn man in sich dieser Gegend umtut, ohne die Regeln zu kennen ... kann es schwierig werden.«

»Und Sie kennen die Regeln.«

Tarrant zuckte die Achseln. »Dies ist meine Heimat.«

»Kale.«

Keine Antwort. Nur stille, unausgesprochene Erheiterung.

»Er hat *Herr* zu Ihnen gesagt«, sagte Damien.

»Ein uralter Ehrentitel. Manch einer verwendet ihn noch. Macht Ihnen das Sorgen?«

Damien wich Tarrants Blick nicht aus, und wenn er noch so blass und kalt war. Plötzlich verstand er, was den Mann so gefährlich machte. *Beherrschung.* Er beherrschte sich, seine Umgebung ... und jeden, der mit ihm zu tun hatte.

»Man hat fast den Eindruck«, sagte Damien leise, »dass wir die gleiche Beute jagen.«

»Sieht so aus.«

»Aus dem gleichen Grund?«

Tarrant zuckte erneut die Achseln. Die Geste war alles andere als beiläufig. »Ich möchte, dass sie sich aus dem Lebensbereich der Menschen fern halten. Wenn sie unterwegs draufgehen ... umso besser.«

Damien zögerte. Ihm war, als balanciere er am Rand eines Abgrunds; als könne ihn alles und jedes – die falschen Worte, sogar die falschen Gedanken – abstürzen lassen. Doch er wusste, weshalb er hergekommen war. Was er tun musste. Auch wenn es ihm vielleicht nicht gefiel, aber seine Träume hatten es ihm verdeutlicht.

»Wir sind hier, um sie umzubringen.«

Tarrant lächelte nachsichtig. »Ich weiß.«

»Meine Freunde glauben, Sie könnten uns helfen.«

»Sie hingegen nicht.«

Diesmal war Damien mit dem Schweigen an der Reihe.

Ein Mundwinkel Tarrants zuckte leicht. Lächelte er? »Wir dienen der gleichen Sache«, sagte er dann. »Wenn Sie mir schon nicht trauen wollen, vertrauen Sie darauf.«

»Sollte ich Ihnen trauen?«

»Ich würde sagen ...« Tarrant lächelte kopfschüttelnd. »Nein. Sie nicht.«

»Aber Sie sind bereit, uns zu helfen.«

»So lange, wie unsere Wege die gleichen sind – und unsere Ziele miteinander vereinbar – ja.« Tarrant deutete auf das Boot neben ihnen und auf die Caldera in der Ferne. »Ich dachte, das hätte ich klar gemacht.«

Damien atmete ein und bemühte sich, sein Unbehagen zu regulieren. Es war gefährlich, diesem Mann von ihren Schwächen zu berichten – aber wenn er ihnen helfen sollte, ließ es sich nicht vermeiden. Es gab keine andere Möglichkeit.

»Wir haben die Fährte verloren«, sagte er leise und beobachtete Tarrants Reaktion. »Wir können das Fae hier nicht manipulieren.«

»Das kann kaum jemand«, sagte Tarrant zustimmend.

»Die Strömungen sind ...«

Tarrant brachte ihn mit einer Geste zum Schweigen.

Einen Moment lang stand er nur da, und seine Nasenflügel bebten, als prüfe er die Luft. Dann wandte er sich der Küste zu. Ziemlich beiläufig, als wolle er sich lediglich die sich dort brechenden Wellen anschauen. Er hob eine Hand, führte aber keine Geste aus. Damien hörte nicht mal den geflüsterten Schlüssel einer Fesselung.

Minuten vergingen.

»Sie sind nicht hier«, sagte Tarrant schließlich. »Nicht in Kale.« Er schaute eine Weile länger nach Süden, dann fügte er leise hinzu: »Aber sie haben diesen Weg genommen. Ohne Frage.«

»Wissen Sie das genau?«

»Ihr verderblicher Einfluss ist unmissverständlich.« Tarrant drehte sich wieder zu ihm um – und einen Moment lang wirkten seine Augen nicht grau, sondern schwarz und sein Blick endlos leer. »Außerdem ist dies der einzige Weg, den sie nehmen können, wenn sie nach Hause wollen. So brauchen sie nicht zu schwimmen – oder über das Weltende-Gebirge zu klettern.«

»Und wie kommt es, dass Sie das Fae hier manipulieren können?«

Tarrant lächelte. Seine vollkommenen weißen Zähne glitzerten im Mondschein. »Nennen Sie's Übung.«

»Das ist alles?«

»Es ist genug. Sie sind voller Fragen, Priester. Es ist nicht meine Art, mich zu erklären.«

»Wie schade. Ich würde gern wissen, mit wem ich unterwegs bin.«

Tarrant wirkte amüsiert. »Ist das eine Einladung?«

»Wir haben gerade eine Überfahrt nach Morgot gebucht. Sie sind willkommen, daran teilzunehmen ... Es sei denn, Sie schwimmen lieber.«

»Danke, das überlasse ich lieber den Fischen. Aber ja, ich werde morgen mit ihnen reisen. Solange wir den gleichen Weg haben, können Sie auf mich zählen.«

Er wandte sich um, als wolle er gehen – dann schaute er Damien noch einmal an. »Wir brechen natürlich erst in der Abenddämmerung auf. Ich bin im Sonnenschein nicht so gern unterwegs. Aber das haben Sie doch schon vermutet, nicht wahr? Sie vermuten doch so viel.« Er lächelte und neigte unmerklich den Kopf. »Bis morgen, Pastor Vryce.«

Damien schaute sprachlos zu, als Tarrant an der Pier entlangging und schließlich in dem Dunkel verschwand, das das Ufer verhüllte. Dann ballten sich seine Hände langsam zu Fäusten, die er sie schließlich entspannte und erneut ballte. Er wollte ein wenig von der Spannung abbauen, damit die Nacht ihm nicht mit seinen eigenen Ängsten zusetzte. Das Letzte, was er nun brauchen konnte, war ein Kampf gegen blindlings vorgehende Dämonen. Er musste nachdenken.

Was getan ist, ist getan. Du hast deine Entscheidung getroffen, und nun musst du mit den Konsequenzen leben. Auf Gedeih und Verderb.

In der kleinen Kabine des Bootes rührte sich etwas, wie eine Reaktion auf die plötzlich entstandene Stille. Kurz darauf lugte der Schiffer hinaus. Als er sah, dass Damien noch anwesend war, zog sich er langsam zurück.

»Er ist weg«, sagte Damien schnell. »Aber ich muss noch was mit Ihnen besprechen.«

Der Mann zögerte, dann kam er an Deck. »Ja?«

»Wegen der Reise morgen.« Damien spürte, dass er sich versteifte, und rang darum, die Spannung aus seiner Stimme zu vertreiben. »Wir können erst nach der Abenddämmerung auslaufen.«

Der Mann schaute ihn nur an. »Hab ich mir schon gedacht«, sagte er schließlich. »Wenn Sie mit einem von denen unterwegs sind, ist das die normale Zeit.«

Er wollte sich gerade umdrehen, als Damien ihm mit einer Geste zu verstehen gab, dass er noch nicht fertig war.

»Ja?«

»Was war auf dem Medaillon, das er Ihnen gezeigt hat?« fragte er forsch. »Was war seine Bedeutung?«

Der Mann zögerte. Eine Minute lang sah es so aus, als wünsche er sich, anderswo zu sein. Wo auch immer. Damien wartete. Schließlich murmelte der Mann: »Der Wald. Der Jäger. Seine Diener tragen diesen Sigil.« Er schaute zu Damien auf; seine Miene war eine einzige Warnung. »Wir legen uns nicht mit denen an. Ich schlage vor, Sie tun es auch nicht. Jedenfalls nicht in dieser Gegend.« *Am besten nirgendwo*, schien sein Blick zu sagen. »Die sorgen füreinander. Ihre Feinde sterben. Ohne Ausnahme. Haben Sie verstanden?«

»Ich verstehe«, sagte Damien leise. Er hörte, dass seine Gedanken in seinem Inneren Echos warfen, wie die eines Fremden.

Böse ist das, was man daraus macht.

Wir setzen die Werkzeuge ein, die wir brauchen.

»Verdammt noch mal!«, zischte er wütend, als der Mann außer Hörweite war.

Es dauerte noch eine ganze Weile, bevor er sich auf den Rückweg machte.

20

Die Sonne stand noch hell am Himmel, als Tobi Zendels dampfbetriebenes Boot sich dem Kai von Morgot näherte. Er legte vorsichtig am anderen Ende des Hafens an. Es waren nur wenige Menschen da, und dies bedeutete wenig Polizei und Inspektoren. Es war Absicht. Mit dem Xandu – und einem verdammt eigenartigen Passagier – an Bord war er darauf bedacht, jedem Uniformträger aus dem Weg zu gehen.

»Wir sind da«, sagte er zu ihr. Er warf ein Tau über einen geeigneten Pfosten und sprang auf den Kai, um es festzumachen. Das Boot rieb sich sanft am kalten, geschwollenen Holz. »Tut mir Leid, dass ich mit dem Boot nicht näher rankann, aber ... Na ja.« Er streckte einen Arm aus, um ihr auf den Kai zu helfen, aber sie blickte geradewegs durch ihn hindurch, als sei es unter ihrer Würde, ihn anzusehen. Nach einem Moment zog er die Hand zurück. Die Frau trat leichtfüßig an den polierten Bootsrand und machte von dort aus ohne zu zögern oder auszurutschen einen Schritt übers Wasser auf die stabilere Oberfläche des Kais.

»Sie haben schnell gelernt, wie man sich auf See bewegt, das steht mal fest.« Tobi griff nach einem Tau am Heck des Bootes und befestigte auch dieses. Dann überprüfte er alle beide. »Hören Sie ... Bevor ich zurückfahre, muss ich 'n bisschen Treibstoff besorgen. Kommen Sie mit, dann zeig ich Ihnen den Weg zu den Einrichtungen für die Reisenden, in Ordnung?«

Sie erwiderte nichts. Tobi tätschelte liebevoll die letzte Vertäuung, dann warf er einen unbehaglichen Blick auf sein Boot. »Glauben Sie, ich soll es anbinden? Also, ich hab es ja drinnen gelassen und so ... Aber die Wände sind verdammt dünn, das wissen Sie ja. Sie sollen eigentlich nur verhindern, dass es reinregnet.« Er schaute sie kurz an. Ihr Gesichtsausdruck war nichts sagend. »Was meinen Sie?« Noch immer nichts. Schließlich zuckte er die Achseln und kletterte auf das sich langsam verlagernde Deck zurück.

Die Frau wartete.

Kurz darauf war aus dem Inneren der Kabine ein Zischen zu hören. Irgendeine schnelle Bewegung, ein Stöhnen und ein scharfer Aufprall gegen die Wand. Dann: Stille.

Sie wartete.

Das Xandu trat aus der Kabine und schüttelte sich schnell, wie eine Katze, die nass geworden war. Es schaute die Frau an, dann den abgelatschten Kai und schließlich die sie trennende Entfernung. Dann setzte es mit einem kräftigen Sprung über sämtliche Hindernisse hinweg. Seine Läufe landeten auf den dicken Planken neben ihr, und seine Zehennägel gruben sich wegen des Gleichgewichts in das weiche Holz.

Die Frau zog wortlos ein Stück Stoff aus der Tasche an ihrer rechten Hüfte. Dann wischte sie die Hörner des Xandu ab, denn sie waren voller Blut und Meeresgischt.

Sie gingen dorthin, wo die Bäume begannen, und sie versicherte sich, dass sie ein ganzes Stück außer Sichtweite waren, bevor sie aufsaß.

21

Gerald Tarrant traf pünktlich zum Sonnenuntergang ein. Seine Größe und Haltung ließen ihn sogar von Ferne aus den Einheimischen herausragen: Sein weit ausholendes, leichtfüßiges Schreiten kontrastierte mit ihrem kurzbeinigen Gehetze, seine flüssige Eleganz stand gegen ihre unkultivierte Einfachheit. *Aristokratisch,* dachte Damien. Im Erweckersinn des Wortes. Er fragte sich, wieso ihm dieses Adjektiv nicht schon früher eingefallen war.

Die Pferde waren nervös, seit man sie wie Fracht von der östlichen Klippenwand heruntergelassen hatte. Nun, als Tarrant auf sie zukam, wurden sie noch aufgeregter. Damien trat näher an sein Reittier heran und legte eine Hand auf seine Schulter. Durch die Berührung konnte er die Furcht des Tiers spüren, eine Urreaktion auf Gefahren, die es zwar empfand, aber noch nicht begreifen konnte.

»Ich weiß, wie dir zu Mute ist«, murmelte er und streichelte es.

Gerald Tarrant war, wie immer, die Freundlichkeit in Person. Und wie immer umgab ihn eine finstere Unterströmung, die sein vornehmes Gesicht nicht ganz verbergen konnte. Es war, wie Damien bemerkte, stärker als zuvor. Vielleicht auch nur offensichtlicher. War es eine Reaktion auf das örtliche Fae, das dazu neigte, sich zu intensivieren und bösartiger zu werden? Oder war es einfach so, dass die Maske der Gutmütigkeit, die er normalerweise trug, nun, in der Nähe seines Zuhauses, ein wenig verrutscht war?

Oder deine mehr als blühende Fantasie macht Überstunden, warnte er sich. *Senzei und Ciani haben nicht die geringsten Probleme mit ihm.*

Was nicht ganz stimmte. Senzei war zwar freundlich, aber

Damien kannte ihn gut genug, um die Spannung in seinem Verhalten zu erkennen. Die Enthüllung von Tarrants Herkunft hatte ihn nicht mehr erfreut als Damien. Ciani hingegen ...

Tarrant schritt mit vollendeter Eleganz zu ihr hin, nahm ihre Hand in die seine und verbeugte sich. Damien sah sich zähneknirschend gezwungen, den Charme des Mannes anzuerkennen.

»Pass auf sie auf«, murmelte er, und Senzei nickte. Tarrants Anbindung an den Jäger hätte eigentlich genügen müssen, um Ciani auf Distanz zu halten – wäre sie nicht Ciani gewesen und hätte sie nicht schon vor dem Angriff das Wissen um seiner selbst willen geschätzt, ohne den »verderblichen Einfluss« moralischer Bewertung. Damien machte sich mit abnehmender Laune klar, wie der Jäger und das ihn umgebende Geheimnis sie anziehen musste. Es bedeutete ihr wahrscheinlich wenig, dass er Frauen zur Entspannung quälte. Derlei war für sie wahrscheinlich nur eine weitere interessante Tatsache. Zum ersten Mal hatte er einen Eindruck von dem, was die Neutralität einer Sagenmeisterin bedeutete. Dabei drehte sich sein Magen um. Er hatte es noch nie zuvor auf diese Weise gesehen.

Tarrant kam zu Damien hin, als er bei den Pferden stand. Damien trat instinktiv näher an sein Reittier heran, um es zu beschützen. Tarrant betrachtete die Tiere einen Moment. Seine Nasenflügel zitterten leicht, als er ihre Witterung aufnahm. Dann berührte er sie leicht, eins nach dem anderen. Einfach so. Sobald er sie anfasste, beruhigten sie sich, und als er sie losließ, richteten sie die Nase den Deckplanken entgegen, als stellten sie sich vor, sie seien nicht auf See, sondern auf ihrem Lieblingsweidegrund.

»Meins nicht«, sagte Damien warnend.

»Wie Sie wünschen.« Der Kapitän und Bootseigner trat zu ihnen. Der schmuddelige Schiffer vom Tag zuvor hatte sich nach einer Rasur und einem Kleiderwechsel zwar in etwas Ordentlicheres, aber nicht unbedingt Unterwürfiges verwandelt. Er hielt Tarrant jedoch eindeutig für den Leiter der Expedition.

»Willkommen an Bord, Herr.«

»Der Wind ist angemessen?«, fragte Tarrant.

»Ausgezeichnet, Herr. Natürlich.«

»Er wird so bleiben, bis wir Morgot erreichen«, versprach Tarrant.

»Danke, Herr.«

Tarrant schaute sich an Deck um und musterte alles: die Reisenden, ihr Gepäck, die nun braven Reittiere. Und Damien, dessen Pferd nervös über die Planken scharrte. Er nickte beiden erheitert und nachsichtig zu, dann sagte er forsch zu ihrem Kapitän: »Alles in Ordnung. Wir können ablegen.«

»Ja, Herr.«

Die Vertäuung wurde gelöst, die Segel gehisst, um den Wind einzufangen, und sie setzten sich in Bewegung. Der Kai blieb zurück, sie kreuzten durch den Hafen und dann aufs Meer hinaus. Dunkle Wellen, vom Mondschein gekrönt, ihr Kielwasser war blauweiße Gischt. Als die Fahrt für ihre Zwecke glatt genug verlief, holte Senzei seine Karten heraus und schaute sie sich mit Ciani an. War er darauf aus, ihren Enthusiasmus zu entfachen? Damien krümmte sich bei der Erinnerung, wie lebhaft sie noch vor ein paar Tagen gewesen war. Und er verspürte den alten Schmerz über den Verlust der Frau, die er so gut gekannt hatte.

Nach einer gewissen Zeit ging er an den Bug des Schiffchens und versuchte den Umriss von Morgot auszumachen. Doch die Insel war zu finster, zu klein oder noch zu weit entfernt. Einen Moment lang glaubte er in der Ferne Berge zu erblicken – aber nein, es mussten niedrig hängende Wolken sein, die seine Augen narrten. Die nördlichen Berge waren viel zu weit entfernt, als dass man sie von hier aus hätte sehen können.

»Sie sind besorgt.«

Damien fuhr herum, wie er es bei der Nahkampfausbildung gelernt hatte. Wie gelang es dem Mann nur, sich so dicht an ihn heranzuschleichen, ohne dass er es merkte?

»Sollte ich es nicht sein?«, gab er steif zurück.

Tarrant lachte leise. »Hier, wo kein Rakh-Dämon Sie erreichen kann? Vergessen Sie die Macht tiefer Gewässer nicht, Priester. Auf dem Wasser können Sie eure Fährte nicht wittern.«

Damien stellte sich so hin, dass er aufs Wasser hinausschauen konnte, ohne Tarrant aus dem Blickfeld zu verlieren. Sie waren auf allen Seiten kilometerweit von Wasser umgeben, das gleichermaßen über die Erde und das Erd-Fae floss. Tief unter ihnen, dem Blick verborgen, flossen die Strömungen weiterhin nordwärts, doch sie klammerten sich an die Oberfläche der Erdkruste. Hier, über den Wellen, war eine solche Kraft nicht zugänglich. Fae-geborene Geschöpfe vermieden es deswegen in der Regel, Gewässer zu überqueren. Seichte Wasser konnten sie ihrer speziellen Kräfte berauben, tiefe Wasser kosteten sie vielleicht das Leben.

Damien fragte sich, ob das Geschöpf, das man den Jäger nannte, eine solche Überquerung überleben konnte. War das der Grund, weswegen er seine Jünger – seine Konstrukte – aussandte und den Wald selbst nie verließ? Oder war seine Gestalt einfach so *unmenschlich*, dass die Männer, die aus beruflichen Gründen die Meerengen durchfuhren, auf seine Annäherungsversuche nur schwach reagierten – es sei denn, sie wurden von einem eleganten und höfischen Charakter wie Gerald Tarrant angesprochen?

Immer mit der Ruhe, Priester. Eine Queste nach der anderen. Lass uns zuerst im Land der Rakh aufräumen, dann können wir uns den Wald ansehen. Zu viele Schlachten zur gleichen Zeit werden dich alles kosten.

Schwarzes Wasser, blassblaue Monde. Domina stand über ihnen, stieg auf, als sie nach Nordwesten segelten, und die weißere Sichel Cascas erhob sich im Westen: ein himmlisches Gegenstück. Einen Moment lang spürte Damien, dass sich ein größeres Muster zwischen ihnen formte, als gesellten sich zu den Gezeiten des Lichts und der Schwerkraft jene der Rhythmen der lunaren Rotation in einem feinen, sich stets verändernden Netz der Macht hinzu. Dann war der Moment vorbei und die Nacht nur noch dunkel.

»Ja«, sagte Tarrant leise. »Das war es.«

Damien schaute zu ihm auf.

»Gezeiten-Fae. Die feinste Kraft überhaupt – und die mächtigste.« Seine Silberaugen schauten auf Damien hinab, reflektierten das kalte Blau des Mondscheins. »Sie haben Glück, Pastor Vryce. Nur wenige Menschen kriegen so etwas zu sehen.«

»Es war wunderschön.«

»Ja«, sagte Tarrant zustimmend. In seiner Stimme war eine eigenartige Stille. »Die Gezeitenkraft ist so.«

»Kann man sie manipulieren?«

»Nicht solche wie Sie oder ich«, erwiderte Tarrant. »Manchmal können Frauen sie sichten. Doch nur sehr selten. Doch mir ist kein Mann bekannt, dem es je gelungen wäre. Diese Kraft ist zu unbeständig. Sehr gefährlich.«

Damien schaute ihn an. »Sie haben es versucht«, sagte er leise.

»In meiner Jugend.« Tarrant nickte. »Ich habe alles versucht. Aber gerade das Experiment hätte mich beinahe umgebracht.« Seine blassen Augen funkelten irgendwie erheitert. »Beruhigt Sie die Vorstellung, dass ich sterben könnte?«

»Wir sind alle sterblich«, erwiderte Damien schroff.

»Wirklich?«

»Wir alle. Selbst Fae-Geborene.«

»Fae-Geborene ganz sicher. Ihnen mangelt es an Innovation – und deswegen an Initiative –, um dies zu ändern. Aber der Mensch? Wo all diese Kraft nur darauf wartet, dass man sie einspannt? Haben Sie noch nie von Unsterblichkeit geträumt, Priester? Haben Sie sich nicht mal gefragt, was das Fae für Sie tun könnte, wenn Sie es anschirren würden, um dem Tod ein Schnippchen zu schlagen?«

In Damiens Innerem rührte sich etwas – es war zur einen Hälfte Stolz, zur anderen Glaube. Es war die Essenz seiner Kraft, und er übte sie stolz aus. »Ich glaube, Sie vergessen den Gott, dem ich diene«, sagte er zu Tarrant. »Menschen meiner Art fürchten weder den Tod, noch bezweifeln sie ihre persönliche Unsterblichkeit.«

Für einen kurzen Moment zeigte Tarrants Gesicht etwas auf eigenartige Weise Menschliches. Eigenartig Verletzliches. Dann war der Moment vorbei, und die kalte, spöttische Maske befand sich wieder an Ort und Stelle. »Eins zu null«, murmelte er mit einer leichten Verbeugung. »Ich hätte wissen müssen, dass es nichts bringt, einem Menschen Ihrer Art mit Rhetorik zu kommen. Entschuldigen Sie.«

Dann ging er abrupt fort und gesellte sich zu den anderen. Damien schaute nur hinter ihm her. Er fragte sich, was er in Tarrants Gesicht gesehen hatte – das Flüchtige, das eigenartig *Menschliche* – und wieso der kurze Hinweis auf etwas Menschliches ihn mehr erschreckt hatte als alle anderen Facetten dieses Mannes zusammen.

Morgot nahm am Horizont langsam Formen an – ein dunkelgrauer Berg, der aus der glasigen Schwärze des Wassers ragte. Als sie näher kamen, konnte Damien in Mondlicht gebadete Einzelheiten ausmachen: den schartigen Rand des Kraters, die dichte Vegetationsmasse, die sich an seine Abhänge klammerte; die Stelle, an der die Wand ins Meer gestürzt war, so dass sie nun als Einfahrt in den Kratersee diente. Alles war finster. Gab es auf Morgot kein Nachtleben?

Dann, wie als Antwort auf seine Gedanken, blitzte ein helles Licht an einer Seite der Einfahrtskluft auf. Ihm folgte kurz darauf ein gleiches auf der anderen – es kam aus gleicher Höhe und hatte die gleiche Intensität. Der Kapitän des Schiffchens eilte zu der Spiegellampe, die am Vordermast hing. Er riss ein Streichholz an und hielt es an die Lampe. Unter dem Glasbehälter stob eine Flamme auf, und die dahinter befindlichen Spiegel erhöhten ihre Helligkeit um das Dreifache. Mit Hilfe von Klappen, um den Strahl zu fokussieren, drehte er sie den anfragenden Lichtern am Eingang der Caldera entgegen. Kurze und lange Lichtzeichen in sorgfältig abgemessenen Proportionen blitzten übers Wasser auf Morgot zu. Ein paar Sekunden später antwortete ein ähnlicher Kode. Als der Kapitän die Botschaft Morgots übersetzte, murmelte er etwas vor sich hin. Er rezitierte Wetterwarnungen, Zollkodes und Anlegeinstruktionen. Endlich schien er zufrieden zu sein und verschloss die Signallaterne.

»Wir haben die Erlaubnis zur Einfahrt«, murmelte er. Dann fügte er, an seine Passagiere gerichtet, hinzu: »Ist bei Nacht 'ne riskante Sache. Könnte aber schlimmer sein.« Er grinste. »Ohne den Mondschein, mein ich.«

Er ging ans Heck und trat die Kesseltür auf. Im Kessel fraß ein hellrotes Feuer hungrig Treibstoff. Der Kapitän fütterte ihn. Als er mit der Hitze und dem so entstandenen Dampf zufrieden war, schaltete er die kleine Schiffsturbine ein. Er blieb einige Minuten bei ihr stehen, verfolgte all ihre Bewegungen mit den Augen und bestätigte ihre Funktionen anhand seines Wissens. Dies war notwendig, um auf alle Zweifel einzuwirken, die seine Passagiere in dieser Hinsicht vielleicht hatten. Und auf die formlosen Ängste der Pferde. Das tiefe Wasser unter ihnen bedeutete, dass solche Ängste sich leicht manifestieren konnten, aber es tat nicht weh, für Sicherheit zu sorgen. Ein einziges Unglück an Bord reichte, und der ganze Mechanismus konnte in die Luft fliegen.

Als der Kapitän schließlich mit der Tätigkeit der Maschine zufrieden war, ließ er die Segel reffen und steuerte Morgot an. Der Eintritt in die Kluft in der Kraterwand war wie eine Einfahrt in einen Tunnel: finster und still, doch auf Grund des Turbinengeräuschs klaustrophobisch eng. Der schartige Rand des Kraters ragte zu beiden Seiten auf, massive Wälle aus Magmagestein, das nicht ganz im Gleichgewicht zu sein schien und gefährlich kopflastig war. Das wenige Mondlicht, das in die schmale Durchfahrt fiel, verschlimmerte die Illusion nur noch, und Damien erwischte sich dabei, dass er den Atem anhielt, da ihm nur allzu sehr bewusst war, was schon das allerkleinste Erdbeben einer solchen Struktur antun konnte. Und Erdbeben musste es hier massenhaft geben, denn sie befanden sich mitten in einer Kollisionszone. Doch dann, als es gerade so aussah, als würde ihr Boot es nicht bis zum Ende schaffen, wurde die Durchfahrt breiter. Sie wurde so breit, dass ein anderes Boot, das in Gegenrichtung fuhr, sicher an ihnen vorbeikam. Dann kamen sie an einen scharfen Zacken in der Wand ...

Und Morgots Inneres entblätterte sich in seiner ganzen strahlenden Pracht vor ihnen.

Sterne. Das war Damiens erster Eindruck: ein Universum voller Sterne, auf dessen Licht sie dahintrieben. An allen Seiten wuchsen Kraterwände in die Höhe, die gekrümmten Hänge erleuchtet von Tausenden winziger, flackernder Lichter: Laternen, Herdlichter, Hafenleuchten, offene Feuer. Lichter flackerten am Ufer, Lichter waren auf allen Booten und am Kai sichtbar – und alles wurde von der gekräuselten Oberfläche des Hafenwassers reflektiert, jedes Licht tausend Mal widergespiegelt, jedes Abbild tanzte energisch im Rhythmus der Wellen. Sie befanden sich in einer riesigen Schale, mit Sternen gefüllt, die am finsteren Nachthimmel hinschwebten. Ihre Schönheit – und die Desorientierung, die sie mitbrachten – war atemberaubend.

Damien hörte leise Schritte. Sie näherten sich ihm von hinten, und er erriet, wer sie erzeugte. Nicht mal Tarrant konnte sich dem prächtigen Anblick entziehen.

»Willkommen im Norden«, sagte er leise.

Bunte Laternen markierten jedes Schiff im Hafen. Der Kapitän schmierte gefärbtes Gel an seine Signallaterne, und rote Funken tanzten auf dem sie umgebenden Wasser. »Nicht schlecht, was? Wetten, dass es hier das beste Bier des Ostens gibt? Es kommt aus Jahanna.«

»Jahanna?«

»Der Wald«, erläuterte Senzei. Er und Ciani hatten sich zu ihnen an den Bug gesellt, um das Meer aus scharlachroten Sternen zu betrachten, das sich vor dem Schiff teilte.

»Der Wald braut Bier?«

Der Kapitän grinste. »Können Sie sich was vorstellen, was man dort am dringendsten bräuchte – außer so was?«

Im Hafen war allerhand los – und zwar so viel, dass Damien sich fragte, ob nicht die Erde irgendwann so ausgesehen hatte: wie ein Ort, an dem die Nacht keine besondere Gefahr bedeutete, wo man zu jeder Stunde seinen Geschäften und Gelüsten nachgehen konnte. Wie sah es heute auf der Erde aus? Als die ersten Kolonistenschiffe sie verlassen hatten, war sie zur Hälfte in Beton und Stahl verpackt gewesen. Wie viele Jahrzehntausende war es her? Die Kolonisten hatten ein Drittel der Galaxis im Kälteschlaf durchquert, um hierher zu kommen. Wie viele Erdenjahre mochten es gewesen sein? Damien kannte die Theorien – er wusste auch, dass jedes wirkliche

Wissen darüber, wie die interstellare Raumfahrt funktioniert hatte, während des Ersten Opfers vernichtet worden war. Es gab nur noch Vermutungen.

Die Effizienz eines Opfers, hatte der Verkünder geschrieben, *steht in direktem Verhältnis zum Wert des Vernichteten*.

Und das hat Ian Casca verdammt gut gewusst, dachte Damien verbittert. *Und auch die Implikationen hat er genau verstanden. Wenn man ihn nur hätte aufhalten können* ... Doch es hatte keinen Sinn, diesen Gedankenstrom zu verfolgen, das wusste er. Was getan war, war getan. Wenn bloßes Bedauern das Erdschiff hätte zurückholen können, hätte es dies schon vor langer Zeit getan.

Der Kapitän brachte sie durch eine verwirrende Anordnung von Licht und Schatten ohne Fehl an den richtigen Kai, und sein Gefährt legte so sanft an, dass man es kaum bemerkte. Die Pferde schauten langsam und träge auf, und Damien und seine beiden Gefährten setzten sich in Bewegung, um sie von Bord zu bringen, bevor sie wieder ganz beieinander waren.

Als sie damit fertig waren, wandte sich Damien zu ihrem Kapitän um, da er ihn für die Überfahrt bezahlen wollte. Er stellte fest, dass Gerald Tarrant bereits im Begriff war, ihn mit Münzen aus einer kleinen Samtbörse zu entlohnen. So, wie es aussah, mit Gold.

»Das ist doch nicht nötig ...«

»Der Wald bezahlt die, die ihm dienen, gut«, sagte Tarrant kurz angebunden. »Und nur deswegen sind Männer wie er bereit, uns zu den ungewöhnlichsten Stunden zu befördern.« Dann schaute er zu Damien auf, und seine blassen Augen funkelten. »Es ist *einer* der Gründe.«

»Damien?« Es war Ciani. Sie deutete mit einer Hand auf den Kai und hielt Zügel in der anderen. Ein Uniformierter kam auf sie zu.

»Polizei?«

»Wahrscheinlich ein Zöllner.« Tarrant schob die kleine Geldbörse in eine Tasche seiner Jacke, dann öffnete er das Gewand am Hals. Das Gold des Wald-Medaillons glänzte auffallend zwischen den Lagen blauer und schwarzer Seide. »Ich kümmere mich darum.«

»Gibt es denn gar nichts, das Sie nicht schon im Voraus bedacht haben?«, sagte Damien spitz.

Tarrant wirkte amüsiert. »Meinen Sie damit, ob ich je etwas dem Zufall überlasse?« Er lächelte. »Jedenfalls nicht absichtlich, Priester.«

Er ging los, um mit dem Beamten zu reden. Als er sich außer Hörweite befand, ging Damien zu Ciani hinüber und half ihr, die Taschen auf den Tieren zu befestigen.

»Er ist interessant«, sagte er leise. Um sie zu prüfen.

»Du bist eifersüchtig.«

Damien trat zurück und spielte den Überraschten.

Ciani zog den letzten Gurt am Geschirr ihres Reittiers fest, dann drehte sie sich zu ihm um. »Bist du doch.« Sie lächelte – zwar nicht breit und energisch, aber mit echtem Humor. *Es ist immerhin ein Anfang,* dachte er.

»Gib's zu.«

Und plötzlich begehrte er sie. Er begehrte sie wie in Jaggonath; er begehrte jede Klitzekleinigkeit der alten Ciani, die noch in ihr vorhanden war. Er hätte diese Kleinigkeit am liebsten an sich gerissen, genährt und ins Leben zurückgeschwatzt, bis sie ihn anschaute und lächeln konnte und ihre Augen die gleichen waren und ihr Ausdruck der von früher ... Dann wäre das kostbare Gefühl wieder da, würde sie binden, würde sie Tarrant, die Rakh und alle anderen weltlichen Dinge vergessen lassen.

Der plötzliche Gefühlsansturm machte ihn atemlos. Es gelang ihm nur mit Mühe, »Auf Tarrant?« zu sagen.

»Wage nicht, es abzustreiten«, sagte Ciani.

»*Eifersüchtig?*«

»Damien.« Sie trat auf ihn zu, so nahe, dass sie ihn berühren konnte. Sie legte die Hand auf seine Wange, und er spürte sie warm auf den rauen Stoppeln eines langen Tages. »Frauen wissen so was. Glaubst du etwa, du könntest es verheimlichen?« Ihre Augen glitzerten – und es hatte den Anschein, als sei Leben in ihnen, ein Anflug der jüngeren, heilen Ciani. »Du bist nämlich kein subtiler Mensch.«

Er wollte ihr gerade antworten, als Senzei diplomatisch hüstelte. Tarrant war wieder da. Damien trat von Ciani zurück und brachte eine weniger intime Distanz zwischen sie. Doch sein Gesicht zeigte eine stumme Herausforderung, als er sich dem Bediensteten des Waldes zuwandte, und er wusste ohne jeden Zweifel, dass es ihm genau das sagte, was es ihm sagen wollte.

»Können Sie eine Fährte aufnehmen?«, fragte er Tarrant.

»Unwahrscheinlich«, erwiderte Tarrant. »Jedenfalls nicht hier. Aktive Vulkane geben ihr eigenes Fae in Mengen ab. Das und die Stärke der nach Norden führenden Strömung werden die Fährte beträchtlich trüben.« Er schaute zum Gipfel des Kegels und zu den Lichtern, die den oberen Kraterrand markierten. »Vielleicht kriegt man es dort oben hin. Vielleicht. Dort müsste es jedenfalls einen Gasthof geben. Sie drei wollen sich bestimmt erfrischen.« Er wollte sie der schmalen Uferlinie entgegenführen, doch Damien hielt ihn auf.

»Ein *aktiver* Vulkan?«, fragte er. »Ich dachte, Morgot sei erloschen. Soll das etwa heißen, das Ding könnte unter unseren Füßen losgehen?«

»Was erloschene Vulkane anbetrifft: So etwas gibt es nicht. Nicht in Kollisionszonen. Wir wissen über den Morgot nur, dass er in der Zeit, seit der sich hier Menschen aufhalten, nicht ausgebrochen ist – also seit zwölfhundert Jahren. Das ist, geologisch gesprochen, nichts. Vulkane können beträchtlich länger inaktiv sein. Zehntausend, hunderttausend Jahre, vielleicht sogar länger.« Tarrant lächelte. »Vielleicht auch nur zwölfhunderteins. Ich würde also sagen, wenn Sie etwas essen und sonst noch etwas machen wollen, sollten wir jetzt gehen. Wer weiß, was uns die nächste Stunde bringt?«

»Der Wald wimmelt nur so von Hexern«, murmelte Damien Ciani zu, »aber ausgerechnet uns muss ein Klugscheißer über den Weg laufen.«

Ciani grinste. Damien legte einen Arm um sie. Zum ersten Mal seit ihrem Aufbruch – zum ersten Mal seit dem Angriff auf das Fae-Lädchen – hatte er den Eindruck, dass sich alles zum Besten wenden würde. Es bedurfte zwar einer Menge Arbeit und vieler Risiken ... Aber ging es im Leben nicht immer genau darum?

Der Pfad zum Gasthof war steil und schmal, eine gewundene Serpentinenstraße, kaum breit genug, um sie hintereinander gehend zu bewältigen. Sturmlaternen säumten den äußeren Wegesrand und erhellten einen steilen Abhang, der sich bis zum steinigen Ufer hinab erstreckte.

»Welch hübsche Gegend«, murmelte Damien.

Nach einer Zeit, die ihm wie mehrere Stunden erschien – obwohl es viel weniger gewesen sein musste, denn so hoch war der Kraterrand nun auch nicht –, wurde der Pfad breiter, und an seinem äußeren Rand entwickelte sich ein breiter Seitenstreifen. Je weiter sie gingen, desto breiter wurde er. Bald wurden Bäume sichtbar. Ihre Wurzeln liefen wie ineinander verwickelte Schlangen nach unten, ihre nackten Zweige zerlegten den Mondschein über der Straße in ein Netz aus Lichtern. Je weiter sie gingen, desto zahlreicher wurden die Bäume, bis der Hafen unter ihnen unsichtbar wurde. Dann erreichten sie den Kamm – und blieben kurz stehen, um einen

Blick auf eins der berüchtigtsten Territorien im Reich der Menschen zu werfen.

»Wie nahe«, sagte Ciani leise.

Es war wirklich nahe. Ein bloßer Kanal trennte Morgots Nordgrenze vom Ufer des Festlandes. Wer närrisch genug war, den Versuch zu machen, hätte hinüberschwimmen können. Im gleichen Moment, in dem sie das Festland sichteten, brachten Fähren die Strecke hinter sich und verschwanden am Fundament der Caldera. *Es muss dort irgendeinen Tunnel geben,* dachte Damien. Und: *Verdammt viel Verkehr für einen Ort wie diesen.*

»Sie spekulieren«, sagte Tarrants Stimme. Sie war so dicht hinter ihm, dass sie ihn aus der Fassung brachte. »Wo gehandelt wird, sind auch Menschen. Und der Wald betreibt seine eigenen Geschäfte.«

Aber mit welchen Waren?, dachte Damien finster.

Der Gasthof am Kopf der Serpentinenstraße war eindeutig beliebt. Ein halbes Dutzend Pferde waren vor dem Eingang an ein Führungsgeländer gebunden, und der Stallbursche, der hinausgelaufen kam, um sie zu begrüßen, sah aus, als hätte er den ganzen Abend über viel zu tun gehabt.

»Sie bleiben bis morgen, Mers?«, fragte er.

Die Reisenden schauten sich – und Tarrant – an, und schließlich sagte Senzei: »Sieht so aus.« Er wandte sich den anderen zu. »Geht schon rein. Ich lade ab.«

Das Innere des Gasthofs war matt erleuchtet und verraucht. An den Außenwänden hingen Sturmlaternen, die als Lampen dienten. Am anderen Ende des Raumes brannte ein Feuer in einer offenen Grube, doch es reichte nicht aus, um die Herbstkälte zu vertreiben. Trotz der Kälte wählte Damien einen Tisch aus, der sich nicht in der Nähe des Feuers befand. Dort war es ruhiger und irgendwie auch privater. Er erschien ihm sicherer.

Die Speisekarten lagen bereits auf dem Tisch. Ciani, die sich hinsetzte, nahm eine an sich. Sie warf einen Blick hinein, überflog das Angebot – und riss die Augen auf.

»Eine ziemlich blutige Speisekarte«, sagte sie leise.

»In diesem Laden geht's wohl heiß her«, erwiderte Damien. Er lehnte sein Schwertgehänge an die Rückenlehne seines Stuhls.

Tarrant lächelte kühl. »Ich glaube, das hat sie nicht gemeint.«

Damien schaute Ciani an, und sie nickte. »Ich meine, man kann es hier bestellen. Blut.«

Damien brauchte eine Weile, um die Stimme wiederzufinden. »Tierisches oder menschliches?«

»Sowohl als auch. Ich glaube ...« Ciani warf einen erneuten Blick auf die Karte. »Das Menschenblut ist teurer.«

»Die Geschmäcker sind eben verschieden«, sagte Tarrant leise. »Morgot prahlt damit, allen Reisenden gegenüber gastfreundlich zu sein.«

»Und was werden Sie nehmen?«

Tarrant lachte. »Im Moment nichts. Ich habe gedacht, während Sie essen, schaue ich mich mal um.«

»Nach dem Fae?«

»Schon möglich. Ungefähr hundert Meter hinter uns war eine hübsche kleine Lichtung. Von dort aus hat man sicher eine gute Aussicht. Ich bin bald zurück«, versprach er.

Dann mach das mal, dachte Damien.

Einige Minuten später gesellte Senzei sich zu ihnen, der ihre Wertgegenstände mitschleppte. Dann bot ihnen ein junger Bursche namens Hasch seine Dienste als Kellner an. Das Blut?, erwiderte er auf Damiens Frage hin. Es sei ziemlich gesund. Frische garantiert. Wenn der Herr es auf eine bestimmte Gruppe abgesehen habe ...

Damien schüttelte sich und bestellte nur ein Getränk.

Irgendetwas, das nicht rot war. Er wollte gar nicht hören, was Ciani und Senzei bestellten. Seine Aufmerksamkeit war auf die ins Freie führende Tür gerichtet, und seine Fantasie galt dem Mann, der gerade hinausgegangen war.

»Bist du besorgt?«, fragte Senzei.

Damien schaute ihn scharf an. »Sollte ich es nicht sein?«

»Dann geh doch raus und schau nach, was er macht.«

Damien wollte protestieren, doch dann hielt er inne und stand auf. »Mach ich«, sagte er. »Wenn das Essen kommt, bevor ich wieder hier bin ...« *Dann ist mit Sicherheit irgendwas schief gegangen.* »Dann esst ohne mich.«

Er nahm sein Schwert mit.

Es war kalt draußen. Auf dem Weg hinauf – die Kletterei hatte sie wohl erwärmt – war es ihnen nicht aufgefallen, doch nun, allein im Dunkeln, zog er die Jacke enger um sich und dachte: *Der Winter steht vor der Tür. Die Reise wird schwieriger werden. Alles wird schwieriger werden.*

Und hier im Norden ist es auch nicht besser.

Eine kurze Strecke von der Eingangstür des Gasthofs entfernt stieß er auf eine kleine Lichtung, die über den Hafen hinausschaute. Gerald Tarrant stand dort. Sein Blick suchte langsam das Innere des Kraters ab. Einmal. Zwei Mal. Und dann wieder.

»Was entdeckt?«, fragte Damien schließlich.

Tarrant zögerte. »Schwer zu sagen. Vielleicht eine Fährte. Ist schwer, sie scharf reinzukriegen. Der Ausstoß des Vulkans überlagert nahezu alle Signale ... Es ist kaum verständlich. Das Bild von jemandem, der *beobachtet,* ragt heraus – nicht unsere Beute, sollte ich hinzufügen –, und ein verderblicher Einfluss an der Hafeneinfahrt, den möglicherweise jene zurückgelassen haben, die wir suchen. Aber wann und wohin sie gegangen sind ... die Interferenz ist einfach zu stark.«

»Als wolle man das Licht einer Kerze suchen, die genau vor der Sonne steht«, sagte Damien leise.

Tarrant schaute ihn an. »Es ist lange her, seit ich mir die Sonne angeschaut habe«, sagte er ruhig.

Damien trat vor. Er wollte gerade etwas sagen, als das Schlagen der Gasthoftür ankündigte, dass jemand im Begriff war, sich zu ihnen zu gesellen. Er schaute in die Richtung, aus der er gekommen war, und sah, dass Ciani auf sie zurannte. Senzei war gleich hinter ihr.

Als sie bei den beiden Männern ankam, hielt Ciani an. Sie zögerte. An ihr haftete ein Gefühl von *Falschheit,* das Damien zu identifizieren schwer fiel, aber es reichte aus, um ihn wachsam zu machen. Senzei wollte eine zügelnde Hand auf ihren Arm legen, doch sie entzog sich ihm blitzschnell.

»Ich möchte hier sein«, sagte sie zu Damien und Tarrant. Irgendwas am Rhythmus ihrer Stimme klang eigenartig falsch, als sei sie gezwungen, diese Worte zu sprechen. Zwang sie sich dazu, oder war es jemand anders? »Wenn die Dinge entschieden werden. Ich *muss* hier sein. Bitte ...«

»Sie ist einfach aufgestanden und gegangen«, sagte Senzei. »Ich wollte sie aufhalten, aber es kam einfach zu plötzlich. Ich musste unser Zeug zurücklassen ...«

Damien trat schnell zu Ciani. Sein Herz schlug in einem fieberhaften Rhythmus, den er nur allzu gut kannte. Er spürte, dass sich seine Schwerthand kampfbereit spannte, und er packte fest ihren Arm und sagte: »Wir gehen zurück. Sofort. Lass uns drinnen reden. Du hättest nicht rauskommen sollen, Ci ...« *Und du hättest es auch nie getan,* dachte er grimmig. *Nicht ohne irgendeinen magischen Einfluss, der dein Urteilsvermögen benebelt.*

»... zu spät dafür«, sagte Tarrant leise. Er nickte den Bäumen auf der anderen Straßenseite zu, in denen eine Bewegung, die nicht vom Wind erzeugt wurde, die sterbenden Zweige rührte.

Cianis Blick folgte der Bewegung wie hypnotisiert. »Sie haben uns«, sagte Tarrant.

Und die Geschöpfe griffen an. Diesmal waren es nicht nur drei, sondern eine Bande. Ihre Anzahl war eindeutig durch Verstärkung erhöht worden. Sie kamen vom anderen Ende der Straße. Damien hatte kaum eine Sekunde, um es zu erkennen: Hätte Tarrant die andere Seite des Calderarandes für seine Bemühungen ausgewählt, hätte das Glück sich derart gegen sie gewandt – man hätte sie niedermetzeln können, bevor sie auch nur einen Schritt machen konnten, um sich zu verteidigen. So wie es aussah, würden die Angreifer dennoch in weniger als einer Sekunde zuschlagen. Damien nutzte diese Zeit. Er schob Ciani rasch hinter sich und riss in einer kreisenden Bewegung sein Schwert heraus. »Schnapp sie dir!«, zischte er Senzei zu – und Gott sei Dank, der Mann verstand. Er sprang hinter Damien – unbewaffnet, stellte er fest, verdammtes Pech! – und ergriff Ciani, bevor sie wieder bei sich war. Damit die Macht, die ihren Geist kontrollierte, sie nicht wieder in den Mittelpunkt der Dinge zwingen konnte.

Dann waren die Geschöpfe bei ihm. Als seine scharfe Klinge in sie hineinschlug, machte er ihnen Platz und versuchte, sich in eine Position zu begeben, die sie daran hinderte, ihn zu umzingeln. Doch es waren zu viele, und sie waren zu schnell, und nirgendwo war eine Deckung in Sicht ... Es war sehr, sehr schlecht. Hätte er mehr als einen Sekundenbruchteil zum Nachdenken gehabt, hätte die Furcht seine Glieder womöglich erstarren lassen. Doch so übertrug er seine gesamte Anspannung in die Schwertklinge, die die Waffe seines ersten Gegners mit solchem Schwung traf und das primitive Eisen abwehrte. Seine Klinge biss dem Geschöpf ins Fleisch, und sein Blut – es war von dunkler Purpurfarbe und leuchtete unmenschlich – fing an zu fließen. Doch es war nur ein Tropfen in einer Flut von Gewalt, und als er sein Schwert zurückzog, wusste er, dass es einfach zu viele waren, dass sie ihn früher oder später überwältigen würden ...

Und dann, ohne Warnung, wurde die Lichtung erhellt. Von kaltem Licht, das zwar blendete, aber nichts beleuchtete. Es tauchte das im Mondschein liegende Schlachtfeld in ein kaltes blaues Licht, dessen Präsenz das Dunkel eher verstärkte als verdrängte. *Tarrant,* dachte Damien finster, als er das Schwert hob, um sich gegen den nächsten Hieb zu schützen. *Er muss es sein.* Er wagte es, den Kopf ganz kurz – einen Sekundenbruchteil – zu drehen, und sah Tarrants hoch gewachsene Gestalt mit gezücktem Schwert dastehen. Das eiskalte Licht kam aus seiner Klinge. Wenn man es anschaute, war es so blendend wie die Sonne. Damien fiel zurück, da er fast nichts mehr sah. Er verließ sich eher auf seinen Instinkt als auf seine Sicht, um sich einen Moment der Erholung zu erkämpfen. Er sah den flammenden Unlicht-Bogen und hörte, wie er ins Fleisch seines nächsten Opponenten biss. Eisiger Wind peitschte sein Gesicht, als sauge der Hieb ihm die Wärme geradezu aus dem Körper. Dann stürzten sich zwei – oder waren es drei? – Geschöpfe auf ihn, und er musste seine ganze Energie aufwenden, um sie abzuwehren. Er spürte den Aufschlag eines Schwertstreichs, der auf seiner eigenen Klinge widerhallte, und versuchte in eine Abwehrstellung zu gelangen, um den zweiten Gegner zu parieren. Doch sie waren zu schnell, sie waren zu viele. Er spürte, dass scharfes Eisen in seinen Arm biss und ein Strom warmen Blutes seinen Ärmel hinablief. *Ich schaffe es nicht,* dachte er verzweifelt – und dann, mit verbitterter Entschlossenheit: *Ich muss es schaffen.* Er nahm Senzei wahr, der hinter ihm stand und sich bemühte, Ciani aus dem Getümmel herauszuhalten. Beide waren unbewaffnet. Hilflos. Er sah, dass Tarrant sich erneut neben ihn hechtete, sah das strahlende Unlicht in ein anderes Geschöpf beißen. Aber: *Es reicht nicht,* dachte er. Er spürte den kalten Biss der

Angst tief in seinem Inneren, als er erneut herumschwang und einen Gegner zurückdrängte. Er bemühte sich gleichzeitig, den anderen keine Angriffsfläche zu bieten. *Es reicht nicht!*

Und dann hörte plötzlich alles auf. Urplötzlich. Es war, als sei die sie umgebene Luft plötzlich fest geworden; als seien ihre Körper und ihr Verstand gelähmt. Einen Moment lang bewegte sich nichts mehr – nicht mal ein Gedanke –, nur der körperliche Schock erzwungener Immobilität. Absolute Furcht ... und Verwunderung.

Auf der anderen Straßenseite stand eine Gestalt. Das kaltblaue Unlicht deutete menschliche Umrisse in eng anliegenden Kleidern an. Sie war weiblich. Obwohl nur ihr Gesicht zu sehen war, das keinerlei Ausdruck zeigte, empfand Damien plötzlich das Gefühl, dass sie litt – gelitten hatte – endlos leiden würde, wenn er nicht half. Einen blinden Moment lang gab es in seinem Universum keinen bewaffneten Gegner mehr, keinen Tarrant, nicht einmal Ciani und Senzei. Nur die seltsame Gestalt, deren Hilfebedürfnis all seine defensiven Instinkte überwältigte und ihn vorwärts zog ...

Und dann zerschellte die Lähmung, die ihn gepackt hielt, wie brechendes Glas. Er hörte, dass Tarrant abrupt neben ihm Luft holte, doch er hatte keine Zeit, über den Grund nachzudenken. Denn nun hatten *sie* sich ihr zugewandt, und zwar alle, und er schmeckte das Verlangen, das wie etwas Greifbares in ihnen aufstieg; einen Ansturm von Bösartigkeit, der dazu führte, dass bittere Magensäfte in seine Kehle stiegen. Sie reagierten auf das gleiche Bild wie er, wurden von der absoluten Verletzlichkeit der Frau angezogen. Doch ihr Instinkt hieß nicht Verteidigen, sondern Verschlingen. Nicht Beschützen, sondern Zerreißen. Er sah sie auf sie zueilen, umklammerte fest den Griff seines Schwertes und stürzte los. Er spürte, dass seine Schwertspitze den Rücken eines Geschöpfes gleich neben dem Rückgrat durchbohrte – Klinge horizontal, durch Rippen und Fleisch und durch den Brustkorb wieder hinaus. Stahl rieb sich an Knochen. Dann riss er es kräftig heraus und bereitete sich auf einen Gegenangriff vor. Doch er kam nicht. Die Geschöpfe waren ganz und gar auf ihre Beute fixiert und nahmen nur noch ihr eigenes Verlangen und die Hilflosigkeit der Frau wahr. Sie war inzwischen von der Straße zurück und in den begrenzten Schutz der Bäume getreten. Als die Geschöpfe auf sie zugingen, um sie zu ergreifen, und Damien vortrat, um die Geschöpfe zu erledigen, konnte er fast die Energie sehen, die von ihr ausstrahlte. Sie zuckte zu den Monden, den Sternen und wieder zurück, ein Regenbogennetz aus Fae, das um sie herum wie lichtdurchlässige Seide schillerte. *Gezeiten-Fae,* dachte er verwundert, als er erneut ausholte. Sein Ziel war der Schädel eines Angreifers. *Sie hat uns alle manipuliert und lenkt die Wesen von uns ab.*

Die volle Kraft seines Hiebs krachte in den Schädel des Geschöpfs und zerschmetterte ihn in einer Wolke aus Blut und Haarbüscheln. Der Körper seines Opfers flog über die Straße hinweg, Hirn und Knochensplitter verstreuten sich zu den Füßen seiner Gefährten. Endlich wurden sie aufmerksam. Das Geschöpf, das Damien am nächsten war, drehte sich um und schaute ihn an – und blinzelte, wie ein aus dem Schlaf erwachender Mensch. Damien schlug zu, doch es war zu spät. Das Geschöpf konnte ihm stolpernd ausweichen und duckte sich schnell. Damien hörte hinter sich einen gedämpften Schrei. Das Blut gefror in seinen Adern. Ciani? Verdammt, wo war Senzei? Und was machte Tarrant? Er wagte es nicht, sich nach ihnen umzuschauen. Der Bann der Frau verblasste nun rapide, und die Geschöpfe waren nur eine Sekunde von einem neuen Angriff entfernt. Damien wappnete sich gegen ihren zweiten Vorstoß – wie viele waren es jetzt noch? Vier? Fünf? –, doch zu seiner Überraschung legten sie sich nicht mit ihm an. Er versuchte einen Vorstoß und spürte plötzlich, dass ihm schwindlig wurde. Sein linker Arm war warm und nass und wurde schwach. Wie viel Blut hatte er verloren? Egal. Wenn die Chancen gleichmäßig verteilt waren, konnte er seinen Boden verteidigen und parieren, aber gegen so viele Gegner musste er jeden Vorteil nutzen, damit sie nie die Initiative übernahmen ...

Sie bewegten sich. Nicht in seine Richtung, wie er erwartet hatte. Auch nicht auf die Fremde oder gar Ciani zu. Sie gingen fort. Ihre Beine waren bespritzt mit dem Blut ihrer gefallenen Kameraden, ihre Füße traten auf Knochenstücke ... Sie liefen davon. Damien setzte dazu an, sie zu verfolgen ... dann blieb er stehen und holte tief Luft. Er kämpfte das Drängen nieder, seinen Arm anzuschauen. Stattdessen schaute er die Frau an. Sie war noch da, doch die sie umgebende Energie war verblasst. Was sie auch war, nun manipulierte sie nicht mehr.

Ciani!

Damien drehte sich mit klopfendem Herzen zur Lichtung um. Die Szene, die er erblickte, war ebenso frostig wie jene, deren Zeuge er kurz zuvor geworden war. Senzei lag halb betäubt auf dem Boden, sein Bauch und seine Seite waren in Blut getränkt. Einen halben Meter von ihm entfernt lag das Geschöpf, das zu ihm durchgedrungen war. Es war geköpft. An einer anderen Stelle lag ein Geschöpf, das ebenso aussah. Woraus Tarrants Schwert auch bestand, im Kampf war es wirkungsvoll genug. Doch was ihn selbst anging ...

Tarrant stand in der Mitte der Lichtung. Seine Augen flackerten voller Hass und Trotz. Seine rechte Hand hielt noch immer das Schwert, dessen kalter Glanz sein Fleisch so bleich wie etwas längst Totes wirken ließ. Und in seinem anderen Arm ... lag Ciani, schlaff und reglos. Ihre sichtbare Hand war so weiß und blutleer wie Elfenbein. Dort, wo Tarrant sie an sich presste, war Blut. Es tröpfelte unter ihrem Haar hervor auf seinen Hemdsärmel, als wolle es beides miteinander verkleben. Einen Moment lang war es so, als könne Damien die Kraft *sehen,* die sie verband, und er versteifte sich, als er ihre Natur erkannte. Er empfand Hass wie nie zuvor.

»Du Lump!«, zischte er. »Du hast von Anfang an zu ihnen gehört!«

Der Zorn in Tarrants Blick war wie schwarzes Feuer, das die Hitze geradewegs aus Damiens Seele saugte. »Seien Sie nicht albern«, sagte er aufgebracht. Seine Worte kamen schwerfällig, als müsse er um seine Sprachfähigkeit ringen. »Sie haben ja keine Ahnung. Sie *können* es nicht verstehen.«

»Sie haben das Gleiche getan wie die da«, sagte Damien. Er sah den Fluss der Energie zwischen Tarrant und Ciani und spürte die neue Leere in ihrem Inneren. »Sie haben ihr das Gedächtnis genommen. Sie haben sich bei ihr *bedient,* sie ausgesaugt. Wollen Sie es etwa abstreiten?«

Tarrant schloss kurz die Augen, als ringe er mit irgendetwas in seinem Inneren. Damien schätzte ab, wie weit er von ihm entfernt war. Er schätzte auch Cianis Lage ab und seine eigene abnehmende Stärke – dann war der Moment vorbei, und der schwarze Blick richtete sich wieder auf ihn. Beschattet, irgendwie von Pein gequält.

»Ich wurde zu dem, was sie am meisten gefürchtet hat«, sagte Tarrant leise. »Weil ich es nun einmal bin.« Er sprach, als könne er seinen eigenen Worten nicht ganz glauben, und als er auf Ciani hinabschaute, schien er sich zu schütteln. Senzei, der hinter ihm lag, rührte sich schwach – und der Blick, mit dem Tarrant ihn maß, sagte Damien, dass nicht alle Wunden, an denen er litt, vom Feind hervorgerufen worden waren.

»Hab versucht, ihn aufzuhalten«, keuchte Senzei. »Hab ...«

Damien schob sein Schwert langsam in die Scheide. Der Schmerz brannte wie Feuer in seinem Arm, aber er biss die Zähne zusammen und es gelang ihm, ihn zu ignorieren. Ohne das heiße Blut zu vergessen, das aus seinem verletzten Arm tröpfelte, riss er die an seinem Gürtel befestigte Tasche auf. In ihrem sorgfältig ausgepolsterten Inneren lagen zwei besondere Fläschchen nebeneinander. Die eine war aus Silber und enthielt nun das kostbarste *Feuer* der Kirche – das Geschenk des Patriarchen. Sie war das Reservoir. Das andere, eine Phiole, bestand aus Glas und war die Waffe. Wenn er sie fest genug warf, würde sie beim Aufschlag zerschellen. Die in ihrem Inneren befindliche Flüssigkeit reichte aus, das Leben aus jedem nachtgeborenen Dämon herauszubrennen.

»Seien Sie kein Narr!«, zischte Tarrant. Er schien zurückzuweichen – doch ob aus Angst oder um eine Manipulation vorzunehmen, konnte Damien nicht unterscheiden.

»Sie behaupten, Sie haben auch hierüber Macht?« Damien zog die Phiole heraus – und selbst das bisschen, das in dem zerbrechlichen Ding enthalten war, reichte aus, um Strahlen goldenen Lichts über die Lichtung zu werfen. Tarrant saugte heftig Luft ein, als der Schmerz ihn traf, doch er machte keinen Versuch, ihm zu entgehen.

»Sie Idiot ... Glauben Sie wirklich, Sie können mir damit wehtun? Ich kann den Boden unter ihren Füßen schneller in die Luft jagen, als Sie sich bewegen können – oder die Luft zwischen uns, bevor Sie einatmen.«

»Geben Sie mir Ciani«, sagte Damien kühl.

Tarrant zuckte zusammen. Schien mit sich zu ringen. Schließlich erwiderte er heiser: »Sie können ihr jetzt nicht helfen.«

»Geben Sie sie mir!«

Dass er die Phiole nicht warf, lag am Gesichtsausdruck seines Gegenübers: Er war so menschlich und so seltsam gequält, dass er einen Moment lang zu erschüttert war, um ihn anzugreifen.

Tarrants Stimme war heiser. »Ich habe geschworen, dass ich dieser Frau nie etwas antue. Aber als die Manipulation der Frau mit der vollen Kraft des Fae im Hintergrund zuschlug ... hat es ein zu starkes Verlangen entfacht. Ich *zehre* von Verletzlichkeit, Priester – und sie war mir zu nahe. Zu hilflos. Ich habe die *Beherrschung* verloren.«

»Woran man sieht, wie ernst Sie Ihre Schwüre nehmen«, knurrte Damien.

In Tarrants lichtlosen Augen flackerte etwas, das weder Wut noch Hass war. Schmerz? »Der wirkliche Preis übersteigt Ihr Wahrnehmungsvermögen«, sagte er leise.

Damien trat einen Schritt vor. Die Lichtung schien sich um ihn zu drehen. *»Geben Sie sie mir«*, forderte er.

Tarrant schüttelte langsam den Kopf. »Sie können ihr nicht helfen«, sagte er. »Nicht, ohne mich zu töten.«

Damiens Finger krampften sich um die Phiole. »Dann werden wir es eben ausprobieren müssen, nicht wahr?«

Tarrant spannte sich. Er hob sein Schwert in einer Geste über den Kopf, die mehr Zurschaustellung als aktive Aggression war – und wenn Damien einen Augenblick lang zögerte, geschah es in der Hoffnung, dass der Mann Ciani losließ, bevor er angriff. Damit er außer Gefahr war. Doch dann zuckte das flammende Schwert plötzlich dem Boden entgegen und grub sich tief in die zwischen ihnen befindliche Erde ...

Erd-Fae traf auf Erd-Fae in einer Explosion, die den ganzen Kamm erschütterte. Der Boden schoss auf Damien zu, eine Wand aus Erde und Gesteinssplittern traf ihn wie eine Flutwelle. Er wurde mit betäubender Kraft zu Boden geschleudert, halb begraben von Erdklumpen, Kies und faulendem Holz, das die Explosion ihm entgegenschleuderte. Mit einem Stöhnen wollte er sich bewegen, aber die Anstrengung war zu stark. Er wollte die Hand schließen, um zu sehen, ob er die kostbare Phiole noch hatte, doch seine Finger waren taub, in Erde vergraben und konnten sich nicht bewegen. Er unternahm eine letzte Anstrengung, um auf die Beine zu gelangen oder um wenigstens die ihn bedeckenden Trümmer von sich zu wälzen ... Aber es war zu viel, oder er hatte zu viel Blut verloren, oder alles zusammen war einfach zu viel. Er rutschte langsam in die Finsternis. Sogar die Verwünschung, die sein Ableben vielleicht begleitet hätte, wurde von der Erde gedämpft und verging ungehört.

22

Dreck. Verstopft seine Nase. Dreck füllt seinen Mund und seine Kehle. Er ist von Blut durchdrungen. Auf ihm liegen zahllose Pfunde, die ihn bedecken wie die Füllung eines Grabes. Lebendig begraben. Er schlägt um sich, hustet, will Luft holen. Kämpft, um sich von dem monströsen Gewicht zu befreien, das ihn festnagelt – will sich umdrehen, sich hinsetzen oder auch nur den Arm heben, um zu signalisieren, dass er noch lebt – doch die Erde klammert sich wie ein Inkubus an ihn. Erdfinger greifen nach seinen Kleidern, ziehen ihn hinab ...

»Damien?«

Er setzt all seine Kraft gegen das auf ihm liegende Gewicht der Erde ein und stellt schließlich fest, dass er sich bewegt, dass er auf die Finger einschlagen kann, die an ihm zerren ...

»Damien!«

Es sind Hunderte. Sie greifen nach seiner Haut und halten ihn nieder. Er schlägt mit aller Kraft auf das Geschöpf ein, das irgendwo da draußen sein muss, dessen Hände sich so tief in sein Fleisch graben, dass sein Blut wahrscheinlich gleich spritzen wird ...

»Damien, wenn du mich noch mal schlägst, schlag ich zurück. Hörst du mich? Damien?«

Damien holte tief und langsam Luft. Kein Dreck mehr. Aus den Hunderten von Fingern wurden Dutzende, dann zehn. Damien öffnete ein Auge – das andere war wohl zugeschwollen – und musterte den verschwommenen Umriss, der wohl Senzei war. Oder auch nicht.

»Den Göttern sei Dank«, murmelte Senzei. »Bist du in Ordnung?«

Offenbar mussten seine Worte kilometerweit reisen, bevor sie an Damiens Ohren drangen. »Ich ...« Er hustete heftig, und der mit Erde vermischte Schleim, der seine Kehle verstopfte, löste sich. Nun fiel ihm das Sprechen leichter. »Ich glaube schon. Wo ist Ciani?«

»Weg.« Senzeis Gesicht wurde nun deutlicher. Es war blass, zerschrammt und vor Elend eingefallen. »Er hat sie mitgenommen.«

»Wohin?« Damien wollte sich hinsetzen, doch der Schmerz fuhr ihm so heftig durch sämtliche Glieder und den Kopf – besonders in den Kopf –, dass er sich keuchend wieder fallen ließ. »Wohin, Sen?«

»Immer langsam.« Nun war eine andere Hand an ihm. Sie war kühler und kleiner und legte einen kühlen Lappen auf seine Stirn. Damien riss ihn weg. *»Wohin,* Sen?«

Senzei zögerte. »Zum Wald, würde ich annehmen, aber Genaues weiß ich nicht. Sie hat gesagt, er ist nach Norden ...«

Es gelang Damien, auch das zweite Auge zu öffnen. Ein zweiter Senzei nahm verschwommen Gestalt vor ihm an. »Wer hat das gesagt?«

»Die Frau.«

»Die Frau, die ...« Damien suchte nach Worten.

»Ja, genau die.«

»Gütiger Gott.« Er hob eine Hand, um seine Schläfe zu reiben, aber die Berührung von Fleisch auf Fleisch brannte wie Säure. »Was ist passiert, Sen? Erzähl's mir.«

Der Hexer ergriff Damiens Hand und drückte sie sanft herunter. »Hol erst mal tief Luft.« Damien wollte zu einem Protest ansetzen, doch dann gehorchte er. Er hustete abgehackt. »Noch mal.« Beim nächsten Mal ging es etwas besser. Er holte noch ein paar Mal freiwillig Luft, bis er zu der Überzeugung gelangte, dass seine Atmung zuverlässig war.

Dann zwang er sich, beide Augen zu öffnen, und schaute sich um. Er befand sich in einem kleinen fensterlosen Raum. Senzei stand neben seinem Bett. Auf der anderen Seite saß eine schlichte Frau in mittleren Jahren. Ein älterer Mann in etwas formellerer Kleidung stand am Fußende des Bettes und musterte ihn missbilligend und finster. Nachdem er gesehen hatte, dass Damien sowohl bei Besinnung als auch zusammenhängend reden konnte, ging er hinaus.

»Erzähl's mir«, sagte Damien leise.

»Nachdem Tarrant ...« Senzei atmete bebend ein. »Es hat eine Explosion gegeben. Ich glaube, das meiste ist dir ins Gesicht geflogen. Sie hat dich besinnungslos geschlagen. Sie hat auch mich getroffen, aber nicht so schlimm. Ich glaubte, eine Gestalt zu sehen, die sich einen Weg über die aufgeworfene Erde bahnte ... Wahrscheinlich war es Tarrant. Ciani konnte ich nicht sehen. Keine Einzelheiten. Ich bin ohnmächtig geworden. Keine Ahnung, wie lange. Als ich wieder zu mir kam ...« Er biss sich auf die Unterlippe und dachte nach. »Irgendwas hat auf dir gehockt. Hat von dir gezehrt. Die Frau zog es zurück, hat ihm den Hals umgedreht, damit es von dir abließ. Es hatte geschuppte Schwingen, eine Schlangenzunge, und aus seinem Maul troff Blut. Sie hat ihm den Kopf abgerissen. Einfach so. Dann hat sie es über den Kraterrand geworfen, zum Hafen runter. Dann hat sie ... Sie hat die Erde aus deinem Mund geholt, damit du wieder atmen konntest. Dann hat sie etwas aus ihrem Gewand gezogen und es an deinem Arm gerieben; dort, wo die Wunde war. Sie hat noch ein paar andere Sachen gemacht ... Ich konnte es nicht deutlich sehen, ich war selbst kaum bei Bewusstsein. Dann ist sie aufgestanden, und das ... Dann kam so eine Art Tier zu ihr. Es lief wie ein Pferd und hatte zwei lange Hörner wie aus Regenbogenglas ...« Senzei schloss die Augen und dachte nach. Seine Stimme wurde zu einem Flüstern. »Ich habe sie gefragt, wohin er gegangen ist. Zuerst schien sie mich gar nicht wahrzunehmen. Dann hat sie nach Norden geschaut und den Arm ausgestreckt. ›Wald‹ hat sie gesagt. ›Wo Menschen Menschen verschlingen.‹« Senzei hustete heftig. »Sie ist aufgesessen und fortgeritten. Ich habe versucht, zu dir zu gelangen, um dir zu helfen – aber ich konnte nicht. Ich konnte mich nicht rühren. Die Schmerzen waren so schlimm ... Ich habe gedacht, ich würde sterben. Dann ging die Sonne auf, und man hat uns geholfen.«

»Man?«

»Die Leute aus dem Gasthof. Sie hatten die Explosion gehört.« Senzei schaute die Frau an, dann wandte er den Blick ab. Seine Stimme klang verbittert. »Sie haben bis zum Morgengrauen gewartet, dann sind sie rausgegangen. Hatten Angst um ihre kostbare Haut. Deswegen haben wir so lange da draußen gelegen. Als die Sonne aufging, kamen sie raus und holten uns rein. Sie haben sich um unsere Verletzungen gekümmert, so gut sie konnten. Sie haben uns Blut gegeben. Du warst im Delirium. Stundenlang ...«

Damien wollte sich hinsetzen. Der Raum drehte sich um ihn. Das Blut pulsierte heiß in seinen Schläfen. Er versuchte es erneut. Und wieder. Beim dritten Versuch gelang es ihm.

»Wer war die Frau?«, fragte er.

»Ich schätze, es war diejenige Person, die ich mit meiner Manipulation in Jaggonath hinter dem Baldachin hervorgelockt habe, damit wir ihr begegnen.«

»Eine Rakh? *Das* war eine Rakh?« Damien war verblüfft.

»Eine *Rakhi*, ja. Wir wollten es ja so haben.«

»Sie hat das Gezeiten-Fae manipuliert, zum Teufel. Zu was sind diese Wesen bloß fähig?«

Senzei schwieg.

»Wir müssen weg«, murmelte Damien.

Senzei nickte. Er stellte keine Fragen nach dem Warum oder Wohin. Er verstand ihn. »Du bist nicht in Form«, sagte er warnend.

»Wie schlimm ist es?«

»Der Arzt sagt, du wirst tagelang auf der Nase liegen.«

»Womit wir auch über die Diagnose im Bilde wären. Sonst noch was?«

»Blutverlust, Gehirnerschütterung, möglicherweise auch innere Verletzungen. Was Letzteres angeht, war er sich nicht ganz sicher. Vielleicht hat er es nur gesagt, um keine Möglichkeit auszuschließen. Die Wunde an deinem Arm scheint sich zwar ganz gut geschlossen zu haben – das, was die Frau draufgetan hat, scheint eine Infektion verhindert zu haben –, aber alle Fäden in der Welt können sie nicht daran hindern, wieder aufzugehen, wenn du sie überanstrengst. Außerdem hast du eine Million Hautabschürfungen.«

»Das ist der Lauf der Dinge«, erwiderte Damien. »Wie steht's mit dir?«

Senzei zögerte. »Hab einen Stich in die Seite gekriegt. Sieht ziemlich übel aus und hat heftig geblutet. Er hat aber nichts Lebenswichtiges getroffen. Sieht jedenfalls so aus. Tut nur wahnsinnig weh – wenn auch nicht für den Rest meines Lebens. Der Arzt sagt, ich soll mich nicht anstrengen, bevor es verheilt ist.«

Damien fiel die Steifheit auf, mit der Senzei sich bewegte, und die dicke Schwellung an seiner Seite, die zweifellos von einem Verband herrührte. »Für dich hat sie nichts getan? Die Rakh-Frau, meine ich?«

Senzei schaute weg. »Nein«, sagte er leise. »Ich habe seither viel darüber nachgedacht. Momentan bin ich mir nicht mal sicher, ob sie unser Leben retten wollte. Also, die zeitliche Abstimmung war sicherlich glücklich, aber es scheint mir ein riskanter Weg zu sein, sich in einen Kampf einzumischen. Ich nehme an, für sie war es vielleicht eine Art ... Prüfung. Um zu sehen, was wir tun. Ich glaube ... Sie hat dir geholfen, weil du versucht hast, sie zu retten. Weil das dein erster Impuls war, als ihre Manipulation zuschlug.«

»Und was war dein erster Impuls?«, fragte Damien ruhig.

Senzei biss sich auf die Lippe. Schüttelte den Kopf. »Lass uns nicht darüber diskutieren, ja? Nur wenige von uns sind so vollkommen, wie sie gern wären.«

Damien zwang sich, ihn nicht anzuschauen. »Na schön. Du bist verwundet, ich bin verwundet ... Es sind einfache Fleischwunden, vielleicht auch ein, zwei Infektionen. Nichts, was ich nicht heilen könnte.«

»Ach, wirklich? Mit Hilfe welchen Faes?«

Damien schaute ihn an. Und begriff, was er meinte. »Scheiße.«

»Ich war nämlich schon immer Manipulator«, sagte Senzei. »Hab die Spielsachen neben meinem Bettchen bewegt, ohne sie anzufassen und so. Und jetzt ...« Er schlang die Arme um seine Schultern und schüttelte sich. »In Kale hat es mich fast umgebracht. Und hier, so nah am Wald, muss es tausend Mal schlimmer sein. Ich glaube, da verblute ich lieber.«

»Wir können nicht darauf warten, dass die Natur uns heilt, bevor wir gehen.«

»Das weiß ich«, sagte Senzei leise.

Damien schwang die Beine über die Bettkante. Das Pochen in seinem Schädel und der Schmerz waren zu einem bloßen pulsierenden Trommelschlag verebbt. »Er kann nur nachts unterwegs sein, nicht wahr? Als er ging, war Mitternacht schon eine ganze Weile vorüber. Kurz darauf ging die Sonne auf, und sie steht noch immer am Himmel. Das bedeutet ... hm ... er hat höchstens drei Stunden Vorsprung. Wenn wir uns beeilen, kriegen wir ihn.« Er schaute Senzei an. »Das heißt, wenn wir *jetzt* aufbrechen.«

»Unsere Sachen sind noch gepackt«, sagte Senzei leise.

»Wirst du es schaffen?«

Der Hexer schaute ihn scharf an. »Schaffst du es?«

»Keine Frage«, sagte Damien. »Er hat Ciani.«

Senzei nickte. »Ganz meine Meinung.«

Damien holte tief Luft und bemühte sich, seine Gedanken zu ordnen. »Wenn wir schnell sein wollen, dürfen wir nicht alle Pferde mitnehmen. Wir behalten drei – zwei für uns, eins als Ersatz. Und für Ciani. Wir lagern einige unserer überzähligen Vorräte in Mordreth, wo wir sie vielleicht später wieder abholen können. Wenn es nicht geht, dann eben nicht. Wir nehmen nur das Nötigste mit und beeilen uns. Wir schnappen uns den Hundesohn, bevor er auch nur merkt, was ihn erwischt hat.«

»Glaubst du wirklich, dass wir ihn schnappen können?«

»Ach, ich habe schon schlimmere Biester umgebracht. Und keins davon war so wortgewandt ... Vergiss nicht: Diesmal spielen wir nicht nach seinen Regeln. Und ich habe eine Waffe, die ihm wirklich wehtun kann.« Er griff nach der gepolsterten Tasche an seinem Gürtel. Und verfiel plötzlich in Panik, denn beides war nicht mehr da. »Sen, jemand hat ...«

»Er ist hier.« Senzei griff neben das Bett, wo die Tasche und der Gürtel auf einem Tischchen lagen. »Sie haben ihn dir abgenommen, um dich zu waschen. Ich habe ihn nicht aus den Augen gelassen.«

»Braver Mann.« Damien öffnete die Tasche und erspähte in ihrem Inneren das silberne Fläschchen und die Kristallphiole. Die fein verarbeitete Oberfläche der Letzteren war von Schmutz verkrustet. Er kratzte den Dreck mit dem Fingernagel ab und murmelte: »Es überrascht mich, dass sie noch heil ist.«

»Du hast sie so fest umklammert, dass sie nicht zerbrechen konnte. Selbst im Delirium wolltest du sie nicht loslassen. Wir mussten sie dir aus den Fingern zerren.«

Damien wollte den Gürtel umlegen, doch seinem verletzten Arm – er war geschwollen, steif und pulsierte schmerzhaft – mangelte es an Gewandtheit. Senzei half ihm.

»Weißt du genau, dass du es schaffst?«

Damien schaute ihn finster an. »Ich muss es schaffen. Wir müssen es beide schaffen.« Er drückte die Tasche an ihren Platz an seiner Hüfte und ertastete den Umriss der darin befindlichen flachen Silberflasche. »Ich glaube, wenn wir die überzähligen Pferde schon zurücklassen müssen, sollten wir versuchen, sie zu verkaufen. Wir hatten eine Menge Ausgaben ...«

»Ich habe heute Morgen drei Stück verkauft«, erwiderte Senzei. »Zwar nicht zu einem tollen Preis, aber für die Arztrechnung hat es gereicht. Außerdem habe ich unsere Sachen eingesammelt – das, was noch davon übrig war – und die Leute hier bezahlt, für ihre Zeit und Proviant. Und dabei hab ich das hier gefunden.« Er ließ einen kleinen goldenen Gegenstand neben Damien aufs Bett fallen. Er brauchte eine Weile, bis er ihn erkannte.

»Mein Gott«, hauchte er. Er nahm ihn an sich und hielt ihn an der zerrissenen Kette, so dass die Erdscheibe vor seinen Augen baumelte. Als er sie umdrehte, fing ihre Rückseite, in die ein feines Sigil eingraviert war, das Licht ein.

»Ich habe es dort gefunden, wo er gestanden hat. Ciani muss es ihm abgerissen haben, als er sie angegriffen hat. Ein verdammt glücklicher Zufall, findest du nicht auch?«

»Da ich Ciani kenne, würde ich sagen ... dass es überhaupt kein Zufall war.« Damien malte sich ihren letzten entsetzten Moment aus, irgendeinen kostbaren Partikel ihres Geistes, der sich so lange an die geistige Gesundheit geklammert hatte, um darüber nachzudenken, was sie vielleicht brauchten; wie er in dem scheinbaren Chaos zuschlug, als seine Jacke vorn aufgerissen war; als ihre Finger sich um das kostbare Gold geschlossen und es abgerissen hatten ...

»Was für eine Frau«, stieß er keuchend hervor. »Wenn ich zehn davon hätte, könnte ich ein Weltreich erobern.«

Senzei zwang sich ein Lächeln ab. »Es ist schon schwierig genug, nur eine im Auge zu behalten.«

Damien beugte sich langsam vor. Er stützte sich mit den Händen auf der Bettkante ab und hielt eine Weile schwer atmend inne. Dann schob er sich hoch und zwang seine Beine, das Gewicht zu tragen. Schmerzen schossen wie Feuer durch seinen linken Arm – doch das ging schon eine ganze Weile so, also konnte er sich vielleicht daran gewöhnen. Kurz darauf gelang es ihm, sich hinzustellen. Einige Sekunden später hörte das Zimmer auf, sich zu drehen. Er machte einen Schritt. Zwei. Der Raum war stabil. Der Schmerz in seinem Arm wurde zu einem stechenden Pulsieren.

»Na schön«, sagte er. Er schaute Senzei an. »Packen wir's an.«

»Geh bloß nie wieder unbewaffnet«, sagte Damien schroff, als die Fähre sie nach Mordreth hinüberbrachte. »Du musst jederzeit bewaffnet sein. Also auch, wenn du dich zum Pinkeln ins Gebüsch schlägst. Geh nie ohne Schwert in der Hand. Und wenn du zu einer Frau ins Bett steigst, liegt es neben dem Kopfkissen. Klar?«

Senzei schaute übers Wasser hinaus. »Ich schätze, ich habe es verdient.«

»Das kannst du laut sagen. Es ist ein Wunder, dass du die Sache überlebt hast. Und Wunder wiederholen sich nur selten.«

In der Mitte der Fähre standen einige Tischchen. An einigen

saßen Reisende: fleißige Kaufleute, die Warenlisten durchgingen, eine Gruppe von Arbeitern, die schnell ihre Brote verzehrten, und eine Mutter, die einen Säugling stillte. Damien suchte sich einen freien Tisch und zog zwei Stühle für sie heran.

»An die Arbeit.«

Er entleerte eine Munitionsschachtel auf den Tisch, nahm eine Patrone an sich und drehte sie nachdenklich in den Fingern. Ein Ende der kurzen Holzspindel war mit einer Metallspitze versehen, das andere mit einem Metallstreifen umwickelt. Damien zückte sein Taschenmesser und versuchte beide Metallstücke mit der Klingenspitze abzulösen. Die Spitze ging leicht ab, der Streifen jedoch saß fest auf, so dass er sich anstrengen musste.

»Wachs«, murmelte er. »Klebstoff.«

Senzei kramte in der Tasche, die die kleineren Ausrüstungsgegenstände enthielt. Nach ein paar Minuten fand er ein Klümpchen Bernsteinwachs. Der Leimstab dauerte länger.

»Hätte es irgendeinen Sinn, dich zu fragen, was du da machst?«

»Ich bereite mich auf einen Krieg vor«, murmelte Damien. »Schau zu und lerne.«

Er legte die bare Spindel vor sich auf den Tisch und rollte sie hin und her, bis er mit der Position der Maserung zufrieden war. Dann setzte er vorsichtig die Klinge ein, um sie aufzuschneiden. Nur wenig Kraft war nötig, um sie an der Maserung entlang zu öffnen. Er schnitt die Spindel auf.

Damien blickte sich um, um zu sehen, ob ihm jemand zuschaute. Doch die anderen Passagiere kümmerten sich an ihren Tischen um ihre eigenen Dinge oder saßen auf langen Bänken, die die Treppe zur zweiten Ebene flankierten. Sie tratschten beiläufig miteinander, standen an der Reling, die das Deck umsäumte, und beobachteten das schlammig grüne Wasser, das sie durchpflügten.

Damien nahm die silberne Flasche vorsichtig aus der Gürteltasche und öffnete sie ehrfürchtig. Dann ließ er ein paar kostbare Tropfen auf die offene Mitte der Holzspindel tröpfeln. Das Holz absorbierte das *Feuer*. Die Spindel glänzte stumpf, wie Holzkohle, die sich abkühlte.

»Und jetzt ...« Er verschloss die Flasche, stellte sie sehr vorsichtig neben sich hin und nahm von Senzei den Leim entgegen. Die Spindelhälften glitschten problemlos zusammen. Dort, wo er das Messer eingesetzt hatte, sah man nur eine schmale Naht. Anschließend rieb er die Spindeloberfläche flink mit Wachs ein, bis alles überdeckt war. Die Metallspitze und den Haltestreifen klebte er sorgfältig wieder an.

»Na bitte.« Er stellte das fertige Produkt vor sich hin. Es sah kaum anders aus als die anderen Bolzen. Senzei musste sich zwingen, auf eine Manipulation zu verzichten, um zu sehen, ob sie sich wirklich unterschieden. Die Veränderung würde sich natürlich zeigen, wenn die *Feuer*-Moleküle das trockene Holz durchdrangen und an die Oberfläche der Spindel kamen. Vielleicht.

»Und du glaubst, es funktioniert?«

»Ich glaube, es tut nicht weh, wenn man es versucht. Ein paar Dutzend Tropfen *Feuer* muss man riskieren ... Wenn es funktioniert, haben wir ein höllisches Arsenal.« Damien schaute Senzei an, und Senzei glaubte für einen kurzen Augenblick, das Flackern von Angst in seinen Augen zu sehen. Als er begriff, was es kostete, eine solche Sache hervorzurufen, spürte er, dass sich seine Kehle verengte.

Du bist der Tapfere, Damien. Wenn du aufgibst ... Ich weiß nicht, ob ich es bewerkstelligen kann.

»Bist du in Ordnung?«, fragte Damien ruhig.

Senzei schaute ihm in die Augen. Ihm gelang ein Achselzucken. »Wird schon gehen.«

»Wir haben noch fast zwei Stunden Tageslicht. Bis dahin müssten wir die Grenze des Waldes erreicht haben. Er kann nicht allzu viel Vorsprung haben. Wenn wir eine physikalische Spur finden ...«

»Und wenn nicht?«

Damien steckte die Messerspitze in die nächste Spindel. Das Holz brach mit einem scharfen Knacken in zwei fast gleiche Hälften auseinander.

»Dann muss ich wohl manipulieren, um eine zu finden«, sagte er gelassen. »Nicht wahr?«

Mordreth. Minenstadt, Goldrauschkaff, Trapperlager. Inklusive alles Negativen, was dazugehörte, und ohne eine Spur von Erlösung. Mordreth war ein Durchgangslager, das irgendwie durch das schiere Beharren der Küste permanent geworden war, weil man die Kaschemmen, Spelunken-Gasthöfe und billigen Unterhaltungsschuppen ebenso brauchte wie die Muskelkraft, die die kostbarste Ware der Stadt war. Doch falls die Bewohner Mordreths irgendein Verlangen nach Schönheit verspürten, befriedigten sie es anderswo. Die Stadt war grau: erdgrau am Wasser; schmutzig grau in den Straßen; von verwittertem Grau, sofern es die Häuser betraf. Die einzige Farbe, die es in diesem Ort gab, waren ein paar grell bemalte Schilder, eine zerlumpte Reihe von Wimpeln und hin und wieder die Unterwäsche, die die Huren trugen, wenn sie an den Bordellfenstern saßen und vorbeikommenden Fremdlingen zuwinkten.

Damien und Senzei trabten rasch durch die schmutzigen Straßen. Auch die Pferde schienen ängstlich darauf bedacht zu sein, die Stadt schnell hinter sich zu bringen. Der ganze Ort strahlte die Aura einer Falle aus – als verlöre man, wenn man sich zu lange innerhalb seiner Grenzen aufhielt, den Willen, ihn je wieder zu verlassen. Als sie das andere Ende der schmuddeligen Ansiedlung erreicht hatten, schüttelte Senzei sich. Jedoch nicht auf Grund der Kälte.

»Willst du unsere Ausrüstung wirklich hier lassen?«, fragte er.

Damien schüttelte grimmig den Kopf, sagte aber nichts.

Sie ritten durch einen langen Streifen flachen Landes, in dem die einzige Vegetation aus spärlichen Flecken toten Grases bestand, das sie daran erinnerte, wie nahe der Winter war. Der Boden war hart, fast gefroren. Wofür man dankbar sein konnte, merkte Damien an; in einer anderen Jahreszeit wäre er schlammig gewesen.

Senzei verstand allmählich, warum er nie verreist war.

Einige Kilometer weiter stießen sie auf die ersten Anzeichen menschlichen Lebens. Ein Stofffetzen lag in einem Klumpen toten Grases. Die Trümmer einer Kiste, die jemand vor langer Zeit zerlegt hatte. Ein Kreis aus Steinen, geschwärzt von Feuer, daneben die Anzeichen eines kürzlich abgebrochenen Lagers. Damien schaute sie sich kurz an, schenkte ihnen jedoch keine weitere Beachtung. Der Mann, den sie suchten, würde kein Lager aufschlagen.

Sie ritten weiter. Die Sonne sank im Westen immer tiefer, die Farben der Abenddämmerung fügten dem verdrossenen, geschwollenen Stern ihren eigenen Verlauf hinzu. Grünlich gelbes Licht floss über die Landschaft. Der Himmel vor dem Sturm. Es wurde nun leichter, am Boden liegende Artefakte auszumachen, denn sie wurden von lebhaften schwarzen Schatten umrissen. Sie kamen an eine niedrige Erhebung, dann an eine weitere. Und an die nächste. Aus den niedrigen Erhebungen wurden rollende Hügel: die Vorhut einer Bergkette. Wie weit waren sie nach Norden vorgestoßen?

Senzei ließ alles an sich vorüberziehen und wappnete sich gegen die Kälte des Einbruchs der Nacht. Der Schmerz an seiner Seite wurde immer schlimmer, und jeder Ruck seines Reittiers auf dem unebenen Grund stieß Feuerlanzen tief in sein Fleisch. Er versuchte sie zu ignorieren, bemühte sich, die Ohnmacht zu überwinden, die ihn zu überkommen drohte, das Grau, das alles außer dem Mittelpunkt seines Blickfelds vernebelte. Denn sie konnten es sich nicht leisten zu verlangsamen, nicht mal seinetwegen. Langsamer zu werden bedeutete Ciani zu verlieren. *Wenn ich seine Heilkräfte jetzt in Anspruch nehme, ist es für sie das Todesurteil,* redete er sich ein. Und so klammerte er sich zittrig an den Sattel, auf dem er saß, und schaffte es irgendwie weiterzureiten.

Und dann waren sie da. Damien erreichte als Erster den Gipfel einer besonders steilen Erhebung. Er hielt plötzlich an – zur Verwirrung seines Reittiers. Senzei tat es ihm gleich. Das dritte Pferd schnaubte alarmiert und wollte ausreißen, doch die, auf denen sie saßen, waren ruhig, und ein scharfer Ruck am Zügel des dritten erzeugte die momentan nötige Disziplin.

Sie musterten ihr Ziel.

In der Ferne ragten Bäume auf. Sie fingen ganz plötzlich an: ein fester Wall aus braunen, schwarzen und beigen Stämmen, die aus dem halb gefrorenen Boden aufragten, überzogen von gezackten Ästen und braunen, sterbenden Blättern. Der Wald. Von ihrem Aussichtspunkt aus konnten Damien und Senzei weit in die Ferne blicken, über die Baumwipfel auf die dahinter liegenden Berge. Die Wipfel des Waldes erstreckten sich kilometerweit, ein dichtes Gewirr aus Baumkronen, toten Blättern und parasitischen Schlingpflanzen, die die ganze Region wie eine riesige verrottende Decke erstickten. Hier und da lugte ein Immergrün hervor, ein Anflug düsteren Grüns, das sich auf den Sonnenschein zukämpfte. Alles war von gelbgrünem Licht überspült; es meißelte die Wipfel mit Licht und Schatten heraus, so dass sie wie eine zweite Landschaft wirkten, mit Hügeln, Tälern und sogar welligen Flussbetten, die nur sich allein gehörten.

Dies zog ihre Beachtung als Erstes auf sich, und zwar für mehrere Minuten. Als sie den Anblick verinnerlicht hatten, wanderte ihr Blick nach unten. In das sich vor ihnen ausbreitende Tal.

In dem sich Menschen aufhielten.

Sie hatten kurz vor der Baumgrenze, wo der flache Boden garantierte, dass nur Gras und einfaches Buschwerk Wurzeln schlug, ein Lager aufgeschlagen. Es war primitiv und schmucklos, eher funktionell als bequem. Ein scharfer Ammoniakgeruch ging von dem Land aus, das sie besetzt hatten, als hätte irgendein hier ansässiges Vieh jedes einzelne Zelt markiert. Es gab auch einige primitiv gebaute Hütten und einen Schuppen, der vielleicht als Plumpsklo diente. Ansonsten waren die in der Landschaft verteilten provisorischen Unterkünfte vergängliche Dinge aus Pfählen und Leinwand. Nicht für die Ewigkeit gemacht. Dazwischen befanden sich ein paar hölzerne Gestelle, zwischen die man Tierfelle gespannt hatte, ein paar Feuer, an denen gekocht wurde, und eine Wäscheleine. Und Männer. Sie versammelten sich am Fuß des Hügels, als wollten sie die Reiter willkommen heißen – oder herausfordern. Damien schaute Senzei an, um ihm Anweisungen zu erteilen, dann schaute er noch einmal hin, diesmal genauer, und kniff besorgt die Augen zusammen. »Bist du in Ordnung?«

Senzei gelang ein Achselzucken. »Ich werd's schon überleben«, murmelte er. Und obwohl dies alles war, was er sagte, verstanden beide, was er damit meinte: Er meinte nicht *Ich werde es ganz sicher überleben,* sondern *Ich verstehe deine*

Prioritäten. Wir müssen in Bewegung bleiben. Meinetwegen brauchst du nicht anzuhalten.

Damien ritt nach einem kurzen, billigenden Nicken den Abhang hinunter. Er griff nicht nach seiner Waffe, aber Senzei wusste aus Erfahrung, wie schnell er sie zücken konnte, falls es nötig war. Er hätte gern über die Hälfte von Damiens Kämpfergeschick verfügt. Wenn es hier zu einem Kampf kam, war er wahrscheinlich aufgespießt, bevor er die Klinge auch nur halbwegs aus der Scheide bekam.

Lüg dir nichts vor, dachte er. *Es wäre gar kein Kampf. Nicht, wenn zwei gegen so viele kämpfen. So was nennt man Gemetzel.*

Als die Einheimischen sie umringten, verlangsamten sie ihre Pferde und hielten schließlich am Fuß des Hügels an. Die Einheimischen waren ausnahmslos Männer, größtenteils zähe Kerle in den besten Jahren und funktionell gekleidet. Alle wiesen den besonders harten Gesichtsausdruck auf, der besagte: *Wir brauchen keine Fremden oder ihre Fragen. Rechtfertigt euer Hiersein, oder macht euch vom Acker, und zwar schnell.*

Damien richtete sich im Sattel auf. Senzei spürte, dass die Menge die Muskeln spannte. »Wir suchen jemanden«, sagte Damien. Seine Stimme wurde frisch und klar von der trockenen Herbstluft übertragen. Es war die Stimme eines Predigers, stark und ohne Zögern. »Er muss vor der Dämmerung hier durchgekommen sein – ein großer Mann. Er hatte eine Frau bei sich.« Er schaute auf ein Meer von Gesichtern, die weder feindlich noch entgegenkommend, sondern kühl und *unempfänglich* waren. »Für jede Information werden wir gut zahlen«, fügte er hinzu.

Daraufhin setzte Gemurmel ein, und die Männer schauten sich an. Dann meldete sich jemand offen feindselig zu Wort. »Ja, wir haben einen gesehen. Es war 'n Waldfürst. Kam hier durch wie Feuer – unberührbar, weißte? Wir schaun nich hin, wir stelln keine Fragen. Hier ham die das Sagen.«

Damien schaute den Mann an, der gesprochen hatte. »Hatte er eine Frau bei sich?«

Die Männer schauten sich an. Es war klar, dass sie debattierten, ob sie Damiens Frage beantworten sollten oder nicht. »Glaub schon«, sagte der Mann schließlich.

»Quer über dem Sattel?«

»Ja«, bestätigte ein anderer. »Ich hab's gesehen.«

Ein Mann, der dicht vor den Pferden stand, trat vor und wollte warnend eine Hand auf Damiens Reittier legen. Das gut ausgebildete Tier wich ihm nervös aus.

»Eins müsst ihr wissen«, sagte der Mann zu Damien. »Wir nehmen die eigentlich nie zur Kenntnis. Es ist tödlich, sich in ihre Belange einzumischen.«

»Einmischung ist mein Geschäft«, versicherte Damien ihm. »Wisst ihr, wo er hingegangen ist?«

»Hör mal«, sagte ein anderer Mann. Auch er trat vor und löste sich von der Menge. Er war in den mittleren Jahren, hatte silbernes Haar, dunkle, verwitterte Haut und die Hände eines Arbeiters. »Drei oder vier Mal im Jahr kommen seine Leute hier durch. Und gleich dahinter fast immer 'ne Horde von Männern, die sie ihm Galopp verfolgen. Brüder, Väter, Ehemänner, Liebhaber – manchmal auch Söldner, die man bezahlt hat, mit ihnen zu kämpfen, und alle sind fest davon überzeugt, dass der Jäger *diesmal*, dieses *eine* Mal, nicht das kriegt, was er haben will.« Der Mann kniff die Augen zusammen und musterte Damien. »Hast du gehört, was ich sage? Es sind Männer wie ihr, und sie stellen die gleichen Fragen. Sie sind bis an die Zähne bewaffnet und zu allem entschlossen. Glauben sie. Also reiten sie, den Jäger verfluchend, in den Wald hinein ... und verlassen ihn nie wieder. *Niemals.* Ich habe ein, zwei Dutzend reinreiten sehen ... aber kein Einziger ist in all den Jahren, die ich hier verbracht habe, je wieder rausgekommen.«

Damien schaute Senzei an. Der Gesichtsausdruck des Priesters zeigte etwas Kaltes, das zuvor nicht da gewesen war, als sei ihm gerade ein schrecklicher Gedanke gekommen. Senzei brauchte eine geraume Weile, bis er begriff, um was es dabei ging – und als er es wusste, klammerten sich seine Hände instinktiv an den Zügel und sein Herz setzte einen Schlag aus. Sollte Ciani als Jagdbeute dienen? An diese Möglichkeit hatten sie nicht gedacht. Doch wenn sie noch lebte, verwundbar war und der Jäger sie erwischte ...

»In welche Richtung ist er gegangen?«, fragte Damien. Er wandte sich an den Silberhaarigen. »Du scheinst zu wissen, wohin er gegangen ist. Wohin ist er? Wie können wir ihm folgen?«

Der Mann schaute Damien an, als hätte er den Verstand verloren. Vielleicht war es auch so. Schließlich sagte er: »Mitten im Wald liegt eine Festung. Es heißt, sie ist so schwarz wie Obsidian und in der Finsternis unmöglich auszumachen – es sei denn, er will, dass man sie sieht. Dort lebt er, der Jäger, aber er geht nie hinaus, es sei denn, er will sich ernähren. Dorthin wird man sie gebracht haben.«

Damien musterte die Männer. »Hat je einer von euch seinen Wohnort gesehen?«

»Keiner hat ihn gesehen«, erwiderte ein Mann schnell. »Niemand hat je lange genug gelebt, um darüber zu reden. Hast du verstanden? Wenn du dort reingehst, um ihn – aus welchem Grund auch immer – zu suchen, kommst du nie wieder raus. Weder mit der Frau noch ohne sie.«

»Der Jäger ist gnadenlos«, murmelte jemand. Ein anderer Mann sagte drängend: »Gib es auf, Mann.«

»Der Jäger kann sich den Wald sonst wohin schieben«,

sagte Damien spitz. »Wie kommen wir zu seiner schwarzen Festung?«

Die Männer schwiegen eine Weile. Damiens Blasphemie schien sie betäubt zu haben. Schließlich sagte der Silberhaarige: »Alle Wege führen zur Festung des Jägers. Geht nur tief genug hinein – lasst euch vom Dunkel leiten –, dann kommt ihr schon hin. Ob ihr sie *seht* oder nicht, ist eine andere Sache. Aber danach gibt es kein Zurück mehr«, fügte er warnend hinzu. »Nicht über einen Pfad, dem ein Lebendiger folgen kann.«

Damien schaute zum Wald hin. Dort, wo sich die Bäume leicht teilten, gab es einen ausgetretenen Weg. Als er ihn ins Auge fasste, stoben zwei Reiter aus dem dichten Wald hervor und ritten im leichten Galopp dorthin, wo ihre Gefährten versammelt waren.

»Ihr geht rein«, sagte Damien frech. »Und ihr kommt auch wieder raus.«

»Nicht immer«, murmelte jemand. Damien hörte leise hervorgestoßene Flüche. Ein abgerissener Mann in einer schwarzen Wolljacke sagte schroff: »Es liegt daran, dass es dort Dinge gibt, die ein Risiko dieser Art wert sind. Pflanzen, die anderswo nicht wachsen, die Hexer aber benötigen. Tiere, die so schnell mutieren, dass jede Generation ein anderes Fell hat. Im Wald lebt ein Rudel weißer Wölfe, das dem Jäger persönlich gehört. Wenn ihr genug davon erlegt, um aus ihrem Fell einen Rock zu machen, zeige ich euch jemanden, der euch ein kleines Vermögen dafür zahlt. Ja, wir gehen das Risiko ein. Weil wir die Regeln kennen. Tagsüber kann man machen, was man will, aber nach Einbruch der Nacht gehört man ihm. Also machen wir es schnell und sauber. Markieren uns einen guten Weg. Verschwinden, bevor die Sonne untergeht.« Er warf einen nervösen Blick auf den Waldrand; ein Frösteln schien seine Gestalt zu schütteln. »Klingt leichter, als es ist«, murmelte er. »Nicht, wenn man die Sonne nicht sehen kann. Nicht, wenn der Wald mit eurem Geist spielt.«

»Na schön«, sagte Damien. Er hatte wohl genug gehört. Er griff in seine Jacke, entnahm ihr einen kleinen Beutel, schaute sich um und warf ihn dem Silberhaarigen zu, der ihn vor sich hinfallen ließ und keine Bewegung machte, um ihn aufzuheben.

»Spart euer Geld«, sagte er. »In den Augen des Jägers ist es nicht schlimm, ein wenig zu tratschen. Aber er nimmt es einem übel, wenn man seine Geheimnisse aus Profitgier verrät.« Er schaute zum Waldrand hin und fügte ernüchtert hinzu: »Hin und wieder weist er uns auf den Unterschied hin.«

»Wie du meinst«, erwiderte Damien. Er ließ den Beutel liegen und drängte sein Reittier vorwärts. Senzei wollte ihm folgen, doch einen Moment wollten sich seine Schenkel nicht bewegen. Seine Hände waren seltsam taub. »Damien ...« Der stechende Schmerz in seiner Seite war zu einem amorphen Feuer geworden, das im Einklang mit dem Schlag seines Herzens pulsierte. »Ich kann nicht ...«

Der Priester fuhr im Sattel herum und musterte das Gesicht seines Gefährten. Senzei konnte sich vorstellen, was ihm jetzt durch den Kopf ging: *Er ist schwach. Ein Stadtmensch. Ist in seinem ganzen Leben noch nie ernsthaft verletzt worden, und jetzt das. Aber niemand kann hier eine Heilung durchführen, ohne seine Seele an den Wald zu verlieren. Und wenn wir anhalten, um uns auszuruhen, selbst für eine Stunde, kostet es Ciani vielleicht das Leben.*

»Ich bin in Ordnung«, brachte Senzei heraus. Und als Damien ihn weiter anstarrte: »Wirklich.«

Nach einer Weile nickte Damien. Er wandte sich wieder dem Wald zu und setzte sein Pferd mit den Knien in Bewegung. Senzei biss vor Anstrengung die Zähne zusammen, und es gelang ihm, seinen Körper zum Gehorsam zu zwingen. Langsam setzte sich sein Pferd in Bewegung, um dem Damiens zu folgen. Und das dritte in der Reihe nahm den üblichen Platz hinter ihm ein.

Du bringst es schon, sagte er sich. *Klar. Der Geist ist der Materie überlegen. Du kannst dir nicht leisten, krank zu sein. Deswegen wirst du gesund. Stimmt's?*

Aber der Sieg des Geistes über die Materie – oder jede andere bewusste Beherrschung des Leibes – erforderte Fae. Und zum ersten Mal in seinem Leben verstand Senzei allmählich, was es bedeutete, ohne es auszukommen.

23

Sie waren nun sieben. Sie lagen auf dem nördlichen Bergrücken von Morgot und starrten hasserfüllt das ferne Ufer an. Einer war verwundet. Drei waren gestorben. Von der ursprünglich nach Jaggonath gereisten Gruppe war nur einer übrig – und wenn er als Anführer der auf Margot zu ihnen gestoßenen Verstärkung agierte, dann nur deswegen, weil nur er von Anfang an dabei gewesen war.

Sie hatten jemanden dabei, der hexen konnte!, flüsterte einer wütend.

Sie sind alle Hexer, erwiderte der Anführer gelassen.

Du weißt, was ich meine. Die eine ...

Es war das Luder aus dem Flachland, warf ein anderer ein. *Hätte sie sich nicht eingemischt ...*

Ihr hättet die Hexe in Jaggonath umbringen sollen, äußerte ein Neuankömmling vorwurfsvoll. *Dann wäre das nicht passiert. Nichts davon wäre passiert.*

Ja, erwiderte der Anführer gelassen. *So sehe ich es auch.*

Warum habt ihr es also nicht getan?

Ich hatte andere Befehle, erwiderte er einfach.

Aber es war die gleiche Frau?, fragte einer der Neuen. *Weißt du es genau?*

Ja. Ganz genau. Ihre Verkleidung war zwar gut, doch ihr Verstand schmeckt noch immer gleich. Er leckte sich bei der Erinnerung die Lippen. *Sie schmecken gut, die Seelen der Menschen.*

Sie schauten auf das Wasser hinaus. Nach Mordreth. Zum Wald hin.

Verfolgen wir sie?, fragte einer nervös.

Unnötig, flüsterte ein anderer. *Sie kommen schon raus. Sie müssen rauskommen. Und dann töten wir sie.*

Und wenn das Luder aus dem Flachland sich wieder einmischt?

Einer zischte wütend. Ein anderer ballte die Hände zu Fäusten, als wappne er sich für einen Kampf.

Das Luder aus dem Flachland ist fort. Sie wollte den Wald nicht betreten. Ich habe gesehen, dass sie sich ins Rakh-Gebiet abgesetzt hat. Sie muss inzwischen unter dem Baldachin sein. Ich sage ... wir kümmern uns um die Menschen, wenn sie den Wald verlassen. Und töten die Frau aus dem Flachland später, wenn wir durch ihr Lager kommen.

Dann fügte er mit einem hungrigen Flüstern hinzu: *Sie kann uns auf dem langen Heimweg als Nahrung dienen.*

24

Kurz bevor sie die Baumgrenze erreichten, gab Damien Senzei das Zeichen zum Anhalten. Er hatte darauf geachtet, dass jeder einen zerlegten Federbolzer bei sich trug. Nun nahm er den seinen aus der abgeschabten Satteltasche und gab Senzei mit einer Geste zu verstehen, er solle das Gleiche tun.

Mit schnellen, geschickten Bewegungen bauten sie die Waffen zusammen. Senzeis Federbolzer war nagelneu, eine glänzende, polierte Waffe. Er hatte sie für die Reise erworben. Die von Damien war ein älteres Modell mit einem schwereren Griff. Ihre abgegriffene und blutfleckige Schulterstütze kündete von vielen Einsätzen, aber auch von Nahkämpfen.

»Hast du je mit so was geschossen?«, fragte er Senzei.

»Auf dem Rummelplatz.« Senzei klang, als wolle er sich entschuldigen – als hätte es irgendwann in der Zeit seines Heranwachsens in der Großstadt Gelegenheit gegeben, sich an lebendigen Zielen zu üben.

»Theoretisch ist es das Gleiche. Diese Waffen sind nur schwerer.« Damien schob sein Pferd nahe an Senzei heran, um ihm die Einzelheiten zu zeigen. »Die Waffe fasst zwei Bolzen. Sorg dafür, dass sie immer geladen ist. Da ist der Sicherungshebel. Achte darauf, dass er bei gespannter Waffe aktiviert ist – also ständig.« Er schaute zu, als Senzei die Waffe in Blickhöhe hob und mit der linken Hand stützte, damit der Lauf ruhig lag. »Versuch mal«, sagte er. »Nimm den Baum da.«

Senzei legte sorgfältig an und betätigte den Abzug. Die obere Feder wurde entriegelt. Es klickte. Der mit einer Metallspitze versehene Bolzen schoss aus dem Lauf hervor. Er flog genau auf den Baum zu, verfehlte ihn um wenige Zentimeter und pfiff an seinem Ziel vorbei in die Finsternis des Waldes hinein.

»Das war schon ganz gut«, murmelte Damien. »Wenn wir hier wieder rauskommen, legen wir mal ein paar Übungsstunden ein.«

Nicht *falls,* fiel Senzei auf, sondern *wenn.* Die Zuversicht seines Gefährten war unglaublich.

»An der Laufmündung ist eine Klinge, an der Schulterstütze schweres Messing. Wenn dir irgendwas nahe kommt, nutze beides. Wenn etwas auf dich zukommt, versuche gar nicht erst nachzuladen. Dann müsstest du fünfzig Pfund zurückziehen, und das dauert zu lange.« Damien nahm Senzei die Waffe aus der Hand und schob sie mit einem einzigen Zug in die Spannposition zurück. Der Flaschenzugmechanismus, der dazu diente, die Prozedur zu erleichtern, drehte sich lautlos, als protestiere er gegen seine Stärke. »Und hier ist die Spezialmunition.« Er zog einen Bolzen aus seiner Vordertasche – und stieß einen leisen Pfiff aus. »He, schau dir das mal an.«

Die Bolzenspindel leuchtete. Es war ein weiches Licht, das am Tag unsichtbar gewesen wäre – doch in der Dunkelheit des drohend vor ihnen aufragenden Waldes, in dem Gott weiß was vor ihnen auf der Lauer lag, war die Wirkung des *Feuers* deutlich sichtbar. Ein inneres Leuchten kam aus dem Herzen der Spindel. Es drückte gegen die undurchlässige Wachsoberfläche, als riebe es sich an den Wänden seines Gefängnisses.

»Bei den Göttern Arnas«, hauchte Senzei.

»Diese Kraft wurde von der Kirche für ihre Zwecke gebunden.« Damien schob zwei Bolzen ins Magazin und achtete darauf, dass sie richtig einrasteten. »Sei bitte so anständig, keine anderen Götter anzurufen, wenn du sie verwendest.«

Senzei wollte sich zu einem Lächeln zwingen, dann erkannte er, dass Damien es todernst meinte. Er nickte und nahm die Waffe wieder an sich. Sie war schwer, ihr Gewicht war fast mehr, als er heben konnte. Er konnte sich nicht daran erinnern, dass es so gewesen war, als er sie erstanden hatte. Offenbar nahm seine Kraft rapide ab ...

»Na schön.« Damiens Stimme klang ergrimmt. »Hör zu: Wenn du Tarrant siehst, wenn er frei steht, dann schieß, um zu töten. Keine Fragen, keine Gespräche. Verstanden?«

»Was tötet jemanden seiner Art?«

»Ziel aufs Herz. So hast du einen Fehlerspielraum. Überlass die ausgefallenen Ziele mir.« Er schaute Senzei kurz an. »Bist du bereit?«

Senzei war es nicht, würde es nie sein – aber er nickte trotzdem. Es gab keine andere Antwort.

Mit einem letzten grimmigen Blick auf die sterbende Sonne – nun halb hinter dem Rand des Horizonts verloren und machtlos, ihnen zu helfen – richtete Damien sein Pferd auf den schmalen Pfad aus, der in den Wald führte

Und die Nacht hüllte sie ein. Dicht beieinander stehende Bäume, deren Wipfel ineinander griffen, bildeten über ihnen einen dichten Baldachin, der von Schlingpflanzen, totem Laubwerk und Gott weiß was verstärkt wurde, bis nur noch ein bloßer Anflug von Sonnenlicht hindurchdrang. Als sie ein paar Hundert Meter in den Wald vorgedrungen waren, verlor sich der Weg vor ihnen schon in der Finsternis und war von den Bäumen dahinter nicht mehr zu unterscheiden. Senzei schaute den Weg zurück, den sie gekommen waren, doch er sah an der Stelle, wo der Weg aus dem Wald führte, nur ein mattes, karminrotes Leuchten: die letzte Spur des rapide abnehmenden Sonnenlichts. Doch selbst dieses Bild schien zu flackern, als sähe er es durch fließendes Wasser oder verschmutztes Glas. Obwohl er den Anfang des Weges gerade eben ausmachen konnte, war es ihm unmöglich, sich auf ihn zu konzentrieren. Er fragte sich, ob sie ihre Rückkehroption schon verspielt hatten. Ob es diesen Teil des Weges noch geben würde, wenn sie ihn benutzen wollten.

»Dunkles Fae«, murmelte Damien. »Logisch.«

»Bitte?«

Damien deutete auf die über ihnen aufragenden Bäume, den dichten, über ihnen dräuenden Vegetationsteppich. »Hier wird der Boden nie von direktem Sonnenlicht berührt«, sagte er leise. »Überleg mal, was das bedeutet! Hast du in einer Echtnacht je beobachtet, wie schnell das dunkle Fae ins Freie kommt, wie stark es in dieser kurzen Zeit wird? Eine sehr hungrige, launische Kraft, die dazu neigt, die dunkleren Triebe des Menschen manifestieren zu lassen. Aber hier – stell dir diesen Ort im Sommer vor, wenn die Äste voller Blätter sind ... Mein Gott! Morgens, selbst zur Mittagszeit ... Nie trifft Licht auf den Boden. Das dunkle Fae lebt weiter, ohne den Sonnenschein zu bemerken, und es wächst und manifestiert sich ...«

»Damien?«

Der Priester drehte sich um und schaute Senzei an. Sein Pferd wieherte leise.

»Wenn es hier kein Sonnenlicht gibt«, sagte Senzei leise, »oder jedenfalls nur sehr wenig ...«

Er sah, dass Damiens Hand sich fester um den Griff des Federbolzers legte. Er glaubte sogar, ihn fluchen zu hören.

»Dann brauchte Tarrant gar nicht anzuhalten«, hauchte er. »Verflucht soll er sein! Damit hätten wir rechnen müssen.« Er griff in die Tasche an seiner Seite und holte die Kristallphiole des Patriarchen hervor. In der Düsterkeit der künstlichen Nacht leuchtete sie doppelt so hell wie zuvor: ein Stern in maßloser Finsternis. »Wenigstens haben wir ein Licht.« Damiens Stimme klang grimmig, als er die Phiole an seinem Sattel befestigte. »Und zwar ein solches, das dem Jäger nicht gefällt. Das ist immerhin etwas.« Seine Stimme klang jedoch alles andere als optimistisch. Dachte er das Gleiche wie

Senzei? Dass Tarrant, der einen ganzen Tag Vorsprung hatte, Ciani möglicherweise schon an ihrem Bestimmungsort abgeliefert hatte?

Sie ritten weiter. Nicht langsam, wie sie es vielleicht getan hätten, wenn Ciani bei ihnen gewesen wäre. Und auf keinen Fall vorsichtig. Vor ihnen ätzte das Licht des *Feuers* die Einzelheiten des Weges in scharfen Reliefs heraus. Die Hufe ihrer Pferde klackerten schnell daran vorbei, als sie sich mit sicherem Instinkt den festesten Boden aussuchten. Zweifellos lauerten vor ihnen Gefahren, auf die sie achten mussten, doch das Verlangen, Ciani so schnell wie möglich zu erreichen und die auf Morgot verlorene Zeit aufzuholen, war stärker als jedes Bedürfnis nach Vorsicht.

Senzei hungerte nach seiner Sehkraft. Er hätte den Weg vor sich gern so gesehen, wie er wirklich war: dunkle Erde, schäumend in den violetten Farben des Nacht-Fae; feine Stränge jener hungrigen Kraft, die sich wie Finger ausstreckten, um nach den Pferdehufen zu greifen ... um dann zurückzuschnellen, aufzulodern und sich, wenn das Licht des *Feuers* sie traf, in Nebel zu verwandeln. Vielleicht zogen sie sich auch an einen geheimen Ort zurück, um sich erneut voranzuarbeiten, wenn die Drohung vorbei war. Vielleicht formten Senzeis Ängste irgendwo in der Ferne schon jetzt, ohne dass man es sah, das dunkle Fae, das seine Unsicherheit manifestierte. Wie alt musste die Kraft an diesem Ort sein – und wie empfindlich und tödlich! Er hätte sie gern von ihrem eigenen Standpunkt aus gesehen, um sie direkt zu bekämpfen. Einen sehr kurzen Moment lang war der Schlüssel einer Wahrnehmung auf seinen Lippen. Er schmeckte die Worte ... dann zerbiss er sie. Er zwang sich, sie zu verschlucken. In Kale hatte die Strömung ihn beinahe hinabgezerrt; hier, im Wald würde er in den Tod gerissen, bevor er auch nur begriff, was ihn attackiert hatte. Und obwohl es ihn selbst einst verlockt hatte, eine solche Macht zu schmecken, wenn auch nur für eine Sekunde, durfte er Ciani nicht vergessen. Es verlangte ihn danach, sich in die schwarze Sonne zu stürzen und ihre Kraft aufzunehmen – doch jetzt musste sie ohne ihn aufgehen.

Der Weg, dem sie folgten, wurde immer unbestimmter, die bloße Andeutung einer Richtung, ganz im Gegensatz zu der ausgetretenen Straße, auf der sie angefangen hatten. Das Licht des *Feuers* franste aus und erhellte den vor ihnen liegenden Weg. Obwohl nirgendwo Bedrohungen sichtbar waren, spürte Senzei an seinem Nacken allmählich ein Prickeln. Als werde er von jemandem – oder irgendetwas – beobachtet. Er schaute sich um, so gut es ging, erblickte aber nur Dunkelheit. Das Gefühl hörte nicht auf. *Beobachtend* war eigentlich nicht das richtige Wort. *Abwartend. Erwartend.*

Er nahm instinktiv den Schlüssel einer Wahrnehmung in Angriff – und obwohl er schon nach der ersten Phrase aufhörte, reichten die wenigen Töne aus, um eine grässliche Manipulation auszulösen. Erd-Fae-Ströme brüllten wie eine Flut an seinen Ohren vorbei. Ihre Kraft hätte ihn beinahe aus dem Sattel geworfen. Er musste sich an sein Leben klammern, als die Ströme auf ihn eindroschen, ihn einhüllten und versuchten, ihn hinabzuzerren ... Es war so tief, so verdammt tief! Wie konnte es an einem Ort nur so viel Kraft geben? Er wollte aufschreien – in Panik, um zu warnen, in einem Versuch, die Wahrnehmung zu bannen. Die Strömung war zu stark und zu schnell für ihn. In dem Augenblick, den er brauchte, um sich auf einen Teil des Fae zu konzentrieren, rauschte dieser an ihm vorbei und war verschwunden. Und was ihn ersetzte, war neu und hungrig, unzähmbar, eine so unerbittliche Kraft wie die Gezeiten oder Winde, so mächtig wie ein neugeborener Tornado ...

Es gelang Senzei, einen Schrei auszustoßen. Irgendwie. Damien fuhr herum und schaute ihn an. Seine rechte Hand hob den Federbolzer in Schussposition, sein Daumen legte den Sicherungshebel um. Dann sprang etwas Schwarzes und sich Schlängelndes von einem dunklen Baumstamm direkt auf ihn hinab. Er hatte es offenbar kommen hören – oder gesehen, wie es sich in Senzeis Augen spiegelte. Im gleichen Moment, in dem Klauen nach ihm griffen, drehte er sich um und schoss die geladene Waffe aus nächster Nähe in den Bauch des Wesens ab. Senzei spürte den Bolzentreffer, als sei er in seinen eigenen Leib eingedrungen. Der Angreifer schrie vor Schmerz auf, als das *Feuer* dazu ansetzte, ihn zu verzehren. Er schlug in urtümlicher Wut auf Damien ein – und bekam den Messingknauf des Federbolzers quer über den Schädel. Seine Klauen lösten sich von Pferd und Sattel, und er fiel, sich fortwährend im Kreise drehend, in die brausende Strömung hinein ...

»Da sind noch mehr!«, keuchte Senzei. Der Umfang seiner Stimme verlor sich in der Flut. Er betete darum, dass Damien ihn hörte. Das verwundete Biest zuckte vor Schmerz vor ihm auf dem Boden. Senzei musste sich zusammenreißen, um seine Konvulsionen nicht mitzuerleben. Er musste dagegen ankämpfen, den Abstieg in den Tod nicht mitzuerleben, als das *Feuer* es letztlich verzehrte. »Noch mehr!«, röchelte er. Er kämpfte gegen das Dreschen der Strömung, und es gelang ihm, einen Arm zu heben, um auf die Angreifer zu deuten. Er flüsterte verzweifelt den Schlüssel einer Unsichtung und bemühte sich, seine eigene Waffe zu heben. Um genug Kraft zu finden, sie zu halten – und den Sicherungshebel umzulegen.

Es gelang ihm.

In letzter Sekunde.

Sie kamen aus dem Wald, lautlos und geschmeidig wie Schatten. Ihre Seelen sangen laut von Hunger und Hass; Akkorde des Todes, die an der Strömung entlang widerhallten und Senzeis Blut gefrieren ließen. Er legte die Schulterstütze an und bat um die Kraft, die Waffe abzuschießen. Sie waren von hinten gekommen, was bedeutete, dass er sich umdrehen musste, um sich ihnen zu stellen. Damien war hinter ihm. Vor ihm waren nur das reiterlose Pferd, das sich entsetzt auf die Hinterläufe stellte – oder es wenigstens versuchte, denn die Zügel gestatteten es ihm nicht –, und vier dunkle, schlanke Gestalten, deren Augen purpurn brannten und deren Atem nach Hass roch. Senzei murmelte ein, zwei Mal die Unsichtung. Dann erneut, als er darauf wartete, dass sie so nahe an ihn herankamen, dass er sicher sein konnte, seine Ziele zu treffen. Das Brüllen der Flut nahm etwas ab – gerade so viel, dass er Damien Anweisungen schreien hörte, aber nicht genug, um sie zu verstehen. Die den Lauf haltende Hand zitterte leicht – aus Angst oder vor Schwäche? –, als er den Blick auf den Anführer der Meute richtete und genau auf die Stelle zwischen seinen Augen zielte. Senzei drückte ab. Er hörte das scharfe Knacken des Federbolzer-Abzugs, sah einen Lichtblitz aus dem Lauf hervorschnellen, hörte das Knacken von Knochen, als er das Ziel traf, und sah den plötzlichen Ausbruch von Licht, als das *Feuer* in seinem Opfer Wurzeln schlug ... Senzei zwang sich, nicht hinzuschauen, nicht zu denken, sich einfach nur umzudrehen, erneut zu zielen und dem Klicken zu lauschen, das ihm sagte, dass der zweite Bolzen eingerastet war ... Und um zu schießen. Der Schuss war nicht so sauber wie der erste; er traf das Geschöpf fest in den Hinterlauf und jagte es kreischend in den Wald hinein. Nummer zwei. Senzei griff in die Tasche, um zwei neue Bolzen hervorzuziehen, dann fiel ihm plötzlich ein, dass Damien gesagt hatte, nachladen brächte nichts. Dann war eins der Biester vor ihm. Seine Klauen gruben sich in die Flanke seines Pferdes, seine Purpuraugen brannten hungrig. Ohne nachzudenken, drosch Senzei ihm den Lauf der Waffe ins Gesicht und spürte, dass die

Klinge in Fleisch biss. Er spürte auch den kalten Schwall nachtgeborenen Blutes, das schwärzlich über seine Hand lief. Er bemühte sich, nicht zu kotzen. Sein Pferd bockte, vom Schmerz übermannt, und einen Moment lang brauchte Senzei seine gesamte Kraft, um nicht herunterzufallen. Als er das Tier endlich zum Stillstand gebracht hatte, sah er, dass die Zügel des dritten Pferdes von seinem Sattel abgerissen waren. Er schaute sich schwindlig um und versuchte zu erkennen, wo es geblieben war.

»Zurück!«, bellte Damien. Die Stimme verlieh Senzei Richtungssinn und Ziel. Er zwang sein Reittier einen Schritt rückwärts, dann noch einen. Da zwei der Biester nicht fern von ihnen mit dem reiterlosen Pferd rangen, war sein Reittier glücklich, seinem Befehl Folge zu leisten. Er fand es überraschend, dass es sich, von dem Erlebten überwältigt, nicht einfach umdrehte und floh. Doch Arna hatte seine Reittiere zu Transportzwecken in den gefährlichsten Teilen des menschlichen Lebensraums gezüchtet. Jedes Tier, das sich blinder Angst unterwarf, war schon vor langer Zeit aus dem Zuchtmaterial entfernt worden.

Damien ragte neben ihm auf. Sein Federbolzer war gespannt, erhoben und mit schwarzem Blut befleckt. Er zielte schnell und schoss auf das Geschöpf, das ihnen am nächsten war. Das quiekende Reittier richtete sich auf und schob sich fast in die Schusslinie – doch dann traf der Bolzen in einer dünnen schwarzen Kehle sein Ziel, und wieder ging ein Angreifer zu Boden.

Bevor er den nächsten Angreifer unter Beschuss nehmen konnte, trat das entsetzte Pferd aus. Sein dreigespaltener Huf traf das letzte Biest an den Kopf und warf es rückwärts gegen einen nahen Baum. Ein lautes Knacken ertönte, als es aufschlug. Sein zu Boden fallender Körper war grotesk verdreht; all seine Gliedmaßen waren erschlafft.

Senzei streckte den Arm aus, um den Zügel des Ersatzpferdes zu ergreifen – es war zu weit weg, es war zu schwierig. Schmerz durchzuckte seine Seite und zwang ihn in einem plötzlichen Aufwallen von Agonie zurück. Das Pferd richtete sich auf. Blut lief von seinen Läufen und aus einer Wunde am Hals, dann fegte es in die Tiefen des Waldes und schrie vor Wut und Schmerz. Senzei keuchte auf und hielt sich an seinem Sattel fest. Der Schmerz durchlief seine Adern wie Feuer, die ganze Welt drehte sich um ihn ... Doch inzwischen waren wenigstens die Strömungen wieder sichtbar. Doch ihnen fehlte die Macht, sein Leben einzufordern. Er dankte den Göttern dafür.

»Alles klar?«, fragte Damien leise. Senzei bemühte sich, seine Stimme zu finden, seine Lippen zu bewegen, Worte zu bilden. Dann zerriss westlich von ihnen ein plötzlicher Aufschrei die Nacht, ein Geräusch pferdehaften Entsetzens und Schmerzes, das aus der Gegend kam, in die das *Feuer*-Licht nicht mehr reichte.

Damien lud wortlos ihre Waffen nach. Auf seinen Knöcheln waren lange Kratzer, aus denen scharlachrotes Blut in dicken, parallelen Linien quoll. Er schenkte ihnen keinen Blick. Mit einem Nicken in die Richtung, aus der der Schrei gekommen war, lenkte er sein Reittier zwischen die Bäume und hob seinen Federbolzer an die Schulter. Senzei tat es ihm gleich. Er fragte sich erneut, ob der Pfad auch dann noch da war, wenn sie den Versuch machten, über ihn zurückzureiten. Er fragte sich auch, ob sie lange genug durchhielten, um den Versuch überhaupt machen zu können.

Knapp hundert Meter weiter – ihr *Feuer*-Licht trieb die Finsternis zurück – sahen sie, dass das Pferd gestürzt war. Eine schwere Eisenfalle war um einen seiner Läufe zugeschnappt und hatte das Fleisch durchschlagen, um den darunter befindlichen Knochen zu brechen. Blut strömte aus der

Wunde zu Boden, als es sich aufzurichten versuchte. Senzei hörte Damien leise fluchen, als er sich dem Tier näherte – und diesmal war er es, der ihn anhielt, indem er die Schulter des Priesters mit dem Lauf seines Federbolzers berührte.

Irgendwelche Dinge kamen aus dem Boden. Wurmartige, finstere, sich schlängelnde Dinge. Sie reagierten auf die Körperwärme des Pferdes, auf sein Blut oder auf sein Geschrei. Sie kamen und fraßen. Glatte schwarze Würmer, so dick wie der Unterarm eines Mannes, am vorderen Ende ein Kreis bösartig spitzer Zähne. Sie stürzten sich auf das warme Fleisch, hakten sich in es ein und fingen an, sich in es hineinzugraben. Es waren mindestens ein halbes Dutzend Würmer, die sich am Bauch des Pferdes festmachten und anfingen, sich in seine weichen inneren Organe einzugraben.

Senzei spürte nun, dass es ihm hochkam. Diesmal konnte er nichts dagegen tun. Er beugte sich über sein Reittier und kotzte hilflos auf den Boden – wobei ihm in jeder Sekunde bewusst war, dass die warme Flüssigkeit die Biester anlocken konnte, die seine Übelkeit erst erzeugten. Als er wieder aufschaute, legte Damien auf das zuckende Pferd an. Sein Gesicht wirkte nun noch erbitterter und schrecklicher als zuvor – schlimmer als alles, was Senzei je in seiner Miene gesehen hatte. Er wartete, bis das Pferd, von seinem Kampf erschöpft, eine Weile still lag, dann drückte er ab. Der Bolzen schlug in den Hals ein, in offenbar gut gepolstertes Fleisch. Dann bewegte sich das Tier noch mal – die Bolzenspindel brach ab – und ein Blutstrom ergoss sich aus seinem Hals und floss im Rhythmus seines Herzschlags zu Boden.

»Die Halsschlagader«, murmelte Damien. »Wenn sie erst mal geöffnet ist, sterben sie schnell.« Er wischte mit der Hand über seine Stirn und verschmierte Blut auf seinem Gesicht. »Es hat die Ersatzausrüstung getragen, nicht wahr? Also nichts

Lebenswichtiges. Nichts, wofür wir ... ein Risiko eingehen müssten.«

»Nein.« Senzeis Stimme war ein heiseres, zittriges Flüstern. »Nichts.«

»Na schön.« Das Geschrei des Pferdes erstarb. Das Gurgeln des Blutes war hörbar. Damien wendete sein Reittier. Von seinen Händen tröpfelte Blut auf die Zügel. »Nichts wie weg hier, verdammt.«

Sie verbanden ihre Wunden während des Reitens und taten das, was sie für die Pferde tun konnten, aus der gleichen Position heraus. Damien war der Meinung, die Körperwärme hätte die Wurmbiester angezogen und die dicken Hufe müssten besser isolieren als ihre dünn besohlten Schuhe. Trotzdem blieben sie, so gut es ging, auch dann in Bewegung, als sie ihre verletzten Hände verbanden. Senzei spürte, dass es warm an seiner Seite herabtröpfelte, doch er sagte nichts. Jetzt war weder die richtige Zeit noch der richtige Ort, um anzuhalten und seine Wunde zu begutachten.

Es war vierundzwanzig Stunden her. Es kam ihm wie Tage – Jahre – vor. Wie ein anderes Leben. Er dachte an Damien, der von einer Stadt zur anderen reiste, durch Gebiete, die so desolat waren, dass selbst Kaufleute sich scheuten, dort hinzugehen, und dass er Reiche befriedete, die den Produkten der schlimmsten menschlichen Albträume in die Hand gefallen waren ... Zum ersten Mal verstand er, was dies bedeutete. Sich vorzunehmen, Dinge dieser Art immer wieder zu tun, ohne einen Reisegefährten zu haben, der einen aufrichtete. Auf Wacht zu stehen, wenn die anderen schliefen ... Er konnte es sich nicht vorstellen. Er konnte sich nicht vorstellen, warum sich jemand ein solches Leben aussuchte. Er konnte sich nicht vorstellen, wie es war, von einem solchen Glauben erfüllt zu sein, dass man, wenn sein Gott es wollte, eine solche

Reise unternahm, ohne einen Gedanken an die Gefahren zu verschwenden, die einem in einer solchen Umgebung in den Weg traten.

Und ihr Gott entschädigt sie nicht mal. Er tut ihnen keinen besonderen Gefallen. Er wirkt nicht mal kleine Wunder. Es ist nur ein einzelner Traum, der vielleicht nie erfüllt wird.

Sie ritten weiter. Damien beobachtete das Laubwerk – oder irgendein anderes subtiles Zeichen – und verkündete, dass östlich von ihnen möglicherweise ein Fluss verlief. Was seiner Meinung nach gut war, denn aus dieser Richtung würden weniger vom Fae erzeugte Dinge kommen. Und wenn erst mal die Sonne aufgegangen war, bedeutete der Fluss ein sicheres Refugium, falls sie eins brauchten.

Falls sie je wieder aufgeht, dachte Senzei. *Falls wir lange genug leben, um sie wieder aufgehen zu sehen.*

Sie ritten so schnell, wie sie es angesichts der Ausdauer ihrer Pferde wagen konnten. Damien war in dieser Hinsicht äußerst deutlich: Wenn sie ihre Reittiere bei Cianis Verfolgung so auslaugten, dass sie schließlich zu Fuß durch die gespenstische Wildnis weitergehen mussten, war es gleichbedeutend mit dem Tod für sie alle. Das *Feuer* warf ein Licht, das gerade so weit reichte, dass sie, falls der Weg plötzlich endete oder von einem Fae-geborenen Antagonisten blockiert wurde, kaum genug Zeit hatten anzuhalten, bevor sie das Hindernis sahen.

Deswegen waren Damiens Nerven äußerst angespannt. Deswegen riss er in der gleichen Sekunde an den Zügeln seines Reittiers, in der er das Flackern einer Bewegung in dem endlosen Tunnel ihres Weges erblickte. Es gelang dem einige Meter hinter ihm reitenden Senzei, das Gleiche zu tun, ohne mit ihm zusammenzustoßen – hauptsächlich deswegen, weil sein Pferd offenbar begriffen hatte, immer das zu tun, was Damiens Pferd machte. Sie hielten auf der Mitte des öden

Pfades nebeneinander an und versuchten in dem lichtlosen Dunkel sich bewegende Gestalten auszumachen. Die ängstlichen Pferde erinnerten sich zweifellos an die Krallengeschöpfe, die erst vor wenigen Minuten – Stunden? – aus dem Wald gekommen waren und sich auf sie gestürzt hatten.

Dann bewegte sich der Umriss so deutlich, dass er sichtbar wurde. Es war, ganz allgemein besehen, eine menschliche Gestalt, doch sie ging eigenartig gebückt daher. Damien hob seinen Federbolzer in Augenhöhe, als er sie auf sie zutaumeln sah. Die finstere Gestalt löste sich in eine echte menschliche Form auf, und als sie in den äußeren Grenzbereich des *Feuer*-Lichts trat, sah man, dass sie vor Erschöpfung wankte. Möglicherweise auch auf Grund von Schmerzen. Sie kam näher und hob den Kopf. Ihre Augen waren nach der Dunkelheit des Weges wegen der Schmerzen, die das viele Licht erzeugte, halb geschlossen.

Ciani.

Senzei spürte, dass sein Herz für einen Schlag aussetzte, dann strömte das Adrenalin wie eine Flut durch seine Adern: aus Angst, aus Freude, aus Besorgnis um ihr Leben. Sie war nur noch ein Schatten ihres früheren Ichs, und ihre Kleider waren nur noch Fetzen. Als sie anhielt, bildete sich unter ihren Füßen eine Blutlache. Sie wankte schwach hin und her und schirmte die Augen mit der Hand ab, damit sie die beiden Männer trotz des *Feuer*-Glühens sah. Ein Flüstern löste sich von ihren Lippen, zu schwach, um die Distanz zwischen ihnen zu überbrücken. Vielleicht war es ein Name. Eine Bitte. Ihr Gesicht und ihre Arme waren verschrammt; lange Striemen zogen sich über eine Seite ihres Gesichts. Sie schien über Nacht die Hälfte ihres Gewichts verloren zu haben, und ebenso die Hälfte ihrer Farbe.

»Gott sei Dank«, hauchte sie. »Ich habe die Pferde gehört …« Tränen erstickten ihre Stimme. Sie machte einen Schritt vorwärts. Dann fiel sie hin. Ihre Beine waren zu schwach, um sie zu tragen. Tränen strömten über ihr Gesicht. »Damien ... Senzei ... Mein Gott, ich kann gar nicht glauben, dass ich euch gefunden habe ...«

Das Gefühl des Entsetzens, das Senzeis Glieder gelähmt hatte, ließ ihn endlich frei. Er rutschte mit einem Freudenschrei von seinem Pferd. Seine Wunde stach wie Feuer, wie eine Klinge aus geschmolzenem Stahl, doch was spielte es für eine Rolle? Sie hatten Ciani gefunden! Er lief, so gut er konnte, auf sie zu, auf schwachen Beinen, zitternd und steif vom stundenlangen Ritt ...

Und etwas zischte an seinem Ohr vorbei. Ein Lichtbolzen – eine Feuerlanze –, ein sengendes Geschoss, das im Vorbeiflug die Luft erhitzte. Bevor es Ciani traf, hatte er kaum Zeit, zu erkennen, was es war, was es sein musste. Der leuchtende Bolzen traf sie voll in die Brust, leicht rechts von der Mitte: durch das Herz. Mit einem Aufschrei riss sie die Arme zurück und packte das Projektil – so nah, sie war ihm so nah gewesen, er hatte sie fast berühren können! –, doch es hatte sich tief in ihren Leib gegraben, und sie konnte es nicht herausziehen. Und dann, ohne Warnung, entzündete sie sich. Ihr ganzer Körper ging im gleichen Augenblick in die Luft, wie trockene Blätter, die ein Hitzeblitz Funken sprühen lässt. Senzei schrie auf, als er die Augen vor der Helligkeit abschirmte, in der sie brannte. Er fiel auf die Knie, als der Scheiterhaufen vor ihm in die Höhe knisterte. *Feuer*-Zungen leckten an den Wipfeln über ihm. Kleine schwarze Gestalten fielen – kreischend, rauchend – auf den Weg. Nur langsam kam ihm die Erkenntnis, was passiert war. Nur langsam kam ihm die Erkenntnis, was Damien getan hatte. Und warum.

Als das *Feuer* endlich erlosch – dort, wo Ciani gestanden hatte, blieben weder Knochen noch Asche zurück, sondern nur leichter Schwefelgeruch –, blickte er zu Damien auf. Er saß auf seinem Pferd, hielt mit einer Hand die Zügel von Senzeis Reittier fest und drückte mit der anderen den Federbolzer an seine Schulter.

»Wie ...«, keuchte Senzei und zitterte am ganzen Leib, »hast du es rausgekriegt?«

Die Miene des Priesters war grimmig, sein Gesicht von tiefen Falten zerfurcht. Er wirkte, als sei er in den letzten paar Stunden um Jahrzehnte gealtert. »Sie wollte nicht ins Licht treten«, sagte er. »Ciani hätte gewusst, dass das *Feuer* für sie Sicherheit bedeutet. Sie wäre auf jeden Fall in den Lichtkreis getreten. Sie hat *meinen* Gott angerufen, nicht den ihren. Sie hat dich mit deinem vollen Namen angesprochen; was so gut wie nie vorkommt, jedenfalls nicht in meiner Gegenwart. Reicht dir das?«

»Aber du wusstest es nicht genau!«, rief Senzei aus. »Du kannst dir unmöglich sicher gewesen sein! Angenommen, du hättest dich geirrt?«

»Aber ich habe mich nicht geirrt, oder?« Damiens Gesicht war wie Stein, sein Ton unnachgiebig. »Eins solltest du lieber lernen, Sen. Einige Dinge, die die Dunkelheit gebiert, können jede beliebige Gestalt annehmen. Sie erkennen deine Ängste aus dem dich umgebenden Fae und konstruieren jedes Abbild, das sie brauchen, um deine Verteidigung zu durchstoßen. Dann hast du nur *eine* Chance, sie zu erkennen; *eine* Chance, um zu reagieren. Wenn du dich irrst – wenn du zögerst, und sei es auch nur kurz –, werden sie dir Schlimmeres als den Tod bescheren.« Er schaute in die Dunkelheit hinein, und Senzei glaubte zu sehen, dass er sich schüttelte. »Im Vergleich mit dem, was ich gesehen habe, wäre der Tod eine Gnade.«

Das *Feuer* war erloschen. Senzei starrte dorthin, wo es gewesen war. Der Schlag seines Herzens dröhnte in seinen Ohren. Warum war ihm plötzlich so heiß? Hatte das *Feuer* seine Wahrnehmung irgendwie beeinflusst, so dass selbst nach dem Erlöschen in seinem Inneren noch irgendwas brannte? Er fühlte sich überwältigt. Am liebsten hätte er geschrien: *Ich schaffe es nicht! Ich habe keine Kraft mehr! Wie kann ich unter diesen Umständen etwas tun, um sie zu retten?*

Damien schwieg. Er räumte Senzei die Zeit ein, die er brauchte, um sich zusammenzureißen. Dann versteifte er sich plötzlich. Mit einer Stimme, die ruhig, aber fest war, sagte er befehlend: »Aufsitzen. Sofort.«

Senzei schaute ihn an und sah, dass er seinen Federbolzer nachlud. Der Blick des Priesters war nach Westen gewandt und fixierte irgendetwas in der Ferne. »Sitz auf!«, zischte er.

Senzei gehorchte zitternd. Der Schmerz raste durch seine Seite, als er in den Sattel glitt und dachte: *Noch mal schaffe ich das nicht. Wenn ich noch mal absteige, komme ich nicht wieder rauf.*

Und es war Friede in diesem Gedanken. Ein finsterer Friede und das Wissen, dass vielleicht bald alle Kämpfe vorbei waren.

Er nahm die Zügel seines Pferdes aus Damiens Händen und folgte dem Blick des Priesters, der ein Stück voraus und auf die linke Seite des Weges fiel. Dort waren zwei Lichtpunkte, die in der Dunkelheit blinkten – sie standen etwa einen Meter über dem Boden. Helles Scharlachrot, wie Blut.

»Auf geht's«, murmelte Damien.

Sie ritten weiter. Langsam anfangs. Sie behielten die Lichter ständig im Auge. Dann schneller, als sie sahen, dass die roten Funken mit ihnen Schritt hielten. Kurz darauf gesellten sich zwei weitere Lichter zu den ersten. Dann noch zwei.

Augen, dachte Senzei, *die das Feuer-Licht reflektieren. Götter, steht uns bei.*

Sie verfielen in einen fieberhaften Galopp.

Die Augen begleiteten sie.

Es wurden nun immer mehr. Zu viele, um sie zu zählen. Sie

flammten so hell wie Sterne, wenn ihre Besitzer sich umwandten, um ihre Beute abzuschätzen. Kurz darauf wurden sie unsichtbar, als die Biester ihre Aufmerksamkeit auf den Boden zu ihren Füßen oder den vor ihnen liegenden Wald richteten. Um was für Geschöpfe es sich auch handelte: Sie waren schnell und ermüdeten offenbar nie. Damien und Senzei konnten machen, was sie wollten, sie konnten sie nicht abschütteln. Senzei hörte Damien leise fluchen, weil er wusste, dass es ihm nicht gefiel, die Pferde dermaßen auszulaugen – doch so schnell sie auch ritten, es gelang den leuchtenden Augen immer, mit ihnen Schritt zu halten.

Schließlich verlangsamte Damien, und Senzei tat das Gleiche. Sein Pferd war schweißbedeckt und zitterte, als die kalte Nachtluft über es dahinfegte. Ihm wurde mit Erschrecken bewusst, wie sehr sie auf die Tiere angewiesen waren. Es würde ihnen nicht gut bekommen, wenn sie dorthin gingen, wohin sie gehen mussten, um Ciani zu retten. Wenn sie den ganzen Rückweg zu Fuß zurücklegen mussten. *Wir würden keine Stunde durchhalten.*

Damien hob seinen Federbolzer auf Augenhöhe und fluchte. »Verdammt sollen sie sein!«

»Was?«

»Sie sind genau außerhalb der Schussweite. Halten genau die richtige Distanz ein. Verdammt! Das bedeutet, dass sie ein Schweineglück haben ...« Er ließ seine Waffe sinken und sagte leise: »Oder sie haben ihre Erfahrungen gemacht.«

»Oder sie sind intelligent«, hauchte Senzei.

Einen Moment lang herrschte Schweigen. »Das wollen wir nicht hoffen«, sagte Damien schließlich.

Irgendetwas trat auf den Weg hinaus.

Auf den ersten Blick sah es aus wie ein Wolf – ein ungewöhnlich großer Wolf mit gebleichtem weißem Fell und flammend roten Augen. Doch es gab Unterschiede. An seinen

Tatzen, die wie menschliche Hände gespreizt waren. An seinen Kiefern, die breiter und kräftiger waren als selbst die eines Wolfes. Und an seiner Haltung, die mehr andeutete als nur Hunger: eine subtile Bösartigkeit, die nicht im Geringsten tierisch war.

Er trat in die Mitte des Weges und blieb dort stehen, als wolle er sie dazu veranlassen, ihn über den Haufen zu reiten.

Damien setzte sich in Bewegung. Sein Reittier, das sich seinem Verlangen entsprechend verhielt, verfiel plötzlich in einen Galopp. Obwohl Senzei alles andere als Behagen empfand, tat er das Gleiche. Der Priester ritt genau auf das wolfsähnliche Biest zu, als wolle er es herausfordern, seinen Platz nicht zu verlassen. Doch die einzige Reaktion war ein leises Knurren und ein Zucken seiner Lefzen: das Nachäffen menschlichen Gelächters.

Dann, als Damien das Biest fast erreicht hatte, bog er nach rechts ab. Verließ den Pfad. Dieser Schachzug führte sie in Richtung des Flusses, und ihre Pferde waren gezwungen, sich durch immer dichter werdendes Buschwerk zu schlagen. Damiens Reittier stolperte einmal, doch es gelang ihm, auf den Beinen zu bleiben. Nachdem sie eine gewisse Strecke am Fluss entlanggeritten waren, wandte sich der Priester wieder nach Westen. Senzei begriff, dass er sich erhoffte, das Rudel umritten zu haben und wieder auf den Weg zu gelangen. Doch als sie weiter nach Westen kamen, sahen sie, dass die Augen bereits dort waren und sie erwarteten. Sie waren in einem Winkel verteilt, der ihnen eine Spur zu berechnet erschien – als könnten sie den beiden Reitern gestatten, an einer bestimmten Stelle wieder auf den Weg zurückzufinden.

Sie treiben uns, dachte Senzei verzweifelt. Damien war offenbar der gleiche Gedanke gekommen, denn er zog mit plötzlicher Entschlossenheit sein Schwert aus der Scheide und bereitete sich darauf vor, sich eine Bresche zu schlagen.

Senzei drückte den Federbolzer an seinen Brustkorb und versuchte zu beten. Er fragte sich, ob auch Damien betete – und ob der Priester glaubte, dass seine Gebete erhört wurden. Vielleicht betete er nur, um seinen Geist zu disziplinieren.

Sie stoben zwischen den Bäumen her, zurück auf den Weg. Wenigstens ein Dutzend Bestien hatten sich vor ihnen aufgebaut. Ihre roten Augen glühten heiß. Jede einzelne war eindeutig in der Lage, einen Mann und ein Pferd zu Boden zu reißen, und schien sich auf den Kampf zu freuen.

Dann hielt Damien urplötzlich an und bedeutete Senzei, das Gleiche zu tun. Er gehorchte verwirrt.

In der Mitte des Weges ragte starr ein Mann in die Höhe.

Er war dünn und schlaksig. Sein Haar war von der gleichen bleichen Farbe wie das Fell der Tiere, und seine Haut war fast ebenso weiß. Er hatte rote Augen, die sich im *Feuer*-Licht wie scharlachrote Edelsteine spiegelten. Seine Haut war dünn und durchlässig, und zwar dergestalt, dass man die Adern an seinem Hals pulsieren sah; dunkelblaue Adern, die in einen weißen Seidenkragen liefen. Er trug ein weißes Hemd und eine ärmellose Jacke, weiße Beinkleider und weiße Lederstiefel. Als trüge er, da er ein Albino war, nur tierische Produkte, die von Bestien stammten, die sein Elend teilten.

Er lächelte und zeigte nadelspitze Zähne. Eine Bestie trat an seine Seite. Sie zog abwartend die Krallen ein.

Es sind zu viele, dachte Senzei verzweifelt. *Wie können wir gegen so viele kämpfen?*

Damien dachte offenbar dasselbe. Er steckte das Schwert zwar nicht in die Scheide zurück, aber er senkte es. Er griff mit der anderen Hand in die Tasche und zückte die goldene Erdscheibe.

Der Albino grinste. Es war ein animalischer Ausdruck. Dann sagte er mit einer Stimme, die halb ein Zischen und halb ein Lachen war, auf provokative Weise zu Damien: »Du beanspruchst, ein Diener des Jägers zu sein?«

»Ich suche einen seiner Leute.«

»Dann bist du mutig, Sonnenmensch. Oder dumm. Oder beides.« Der Albino musterte mit zusammengekniffenen Augen das *Feuer*. »Nimm das Ding weg.«

Damien zögerte. »Zünde eine Fackel an«, befahl er. Senzei brauchte einen Moment, um zu begreifen, dass er gemeint war. Er kramte in einem seiner Gepäckstücke nach einer Reisigfackel und Streichhölzern. Schließlich fand er sie. Es gelang ihm sogar, die Fackel anzuzünden. Seine Hände zitterten schrecklich und deswegen auch das Licht.

Damien zog die Kristallphiole aus dem Gürtel und schob sie in den Ausschnitt seines Hemdes. Das *Feuer*-Licht verblasste und wurde durch Senzeis flackernde Flamme ersetzt.

»Viel besser.« Weitere Bestien traten auf den Weg hinaus. Senzei spürte das Zittern seines Pferdes. Es hatte Angst und wollte dem Geruch der Gefahr entfliehen. »Es tut den Augen weh.«

»Ich suche Gerald Tarrant«, sagte Damien.

»Ja, das weiß er.«

»Wissen Sie, wo er ist?«

Der dürre Albino zuckte die Achseln. »In der Festung. Dem Labyrinth des Jägers. Wo er hingehört.«

»Und die Frau, die bei ihm war?«

Die roten Augen funkelten. »Ich zähle die Frauen des Jägers nicht.«

Damien spannte sich. Senzei glaubte, dass er gleich explodieren und den Mann angreifen würde. Er musterte die zwei Dutzend Tiere, die darauf warteten, sie anzufallen. Verzweiflung erfüllte sein Herz. *Bereite dich auf den Tod vor,* dachte er und umklammerte seine Waffe noch fester.

Doch Damien griff nicht an. Stattdessen sagte er kühl: »Sie werden uns zu ihm bringen.«

In den Augen des Albinos blitzte etwas auf. Verunsicherung? Wut? Einer der weißen Wölfe knurrte. Dann erwiderte der Mann mit seidenweicher Stimme: »Deswegen bin ich hergekommen.«

Er blickte nach Süden, wo der hinter ihnen liegende Weg von der Finsternis verschlungen wurde. Einen Moment lang sah es so aus, als erstrahlten seine Augen in einem eigenen Licht, einem Scharlachrot, das heller war als das einer bloßen Reflexion. Er flüsterte etwas in die Luft – eine Manipulation? – und wartete ab. Nach einem kurzen Augenblick wurde in der Ferne ein Klopfen hörbar. Es war rhythmisch. Vertraut. Hufschlag? Senzei wünschte sich, Damien würde ihn ansehen, damit er seinen Gesichtsausdruck sehen konnte. Doch der Priester ließ sich nicht ablenken. Sein Blick richtete sich weiterhin fest auf den Albino-Hexer. Als ein Pferd in den Lichtkreis trat und an ihnen vorbeigaloppierte, drehte er sich nicht um. Nicht mal Senzeis entsetztes Keuchen reichte aus, um ihn sich drehen zu lassen, obwohl sein Körper, als er es hörte, erwartungsvoll erstarrte.

Es war ihr Pferd. Das eine, das sie zurückgelassen hatten. Das eine, das Damien getötet hatte. Nun war es all seiner Farbe entkleidet und ebenso all seines Lebens. Dünne blaue Flüsse verliefen über seine Haut, wo es einst rotes Blut vergossen hatte. Seine Augen waren leer, ohne Konzentration, sein Ausdruck unzugänglich. Und von seinem Bauch ...

Senzei kämpfte gegen den Drang an, sich zu übergeben. Er hatte nur deswegen Erfolg, weil sein Magen leer war. Oder er keine Kraft mehr zum Kotzen hatte. Aus dem Bauch des Pferdes hingen die Schwänze der Wurmgeschöpfe heraus, die von einer Seite zur anderen schwangen, während ihre vorderen Hälften, in dem Tier vergraben, sich die leckersten Bissen aus dem Inneren des Pferdes heraussuchten.

Der Albino schwang sich auf das gespenstische Pferd. Ein Wurmende reagierte auf seine Nähe, schlang sich um seinen Unterschenkel – und zuckte urplötzlich zurück, als hätte es sich verbrannt. Kurz darauf schüttelte es sich und erschlaffte. Der Albino grinste.

»Da ihr nicht gefahren werdet«, zischte er, »müsst ihr geführt werden. Ja?« Er versetzte das schreckliche Reittier mit den Schenkeln in Bewegung. Eine seiner Hände verhedderte sich in der totenbleichen Mähne. »Folgt mir.«

Dann lachte er leise – es war ein seidenweicher, bösartiger Klang. »Ich glaube, der Jäger erwartet euch.«

25

Ich bringe ihn um, dachte Damien.

Er dachte dabei an niemanden im Besonderen. Er empfand nur ein allgemeines Verlangen, auf die Ursache seiner Frustration einzuschlagen. Da kam ihm der Jäger gerade recht. Und das Gleiche galt auch für den höfisch-arroganten Gerald Tarrant. Selbst der Albino-Gefolgsmann wäre ihm recht gewesen – obwohl er nicht wusste, wie er sein Reittier noch mal töten sollte, falls es ihm gelang, ihn im Kampf aus dem Sattel zu werfen.

Nur ein einziger Gedanke hielt seine Wut im Zaum, und dieser warf mit einer Kraft, die ihm völlig fremd war, in seiner Seele Echos: *Ciani.* Sie lebte noch. Er spürte es. Wenn er seinem Zorn nachgab, führte dies vermutlich dazu, dass sie noch mehr leiden musste ... Nein. Es war undenkbar. Allein hätte er ein solches Vorgehen riskieren können. Gott wusste, dass sein Schwert ihn aus schlimmeren Situationen als dieser gerettet hatte. Doch nun war er mit Gefährten unterwegs und hatte die Verantwortung für ihr Wohlergehen. Er war an solche Lasten nicht gewöhnt, und manchmal rieb sie einen so wund wie Handfesseln. Es wäre viel, viel einfacher gewesen, mit dieser Situation fertig zu werden, wenn er allein gewesen wäre.

Aber wollen wir doch mal ehrlich sein, was? Gäbe es die anderen nicht, wärst du gar nicht erst hier.

Er drehte sich im Sattel um und schaute Senzei an, der ein Stück hinter ihm ritt. Der Mann war vom Fieber gerötet, und die Schramme auf seiner Stirn leuchtete hell und purpurn im Licht der flackernden Fackel. Die Hände, die die Zügel hielten, zitterten leicht – nicht vor Angst, wie Damien mutmaßte, sondern aus Schwäche. Er sah schlecht aus, und zwar auf eine

Weise, in der Damien etwas Lebensbedrohliches erkannte. Er hätte ihn nicht so weit mitnehmen sollen. Aber hatten sie eine andere Wahl gehabt? Hätte Senzei auf Morgot bleiben sollen, damit die Rakh-Kreaturen einen zweiten Versuch machen konnten, ihn zu töten? Hätten sie in der Hoffnung, dass zufällig ein Arzt des Weges kam, mitten im Wald eine Rast einlegen sollen? Damien wünschte sich, er hätte es gewagt, seinen Gefährten zu heilen – oder auch nur örtlich zu betäuben. Das war der frustrierendste Teil des Ganzen: ein Land unglaublich roher Kräfte zu durchreiten und unfähig zu sein, selbige zu manipulieren, um jene, die ihm wichtig waren, zu retten. Dann fiel ihm Senzei auf dem Dach der Pension in Kale ein, als er sich über den Rand hatte stürzen wollen, um etwas zu umarmen, das er später als »schwarze Sonne« beschrieben hatte. Wenn die Strömung dort so schlimm gewesen war, wäre jede Manipulation so nahe am Zentrum des Strudels einem Selbstmord gleichgekommen.

Ich würde es tun, dachte Damien. *Wenn ich der Meinung wäre, ich könnte ihn heilen, bevor es mich erwischt, täte ich es in einer Sekunde.*

Sie erreichten den Fuß eines weiteren steilen Hangs. Damien spürte, dass sein Pferd sich vor Erschöpfung schüttelte. Und zum ersten Mal in dieser Nacht empfand er einen Anflug echter Verzweiflung. Wenn sein Pferd aufgab, konnte ihn sein gesamtes Können nicht retten. Selbst wenn es ihm gelang, Ciani zu retten und Senzei zu heilen – ohne Pferde konnten sie den Wald niemals lebend verlassen.

Der Weg bog mehrmals ab und wurde immer steiler. Sie befanden sich demnach in der Nähe der Berge. Vielleicht waren sie schon mittendrin. Es war unmöglich, eine Positionsbestimmung vorzunehmen, solange die Wipfel über ihnen dräuten und endlose erschöpfende Kilometer hinter ihnen lagen. Er tätschelte fest den Hals seines Pferdes und hörte es leise schnaubend antworten. Sie hatten schon Schlimmeres durchgemacht. Sie würden es auch diesmal schaffen. Senzeis Reittier hingegen war ein Stadtpferd. Damien fragte sich, wie lange es noch durchhielt.

Dann kamen sie an einen Knick, und es lag vor ihnen: ein hoch aufragendes Gebäude aus schwarzem vulkanischem Glas, das hoch über ihnen durch die Wipfel ragte und den dahinter liegenden Nachthimmel erkennen ließ. Primas silberblaue Sichel krönte den mittleren Turm wie ein Heiligenschein. Kaltes Mondlicht zitterte an den glasigen Steinwänden hinab wie leuchtendes Quecksilber und fing sich in den Strähnen und Windungen der Obsidianziegel. Es war surrealistisch. Atemberaubend schön. Und es kam Damien beunruhigend vertraut vor.

Wo hatte er es schon mal gesehen? Er dachte nach, aber es fiel ihm nicht ein. Vielleicht war es gar nicht das Schloss, an das er sich erinnerte. Vielleicht war es nur etwas ihm Ähnliches.

Das ist die Festung des Jägers?

Sie ritten in den Hof ein und saßen einen Augenblick reglos auf den Pferden – sprachlos auf Grund dessen, was sie sahen. Das vulkanische Glas der Festungsfassade warf ihr Fackellicht in Pfützen und Bögen zurück, die wie lebendige Organismen über das Ziegelwerk schillerten. Zinnen stiegen wie winzige schwarze Flämmchen von den Spitzen der schwungvollen Bögen auf, und ein Maßwerk aus feinem schwarzem Gestein bewachte schmale Fenster, die ins Mondlicht hinaufragten. Erweckerstil. Sein Höhepunkt. Und zum ersten Mal in seinem Leben verstand er, was den Reiz dieser Epoche ausgemacht haben musste.

Gütiger Gott. Wie muss es hier aussehen, wenn die Sonne scheint? Damien musterte die senkrechten Fenster und fragte sich, ob das Morgengrauen getöntes Glas enthüllte. Und erneut flackerte in seinem Geist ein vertrautes Gefühl auf.

Woher kenne ich dieses Gebäude?

Der Albino war abgestiegen und ging auf Damiens und Senzeis Pferde zu. Er wartete. Einen Moment später saß auch Damien, eingedenk seines verletzten Arms, vorsichtig ab. Senzei tat es ihm gleich – oder er versuchte es. Zum Glück war Damien in dem Augenblick, in dem er fiel, ganz in seiner Nähe. Er fing ihn am Brustkorb auf und zog ihn herab, bis er auf eigenen Beinen stand und sich ohne Hilfe aufrecht halten konnte. Er strahlte Besorgnis erregende Hitze aus, die wie Feuer durch den Stoff seines Hemdes brannte. *Er muss sich ausruhen,* dachte Damien grimmig. *Er braucht einen Heiler. Aber wie wahrscheinlich ist es, dass er eins von beidem an einem Ort wie diesem bekommt?*

Aus einem Bogengang näherten sich Schatten – schwarz gekleidete Gestalten mit menschlichem Umriss. Sie streckten die Arme nach ihren Pferden aus. Eine gemurmelte Warnung Damiens reichte aus, um sie zurückweichen zu lassen – so lange, bis er ihren wertvolleren Besitz von seinem und Senzeis Pferd abgeladen hatte. Gott allein wusste, ob sie die Tiere je wieder sehen würden. Damien tätschelte sein Reittier ein letztes Mal, um es zu beruhigen, dann übergab er die Zügel den mit schwarzen Umhängen bekleideten Männern. Senzeis Pferd nahmen sie einfach an sich, da sie vermutlich – und zu Recht – annahmen, dass der Hexer weder über die Kraft noch den Willen verfügte, sich ihnen entgegenzustellen.

Die beiden Reiter betraten nebeneinander die Festung des Jägers. Schwarzes Vulkanglas wich schwarzem Marmor, der hier und da von Scharlachrot durchzogen war. Im Licht von Senzeis Fackel wirkte der Boden, als sei er von Blut befleckt. Das Mobiliar war ebenfalls schwarz, schwere NovEbenholz-Teile, die so fein gearbeitet waren wie die Gebäudefassade. Die

Kissen bestanden aus pechschwarzem Samt. Rote Seidentroddel und feine rote, von schwarzem Samt gesäumte Vorhänge, ständig fest geschlossen über hohen, gebogenen Fenstern. Hier und da blitzte auch Gold auf – Schubladengriffe, Türschlösser, klotzige Türknäufe. Doch die dramatische Finsternis des Festungsinneren wurde durch den Kontrast nur noch mehr hervorgehoben.

Endlich kamen sie an eine Tür, an der der Albino stehen blieb. »Wenn ihr wollt, könnt ihr hier warten«, sagte er. »Ich nehme an, ihr werdet diesen Raum ...«, er grinste, « ... bequem finden.«

Er schob die Tür auf. Einen Moment lang konnte Damien nichts sehen. Dann zeigte Senzeis Fackel die Einzelheiten des dahinter befindlichen Mobiliars ...

Damien trat ein und gab Senzei mit einem Wink zu verstehen, er solle ihm folgen. Er konnte nicht ganz glauben, was er sah. Und er wusste nicht, wie er darauf reagieren sollte.

Es war eine Kapelle. Ein Raum, der dem Gott seines Glaubens geweiht war, ausgestattet im Erweckerstil. Hier gab es kein schwarzes Gestein und auch sonst keinen Hinweis auf irgendeine Blasphemie. Der Raum sah aus, als hätte man ihn vor tausend Jahren in Jaggonath ab- und ohne die geringste Veränderung hier wiederaufgebaut. Was natürlich unmöglich war.

Damien trat an den Altar und fuhr mit den Fingern über das feine Seidendamast, das ihn bedeckte. Ihn verlangte danach, manipulieren zu können; selbst wahrzunehmen, ob dies tatsächlich das war, was es zu sein schien; dass hier keine subtile Bösartigkeit tätig war und das Urmodell des Glaubens beschmutzte. Doch selbst an einem Ort wie diesem wagte er nicht, das Fae einzusetzen. *Ganz besonders nicht an einem Ort wie diesem*, wurde ihm bewusst.

Die Tür wurde von Öllampen flankiert. Der Albino steckte

sie an. »Gibt keinen Grund für offenes Feuer«, sagte er und nahm Senzei die Fackel vorsichtig aus der Hand. Er hielt sie weit von sich, als bekäme sie ihm nicht, dann wandte er sich zu Damien um. Er lächelte. Die Reaktion des Priesters schien ihn eindeutig zu amüsieren.

»Seine Exzellenz ist ein gläubiger Mensch«, sagte er. Als beantworte dies alle Fragen. »Ich werde ihm sagen, dass ihr hier seid. Fühlt euch ganz wie zu Hause ... Falls ihr glaubt, es könnte euch gelingen.«

Er wandte sich zum Gehen, doch Damien trat rasch vor und erwischte ihn am Arm. Der Körper des Albinos war eiskalt, und der Geruch seines Fleisches war wie Aas. Aber das konnte auch an einer Wahrnehmungsmanipulation liegen, um körperliche Kontakte zu unterbinden. Damien hielt ihn dennoch fest.

»Seine Exzellenz?«, fragte er gespannt. »Du meinst den Jäger?«

»Sein Erweckertitel ist ihm lieber«, sagte der Albino. Er legte eine Hand auf die Damiens – auch sie war eiskalt – und befreite sich von ihm. »Ihr kennt ihn als Neografen von Merentha. Ich sollte vielleicht hinzufügen, dass er die Erweckerbräuche im Allgemeinen bevorzugt. Es würde euch gut anstehen, seiner Neigung nachzugeben.« Das Licht der Lampen glitzerte auf den Spitzen seiner Zähne, als er grinste. Es war ein grausames Bild. »Ich bin sicher, es wird ihn freuen, dass ihr es bis hierher geschafft habt.«

Dann ließ er sie allein. Er schloss die Tür fest hinter sich, als könne er, ließe er sie auf, den Rest der Festung irgendwie vergiften. Senzei schaute Damien an – und stellte fest, dass er sich auf den Altar stützte. Sein Gesicht war so bleich wie das eines Gespenstes.

»Schloss Merentha«, hauchte er. »Es ist ein Nachbau. Deswegen ... O mein Gott ...«

Seine Hand klammerte sich an den Altar, zerrte an einem Stück Damast und zerknitterte es. »Sen ... Verstehst du? Weißt du, wer der Neograf von Merentha *war?*«

»Ich weiß, dass er eine Galionsfigur der Erweckungsbewegung war. Einer von Gannons Strategen, nicht wahr? Ein Befürworter eurer Kirche ...«

»Ein Befürworter? Mein Gott, er hat die Hälfte unserer Bibel geschrieben. Sogar mehr als die Hälfte! Seine Signatur steht auf fast allen Büchern, die wir haben. Der Traum, dem wir dienen, ist der *seine,* Sen! *Der seine!*«

Senzei schaute verwirrt drein. »Und was ist mit eurem Verkünder?«

»*Er* ist der Verkünder. Verstehst du denn nicht? Man hat ihm diesen Namen gegeben, als er ...« Damien schloss die Augen. Ein Frösteln ließ seinen Leib erbeben. »Ein Name für den ersten Teil seines Lebens. Die Zeit, in der er Gott und den Menschen diente und einen Glauben begründete, von dem er annahm, er könne das Fae zähmen, wenn die Menschheit es nur akzeptierte. Wie könnten wir seinem Weg folgen, ohne die Quelle seiner Inspiration zu erkennen? Doch die Kirche hat nicht gewagt, seinen Namen zu verwenden, weil dies möglicherweise etwas von seinem Geist beschworen hätte. Sie haben ihn aus den Büchern gestrichen. Und nachdem ... nachdem ...«

Er drehte sich um. Er wollte nicht, dass Senzei sah, seine Tränen sah. Vielleicht missverstand er sie, vielleicht hielt er ihn dann für schwach – denn in Wahrheit waren es Tränen des Zorns. »Er war ein Adept«, fuhr Damien heiser fort. »Einer der ersten. Und der Erste meines Ordens. Eines Tages ist er ... übergeschnappt. Wir wissen nicht, was dafür verantwortlich war. Wir wissen nicht mal genau, was passiert ist. Doch jene, die Schloss Merentha nach seinem Verschwinden durchsucht haben, stießen auf die grausig abgeschlachteten Überreste seiner Familie ... Er hat seine Frau allem Anschein nach viviseziert. Und seine Kinder auch.« Damien drehte sich wieder um. »Du musst es verstehen«, sagte er drängend. »In unserer Tradition gibt es nichts Schlimmeres. Weil er vor seinem Untergang alles war, was wir verehren. Alles, wonach wir streben! Und dann hat er alles weggeworfen! In einem Akt von solch brutaler Unmenschlichkeit, dass es keinen Zweifel geben konnte, dass er seine Seele auf ewig der Verdammnis überantwortet hat ...«

»Und danach hat niemand gewusst, wohin er gegangen ist?«

»Alle hielten ihn für tot! Man nahm an, die Hölle hätte ihn geholt. Doch, ja, natürlich gab es auch Gerüchte. Nach solchen Taten gibt es immer Gerüchte. Seine Brüder starben bei gewaltsamen Zwischenfällen, und man gab ihm die Schuld daran. Sein größter Rivale wurde mit aufgerissener Kehle aufgefunden, und natürlich konnten unmöglich Tiere dies getan haben. Man hat dem Geist des Neografen mindestens einhundert Verbrechen zur Last gelegt – obwohl es nie irgendwelche Beweise dafür gab; nicht in einem einzigen Fall. Und mehrere Lebensalter nach seinem Verschwinden war es nur vernünftig, ihn für tot zu halten. Sterblichkeit ist die einzige Konstante der menschlichen Existenz.« Damien schüttelte verdutzt den Kopf und drückte die Finger gegen die Altarplatte. Ein Kandelaber bebte. »Es ist fast zehn Jahrhunderte her, Sen. Zehn Jahrhunderte! Wie kann ein Mensch so lange leben?«

»Vielleicht«, erwiderte der Hexer nervös, »indem er etwas wird, das kein Mensch mehr ist.«

Damien starrte ihn an.

Und die Tür schwang auf.

Es war der Albino. Seine roten Augen musterten die beiden, dann lächelte er. Sein Lächeln war sehr flüchtig. Er bewegte kaum die Mundwinkel. Der elegante Minimalismus erinnerte Damien an einen anderen Bediensteten des Jägers. An Gerald Tarrant.

»Er ist bereit«, sagte der Albino. Dann schwieg er einen Moment, offenbar um ihnen zu verdeutlichen, dass er nicht vorhatte, sie zu fragen, ob sie ebenfalls bereit seien. Weil sie es wahrscheinlich nicht waren. Der Jäger wusste es.

»Folgt mir«, sagte er – und Damien gehorchte ihm, obwohl sein Herz eiskalt war.

Sie gingen durch Säle aus glänzend schwarzem Marmor, vorbei an Wandbehängen aus schwarzer und scharlachroter Seide, über Läufer, die so schwarz waren, dass nur ihr Muster sie sichtbar machte: samtschwarz vor der leuchtend gesprenkelten Steinarbeit des Bodens. Obwohl jemand vor einiger Zeit die Kerzen in den goldenen Kerzenhaltern an den Wänden angezündet hatte, saugte das kalte Gestein ihr Licht sofort ein. Der Albino-Hexer mit dem weißen Haar und der gleichfarbenen Kleidung schien dagegen wie eine Fackel zu strahlen.

Und dann kamen sie an eine Tür aus NovEbenholz, und der Albino blieb stehen. Mit einem Grinsen drückte er gegen die stark gebogene Oberfläche – eine Füllung mit Jagdszenen, Schlachtszenen, dem Totentanz – und verkündete: »Der Neograf von Merentha.«

Hinter der Tür befand sich ein Audienzsaal, dessen gewölbte Decke und dekorative Bögen jeden Blick auf den Mittelpunkt des Raumes und den Mann zogen, der dort wartete, um sie zu empfangen. Er war hager und arrogant und trug Gewänder früherer Zeitalter: feine Seide in abgestuften Schichten, wobei das längste zu seinen Füßen über den Boden schleifte. Auf seinen Schultern befand sich ein breiter Kragen aus geschlagenem Gold, zu einem Muster sich überlappender Flammen gearbeitet: das Emblem von Damiens Orden.

Einen Moment lang hätte die Wut Damien beinahe überwältigt. Er dachte an die ihm zur Verfügung stehenden Waffen – das *Feuer*, den Federbolzer, die saubere Stahlklinge an seiner Seite –, und es gelang ihm nur mit Mühe, seine Hände daran zu hindern, sie zu ergreifen. Nur mit einem übermäßigen Willensakt hielt er sich davon ab, sich der Wut hinzugeben, die so finster und schrecklich war, dass es so aussah, als müsse er ihr ein Ventil geben oder bersten. Doch war er von seinem Zorn nicht so geblendet, dass er die Macht aus den Augen verlor, über die der vor ihnen stehende Mann gebot – oder die Verletzlichkeit seiner eigenen Position. Ganz zu schweigen – wie immer – von der Verletzlichkeit Senzeis und Cianis.

Obwohl seine Hände bebten und seine Gedanken wild durcheinander gingen, gelang es ihm, seine Stimme zu finden. »Sie verfluchter Lump ...«

Gerald Tarrant kicherte. »Die Freundlichkeit in Person, wie immer. Sie überraschen mich, Priester. Ich hätte angenommen, der Erste Ihres Ordens hätte mehr Respekt verdient.«

»Sie sind kein Diener der Kirche!«

»Oh, aber ja. Mehr als Sie möglicherweise ahnen.«

»Wo ist Ciani?«, fragte Senzei.

Der Gesichtsausdruck des Jägers verfinsterte sich. »In Sicherheit. Jedenfalls im Moment. Sie brauchen sich keine Sorgen um sie zu machen. Im Moment gibt es auf Arna für sie keinen sichereren Ort als diesen hier.«

»Das bezweifle ich«, sagte Damien kalt.

Tarrant kniff die Augen zusammen. »Sie kriegen sie schon zurück. Gesund und munter und mit sämtlichen Erinnerungen gefüllt, die ich ihr unbeabsichtigt nehmen musste. Um sie ihr zurückzugeben, habe ich sie hierher gebracht. Dann können Sie alle drei, wie geplant, ins Gebiet der Rakh gehen. Außerdem sind die Chancen, dass Sie Erfolg haben, beträchtlich gestiegen – weil ich mit Ihnen gehen werde.«

»Den Teufel werden Sie tun!«

Tarrants blasse Augen funkelten. »Genau.« Und bevor einer der Männer etwas darauf erwidern konnte, fügte er hinzu: »Ich stelle fest, dass ich vergessen habe, Ihnen eine lebenswichtige Angelegenheit zu verdeutlichen: *Sie haben keine andere Wahl.*« Er hielt inne; über sein Gesicht flitzte ein Ausdruck, der schrecklich verletzlich wirkte, dann war er ebenso schnell wieder verschwunden. »Ich habe auch keine andere Wahl«, sagte er leise.

»Sie erwarten, dass wir Ihnen trauen? Nach dem, was Sie Ciani angetan haben?«

»*Weil* ich es Ciani angetan habe.« Tarrants Ausdruck wirkte angestrengt, seine Haltung gespannt. Damien verfluchte sein Unvermögen, ihn zu durchschauen. »Es wäre närrisch von Ihnen, mich nicht dabeihaben zu wollen. Sie haben es doch schon in Kale begriffen, als sie glaubten, ich sei nur ein Adept. Ist es jetzt etwa weniger wahr?«

»Wir können auf Ihre Art der Hilfe verzichten«, fauchte Damien.

»Ganz im Gegenteil – sie ist *genau* das, was Sie brauchen. Einen Verstand, der nicht so von Racheträumen geblendet ist, dass er vergisst, die richtigen Fragen zu stellen. Sie haben versagt, Priester. Sie und Ihr Freund.«

»Zum Beispiel?«

Tarrants Silberaugen fixierten ihn. »Warum hat Ciani ihre Fähigkeiten verloren?«

Einen Moment lang war die Stille im Raum absolut, und zwar so sehr, dass Damien das leise Zischen der wenigen Wachskerzen hören konnte. Dann sprach Tarrant weiter. »Das Können eines Adepten ist nicht erlernbar. Es ist angeboren. Vom Leib untrennbar. Eine Frau wie Ciani kann ebenso wenig vergessen, wie man das Fae behandelt, wie sie vergessen könnte, Luft zu holen oder zu denken. Und doch ist ihr genau dies passiert. Ich frage mich, wie. Sie glauben, dass jene, die sie angegriffen haben, Fae-Konstrukte waren, die an Stärke gewinnen, wenn sie von menschlichen Erinnerungen zehren. Doch der schlimmste Teil dessen, was ihr angetan wurde, hatte nichts mit Erinnerung zu tun, aber alles mit Macht.« Er hielt inne, damit sie darüber nachdenken konnten. »Und das bedeutet zweierlei: Entweder sind diese Geschöpfe nicht das, was sie zu sein scheinen ... oder sie sind mit etwas anderem verbündet. Mit etwas, das viel gefährlicher und komplizierter ist. Mit etwas, das stark genug ist, um ...«

Als Senzei leise stöhnte, hielt er inne. Er wandte sich dem Hexer zu, und seine Miene verfinsterte sich. Damien schaute sich genau in der Sekunde zu seinem Freund um, als dieser zu Boden sank. Er eilte schnell an seine Seite, sorgsam darauf bedacht, sich zwischen ihn und Tarrant zu schieben, um ihn zu beschützen. Mit einer Hand öffnete er Senzeis Kragen, mit der anderen suchte er auf seiner Stirn nach Fieber. Die gerötete Haut brannte wie Feuer; eine unheilvolle Hitze. Senzeis Augen waren zwar offen, doch glasig und ausdruckslos. Sein Mund öffnete und schloss sich lautlos, über seine Lippen kam nur Geflüster.

»Er ist vom Geruch des Todes umgeben«, sagte der Jäger leise.

»Es überrascht mich, dass Sie das in *dieser* Umgebung riechen können.« Damien spürte, dass seine Hände zitterten, als er nach dem Puls seines Freundes suchte – er war schwach und schnell, wie der Herzschlag eines verängstigten Vogels –, und ihm wurde klar, dass er ihn hier heilen musste. Hier. Jetzt. Entweder tat er es, oder er ließ ihn sterben.

Ich hätte dich nicht so weit mitnehmen sollen, dachte er ergrimmt. *Verzeih mir.* Und dann das schwierigste Geständnis von allen, das er nur selten machte: *Ich hatte Angst ...*

Senzei keuchte auf. Eine gebrochene Stimme zwang sich durch seine geschwollene Kehle. »Tut mir Leid ...«

»Ist schon in Ordnung«, sagte der Priester leise. »Das kriegen wir schon wieder hin.« *Wenn es getan werden muss, dann sei es so.* Sein Herz war eisig, als sei die Kälte des Waldes schon in seinen Körper vorgedrungen. Er fing gerade an, sich auf sein Inneres zu beziehen, um Bewusstsein für die Manipulation zu sammeln, als Tarrants Anwesenheit wie ein Messer in ihn stach und seine Konzentration unterbrach.

»Sie können ihn nicht heilen«, sagte der Jäger warnend. »Nicht hier.«

Damien richtete sich auf und schaute ihn an. Die Angst in seinem Inneren wich der Wut. Seine Hände ballten sich zu Fäusten, und er sagte: »Was schlagen Sie vor, verdammt? Dass ich ihn einfach sterben lasse? Wollen Sie das?«

»Ich kümmere mich um ihn«, sagte der Jäger ruhig.

Damien starrte ihn eine Weile nur sprachlos an. »Soll das heißen, Sie können heilen?«

»Überhaupt nicht. Doch das ist nicht das, was Ihr Freund jetzt am meisten braucht.«

Tarrant ging auf den zusammengesackten Hexer zu. Er hatte eindeutig die Absicht, ihn zu manipulieren. Doch Damien krallte sich in die Brust seiner Jacke und schob ihn zurück. Sein gesamter Zorn setzte sich in Kraft um.

»Bleiben Sie weg von ihm!«, fauchte er. »Ich habe genug von ihren Manipulationen. Und das Gleiche gilt für ihn. Glauben Sie vielleicht, ich lasse zu, dass Sie das Gleiche mit ihm machen wie mit dem Jungen?« Er schüttelte wütend den Kopf. »Ich mache jeden Fehler nur einmal, Jäger.«

Irgendetwas blitzte in Tarrants Augen auf; eine Emotion, die so menschlich war, dass Damien keine Schwierigkeiten hatte, sie zu interpretieren. Hass – zügellos und unverhohlen. Die Ehrlichkeit des Ausdrucks war erfrischend.

»Sie *werden* mir vertrauen, Priester.« Tarrants Stimme war ein bloßes Flüstern, doch die Macht dahinter ohrenbetäubend. Wellen von Erd-Fae trugen die Worte tief in Damiens Hirn und klebten ihre Bedeutung an sein Fleisch. »Nicht weil Sie es so wollen. Oder weil es Ihnen leicht fällt. *Weil Sie keine andere Wahl haben.*«

Tarrants Arm fuhr hoch und löste Damiens Hand von seiner Jacke. Sein Fleisch war wie Eis. Damiens Hand zuckte einmal in seinem Griff, dann wurde sie taub. Tarrant schob ihn beiseite. Dann schaute er auf seine Kleidung hinab und setzte eine finstere Miene auf, als seien die Knitterstellen, die Damien an ihr zurückgelassen hatte, Missbildungen seines eigenen Leibes. »So, wie ich der Sache Cianis in dieser Angelegenheit dienen muss.« Sein Ton klang verbittert. »Auch ich habe keine Wahl.«

Er schaute zur Tür hin. Damien spürte die Zunahme der Kraft in ihm, Wogen von Fae, die auf seinen Willen reagierten wie ein Hund, der sich vor die Stiefelspitzen seines Herrn hockte. Er drückte die verletzte Hand an seine Brust und fragte sich, wie schnell – und wie wirkungsvoll – seine andere hochfliegen und zuschlagen konnte. Konnte er das *Feuer* entzünden, bevor Tarrant begriff, was er vorhatte?

Dann wurde die Tür aufgestoßen und zwei Männer traten ein. Tarrant deutete mit dem Kopf auf Senzei.

»Es war närrisch und mutig zugleich, hierher zu kommen«, sagte er zu Damien. Seine polierte Maske war nun wieder an Ort und Stelle und sein Tonfall überheblicher und beherrschter. »Ich muss zugeben, dass ich nicht damit gerechnet habe. Doch da Sie nun mal hier sind und ich gezwungen bin, mich mit Ihnen abzugeben, wird es Zeit, dass Sie die Tatsachen erkennen.« Die Männer hoben Senzei hoch. »Sie und ich sind Verbündete. Auch wenn es Ihnen nicht passt. Ich verwünsche den Tag, an dem es so gekommen ist. Aber Sie werden es – um

Cianis willen – *hinnehmen*. So wie ich.« Er warf einen Blick auf Senzei, dann schaute er Damien ernst an. »Ich schlage vor, Sie akzeptieren meine Dienste, solange ich Sie Ihnen noch erweisen kann, Priester. Ihr Freund hat nicht mehr sehr viel Zeit.«

Entweder so, dachte Damien, *oder ich manipuliere das Fae selbst.* Und er wusste plötzlich mit erschreckender Klarheit, dass er ein solches Eintauchen nicht überleben würde. Das Böse war an diesem Ort zu fest verhaftet; es würde seinem verwundeten Leib das Leben entziehen, bevor er auch nur eine Gelegenheit bekam, den ersten Schlüssel zu flüstern.

Wir haben keine Alternative, dachte er erbittert. *Wir haben keine Optionen mehr.*

»Im Moment«, erwiderte er. Er hatte solche widerwilligen Worte seit Jahren nicht mehr gesprochen – doch der Jäger hatte Recht. Er hatte keine andere Wahl. »Dieses eine Mal.«

Gott steh dir bei, wenn du uns betrügst!

Man brachte Senzei in einen höher liegenden Raum, eine gewölbte Kammer, die eindeutig für Gäste ausgestattet war. Dort legte man ihn auf ein mit Samt bezogenes Bett unter einen schweren, von vier geschnitzten Pfosten gestützten Brokatbaldachin. Das Holz des Bettes war so dunkel wie alle Möbel des Raumes; sogar die schweren Vorhänge waren von so dunklem Karmesin, dass sie ebenso hätten schwarz sein können. Doch das in dem großen Kamin entzündete Feuer warf frisches, goldenes Licht in den Raum hinein und erhellte die Dekors in beruhigendem Bernstein. Verglichen mit den pechschwarzen Räumen im Parterre wirkte dieser Ort fast menschlich.

Tarrant vergeudete keine Zeit mit überflüssigen Untersuchungen. Mit einem schmalen Messer, das er irgendwo aus seiner Kleidung zog, schnitt er mit der angeborenen

Geschicklichkeit eines Chirurgen Senzeis Kleidung auf und entblößte ihn. Die dicken weißen Bandagen wiesen unerfreuliche Farben auf und stanken. Damien nahm nur am Rande wahr, dass die beiden Bediensteten sie allein ließen. Tarrants Messer glitt unter den vom Blut durchweichten Verband und zerteilte ihn. Langsam zog er die verkrusteten Schichten von der Haut des Hexers ab. Verwesungsgeruch erfüllte den Raum: der Gestank einer fortgeschrittenen Infektion. Damien kannte den Geruch nur allzu gut – es war der versagenden Fleisches; eines Körpers, der dem Tode schon viel zu nahe war, als dass eine bloße Heilung ihn retten konnte. Mit sinkendem Mut schaute er zu, als Tarrant ein Taschentuch zückte – feines weißes Leinen, an den Rändern goldbestickt – und Senzeis Seite vorsichtig von dem an ihm klebenden geronnenen Blut befreite, damit er die Wunde sah.

Senzeis ganze Seite war schwarz und geschwollen. Die Ränder seiner Wunde klafften, trotz der sie schließen sollenden Nähte, wie ein Fischmaul auf. In ihrem Inneren konnte man den feuchten Glanz von Muskeln und den scharfen Rand einer unteren Rippe sehen. Beide waren dunkel verfärbt, beide rochen nach Verfall. Damien musterte sie einen langen, verzweifelten Moment, dann schaute er Tarrant an – und stellte fest, dass der Mann ihn beobachtete. Das Licht aus dem Kamin ließ seine Augen golden glänzen.

»Wenn Sie wollen, können Sie eine Sichtung vornehmen.« Die Stimme des Jägers war ruhig und im Knistern der Flammen kaum hörbar. »Die Strömung ist hier ungefährlich für Sie. Aber unterbrechen Sie mich nicht und mischen Sie sich nicht ein. Wenn Sie es täten, kann es Ihren Freund das Leben kosten. Verstanden?«

Damien nickte steif.

Der Jäger wandte sich wieder Senzei zu und richtete seinen Blick auf seine Wunde. Langsam und tonlos formten seine

Lippen Worte. Einen Schlüssel? Damien fragte sich, ob er seine eigene Vision manipulieren sollte. Er spürte, dass kalte Angst ihn durchströmte. Er ignorierte sie vorsichtig und stellte sich die Muster vor, die ihm Sehkraft verliehen.

Vorsichtig. Nur ein Wort, dachte er. Ihn verlangte nicht danach, mehr vom Wald-Fae zu berühren als nötig, ob es nun manipuliert war oder nicht. Bösartigkeit stieg wie ein schwarzer, eiskalter See in ihm auf. Er ließ seine Gedanken nur kurz in sie eintauchen, dann zog er sie schnell zurück. Der See senkte sich, doch seine Kälte war in Damiens Adern vorgedrungen. Und seine Sehkraft ...

Sie war wie nie zuvor. Oder lag es nur daran, dass das Fae hier so anders und seine Form deswegen so fremdartig war? Dunkle purpurne Energie sammelte sich um die Bettpfosten und glitt wie dunkelviolette Schlangen am geschnitzten Holz empor – und dann über das Laken, auf der Suche nach Senzeis Leib. Damien musste sich zwingen, nicht zu ihnen hinauszutasten, um sie zu bannen. Obwohl er mit jeder Faser seines Ichs spürte, dass das Ziel dieser Dinge darin bestand, zu verschlucken, zu vernichten, echoten die letzten Worte des Jägers in seinem Hirn: *Wenn Sie sich einmischen, kostet es Ihren Freund das Leben.*

Das, was er sonst noch gesagt hatte, war noch unheilvoller gewesen. *Sie werden mir vertrauen ... weil Sie es müssen.*

Sei verflucht, Merentha!

Damien schaute zu, als die violetten Fäden sich auflösten und zu einem Senzei umgebenden Purpurnebel wurden, der sich an seine Haut klammerte. In ihrer Substanz schien Bewegung zu sein. Damien manipulierte seine Sinne, um bessere Weitsicht zu haben – und versteifte sich voller Grauen, als er *sah*. Denn die Wolke war gar keine Wolke, sondern ein Schwarm dermaßen winziger Geschöpfe, dass das unmanipulierte Auge sie nicht sehen konnte. Wurmähnlich, hungrig, suchten sie die Oberfläche von Senzeis Haut ab, bis sie eine Pore oder eine Öffnung gefunden hatten, die groß genug war, sie hindurchzulassen. Dann glitten sie in ihn hinein; ihre mikroskopischen Schwänze zuckten von einer Seite zur anderen, als sie sich immer tiefer in seinen Leib schraubten. Damien fing das Blitzen von Zähnen an ihrer Spitze auf und erinnerte sich an die Geschöpfe, die ihr Pferd verschlungen hatten. Diese hier waren eindeutig mit ihnen verwandt, wenn auch aus viel weniger massivem Stoff gemacht. Er musste sich zusammenreißen, um die ansteigende Flut des Abscheus in seinem Inneren herunterzuschlucken. Wenn dies irgendeine Art Heilung war ... Aber nein, sie war keine. Tarrant hatte deutlich darauf hingewiesen.

Sie waren nun unter Senzeis Haut und arbeiteten sich in seinen Blutkreislauf vor. Wo seine Adern dicht genug an der Oberfläche lagen, konnte man sehen, wie sie sich bewegten, denn seine Haut wellte sich dort, wo sie aktiv waren. Tausende und Abertausende waren schon in Senzeis Körper eingedrungen, genug, um sein Blut purpurn zu tönen, und noch mehr drangen mit jeder Sekunde in ihn ein. Es sah so aus, als sei sein ganzer Körper von einer Purpurflüssigkeit erfüllt und stünde kurz vor dem Platzen. Damien schaute sich die Wunde an und sah, dass größere Geschöpfe sich an das faulende Fleisch schmiegten und seine Fäulnis fraßen. Übelkeit stieg in seiner Kehle auf. Er kämpfte dagegen an, ihr nachzugeben. Er hatte in seinem Leben zwar schon schrecklichere Dinge gesehen, aber noch nie unter solchen Umständen: Er schaute zu, wie sie seinen Reisegefährten verschlangen, und stand hilflos am Spielfeldrand. Er hasste Tarrant plötzlich mit einer Inbrunst, die sogar seine religiöse Abscheu vor ihm übertraf. Dies war persönlich, verstärkt durch seinen Argwohn, dass es dem Mann möglicherweise Vergnügen bereitete, ihn in dieser Position zu wissen. Als sei das Frustrieren eines Angehörigen seiner ehemaligen Kirche an sich schon ein Triumph, den es zu genießen galt.

Dann zog sich die Wolke von Senzei zurück. Der nun schwarze Nebel sickerte wie Blut aus seinen Adern und schwebte lautlos über ihm – wie eine Sturmwolke kurz vor dem Aufbrechen. Wo das Feuerlicht auf ihrer Substanz spielte, zischte es, und dünne Glühfäden wurden zuckend auf ihrer Oberfläche sichtbar. Dann murmelte Tarrant die Schlüsselworte eines Banns, und sie verschwanden. Nicht langsam, wie sich im Wind auflösender Dunst, sondern sofort – als kenne sein Wille, der dies befahl, keinen Kompromiss.

Damien schaute sich die Wunde an und sah das klare Rot makellosen Blutes langsam in die Öffnung treten. Die Aasfresser waren weg oder zumindest unsichtbar. Er empfand eigentlich kein Verlangen herauszufinden, was nun zutraf. Er schaute den Jäger an und stellte fest, dass dessen Gesicht vor Schmerz weiß war, als hätte Senzeis Heilung ihn irgendwie verwundet.

»Jetzt das Fieber«, sagte der Jäger leise. Er streckte die Hand mit der Fläche nach oben aus und hielt sie über den Körper. Langsam gab sie ein seltsames Leuchten ab; ein kaltes, silbernes Licht, das das, was es umgab, nur leicht erhellte, doch wie eine echte Flamme in den Augen brannte, wenn man es anschaute. »Kaltfeuer«, sagte er leise. Er knetete es in der Hand wie perlmuttartigen Lehm und gab ihm die Form dessen, was es nicht war: echtes Feuer. Es barst plötzlich in seiner Hand hoch, wie eine Flamme, die Brennstoff verzehrte, und flackerte wie ihr Namensvetter – doch sie gab keine Hitze ab, und nur wenig von ihrem Licht reichte über ihre strahlende Oberfläche hinaus. Damien schaute es an und spürte, dass ihm Wärme entzogen wurde, um etwas zu speisen, das sich im Herzen des Nicht-Feuers befand. Mit Mühe wich er zurück und errichtete eine Barriere, von der er hoffte, dass sie ihn beschützen konnte.

»So vergänglich wie echtes Feuer«, sagte der Jäger leise. »Und ebenso gefährlich.« Er legte seine Hand auf die Wunde. Das Kaltfeuer glitt in sie hinein wie eine zähe Flüssigkeit. Als sie das Fleisch berührte, schrie Senzei auf – voller Schmerz und Entsetzen und in absoluter Isolation. Damien beugte sich vor und packte seine Schultern – weniger um ihn festzuhalten, als ihn zu beruhigen; um ihm mit der Berührung zu sagen, dass er nicht allein war. Unter seinen Fingern spürte er die Eisigkeit des Kaltfeuers des Jägers, das sich einen Weg durch Senzeis Adern bahnte und in blindem Verlangen die Fieberhitze fraß. Als es durch die dicken Adern seines Halses auf sein Gehirn zufuhr, versteifte sich Senzei, dann erschlaffte er mit einem plötzlich spitzen Schrei. Damien drehte sich jäh um und schaute den Jäger an – der sich zurücklehnte und mit seiner Arbeit eindeutig zufrieden wirkte.

»Er wird jetzt schlafen«, sagte Tarrant. »Ich habe die Wunde so ausgebrannt, wie mein Können erlaubt. Wahres Heilen ist mir zwar verwehrt – würde ich es versuchen, würde es mich das Leben kosten –, aber das Kaltfeuer ist in mancher Hinsicht ein angemessener Ersatz. Das Fieber ist gesunken und dürfte auch nicht mehr steigen. Es bedarf einiger Regeneration lebendigen Fleisches, um die Wunde ordentlich zu verschließen ... aber Manipulationen an Leben gehören nicht mehr zu meinem Repertoire. Das muss ich Ihnen überlassen.«

Damien wollte gerade antworten, als irgendwo in der Ferne plötzlich ein Gong ertönte. Als Antwort auf seine unausgesprochene Frage sagte der Jäger: »Der Morgen graut. Ich muss noch etwas erledigen, bevor die Festung für den Tag verschlossen werden kann.« Er zog etwas aus einer Jackentasche und warf es Damien zu. Es war ein kleiner Schlüssel. »Für das Fenster.« Er hielt inne. »Sie verstehen sicher, dass ich Ihnen nicht erlauben kann, bei Tageslicht frei in der Festung herumzulaufen. Jedenfalls jetzt noch nicht.«

Die Erschöpfung der endlosen letzten Tage forderte nun auch von Damien ihren Tribut. Er stellte fest, dass ihm die Kraft fehlte, sich mit Tarrant zu streiten. »Was ist mit Ciani?«

»Morgen Abend. Ich verspreche es. Bis dahin ... Ich sorge dafür, dass Ihnen das passende Essen gebracht wird.« Tarrant kniff die Augen zusammen, als er Damien musterte. »Sie können auch baden. An diesen Raum schließt sich ein anderer an. Dazwischen befinden sich die sanitären Anlagen. Benutzen Sie alles, was Sie brauchen. Die Türen hinter dieser Suite werden bis zur Abenddämmerung verschlossen sein; ausgenommen, wenn mein Personal Sie bedient. Ich bin mir sicher, dass Sie meine Leute leicht überwältigen können, wenn Sie wollen – falls Sie es wagen wollen, Ihren Freund hier zurückzulassen ...« Die Drohung in seiner Stimme war unmissverständlich. »Aber dann hätte ich noch Ciani, nicht wahr? Es würde Ihnen also gut anstehen, wenn Sie kooperieren.« Er deutete mit dem Kopf auf Senzei. »Sorgen Sie dafür, dass er der Sonne ausgesetzt wird, wenn sie aufgeht. Dies wird mögliche Rückstände meiner Kraft vernichten, die noch an seinen Adern haften. Ich empfehle Ihnen, vorher keinen Versuch einer Heilung zu machen.« Der ferne Gong ertönte erneut, diesmal dumpfer und hallender. »Entschuldigen Sie mich jetzt.«

Ohne ein weiteres Wort verließ er den Raum. Offenbar befand sich an der Außenseite ein Riegel, denn Damien hörte keinen sich drehenden Schlüssel. Er wandte sich dem Fenster zu und spürte, dass seine physische Abwehr endlich nachgab. Er empfand großen Hunger, große Müdigkeit und eine starke Hoffnungslosigkeit. Es hatte seine ganzen Reserven gekostet, all dies so lange zurückzudrängen. Er versuchte die Stunden zu schätzen, die sie seit der Abreise von Morgot auf den Beinen waren, aber es gelang ihm nicht. Ihm schien es Tage – Jahre – ein Lebensalter her zu sein. Als wären sie nicht gerade im Wald angekommen, sondern immer hier gewesen – Subjekt seines Verlangens, seiner Schrecknisse, seiner ewigen Finsternis und der heftigen Ströme seiner Macht ...

Mit Mühe gelang es ihm, das Fenster zu erreichen. Er griff hinauf und zog den schweren Vorhang beiseite. Dahinter befanden sich zwei schwere Holzbretter, die als Innenläden dienten und das Licht abwehrten. Er kramte nach dem Schlüssel, den Tarrant ihm gegeben hatte, und schob ihn in das kleine goldene Schloss zwischen den beiden Platten. Er ließ sich leicht drehen, doch die schweren Läden erforderten den letzten Rest seiner Kraft. Als er sie halbwegs in die Speicherschlitze geschoben hatte, legte er eine Pause ein und lehnte sich schwer atmend an die Wand. Ihm wurde klar, dass ein Körper, der pausenlos belastet wurde, ohne Schlaf und Nahrung nur eine gewisse Zeit funktionieren konnte.

In der Ferne sickerte dunkelgraues Licht über den Horizont. Damien schätzte, wie lange es dauern würde, bis die Sonne sich auf der Höhe des Fensters befand, dann überprüfte er, ob Senzei dort lag, wo ihr Licht ihn erreichte. Zu mehr reichte seine Kraft nicht. Der Schmerz in seiner Seite, den er nun seit so vielen Stunden ignorierte, durchstach seinen Torso. Er war eine frische Erinnerung an seine Schwäche und die Anstrengung der vierzig Stunden, in denen er auf Morgot nur in seinem kurzen Delirium zur Ruhe gekommen war. Er schaute noch eine Weile zum Horizont hin und hielt Ausschau nach der Veränderung, von der er wusste, dass sie zu langsam kam, um für ihn noch sichtbar zu werden – doch als Arnas weiße Sonne den Horizont geklärt und die ersten Sterne der Galaxis sich widerwillig ihrem Licht ergeben hatten, war er in einen Schlaf gesunken, der so tief und isolierend war, dass nicht einmal der Gedanke an Sonnenschein über dem Wald ausreichte, um ihn zu wecken.

Sie kamen bei Sonnenuntergang zu ihm, sobald es dunkel wurde. Man gab ihm die Zeit, sich zu versichern, dass es Senzei gut ging, damit er sich überzeugen konnte, dass die Heilung, die er gegen Mittag vorgenommen hatte, durch die Ankunft der Nacht nicht gebannt worden war. Dann wies man ihn an, ihnen durch die oberen Stockwerke der Festung zu folgen. Zum ersten Mal verspürte Damien keine Angst, seinen Gefährten zurückzulassen. Es erschien ihm unwahrscheinlich, dass der Jäger so viel Kraft darauf verwendet hatte, Senzeis Leben zu retten, um nur auf Damiens Abwesenheit zu warten, um ihn zu töten.

Nahrung und Ruhe hatten viel dazu beigetragen, Damiens Zuversicht zu erneuern – ganz zu schweigen von dem dringend nötigen Bad und einer ordentlichen Rasur. Sein Gesicht war nun zwar wund, aber nicht mehr von Stoppeln bedeckt, und seine Haut sowohl vom Schmutz des Waldes als auch dem geronnenen Blut befreit. Er hatte sogar Senzei abgetrocknet, die Rückstände von Blut abgekratzt und war darunter auf sauberes, rosafarbenes, rasch heilendes Fleisch gestoßen. Letzteres war ein Denkmal für das Erd-Fae des Waldes, das, einmal gezähmt, jede Manipulation tausendfach intensivierte. Er fragte sich, ob nur sein Zimmer vor der Wildheit der Strömung bewacht wurde oder das ganze Schloss. Wenn Letzteres der Fall war, bedeutete es, dass er und der Jäger sich auf viel ebenbürtigerem Boden bewegten.

Man brachte ihn in den Gastraum, in dem der Jäger wartete – und in dem Ciani lag, so still und weiß wie zuvor Senzei.

Damien ignorierte Tarrant und trat an ihre Seite. Ihr Leib war kühl, als er ihn berührte, doch der unter seinen Fingerspitzen schlagende Puls regelmäßig. Er hatte es kaum festgestellt, als ihre Lider sich flatternd öffneten. Dann war sie in seinen Armen und schüttelte sich in einer Mischung aus

Furcht und Erleichterung. Ihre Tränen benetzten die Wolle seines Hemdes, als er sie fest hielt.

»Wie Sie sehen«, sagte der Jäger leise, »halte ich mein Versprechen.«

»Hat sie ihre Erinnerungen zurück?«

»Alle, die ich ihr genommen habe.« Tarrant schien zu zögern. »Vielleicht ... auch mehr.«

Damien schaute ihn scharf an. Ciani zitterte in seinen Armen.

»Diese Wiedervereinigung kommt wohl besser ohne meine Anwesenheit zurecht«, sagte der Jäger knapp. »Sie sollten wissen, dass dies ihr erster wacher Moment seit Morgot ist – sie weiß nichts von dem, was Sie getan haben oder was zwischen uns vorgefallen ist. Sie müssen Sie auf den neuesten Stand bringen. Wenn Sie hier fertig sind, lassen Sie sich von meinen Leuten zum Observatorium bringen. Wir müssen Pläne besprechen.«

Er ging ohne ein weiteres Wort. Erst als die schwere Tür sich hinter ihm geschlossen hatte, löste Ciani sich von Damien. Ihre Augen waren rot, ihr Atmen instabil. »Tarrant ...«

»Er ist der Jäger«, sagte Damien ruhig. Dann erzählte er ihr, was sie wussten, was sie vermuteten, was sie befürchteten. Sie nahm alles hungrig in sich auf, als sei irgendwo in diesem Meer des Wissens der Schlüssel zum Leben verborgen. Und für sie war es so. Selbst in diesem Zustand war so viel wahr geblieben.

Ciani wurde zunehmend ruhiger. Bald war Damien überzeugt, dass der Jäger die Wahrheit gesprochen hatte: Ihr Gedächtnis war intakt, bis zum Tag des Angriffs in Jaggonath. Er hatte es ihr zurückgegeben.

»Es hat ihm wehgetan«, sagte sie leise. »Ich glaube ... Ich glaube, es hat ihn beinahe umgebracht, so viel von meiner Psyche zu absorbieren. Als sei die schiere *Menschlichkeit* meiner Erinnerungen irgendwie eine Bedrohung für ihn. Ich habe es gespürt. Ohne zu wissen, wo ich war oder was passierte.« Sie schüttelte sich. »Ich habe es gespürt ... als wären seine Gedanken die meinen gewesen.«

»Sonst noch was?«

»Er war wütend auf dich. Weil du in den Wald eingedrungen bist. Wütend, weil er sich mit dir beschäftigen musste, statt nur mit mir ins Reine zu kommen. Jede Verwicklung mit dem Lebenden ist eine Bedrohung für ihn ... als könne sie ihn das Leben kosten. Das verübelt er dir.«

Damien kniff die Augen zusammen. »Das ist nur gerecht. Ich verüble ihm auch so allerlei.«

Der Anflug eines Lächelns huschte über ihr Gesicht. Die alte Ciani schien hindurch. »Was meint er damit, wir haben Pläne zu besprechen?«

»Er sagt, er geht mit uns.«

In ihren Augen war Furcht – doch nur eine Sekunde lang, dann wurde sie durch etwas weitaus Stärkeres ersetzt: Neugier. »Wir wollten es doch so haben, oder?«

»*Du* wolltest es so haben«, erinnerte Damien sie. »Doch nun haben wir keine Möglichkeit mehr, es abzuwenden. Ich glaube nicht, dass wir ohne seine Hilfe hier herauskommen, und er hat Fragen aufgeworfen ...« Er zögerte. Er wollte diese Dinge jetzt nicht zur Sprache bringen. Ciani hatte genug am Hals, sie musste sich nicht auch noch der Tatsache stellen, dass ihre Angreifer möglicherweise nur Werkzeuge einer noch finstereren, noch mächtigeren Kraft waren. »Wenn seine Ehre ihn wirklich bindet, wie er behauptet, sind wir aber vielleicht sicher.«

»Sie bindet ihn.« Ciani stierte ins Leere, als sähe sie eine Erinnerungslandschaft. »Sie ist der Klebstoff, der alles für ihn zusammenhält. Das letzte lebendige Fragment seiner menschlichen Identität. Wenn er davon ablässt ... ist er nicht mehr als ein geistloser Dämon. Für alle Ziele und Zwecke tot. Ein Werkzeug eurer Hölle, ohne eigenen Willen.«

»Das ist keine schöne Vorstellung.«

»Er ist sehr stolz und sehr entschlossen. Sein Lebenswille ist so stark, dass jede andere Kraft in seinem Leben, jedes andere Interesse, ihm untergeordnet ist. Das hat ihn in all diesen Jahren am Leben erhalten.« Sie schüttelte sich. »Wäre er nicht der Meinung, dass die Frage der Ehre mit seinem persönlichen Überleben verbunden ist ...«

»Dann wären wir alle tot«, beendete Damien den Satz. »Das erklärt eine Menge. Ich verstehe aber nicht, warum er dir deine Erinnerungen zurückgegeben hat – und einige der seinen, nehme ich an – und wir nun alle hier sind, als Gruppe wieder vereint. Er hat den Schaden, den er angerichtet hat, rückgängig gemacht. Warum ist es also nötig, dass er uns begleitet? Wie passt die Erwecker-Ehre da hinein?«

Cianis Augen waren groß, ihre Stimme feierlich. »Er hat es jemandem versprochen«, sagte sie leise. »Das ist alles. Er hat jemandem versprochen, dass er mir niemals etwas antut ... und dann hat er es doch getan. Er hat sich selbst betrogen. Die Kraft seines Selbsthasses ...« Sie schaute weg. »Du kannst es dir nicht vorstellen«, hauchte sie. »Aber ich erinnere mich daran, als hätte ich es selbst erlebt. Und ... es gibt keine Worte ...« Ciani schlang die Arme um ihre Schultern, als könne sie so verhindern, dass Tarrants Erinnerungen zu ihr kamen. »Er sieht sich selbst als auf einem sehr dünnen Seil balancierend, und zu beiden Seiten erwartet ihn der Tod. Falls es ihm misslingen sollte, den Kurs beizubehalten, der seine Balance aufrechterhält ...«

»Dann stirbt er«, murmelte Damien.

»Oder noch schlimmer«, erwiderte sie. »Es gibt viel, viel schlimmere Dinge als nur den Tod, die nun vor ihm auf der Lauer liegen.«

Ja, dachte Damien, *das kann gut sein. Eine Hölle, die seit mehr als tausend Jahre in der Mache ist ... Jeder Sünder erzeugt neue Dämonen. Und alle warten nur darauf, dass sie ihn erwischen, den hochnäsigen Adepten, der ihren Krallen entgangen ist ...*

Er küsste Ciani auf die Stirn. »Du hast deinen Unterhalt verdient«, sagte er. Und trotz all seiner Ängste und der langen, verzweifelten Stunden, die hinter ihm lagen, lächelte er. »Was für ein Glück, dass er bei der Restauration deiner Erinnerungen einen Fehler gemacht hat. Das, was du über ihn erfahren hast, gibt uns vielleicht so viel Kontrolle über die Lage, dass wir die Reise mit ihm überleben.«

»Was möglicherweise seine Absicht war«, sagte sie leise.

Damien verfiel erstaunt in Schweigen. Und zwar so lange, wie er brauchte, um darüber nachzudenken, was er über Tarrant wusste – und wie schwer es diesem gefallen wäre, Dinge dieser Art freimütig zu diskutieren. Um seine Seele so zu entblößen, wie sie entblößt werden musste, damit die Gruppe sich nicht weigerte, mit ihm zu reisen. In einem solchen Fall bedeutete es, dass man seine Ehre nicht bestätigen konnte ... Was wiederum bedeutete ...

»Ja«, sagte er ruhig. »Um sie zu beherrschen, wie immer.« Er warf einen Blick zur Tür und spürte, dass sich sein Arm noch schützender um Ciani legte. »Selbst wenn er nicht da ist.«

Er stand vom Bett auf und half ihr beim Aufstehen.

»Komm mit«, sagte er. »Ich glaube, es ist Zeit für einen Plausch mit unserem Gastgeber.«

Das Observatorium befand sich auf dem Dach des höchsten Schlossturms und war von einer niedrigen Zinnenmauer und einem Panoramablick auf den tief unter ihnen liegenden Wald umgeben. An seinem Rand war eine Anzahl von Weitsehern, Fae-manipulierten Weitsichtgerätschaften aufgestellt, daneben weitere geheimnisvolle Maschinerie, deren Formen keinen Hinweis auf ihren Zweck gaben. Tief unter ihnen verschleierte weißer Dunst die Wipfel des Waldes. Die fernen Berge ragten durch sie hindurch wie Inseln aus einem schaumigen Meer.

In der Dachmitte befand sich ein ungewöhnlich großer Weitseher mit einem komplizierten Okular. Er war von einem Kreis ins schwarze Gestein gemeißelter geheimnisvoller Symbole umgeben, die genau ausgerichtet waren. Es kam Damien komisch vor, dass ein Adept solche Dinge überhaupt brauchte. Im Allgemeinen verließen sich nur die Ungeschulten so sehr auf Symbolik.

Als sie ankamen, war Gerald Tarrant damit beschäftigt, den größten Weitseher auszurichten, doch er schaute schnell von dem facettierten Okular auf. Er verbeugte sich vor Ciani – es war die Geste einer anderen Epoche und einer anderen Welt. Arna hatte sich seit dieser Zeit so sehr verändert, dass er ohne weiteres einer anderen Rasse hätte angehören können.

»Sie haben sich entschieden«, sagte er. Es war eine Frage.

Bevor Ciani antworten konnte, fauchte Damien: »Wir haben doch gar keine andere Wahl.«

»So ist es«, sagte Tarrant. Er drehte sich um und schaute in die Nacht hinaus, als lese er in ihrer Finsternis eine Bedeutung. »Es interessiert Sie vielleicht, dass Ihre Gegner glauben, dass Sie den Wald höchstwahrscheinlich an der Straße nach Sheva verlassen werden.«

»Dann werden sie also nicht in den Wald eindringen?«, fragte Ciani.

»Wenn sie es täten, würde es Ihnen vielleicht eine Menge Schwierigkeiten ersparen, denn innerhalb meiner Grenzen kann mir nichts Widerstand leisten.«

»Wie viele sind es?«

»Sechs. Eine Furcht erregende Gesellschaft. Sie haben eine

falsche Spur gelegt, die zur Schlange führt, um Sie zu überzeugen, dass sie nach Hause zurückkehren ... Aber ihre Gegenwart am Rand meines Reiches ist wie Krebs. Ich kann sie unmöglich übersehen.« Er schaute nun Ciani an, und sein Blick blieb auf ihr haften. »Ich bedaure es, dass der, der Sie persönlich angegriffen hat, nicht mehr dabei ist. Offenbar ist er kurz nach dem Zwischenfall in Morgot gegangen. Vielleicht hat man gespürt, dass wir, solange er bei ihnen ist, nur diese kleine Gruppierung zu vernichten brauchen, um Ihnen Ihre Fähigkeiten zurückzugeben.«

Damien sagte erbittert: »Aber leider ...«

»... müssen wir das tun, was Sie ursprünglich vorhatten: ins Gebiet der Rakh eindringen und ihn zu fassen kriegen. Nur müssen Sie jetzt bei Nacht reisen.«

Damien weigerte sich, den Hals nach dem Köder zu recken. »Ich nehme an, wir umgehen Sheva?«

»Damit wir sie auf der ganzen Reise im Rücken haben? Nein.« Der Jäger lächelte. »Ich habe andere Pläne.«

Als er nichts weiter sagte, erwiderte Damien: »Was dagegen, sie uns mitzuteilen?«

»Noch nicht. Erst wenn die Vorbereitungen erledigt sind. Haben Sie Geduld, Priester.«

Über ihnen verschoben sich die Wolken. Der Mond Prima, nun sichtbar, warf silbernes Licht auf die Landschaft. Tarrants Blick flackerte zum Mond hinauf, und seine Hand klammerte sich an den Leib des Weitsehers.

»Sie beobachten die Sterne?«, fragte Damien.

»Nennen Sie es eine uralte Wissenschaft.« Tarrant musterte die beiden, als überlege er, wie viel er ihnen erzählen konnte. Dann trat er zurück und deutete auf die schwere schwarze Apparatur. »Schauen Sie mal.«

Damien blickte Ciani an. Sie nickte. Er trat leicht vorsichtig in den bewachten Kreis. Falls die uralten Symbole ihn irgendwie manipulierten, spürte er nichts davon. Er neigte sein rechtes Auge zum Okular hin und sah, dass Prima aus der Dunkelheit sprang und sich ihm stellte. Der Rand des Kraters Magra war eine dünne Linie am silbernen Horizont. Knapp davor waren fünf lange Kanäle, die sich wie Finger über das Angesicht des Globus ausstreckten.

Als Damien genug von den vertrauten lunaren Zügen gesehen hatte, richtete er sich wieder auf. »Ein ganz schön riesiges Gerät für eine Vergrößerung dieser Art.«

»Tatsächlich?«, erkundigte sich der Jäger leise. »Manipulieren Sie Ihre Sehkraft, dann denken Sie vielleicht anders.«

»Hier? Die Strömung würde ...«

»Ich habe Ihre Räume isoliert, damit Sie hier heilen können. Hier ... habe ich etwas Ähnliches getan. Dort, wo Sie stehen, sind Sie ziemlich sicher. Machen Sie nur«, sagte er drängend. »Die Aussicht wird zu Ihrer Bildung beitragen.«

Damien zögerte. Dass der Mann so genau wusste, wie man ihn ködern konnte, ging ihm allmählich auf die Nerven. Doch schließlich siegte seine Neugier über seine Vorsicht. »Na schön.« Er malte sich im Geist den ersten Schlüssel einer Sichtung aus und ließ ihn das Erd-Fae seinem Willen gemäß formen ...

Und nichts geschah.

Überhaupt nichts.

Er versuchte, seine anderen Sinne zu manipulieren. Das Ergebnis war das gleiche. Sein absolutes Versagen ließ ihn wanken. Es war, als sei das Fae irgendwie ... unmanipulierbar geworden. Als seien sämtliche Regeln, die er für selbstverständlich gehalten hatte, nie geschrieben worden.

»Im Inneren dieses Kreises«, sagte Tarrant leise, »gibt es kein Fae.«

Damien hörte Ciani nach Luft schnappen und hätte beinahe das Gleiche getan. »Wie ist das möglich?«

»Das spielt jetzt keine Rolle«, erwiderte Tarrant und legte eine Hand auf das Rohr des Weitsehers. »Schauen Sie jetzt mal.«

Damien bückte sich zum Okular hinab – und sah die Oberfläche Primas wie zuvor. In der gleichen Vergrößerung wie vorher, wobei der Weitseher genau auf die Stelle gerichtet war, die er eingestellt hatte.

Er richtete sich auf, sagte aber nichts. Er war sprachlos.

»Damien?«, fragte Ciani.

»Das Gleiche«, brachte er schließlich hervor. »Es ist noch immer ... das Gleiche.« Die Wahrheit war fast zu fantastisch. »Es ist kein Weitseher.«

Tarrant schüttelte den Kopf. »Das alte Erdwort war *Teleskop*.« Er streichelte mit Besitzerstolz das schwarze Rohr. »Kristalllinsen, die Grundlage präziser Angaben. Der Abstand zwischen ihnen wird von der irdischen Physik bestimmt. Und sie funktionieren. Immer. Egal wer das Teleskop benutzt, egal was man erwartet, sich erhofft oder befürchtet ... Es funktioniert.« In seiner Stimme war etwas, das Damien nie zuvor gehört hatte. Ehrfurcht? »Stellen Sie sich eine ganze Welt dieser Art vor. Eine Welt unveränderlicher physikalischer Gesetze, in der der Wille der Lebenden keine Macht über unbelebte Gegenstände hat. Eine Welt, in der ein Experiment, das tausend verschiedene Menschen an tausend verschiedenen Orten durchführen, jedes Mal zum gleichen Ergebnis führt. Das ist unser Erbe, Pastor Vryce. Das diese Welt uns vorenthält.«

Damien schaute durch das Teleskop und versuchte sich eine Welt der Art vorzustellen, die der Jäger beschrieben hatte. Schließlich konnte er nur murmeln: »Ich kann es mir nicht vorstellen.«

»Ich auch nicht. Und ich habe es Jahre versucht. Die Größe bringt die Fantasie ins Wanken. Dass ein ganzer Planet dem

Leben gegenüber so absolut unzugänglich sein könnte ... und sich Leben, wie wir es kennen, trotzdem auf seiner Oberfläche entwickelt hat.«

»Intelligentes Leben.«

Der Jäger lächelte schwach. »Wir denken gern so.« Er schaute zu Ciani hin und deutete auf das Teleskop. Es war eine Einladung. Als sie vortrat und ihr Auge sich dem Okular näherte, sagte er leise: »Sind Sie auf eine weitere Frage vorbereitet?«

Damien spürte, dass er sich versteifte. Ciani schaute auf.

»Fragen Sie einfach mal«, sagte Damien.

»Was haben die Angreifer in Jaggonath gewollt?«

»Sie meinen, warum sie mich angegriffen haben?« fragte Ciani.

»Genau.«

»Rache«, sagte Damien. »Ciani war ihnen entwischt ... vor Jahren schon.«

»Es war 'ne verdammt lange Reise, bloß um Rache zu nehmen.«

Die Nacht war sehr still.

»Was glauben Sie denn?«

»Ich glaube nichts. Ich ... stelle nur Fragen. Zum Beispiel die: Was wäre passiert, wenn Cianis Angreifer ins Gebiet der Rakh zurückgekehrt wäre, nachdem er sie verkrüppelt hat – wie es angeblich seine Absicht war.« Tarrant gewährte ihnen einen Augenblick, dies zu verdauen, dann fuhr er fort: »Laut dem, was wir über den Baldachin wissen, hätte die sie verbindende Faser zertrennt werden müssen, als er die Barriere durchschritt. Von Cianis Standpunkt aus, stelle ich mir vor, müsste es ungefähr so sein, als sei er gestorben.«

»Sie wäre befreit worden!«

»Es ist nicht gerade eine wirksame Vendetta, was? Ein, zwei

Wochen Jammer für sie, dann wäre alles vorbei.« Tarrants blassgraue Augen waren auf Ciani gerichtet, saugten ihre Reaktion ein. In ihm war ein Verlangen, das in Damien Unbehagen erzeugte.

»Sie glauben, sie hatten etwas anderes im Sinn.«

Tarrant löste seinen Blick zögernd von Ciani. »Ich glaube, sie hatten eins von zwei Dingen vor: sie umzubringen oder zu entführen. In beiden Fällen hätten sie von ihrer Ausschaltung profitiert – von ihrem Gedächtnisverlust und dem Verlust ihrer Adeptenfähigkeiten. Bloß wäre es im ersteren Fall gar nicht nötig gewesen. Ein Messer, das ein Herz durchbohrt, ist für einen Adepten ebenso tödlich wie für den sprichwörtlichen Mann auf der Straße. Wenn sie sie lange genug unter Kontrolle hatten, um ihr ihre Kräfte zu nehmen, ist es unwahrscheinlich, dass es ihnen nicht auch gelungen wäre, sie umzubringen. *Falls* sie dies beabsichtigt haben.«

Damien trat näher an Ciani heran und legte beruhigend den Arm um sie. Sie zitterte. »Sie glauben, sie wollten mich entführen?«, fragte sie leise.

»Ich fürchte, ja. Es ist die einzig logische Erklärung. Sie müssen mit diesem Ziel nach Jaggonath gekommen sein, aber als die Verteidigung Ihres Ladens losschlug, sind sie in Panik verfallen. Hätte Ihr Assistent Ihren Tod nicht vorgetäuscht, wären sie bestimmt zurückgekehrt. So haben sie geglaubt, Sie wären außerhalb ihrer Reichweite.«

»Deswegen sind sie nach Hause aufgebrochen.«

»Und sind unterwegs Verstärkung begegnet. Vielleicht waren es weitere ihrer Art, die sie zurückgelassen haben, damit sie ihnen den Rücken decken; vielleicht sind sie auch erst später gekommen, als der erste Angriff schon gelaufen war. Egal. Sie haben die Absicht Ihrer Freunde erraten, Ihretwegen zu einer Rachemission auszuziehen. Deswegen haben sie sich zusammengetan. Sie haben sich verschworen, Sie alle auf

Morgot auszuschalten, weil sie wussten, dass Sie auf dem Weg in ihre Heimat durch diesen Hafen kommen würden.«

»Dann wissen sie also, wer sie wirklich ist.«

»Das zum Thema Tarnung. Was jetzt?«

»Es hängt davon ab, warum sie Ciani haben wollen. Vielleicht unternehmen sie einen neuen Versuch, sie zu schnappen. Vielleicht sind sie auch einfach nur aufs Töten aus, damit die Sache ein Ende hat. Vergessen Sie nicht, dass wir drei der ihren getötet haben. Sie müssten sich eigentlich fragen, ob das Spiel den Preis noch wert ist.«

»So oder so ...«

»Sie werden uns in Sheva eine Falle stellen«, sagte Ciani leise. »Meinetwegen.«

»Sie werden uns in Sheva eine Falle stellen, weil wir sie hetzen; weil sie nun mal elende Köter sind«, korrigierte Damien sie.

»Wir werden in Sheva in *keine* Falle gehen«, sagte Tarrant gereizt. »Ich habe schon eine Manipulation in Gang gesetzt, die dafür sorgt. Sobald Ihr Freund wieder reiten kann, ist das kleine Heer längst verschwunden. Was uns vor mehrere größere Probleme stellt.« Über ihnen verhüllten die Wolken die Scheibe Primas und machten die Nacht tausend Mal dunkler. Es war unmöglich, Tarrants Gesicht zu sehen, als er sagte: »Ciani wäre am sichersten, wenn sie hier bliebe.«

»Nein«, sagte Damien fest. Ciani versteifte sich stolz, als hätte der Vorschlag irgendwie neue Kraft in ihre Adern gepumpt. »Ich kann mich doch nicht einfach hinsetzen und abwarten«, sagte sie. »Ich kann es nicht! Es ist doch eher mein Kampf als der jedes anderen.«

»Damit habe ich gerechnet«, sagte Tarrant leise. »Aber es musste gesagt werden. Es muss Ihre Entscheidung sein. Also: Ciani kommt mit. Wir durchqueren den Baldachin und bringen in Erfahrung, welche Macht mit diesen Geschöpfen verbündet ist, die so verzweifelt danach giert, sie zu besitzen. Wenn sie befreit werden soll, gibt es keine Alternative. Doch bedenken Sie eins«, fuhr er fort, wobei seine Stimme ein wenig von der Herbstnacht und ihrer Dunkelheit und Kälte annahm. »Wenn wir Ciani, mit welchen Absichten auch immer, ins Gebiet der Rakh bringen ... Könnte es nicht sein, dass wir genau das tun, was unser Gegner will?«

26

Sie warteten, wie schon seit vielen Nächten, an der Straße nach Sheva. Doch trotz der Zweifel, die mehrere von ihnen ausgedrückt hatten, beharrte jener, der sie anführte, darauf, dass sie das Richtige taten; dass dies die Stelle war, an der sie warten mussten. Und so warteten sie, hungrig und unruhig, nervös darauf bedacht, Rache zu nehmen und dann nach Hause zu eilen. Wie einer der ihren es bereits getan hatte, um daheim Meldung zu erstatten.

Dann kamen die Menschen endlich.

Sie tauchten kaum eine Stunde nach Einbruch der Abenddämmerung am Waldrand auf. Zwei Männer und eine Frau, das gleiche Trio, das vor vielen Tagen in Jaggonath aufgebrochen war. Erst jetzt war es möglich, die Tarnung der Frau zu durchschauen – als hätten die Nächte im Wald ihr irgendwie die Fähigkeit genommen, sich zu verstellen. Sogar die Neuen konnten sie anhand der Beschreibung erkennen, die man ihnen im Land der Rakh gegeben hatte.

Sie ist also gar nicht tot, zischte einer.

Noch nicht, erwiderte ein anderer hungrig.

Sie hörten die Menschen nun sprechen, und als das Trio näher kam, verstanden sie seine Worte. Die Frau war wütend auf den Jäger, weil er ihr etwas angetan hatte. Sie wollte so schnell wie möglich fort von ihm. Der große Mann, der ihnen auf Morgot so viele Schwierigkeiten bereitet hatte, beharrte darauf, alles sei zum Besten; wenn sie nicht darauf bestanden hätte, ohne den Jäger fortzuziehen, hätte er es getan. Nur der hoch aufgeschossene blasse Mann schwieg, doch als er seine manipulierte Brille verrückte, konnte man leicht erkennen, dass er viel durchgemacht hatte und noch nicht völlig genesen war.

Ausgezeichnet.

Die Angreifer waren noch immer zu sechst. Zweimal so viel wie jene, die man auf die fehlgeschlagene Mission geschickt hatte. Verglichen mit der ihnen gegenüberstehenden schwächlichen Menschenstreitmacht waren sie fast ein Heer.

Der Hexer ist nicht bei ihnen!, bemerkte einer.

Sie wollten nicht mit ihm reiten.

Glück für uns.

Ja ...

Der Hexer hatte sie überrascht. Er und das verfluchte Luder aus dem Flachland. *Sie* war nach der Schlacht gleich nach Hause gegangen, vertrieben von der rohen Feindseligkeit der Hexerdomäne. Deswegen brauchte man sie jetzt nicht mitzuzählen. Und was den Hexer betraf ... Wen scherte seine Identität, solange er abwesend war? Die Menschen waren allein. Nur das war wichtig.

Wir bringen sie um, äußerte einer der Neuen. *Schnell. Diesmal muss es klappen.*

Protestgemurmel. Angstgemurmel. Hungriges Gemurmel. Doch kurz darauf erstarb es. Der Neue hatte Recht. Sie hatten einen komplizierteren Plan versucht und wurden nun von den Menschen gejagt. Es war an der Zeit, die Sache zu beenden.

Daheim würde man es einfach hinnehmen müssen.

Die Menschen waren ihnen nun nahe. Man konnte sie streiten hören. Die sechs spannten sich und warteten auf den richtigen Moment.

»Es ist ein Fehler ...«, sagte der dünne Mann.

»Du bist überstimmt, Sen.« Die Stimme des großen Mannes war schroff und unnachgiebig. »Tarrant ist einfach zu gefährlich, verflucht! Ich würde mich lieber unbewaffnet einer Horde dieser Dämonen stellen, als eine Macht dieser Art im Rücken zu haben.«

»Aber ...«

»Er hat Recht«, sagte die Frau gelassen. Ihre Stimme klang angespannt, ihre Haltung wirkte angestrengt. Sie sah aus, als hätte sie seit Tagen nicht geschlafen. »Wir kennen seine Motive nicht. Wir wissen nur, dass er von menschlichem Entsetzen zehrt. Wenn er bei uns wäre, wären wir für lange Zeit die einzigen Menschen, auf die er zurückgreifen kann.« Sie schüttelte sich. »Er hat einmal von mir gezehrt. Und das reicht mir.«

Sie griffen an.

Sie stürzten schweigend los, huschten so flüssig von einem Schatten zum anderen, als bestünden sie aus nichts Festerem als Dunkelheit. Die Menschen waren dermaßen in ihre Auseinandersetzung vertieft, dass sie erst wenige Sekunden zuvor bemerkten, dass etwas nicht stimmte. Und Sekunden waren genug. Der Erste des Angreiferheeres war schon in Reichweite des ersten Pferdes, als der Priester »Achtung!« schrie und die Schlacht ihren Anfang nahm.

Zu spät für die Menschen. Als der Priester sein Schwert zückte, hatte der ihm nächste Angreifer sein Pferd schon am Sattel gepackt. Mit einem jähen Ruck drehte er den Hals des Tiers in einen Winkel, an den es sich nicht anpassen konnte. Das Pferd taumelte wild, und die ausholende Klinge des Priesters verfehlte ihr Ziel. Noch ein Ruck. Sein Pferd krachte zu Boden und landete auf der Seite. Beinahe hätte es den Priester zerquetscht. Ein zweiter Angreifer sprang ihn an, als er gerade über den Boden rollte. Krallen zerkratzten sein von der Sonne gebräuntes Gesicht. Sein Blut spritzte nur so. Der Priester schüttelte sich und spürte, wie die erste Berührung ihres kalten Verlangens in seinen Leib eindrang. Er trat mit aller Macht um sich – seine Stärke war für einen Menschen beträchtlich –, doch obwohl das Bein seines Angreifers laut knackte und anschließend in einem eigenartigen Winkel von seinem Knie abwärts hing, gelang es Letzterem, sein Opfer zu packen.

Der Priester kämpfte verzweifelt – wie auch seine Gefährten, die, jeder für sich, in einen Kampf verwickelt waren –, doch nun kannten die Angreifer ihre Tricks und wollten sich nicht noch einmal eine solche Niederlage einhandeln. Außerdem war der große und tödliche Hexer noch nicht gekommen, um den Menschen zu helfen – was bedeutete, dass er diesmal gar nicht kam, dass sie ihm ebenso gleichgültig waren wie er ihnen.

Hunger wallte im Gegenspieler des Priesters auf, als die frische Heiterkeit des Sieges seine Glieder mit neu gefundener Energie luden. Er fing schon an, die Substanz des Menschen einzusaugen. Erinnerungsgeflacker bildete sich in seinem Hirn – Bilder, deren Inhalte so reichhaltig waren, dass er vor Freude zischte. Seine Krallen gruben sich in den Schutzkragen des Priesters und fingen an, ihm die Luft abzuschnüren. Er absorbierte die Bestrebungen des Priesters, seine Eroberungen, seine Ängste. Seine Liebschaften. Er erfuhr die Leidenschaft der Umarmung einer Frau, wie er sie erlebt hatte – wild und berauschend, Besitz ergreifend, hemmungslos – und den Nervenkitzel des Kampfes, der sich fast ebenso anfühlte. Er nahm all diese Dinge und mehr in sich auf: Kindheitserinnerungen, erwachsene Sehnsüchte, Träume und Hoffnungen und das Entsetzen, das um Mitternacht kam, all dies – und gewann dabei Substanz. Sein bleicher, durchscheinender Leib nahm die Farbe und Beschaffenheit des Lebens an; sein leerer Blick füllte sich mit dem warmen Licht eines weltlichen Ziels. In diesem Augenblick war das Geschöpf, das den Priester angriff, *human* – und das war etwas, das keiner seiner Art zuvor gewesen war. Nicht vollkommen. Nicht vor heute Nacht.

Dann hörten die Blutströme auf, die über seine Hand hinauspulsierten, aus den Wunden, die seine Krallen am Hals des Mannes hervorgerufen hatten. Gleichermaßen hörten seine

Erinnerungen auf zu fließen und mit ihnen die wärmende Lust, die eine Tötung hervorbrachte. *Versichere dich,* sagte sich der Angreifer, und er schnitt tief in des Menschen Fleisch und riss eine lebenswichtige Arterie auf, die sich in seiner Kehle befand. Nur ein dünner Strom entsprang ihr; es war nur das Wenige, das noch in ihm zurückgeblieben war. Er leckte das Getröpfel auf und spürte, dass die Erinnerungen des Menschen wie ein zweiter Herzschlag in ihm pulsierten. Dann hörte er selbst damit auf, ordnete sich seinem Hunger unter. Der Priester war tot.

Gesättigt richtete der Angreifer sich auf. Der Kampf war vorbei. Am anderen Ende des Feldes lag der blasse Mensch, und er sah, dass man ihm in der Hitze der Schlacht die Augen herausgerissen hatte. Seine Gefährten saßen zwischen den Leichen, leckten sich das warme Blut von Händen und Gesichtern und schüttelten sich in der Lust gestohlener Erinnerungen. Er schaute nach der Frau aus – sie war doch wohl nicht entkommen? – und entdeckte sie dort, wo man sie gefällt hatte, nicht weit von ihrem dünnen Begleiter entfernt.

Tot. Ihr Pferd hatte sich entsetzt auf die Hinterläufe erhoben und sie aus dem Sattel geworfen. Sie war mit dem Kopf auf einem Granitstein gelandet, und ihr Schädel war wie eine überreife Melone geplatzt. Eine dicke, feuchte Masse quoll zwischen den Brüchen hervor und tropfte auf den Boden.

Tot, sagte er leise.

Die anderen versammelten sich um ihn.

Tot, stimmte ein anderer zu. Und ein dritter meinte: *Ohne Frage.*

Wer wird der Führung melden, dass wir sie verloren haben?

Sie musterten die Leichen, die gestürzten Pferde, die Wege ... alles, bis auf ihre Gefährten.

Die Führung wird es erfahren, sagte schließlich einer. *Wenn wir die Heimat betreten. Sobald wir dort sind.*

Sie dachten darüber nach. Einige schüttelten sich.

Wir könnten ... aber auch nicht nach Hause gehen.

Einen Moment lang herrschte Schweigen, und alle dachten über diese Möglichkeit nach. Aber eigentlich, das wussten sie, war es gar keine Möglichkeit. Wenn die Führung von ihrem Fehlschlag erfuhr, würde sie zwar wütend sein, aber ihre Wut war nichts im Vergleich mit dem, was sie zu erleiden hatten, wenn sie einen Fluchtversuch machten. Die Führung in Lema war klug, sagten sie sich, und erfahren; sie musste wissen, dass solche Dinge vorkamen. Bestimmt würde man sie nicht allzu schwer bestrafen.

Sie schauten sich die Leichen an, leckten sich das Blut von den Lippen und genossen die letzten Echos der Menschenschreie. Dann wandten sie sich nach Süden, den Außenbezirken Shevas entgegen, und machten sich auf die lange Heimreise.

27

Gerald Tarrant blickte in die Nacht hinaus und dachte: *Fertig.*

Das schwarze Gestein des Observatoriums war selbst für ihn kaum sichtbar, denn es wurde von der absoluten Dunkelheit der Echtnacht verhüllt. Doch bald würde Casca im Westen aufgehen und sein Einzelgängerlicht über die Landschaft werfen. Dann würden sich die feinsten Stränge des dunklen Fae – die auch die mächtigsten waren – in nichts auflösen und ihre Manipulationen mitnehmen.

Das war gut. Die Arbeit war getan. Die Dämonen aus dem Gebiet der Rakh, sich ihres Triumphes sicher, hatten sich bereits nach Hause gewandt. In wenigen Tagen würden sie sich unter den Rand des Baldachins begeben, dessen Barriere sie daran hinderte, die Wahrheit zu erkennen – dass man sie hereingelegt hatte, und zwar gründlich.

Tarrant beobachtete mit seiner Spezialweitsicht, wie seine Manipulation in der Ferne verblasste und die drei Menschen, die er verändert hatte, erneut ihre wahre Identität annahmen. Es spielte nun keine Rolle mehr. Die Dämonen waren schon abgezogen; sie würden die Veränderung nicht mehr sehen. Nur mit dunklem Fae waren solche Illusionen möglich – einem Fae, das nicht nur auf groben physikalischen Ebenen Bestand hatte, sondern ebenso in der Arena des Denkens. Doch das dunkle Fae war eine unbeständige Kraft und konnte nur schwer gebunden werden, um Illusionen aufrechtzuerhalten, die keinem Zweck mehr dienten. Er würde die Gruppe über einen parallelen Weg führen müssen, um den Fragen auszuweichen, die die Anwesenheit der Leichen möglicherweise aufwarf ...

Du müsstest dich selbst hören, dachte er wütend. *Du unterwirfst dich ihnen ja schon!*

Sie sollten lieber das tun, was du willst.

Drei Nächte, höchstens. Vielleicht weniger. Dann würde er den Wald verlassen, der seine Heimat – sein Schild, sein Refugium gewesen war. Das Land, das *er* war; so, wie der Leib, den er trug.

Angenommen, irgendein Idiot zündet ein Streichholz an, wenn ich weg bin? Er schaute über die dicht gewebten Wipfel hinweg und fragte sich, ob er es regnen lassen sollte. Wenn er sich anstrengte, konnte er einen Wetterplan aufstellen, der monatelang für regelmäßig erfolgende Niederschläge sorgte ... doch da der Winter vor der Tür stand, konnte dies ebenso leicht Schnee bedeuten, und zu viel Schnee brachte eigene Gefahren mit sich. Nein. Sollte die Natur ihren Verlauf nehmen. Amoril konnte sich um den Wald kümmern. Der Albino konnte das Wetter zwar noch nicht gestalten – vielleicht würde es ihm nie gelingen –, doch sein Können reichte auf anderen Gebieten aus. Und wenn er hin und wieder so wirkte, als litte er an einem Mangel an ... nun, ästhetischem Gefühl ... Er machte es mit seiner Begeisterung allemal wett.

Außerdem würde niemand erfahren, dass der Jäger gegangen war. Das durfte er nicht vergessen. Niemand würde wissen, dass der Jäger eine Grenze überschritten hatte, die kein Mensch überschreiten zu können glaubte, und von der Quelle der Macht abgeschnitten war, die er seit Jahrhunderten kultivierte ...

Tief in seinem Inneren spürte Tarrant ein Beben, als dränge ein Teil seines begrabenen menschlichen Ichs an die Oberfläche. Furcht? Erwartung? Angst? Er hatte so lange in der gastfreundlichen Begrenzung des Waldes gelebt, dass er nicht mehr wusste, wie es war, wenn man Furcht empfand. Irgendwann im Lauf der Zeit war ihm auch dies abhanden gekommen, als seien Furcht, Liebe, Mitleid und Ergebenheit dem Vater gegenüber ein Pauschalangebot gewesen, ausrangiert mit dem ersten Blutopfer, das ihn von einem Leben zum anderen geführt hatte.

Doch wenn er Furcht entwickelte, gab es dann etwas, das davon zehrte? So wie er von der Furcht der anderen zehrte – jenem letzten köstlichen Augenblick, in dem der menschliche Geist alle Hoffnung fahren ließ und die Verteidigungsanlagen der Seele krachend zusammenbrachen? Es war kaum länger als ein Jahrtausend her, seit der Mensch auf diesen Planeten gekommen war, und schon jetzt gab es Myriaden von Lebewesen, die sich, was ihren Unterhalt anging, auf ihn verließen. Warum sollte die Nahrungskette hier zu Ende sein?

In der Stille der Nacht dachte der Neograf von Merentha: *Wie lange dauert die Evolution der Verdammten?*

28

Sie verließen den finsteren Nachbau von Schloss Merentha bei Einbruch der Abenddämmerung. Zumindest hatte man es ihnen so erläutert. Hoch oben auf der Brustwehr wäre es vielleicht möglich gewesen, die Sonne zu sehen; dort hätte man möglicherweise prüfen können, ob der Tag tatsächlich geendet und die Herrschaft der Nacht begonnen hatte. Doch in den engen inneren Gängen und unter den dicht gewebten Wipfeln des Waldes musste man solche Dinge einfach glauben. Dem Jäger vertrauen.

Sie hatten keine andere Wahl.

Tarrant besorgte für Ciani und sich Pferde. Pechschwarze Geschöpfe mit muskulösen Gliedmaßen und üppigem, glänzendem Fell. Im Gegensatz zu den dreizehigen Spuren von Damiens Reittier und anderen Spezies hinterließen sie halbmondförmige Abdrücke. Ihre Proportionen wirkten eigenartig, auch wenn sie ihren Brüdern aus dem Süden irgendwie glichen. Es fiel Damien schwer, nicht nach den Unterschieden zu fragen. Doch er wusste: Worin sie auch bestanden, sie unterstanden irgendeiner Kontrolle und waren absichtlich herbeigeführt. Der Neograf von Merentha hatte tausend Jahre Freizeit und das nahezu grenzenlose Potenzial der Wald-Fae gehabt, um seine ehrgeizigste Aufgabe zu vervollständigen. Nun gab es auf Arna echte Pferde.

Ohne ein Wort, als befürchtete man, der Sprachlärm könne sie irgendwie in Gefahr bringen, ritt die Gruppe nach Osten. Das Laubwerk des Waldes teilte sich vor ihnen wie ein Lebewesen – und wenn es mal nicht so war, flammte das Kaltfeuer des Jägers vor ihnen auf und beleuchtete den Weg. Woran sie auch vorbeikamen – das Pflanzenleben wirkte dann erstarrt und zerbrechlich. Die Baumäste, die sie zuvor behindert hatten, zersprangen beim bloßen Klang ihres Vorbeireitens in kalten Staub.

Sie ritten stundenlang. Schließlich war es Damien, der zu einem Halt aufforderte. Er war der Meinung, die Pferde brauchten eine Verschnaufpause, wenn sie mit diesem Tempo bis zum Morgengrauen weitermachen sollten. Er schaute Tarrant an und deutete zu Boden, als stelle er seine Sicherheit in Frage. Kurz darauf lächelte der Jäger unmerklich, als hätte der Ritt an der Seite bloßer Menschen seinen Humor geschwächt. Dann zog er sein Schwert. Silberblaues Licht erfüllte die Luft. Ein Schwall kalten Windes fauchte, von dem manipulierten Stahl angesaugt, an Damien vorbei. Der Jäger hieb es nach unten, seine Waffe bohrte sich in den Boden. Die Erde schien sich zu schütteln. Sprünge wurden sichtbar, gezackte Linien, die von der eindringenden Schwertspitze ausgingen. Der Kopf eines wurmähnlichen Geschöpfs durchbrach den Boden, versteifte sich und zersplitterte in tausend Kristallfetzen, die wie frischer Schnee auf dem gefrorenen Boden glitzerten. Danach gab es keine Bewegung mehr.

»Sie können absitzen«, sagte der Jäger beruhigend.

Damien und Senzei fütterten ihre Reittiere mit mitgenommenem Proviant. Die schwarzen Pferde des Jägers, der Waldvegetation entwöhnt, schienen sich mit den blattlosen Stängeln zu begnügen, die das gesäuberte Gebiet umgaben. Damien fragte sich, welche Veränderungen Tarrant an ihrem Verdauungssystem vorgenommen hatte, damit sie an diesem trostlosen Ort gedeihen konnten. Sorgten ihre massiven Hufe dafür, dass sie vor den Räubern des Waldes sicher waren, die sie ansonsten anhand der Wärme ihrer Fährte aufgespürt hätten? Welchem adaptiven Zweck dienten solche dicken Panzerplatten auf der Erde, wo ein Tier ohne Furcht vor Wärmespürern über den Boden laufen konnte?

»Wenn wir in Sheva sind«, sagte Tarrant, »hätte ich es lieber, wenn Sie mich nicht mit meinem Titel ansprechen oder auf meine wahre Identität hinweisen.«

»Man kennt Sie wohl außerhalb von Mordreth«, sagte Senzei.

»Als Bediensteten des Jägers. Nicht als Jäger selbst.«

»Ist das ein so wichtiger Unterschied?«

»Und ob. Sollte jemand auf die Idee kommen, einen Bediensteten des Jägers zu töten – oder sich ihm gar zu widersetzen –, muss er sich auch Gedanken über die Reaktion des Herrn seines Opfers machen. Und die fallen gewiss anders aus, als wenn er auf die Idee käme, er könne vielleicht das Glück haben, sich des Herrn selbst zu entledigen.« Er fügte trocken hinzu: »Dies erspart mir die Unannehmlichkeit, auf jeder Reise zu töten. Es müsste Ihnen doch gefallen.«

»Sicher«, murmelte Damien mit zusammengebissenen Zähnen.

Nacht. Auf dem Boden herrschte die Echtnacht, die dem gegenüber, was am Himmel geschah, blind war. Sogar Dominas Licht konnte die dichten Wipfel nicht durchdringen, die so gestaltet waren, dass sie kein Sonnenlicht durchließen. Dicke, weißhäutige Schlingpflanzen glitzerten im Licht der Lampen, als sie an ihnen vorbeikamen; ihre blattlosen Leiber rankten an Baumstämmen aufwärts, bis sie eine Höhe erreichten, in der das Sonnenlicht sie traf. Forschungen in der Schlossbibliothek hatten enthüllt, dass der Wald einst ein völlig normaler Ort gewesen war, nur darin einmalig, dass er in der Nähe eines natürlichen Erd-Fae-Brennpunkts lag. Dies hatte der Jäger geändert. Er hatte die besonderen Bäume des Waldes entwickelt, die ihre eigenen toten Blätter in einem Netz haarfeiner Äste fingen, so dass selbst im tiefsten Winter kein Licht auf den Boden fiel. Doch welche anderen Abstimmungen mussten an diesem Ökosystem vorgenommen worden sein, damit es weiterhin funktionierte? Die fortwährende Dunkelheit hätte jede vom Licht abhängige Spezies innerhalb des Waldgebiets getötet und das gesamte Ökosystem aus dem Gleichgewicht gebracht. Er musste es in seiner Gesamtheit – jede Pflanze, jedes Tier, jedes Insekt, jeden Busch – manipuliert haben, bis er Tausende von Spezies in einem neuen, vom Licht unabhängigen Gleichgewicht stabilisiert hatte. Und er musste ein paar neue Arten erschaffen haben, um es seiner Schöpfung zu erleichtern. Damien dachte an die wurmartigen Geschöpfe, und ihm wurde klar, dass selbst sie ihre Rolle spielen mussten. Eine Biosphäre, in die so wenig Energie eingegeben wurde, hatte keinen Platz für Abfall.

Was für ein Verstand war erforderlich, in solchen Dimensionen zu denken? Um ein solches Projekt in Angriff zu nehmen und es erfolgreich zu beenden, statt den Wald zu einer leblosen Wüste zu machen, deren Überleben durch das Fehlen eines speziellen Insekts oder eine Lücke in der Nahrungskette gefährdet war? Schon der bloße Umfang des Projekts ließ einen wanken. Doch wenn man tausend Jahre Zeit hatte und ein Mensch besonderer Art war, konnte man damit vielleicht Erfolg haben. Ein Mann wie der Neograf von Merentha, der seine letzten Lebensjahre damit verbracht hatte, Gott und die Menschen neu zu definieren und die menschliche Gesellschaft mit der gleichen präzisen Beachtung der Details, die er den Pferden und den Pflanzen des Waldes geschenkt hatte ...

Dann war Licht vor ihnen auf dem Pfad, wenn auch nur wenig – doch es zeichnete die Umrisse des Jägers, als er die letzten Bäume passierte, und überflutete das Land dahinter mit dem sauberen, subtilen Versprechen der Morgendämmerung.

»Es fängt an zu tagen«, sagte Tarrant angeekelt. Er deutete nach Osten. »Sheva ist noch knapp sieben Kilometer entfernt. Dort können Sie Quartier bekommen.«

»Nicht so ein ödes wie in Mordreth, hoffe ich«, murmelte Senzei.

Vielleicht hatte der Jäger sogar lächeln wollen, doch ein rascher Blick auf den sich erhellenden Himmel ernüchterte ihn, so dass er seine Amüsiertheit nicht nach außen dringen ließ. »Mordreth ist ein Sonderfall«, sagte er beruhigend. »Aber die Herbstnächte enden zu schnell für lange Gespräche. Sparen Sie sich Ihre Fragen für die dunkleren Stunden auf, dann werden sie vielleicht beantwortet.«

»Das momentane Licht scheint Ihnen nicht wehzutun«, sagte Damien provokant.

Tarrant warf ihm einen schnellen, sengenden Blick zu. Es war schwer, genau zu erkennen, was er damit ausdrücken wollte. Wut, Gereiztheit, Geringschätzung ... vielleicht auch alles zusammen. »Jeder Mensch, der unter den Sternen stehen kann, kann auch die Berührung des Sonnenlichts überleben, Priester. Ich nehme an, es ist nur eine Frage der Grade.« Er stieg elegant ab und erzeugte kein Geräusch, als seine Stiefel den Boden berührten. »Ich empfinde aber nicht das Verlangen, meine Grenzen zu testen.«

Er hielt Damien seine Zügel hin. Damien zögerte kurz, dann nahm er sie. »Füttern Sie das Tier mit den Ihrigen zusammen«, wies der Jäger ihn an. »Geben Sie ihm das, von dem Sie glauben, Pferde können es fressen. Es wird es überleben.«

»Soll das heißen, Sie werden zum Frühstück nicht bei uns sein?«

»Ich bezweifle, dass es Ihrem Appetit gut bekäme, mir dabei zuzusehen.« Tarrant warf einen erneuten Blick auf den östlichen Himmel. Damien sah, dass er seine Muskeln spannte.

»Bringen Sie den Tag hinter sich, wie es Ihnen gefällt«, sagte er leise. »Ich bin früh genug wieder bei Ihnen.«

»Wie wollen Sie ...«, begann Senzei. Doch der Mann war schon wieder in die Finsternis des Waldes getreten, und die Dunkelheit schloss sich um ihn wie ein schwarzer Umhang.

»Ist wohl nicht gerade ein Frühaufsteher«, sagte Damien.

Es war gut, wieder in einer Stadt und von lebendigen Menschen umgeben zu sein. Es war gut, in den gekalkten Räumen eines Ziegelbaus zu sein, helle Tagesdecken auf modernen Betten und dünne Vorhänge zu sehen, denen es nicht gelang, die prächtige und wunderbare Helligkeit der Sonne zu bannen. Es war gut, wieder vom Gewimmel menschlicher Hektik umgeben zu sein – selbst wenn es bedeutete, dass der Lärm einen am Einschlafen hinderte. Vom Sonnenschein ganz zu schweigen.

Es war gut für einige Stunden. Mehr nicht. Als die Sonne unterging, wollten sie unbedingt weiterreiten, und als Gerald Tarrant sich schließlich zu ihnen gesellte, empfand die Gruppe fast so etwas wie Erleichterung.

Wir möchten endlich ankommen, dachte Damien. *Wir wollen es hinter uns bringen.*

Sie ritten nach Osten. Bald waren sie wieder in offenem Gelände, auf dem Boden des Raksha-Tals. Sie stießen auf den Lethe-Fluss und folgten ihm nach Südosten durch einige Dutzend kleine Siedlungen, die man an seinem Ufer errichtet hatte. Wenn sie pausierten, aßen sie echte Nahrung in echten Restaurants. Währenddessen schaute Tarrant schweigend zu und nippte geziert an einem Glas frischen Blutes oder – wenn es keins gab – an einem Wein aus dem Norden. Damien verlangte es nicht zu erfahren, was er in der kurzen Zeit nach dem Sonnenuntergang tat, um bei Kräften zu bleiben. Doch tagsüber träumte er von tausend Möglichkeiten und erwachte oftmals in Schweiß gebadet. Dann griff seine Hand nach dem Schwert, weil er wusste, dass er gerade irgendeine traumgebundene Abscheulichkeit beobachtet hatte, deren Ursache Tarrant war. Und er fragte sich, wie lange er noch der Grund dafür sein konnte, dass der Mann in diese Region gekommen war, ohne sich für das menschliche Leid verantwortlich zu fühlen, das ihre Fährte im Kielwasser des Jägers hinterlassen musste.

Und dann waren sie da. In einer kleinen Stadt, die sich um einen winzigen Hafen schmiegte und in der man weniger dem Handel als dem Tourismus nachging. Sattin: nahe genug an der Grenze zum Rakh-Gebiet, dass es an klaren Tagen möglich war, einen Blick über die Schlange zu werfen und die gezackten Klippen zu sehen, die das geheime Land und – aber nur möglicherweise – den Energievorhang bewachten, der es beschützte. Die Stadt wimmelte selbst in dieser kalten Jahreszeit von Touristen, die gutes Geld bezahlt hatten und viele Tage in der Hoffnung gereist waren, das zu sehen, was eine Broschüre als *die letzte Bastion einheimischer Macht* beschrieb. Was sie nicht war, wenn man die Definition *einheimisch* oder gar *Bastion* streng auslegte. Doch Schlagwörter machten sich auf Broschüren eben gut.

Es gab hier genug Hexer, um eine kleine Kolonie zu gründen, und als Bestätigung ihrer Anwesenheit hatten sie Schlagzeilen in fetter Schrift auf das Grau des billigen Nordlandpapiers geknallt: *Südland-Hexer füttert die Schlange: Selbstmord oder Opfer? Hexe findet Jäger-Markierung in einen Bettpfosten geschnitzt.* Und natürlich: *Cascas Geist ist wieder da – Ansässiger Hexer enthüllt die schreckliche Wahrheit.* Ihre Werbung war auf allen Straßen zu sehen und füllte die Schaufenster von Läden und Tavernen. Angebote wie *Sichten Sie mit*, Bootsfahrten, *die Sie so nahe heranbringen, dass Sie den Baldachin berühren können, und Seher sagt Ihre Zukunft voraus – Vernünftige Preise.*

Wenn Sattins geschmacklose Kommerzialisierung der Verteidigungsanlagen des Rakh-Gebiets Damien amüsierte, schien sie Gerald Tarrant bis aufs Blut zu reizen. Wenn es das nicht war, musste etwas anderes an dem der Nacht verpflichteten Adepten nagen. Mehr als einmal fauchte er Damien auf eine Weise an, die nicht zu seinem normalerweise glatten Verhalten passte; einmal glaubte der Priester in seinen quecksilbrigen Augen gar eine Emotion aufblitzen zu sehen, die ihm fast ängstlich erschien – doch der Ausdruck legte sich so schnell und war so untypisch für den Tarrant, den sie bisher kennen gelernt hatten, dass er am Ende zu der Ansicht gelangte, er müsse sich geirrt haben. Was gab es schon an einem Ort wie diesem, wovor der Jäger sich fürchten konnte?

Als sie das verzehrten, was in einem der vielen städtischen Restaurants als Abendessen angeboten wurde – es handelte sich um überteuerten Kram, der gar nicht erst vorgab, Qualität aufzuweisen, und eigentlich auch nicht besser war als ihr getrockneter Reiseproviant –, machte Tarrant sich auf die Suche nach einem Schiff, das sie an die felsige Küste des Rakh-Gebiets bringen konnte. Wenn man bedachte, wie schnell er solche Dinge sonst zu erledigen pflegte, brauchte er überraschend lange dafür, und als er zurückkehrte und sich wieder zu ihnen gesellte, hatten sie mehrere trostlose Gänge verzehrt.

»Sie sind alle zu feige«, informierte er sie. »Sie sind zwar gern bereit, für eine Hand voll Touristengold an den Baldachinrand zu fahren, aber wenn man sie bittet, ihn zu durchdringen ...« Während er redete, trommelten seine Finger auf die Tischplatte. Es war eine für ihn untypische Geste. Damien fragte sich, was ihn dazu brachte. »Ich habe einen Mann aufgetrieben, der das Risiko eingehen würde. Wäre ich dazu aufgelegt, solche Geschäftspraktiken kritisieren zu wollen, würde ich sie Straßenraub nennen – aber lassen wir das.« Er sah, dass Damien etwas sagen wollte, und winkte ab. »Ich habe das Geld. Und wenn er meine Jahanna-Währung sieht, wird er sich bestimmt zweimal überlegen, ob er uns in der Schlange über Bord wirft.«

»Sie halten das für möglich?«, fragte Ciani verdutzt.

»Die Seele des Menschen ist ein finsterer Ort – wer weiß dies besser als ich? –, und die Gier ist ein mächtiger Herrscher. Wenn man noch die Neigung des Menschen nach Selbsterhaltung dazurechnet ... Ja, ich halte es für sehr gut möglich, dass ein Mensch, den wir anheuern, damit er uns zur Achron-Mündung bringt, es für ratsam hält, seine ... sagen wir ... *Ladung zu löschen,* bevor wir am Ufer sind. Ich würde es sogar für wahrscheinlich halten. Die Landung birgt eine echte Gefahr, und nicht alle Menschen mögen den Geruch des Risikos. Ich schlage vor, dass wir vorsichtig sind.«

»Ich könnte ...«, setzte Damien an.

»Ich könnte es auch. Wirksamer als Sie. Doch wenn wir unter dem Baldachin sind, wäre alles vorbei. Wollen Sie, dass sich die mörderischen Instinkte unseres Lotsen plötzlich in dem Moment entladen, in dem wir uns am wenigsten verteidigen können? Wenn sich selbst eine unbewusste Manipulation als Rohrkrepierer erweisen kann?« Er zuckte die Achseln. In dieser Geste war eine eigenartig menschlich wirkende Müdigkeit. »Ich habe den besten Mann ausgesucht, den ich finden konnte. Ich habe ihn gut bezahlt und vorsichtig behandelt. Zwang gehört zu meinen Fertigkeiten. Wollen wir hoffen, dass es klappt.« Er wandte sich Ciani zu. »Ich habe die Stadt drei Mal abgetastet – auch ihre Umgebung und die Schlange sowie jeden einzelnen Energiestrom, der sie oder ihre nähere Umgebung passiert. Sie haben hier keine Feinde. Unser Lotse sagt, wir müssen zwei Nächte auf eine passende Syzigie warten – eine hohe Flut wird das Ufer des Rakh-Gebiets viel besser zugänglich machen. Und das bedeutet, dass wir hier warten müssen. Was ich bedauere. Die Stadt ist ...« Er setze eine finstere Miene auf. »Unangenehm, um es vornehm auszudrücken. Aber sie ist ungefährlich. Das sollten Sie wissen. Ihre Feinde sind vor einigen Tagen hier durchgekommen. Sie haben weder einen Beobachter noch einen Wächter zurückgelassen. Dessen habe ich mich versichert.«

»Danke«, sagte Ciani leise. »Es ist mir ... eine Menge wert. Danke.«

»Auf geht's.« Tarrant schob seinen Stuhl vom Tisch zurück und stand auf. Seine blassen Augen richteten sich auf Damien, und ihre Tiefen waren bis zum Rand mit Feindseligkeit gefüllt. »Sie sind für mich nicht der ideale Reisegefährte, Priester, und ich weiß, ich bin es ebenso wenig für Sie. Da Ciani sicher und für unsere Überfahrt gesorgt ist, darf ich annehmen, dass Sie nichts dagegen haben, wenn ich meine Zeit bis zu unserer Abreise in anderer Gesellschaft verbringe?«

»Nicht im Geringsten«, versicherte Damien ihm.

Und er fragte sich: *Was hat der Kerl nur, verdammt noch mal?*

Der Hügel war ein Stück vom Ort entfernt und nicht leicht zu erklimmen. Deswegen gab es hier auch keine Touristen, obwohl man übers Wasser schauen konnte. Sie brauchte einige Zeit, um den Gipfel zu erreichen, und als sie endlich oben war, ruhte sie sich eine Weile aus, um wieder zu Atem zu kommen.

Er stand absolut regungslos auf dem Kamm. Sein schwarzer Umhang wogte langsam in der abendlichen Brise, und seine blassen Augen waren auf eine Stelle irgendwo auf dem Wasser gerichtet. Vielleicht auch auf nichts. Als sie näher kam, sah sie an ihm keine weitere Bewegung; nichts, das Leben andeutete. Er schien nicht mal zu atmen. Sie fragte sich, ob er überhaupt Luft holen musste, wenn er nicht sprach. Wo genau balancierte er an dem schwarzen Abgrund zwischen Leben und Nichtleben?

Dann wandte er sich um und erblickte sie. Überraschung glitzerte kurz in seinen Augen – dann hatte er sich wieder gänzlich unter Kontrolle und sein Ausdruck war undeutbar.

»Lady.« Er verbeugte sich. »Allein?«

»Sie haben gesagt, es sei hier ungefährlich.«

»Ich habe gesagt, dass Ihre Feinde fort sind. Natürlich gibt es hier auch einheimische Lumpen, Vergewaltiger und so weiter. Wir sind in einer Stadt«, erinnerte er sie.

»Ich bin in einer Stadt geboren und aufgewachsen«, erwiderte Ciani. »Und, wie Sie bestimmt wissen, gut bewaffnet. Auch ohne Fae könnte ich einen Lumpen Mores lehren.«

Tarrant musterte sie einen Moment, dann umspielte so etwas wie ein Lächeln seine Mundwinkel. »Ja, ich glaube, das könnten Sie wohl.«

Dann schaute er erneut aufs Wasser hinaus, und seine Züge wurden wieder hart. Seine Nasenflügel bebten, als prüfe er die Luft.

»Sie sind meinetwegen hier«, sagte er schließlich.

Ciani nickte.

»Man hat Sie gehen lassen?«

»Es weiß niemand was davon.«

Er schaute überrascht drein.

»Sie glauben, ich bin in meinem Zimmer«, sagte sie trotzig. Als hätte er es gewagt, sie zu kritisieren. »Sie haben gesagt, ich sei sicher.«

Tarrant sagte eine Weile nichts. Dann erwiderte er leise: »Es erfüllt mich fast mit Schmerzen, wenn ich eine Frau sagen höre, sie sei in meiner Gegenwart sicher.«

»Bin ich es denn nicht?«

»Sie schon. Absolut sicher. Aber Ihre Männer scheinen sich dessen nicht allzu sicher zu sein.«

»Sie haben nicht in Sie hineingeschaut. Ich schon.«

Er versteifte sich, wandte sich von ihr ab. Schaute aufs Wasser hinaus. »Wie haben Sie mich gefunden?«

»Es war nicht schwierig. Es gibt in dieser Gegend nicht viele Orte, an denen man allein sein kann ... und ein Adept würde sich wohl gern den Baldachin ansehen. Ich habe mir Fragen gestellt, von denen ich annahm, dass auch Sie sie sich stellen, um einen Ort wie diesen zu finden. So habe ich hierher gefunden.« Sie folgte seinem übers Wasser schweifenden Blick bis zur Schwärze des nächtlichen Horizonts. »Was *sehen* Sie?«

Er zögerte. »Nichts«, erwiderte er dann.

»Wenn wir näher herangingen, könnte man vielleicht ...«

Er schüttelte den Kopf. »Sie missverstehen mich. Ich kann den Baldachin von hier aus ziemlich deutlich erkennen. Unmissverständlich. Es ist, als würde die Welt plötzlich an dieser Stelle enden, als gäbe es dort eine Linie, hinter der nichts existiert. Ach, ich kann das Wasser dahinter und die Berge in der Ferne sehen ... aber die Kräfte, die nur für das Auge eines Adepten sichtbar sind, hören mitten in der Luft auf, und dahinter ist – nichts. Absolutes Nichts. Eine Mauer aus Nichtexistenz, unter der das Wasser herfließt.«

»Und Sie glauben, sie wird Sie umbringen.«

Er versteifte sich. Sie sah, dass er auf seine übliche Weise reagieren wollte – wortgewandt, irreführend, auf trockene Weise ausweichend –, doch dann erwiderte er angespannt:

»Es ist möglich. Ich weiß es nicht. Ich kann nicht alles klären. Wenn man das Fae in dieser Zone nicht manipulieren kann ... habe ich vielleicht auch keinen Zugriff auf die Kraft, die mich am Leben erhält.« Er zuckte die Achseln. Es war eine steife Geste, deutlich erzwungen. »Weiß der Priester davon? Oder Ihr Freund, der Hexer?«

»Sie könnten es vermuten. Ich hab's ihnen nicht erzählt.«

»Dann tun Sie's bitte auch nicht.«

Sie nickte.

»Sind Sie hergekommen, um das herauszukriegen?«

Statt einer Antwort fragte Ciani: »Kann ich Ihnen irgendwie helfen?«

Er schaute sie an. Sie spürte, dass er versuchte, sie zu analysieren. Er bemühte sich, es ohne Fae-Einsatz zu tun. »Halten Sie mir die beiden nur vom Leib«, sagte er schließlich. »Das Boot hat eine sichere Kabine. Ich habe den Schlüssel. Auch dies war erforderlich. Aber wer weiß, welchen Schaden sie vielleicht anrichten, wenn sie versuchen, sich einzumischen? Selbst wenn sie nur helfen wollen.« Er lachte, aber es klang freudlos. »So unwahrscheinlich, wie es ist.«

»Ich werde es versuchen«, versprach sie. »Ich bin *wirklich* deswegen gekommen«, fügte sie mit einem sanften Nicken hinzu.

Sie wandte sich von ihm ab und setzte sich über den Abhang hinab in Richtung Stadt in Bewegung.

»Ciani?«

Sie blieb stehen und schaute sich um.

»Sie könnten das Fae zurückkriegen.«

Einen Moment lang schaute sie ihn nur an. »Und wie?«, fragte sie mit leicht bebender Stimme.

»Nicht als Adeptin – das kann nicht mal ich bewirken. Aber Sie könnten so zu manipulieren lernen wie ein Hexer. Es wäre nicht das Gleiche wie zuvor. Es würde Ihnen die Vision nicht zurückgeben. Es würde Schlüssel und Symbole erfordern, Bände von Sprüchen und mentale Übungen ...«

»Bieten Sie an, es mir beizubringen?«, hauchte sie.

Seine blassen Augen brannten im Mondschein wie Kaltfeuer. Es tat weh, sie direkt anzusehen. »Angenommen, es wäre so?«

Sie schaute ihm in die Augen – und nahm den Schmerz, die Kraft und alles andere in sich auf. »Was würden Sie sagen«, fragte sie, »wenn Sie im Sterben lägen und jemand böte Ihnen das Leben an? Würden Sie nach den Bedingungen fragen oder die Gelegenheit einfach mit aller Kraft am Schopf ergreifen und jeden Moment so nehmen, wie er sich Ihnen bietet?«

»Der Vergleich hinkt«, sagte er warnend. »Und ich glaube, ich brauche Ihnen nicht zu sagen, wie meine Antwort ausfallen würde. Was ich geantwortet *habe*, als ich diese Wahl treffen musste.«

»Dann kennen Sie auch meine Antwort.«

Er streckte die Hand aus. Sie griff zu, ohne zu zögern. Die Eiseskälte seiner Berührung ließ sie zusammenzucken, doch die Kälte war Freude – Versprechen –, und Ciani lächelte, als sie in sie eindrang.

»Wann können wir anfangen?«, fragte sie leise.

Sobald die Sonne unterging, brachen sie ins Gebiet der Rakh auf. Der Kapitän knurrte über die Zeit des Auslaufens, über die Pferde, das Wetter und tausend andere Dinge, die nicht genau so waren, wie sie sein sollten ... dann tauchte Gerald Tarrant auf, ging in Position und schaute ihn nur an. Er war in seinem Schweigen so wortgewandt wie eine Schlange, die gleich zuschlagen würde. Der Kapitän vergaß seine Beschwerden auf der Stelle.

Doch es gab einige sehr reale Probleme ohne einfache Lösungen. Zum Beispiel die Sache mit den Pferden. Das Boot war kleiner als das, mit dem sie nach Morgot übergesetzt hatten, und sein geringerer Tiefgang und sein einfacheres Deck bedeuteten, dass es wirklich keinen Platz gab, an dem man stehen konnte, ohne sich ständig bewusst zu sein, dass das Wasser sich genau unter den Füßen befand und es kein sicheres Quartier für die Tiere gab. Damien ertappte sich bei dem Wunsch, sie hätten ein tieferes Gefährt mit besser umschlossenem Laderaum gefunden, auch wenn er verdammt gut wusste, dass ein solches Boot in den tückischen und seichten Gewässern vor dem Ufer des Rakh-Gebiets nicht navigieren konnte. Tarrant konnte nicht mal, wie zuvor, die Tiere mit Manipulationen beruhigen, ohne das Risiko einzugehen, dass seine Bemühungen unwirksam – oder noch schlimmer: umgekehrt – wurden, wenn das Boot unter dem Baldachin herfuhr. Es gab Drogen, die Tiere fügsam machten, und man hatte die Möglichkeit besprochen, sie einzusetzen, doch sie bargen ein eigenes Risiko. Wenn ihre Landung gefährlich wurde, konnte sich die durch Drogen erzeugte Lethargie der Tiere als nachteilig erweisen. Also hatte man auf die Instruktionen des Kapitäns hin beschlossen, ihnen die Augen zu verbinden, bevor sie den Baldachin erreichten, und sie an einem Ort, an dem sie sich nicht verletzten, falls sie versuchen sollten, sich loszureißen, so sicher wie möglich anzubinden.

Wir müssen damit rechnen, dass wir sie verlieren, dachte Damien. Aus diesem Grund hatten sie ihren wertvollsten Besitz bereits den Satteltaschen entnommen und an sich selbst befestigt. So hatten sie das Gefühl, die Lage besser zu beherrschen. Aber was nützte es ihnen, wenn sie schwimmen mussten? Es fiel ihm schwer, sich zu entscheiden, was ihm lieber war: sich dem Gegner unbewaffnet zu stellen oder sich bemühen, mit zwei schweren, auf dem Rücken festgeschnallten Waffen nicht zu ertrinken.

Die Lage ist schlecht. Wir kommen nicht daran vorbei. Wir werden das Beste tun, was wir können – und um Glück beten.

Im Moment schien alles ganz gut zu verlaufen. Trotz des leisen Genörgels des Kapitäns war die Schlange beruhigend ruhig und glänzte im Licht Dominas wie Quecksilber. Prima war bereits im Osten aufgegangen, sein schnelles Tempo verzehrte rasch die zwischen ihm und seiner massiven Schwester stehenden Himmelsgrade. Ungefähr um Mitternacht würde die Syzigic einsetzen: Die beiden größeren Monde Arnas würden gemeinsam auf die Gezeiten einwirken und die Schlange vertiefen, bis die schlimmsten Risiken der Rakh-Küste unter mehreren Metern Wasser verborgen waren. Jedenfalls hoffte man es. Es war alles eine Frage von Graden; tatsächlich konnten wenige Zentimeter den Unterschied zwischen Sicherheit und Katastrophe ausmachen. Damien hoffte, dass der Kapitän die tödliche Küste so gut kannte, wie er behauptete. Und dass sie sich nicht allzu sehr verändert hatte; in dieser geologischen Zone hatte kein charakteristisches Merkmal Bestand.

Als er dann übers Wasser hinausblickte, glaubte er etwas zu sehen. Fae-Irrlichter, die von der Oberfläche aufstiegen. Er versuchte sich darauf zu konzentrieren, um herauszufinden, was es war, doch seine Form entzog sich ihm. Immer, wenn er versuchte, seinen Blick darauf zu richten, fing er an zu wandern oder – wenn es ihm gelang, ihn stillzuhalten – sein Geist.

»Der Baldachinrand«, sagte Tarrant, der hinter ihm stand. Zum ersten Mal zuckte Damien auf Grund seiner Nähe nicht zusammen. Es erschien ihm logisch, dass der Adept da war und seine Augen so reglos und glitzernd kalt waren wie das

Wasser, auf das sie hinausblickten. Nach einer Weile berührte Ciani leicht Damiens Arm, um ihn wissen zu lassen, dass sie neben ihm stand. Links von ihr ragte Senzei auf, sein Gesicht war von der kürzlich erfolgten Heilung rosarot, seine Hände ruhten leicht auf der dicken Messingreling, die den Bug des Schiffes sicherte.

»Machen Sie keinen Sichtungsversuch«, sagte Tarrant. Leise, als warne er ein Kind. Damien hatte aus irgendeinem Grund den Eindruck, dass die Worte nicht ihm und Senzei galten, sondern Ciani. Er schaute ihn jäh an, um ihn zu fragen, doch bevor er dazu kam, versteifte Tarrant sich wie ein Wolf, der die Witterung seiner Beute aufnahm. Er kniff die Augen zusammen und ballte die Hände. Aus Angst? War das möglich? Oder las Damien in Tarrants Verhalten sein eigenes Unbehagen? Injizierte er eine Dosis menschlicher Gefühle in ein Wesen, das seine Menschlichkeit vor langer Zeit aufgegeben hatte?

Damien schaute nach Süden aus, folgte Tarrants Blick. Und da war der Baldachin, oder zumindest sein äußerer Rand, sogar für den unmanipulierten Blick deutlich zu erkennen. Er war nicht so sichtbar wie ein fester Gegenstand, er war nicht mal so solide wie eine Wolke. Er war weniger ein *Ding* als ein *Eindruck,* der schnell aufs Hirn einwirkte, dann floh und auf dem Verstand ein helles, bildhaftes Nachwirken hinterließ. Irrlichter schienen über dem Wasser zu tanzen. Damien fühlte sich an die spiegelnde Oberfläche eines Sees erinnert, die man von unten sah: kristallklar, sanft gewellt, ein flüssiger, unbeständiger Reflektor. Wie die Sterne am Rand der Galaxis gingen sie funkelnd an und aus und spielten mit seinen Augenwinkeln. Schaute man genau hin, konnte man durch das Glitzern in der Ferne festere Gegenstände ausmachen: die Küste des Rakh-Gebiets, schartige Felsen und dräuende Klippen im doppelten Mondlicht und die

Weißwasserbrandung ihrer Untiefe. Für einen Moment war es beruhigend, alles in solcher Festigkeit zu sehen. Doch dann, als Damien zuschaute, schienen sich sogar die Klippen zu verändern – als verwandle sich die Küste, als wäre der Fels nicht fester als der vor seinen Augen hängende Schleier des Rakh-Fae. *Einbildung,* sagte er sich. Der Gedanke war kalt und von Furcht erfüllt. Wenn der Baldachin ihr Blickfeld über mehrere Kilometer offenen Gewässers beeinflussen konnte, wie sollten sie dann navigieren? Wie sollten sie an Land kommen? Ihm wurde klar, dass es unmöglich war. Sie mussten die andere Seite der Barriere erreichen, bevor sie den Versuch machten, sich durch die Untiefen zu winden, sonst gab es auf Arna keine Möglichkeit, es zu schaffen. Er versuchte sich daran zu erinnern, wie die Parameter des Baldachins in dieser Region aussahen: seine Breite, sein Fluktuationsrhythmus, seine durchschnittliche Entfernung vom Ufer. Doch das Wissen wollte nicht kommen. Er wandte sich zu Tarrant um, sicher, dass er es wusste – er schien doch alle Arten geheimnisvollen Wissens zu sammeln, warum also nicht auch dies? –, doch als sein Blick dorthin fiel, wo er gerade noch gewesen war, stieß er nur auf unberührte Luft. Weder Schatten noch Kälte konnten bezeugen, dass der Mann (falls er überhaupt einer war) je dort gestanden hatte, oder erklären, warum er gegangen war.

Der Kapitän gesellte sich zu ihnen. Er grinste. »Man sagt, wenn Fische von einer Seite zur anderen schwimmen, kommen sie nie dort raus, wo sie hinwollen.« Er rieb sich die Hände und verschmierte Streifen dunklen Öls auf seiner Haut. Er schien noch etwas sagen zu wollen – zweifellos etwas ebenso Beruhigendes –, doch Damien fiel ihm ins Wort.

»Wo ist Mer Tarrant?«

»Sie meinen den Fürsten?« Der Kapitän deutete mit dem

Kopf nach mittschiffs, wo eine verschlossene Tür die Privatkabine sicherte. »Er ruht sich wohl nur aus. Aber Sie werden ihn jetzt nicht stören, klar? Das ist ein Teil unserer Abmachung.«

Damien setzte eine finstere Miene auf und setzte sich in Richtung Kabine in Bewegung. Ciani packte seinen Arm und hielt ihn fest.

»Lass ihn in Ruhe«, sagte sie leise.

»Was soll das denn ...«

»*Bitte*, Damien, bleib einfach hier. Er richtet schon nichts an.«

Damien musterte sie kurz. Er verstand kein Wort. Doch dann begriff er. Der Baldachin. Der Jäger. Die konstante Manipulation, die erforderlich sein musste, dieses unnatürliche Leben aufrechtzuerhalten. Was der Baldachin für eine solche Manipulation und den Mann, der sie erforderte, bedeutete ....

Er hatte sich offenbar wieder in Bewegung gesetzt, denn Ciani griff nun fester zu und hinderte ihn daran, sie allein zu lassen.

»Lass ihn in Ruhe«, sagte sie beharrlich. Leise, doch fest. »Bitte. Wir können nichts tun. Wir können es nur verschlimmern.«

»Wie schlimm ist es?«, fragte Damien heiser. Gott im Himmel, er hatte sich gerade mit der Anwesenheit des Mannes abgefunden. Es war typisch für Tarrant, sie ausgerechnet in dem Moment allein zu lassen, wenn er ihnen nützlich wurde ...

Er sah Besorgnis in ihren Augen, unausgesprochene Angst. Nicht nur um einen gesichtslosen Adepten, ein uraltes Böses, sondern um einen Menschen. Eifersucht flammte in ihm auf – und er schluckte sie angestrengt hinunter. Dafür war jetzt kein Platz. Und auch keine Zeit. Dergleichen konnte er sich in den nächsten Tagen nicht leisten. Es war wohl besser, wenn er sich sofort daran gewöhnte.

Dann berührte der Baldachin sie. Zuerst sanft und entwaffnend, wie eine Brise, die am Rand eines Hurrikans flüsterte. Cianis Gesicht schwankte in seinem Blickfeld, es war nicht mehr das feste, verlässliche Bild, an das er sich zunehmend gewöhnt hatte, sondern ein nebelhaftes Duplikat, das flackerte, als die Nachtluft es durchdrang, und in der Brise zunehmend dünner wurde, bis es möglich war, durch ihre Augen in die Ferne zu schauen und dort das Ufer zu erkennen. Damien atmete ein – die Luft war flüssig, geschmolzen und stach in seiner Lunge, als sie seinen Körper passierte. Sie zündete, als er sie aufnahm, sein Blut. Es schien, als sei Musik in der Luft, doch selbst diese war unbeständig: in einem Moment subtil, im nächsten kompliziert und lärmend, wechselnd von feinen Klängen vollkommener Harmonie zu blechernem, ohrenbetäubendem Getöse, wie ein Orchester, das mit völlig ungestimmten Instrumenten ein Crescendo probte. Damien stellte fest, dass er zitterte, doch mehr aus Verwirrung denn aus Unbehagen. Hinter ihm wieherte ein Pferd. Seine Stimme war panisch und schrill. Hufe scharrten lärmend über die lackierten Deckplanken. Und auch dies wurde zu einer Art Musik. Das schillernde Fae schlug eine Harmonie an, als würden ganze Zoos voller Tiere mitfühlend aufschreien. Die Schwerkraft unter Damiens Füßen wechselte nun, so dass es vom Bug her an ihm zerrte, unter den Tiefen der Baldachinkraft hervor. Es kostete ihn Mühe, dort zu bleiben, wo er war, sich dem Sirenenlied von Gewicht und Stabilität zu widersetzen. Es war nicht mehr möglich, irgendetwas deutlich zu sehen, Ciani am allerwenigsten. Er war sich nicht mehr sicher, ob ihre Hand – oder ihre Hände, vielleicht sogar mehr als zwei – noch auf seinem Arm ruhte. Er griff nach der Schiffsreling und stellte fest, dass sie sich unter seiner Hand geschmeidig bewegte, wie der Leib einer sich bewegenden Schlange. Hinter ihm schrie ein Pferd in Entsetzen auf, ein anderes vor Schmerz, als das erste blindlings nach ihm ausschlug. Damien glaubte, Ciani in seine Arme fallen zu spüren – oder war es ein Irrlicht des Nebels, das ihre Gestalt angenommen hatte? –, und plötzlich wusste er nicht mehr genau, ob sie bei ihm war oder sich das Bootsdeck noch unter seinen Füßen befand. Irgendetwas bewegte sich über seine Füße dahin, so eiskalt wie das Wasser der Schlange, und zerrte an ihm. Es roch und klang süß, wie die Umarmung einer Frau. Er musste sich anstrengen, um sich an der Wirklichkeit – so begrenzt sie nun auch geworden war – festzuhalten und mit beiden Beinen an Deck zu bleiben, wohin er gehörte. Als der Baldachin sich verdichtete, wurde es immer schwieriger. Sein Überlebensinstinkt sagte ihm, dass er manipulieren musste, um sich zu retten – doch er wusste, dass es gefährlich war und ihn ebenso gut das Leben kosten konnte. Im besten Fall würde der Baldachin seine Bemühungen ignorieren; im schlimmsten Fall würde er sie gegen ihn richten. Er schloss die Augen und versuchte das ihn umgebende Chaos auszuschließen – welches Glück doch die Pferde hatten, mit verbundenen Augen in diese Region einzutreten! –, aber er sah durch seine Lider, als wären sie aus Glas, einen Sturm disharmonischer Farben, der sich auf das kleine Schiff hinabsenkte. *Nein!* Er zwang sich, die Augen zu schließen, innen und außen. Er zwang sich zu *glauben,* dass er sie geschlossen hatte. Er strengte sich an, sich an die Dunkelheit zu erinnern, wie sie sich anfühlte, schmeckte und roch, ihr Gefühl an seiner Haut. Er erschuf sie neu in seinem Gehirn, bis sie anfing, aus seinem Inneren nach außen zu strömen, und die aufdringliche Vision niederwarf. Und endlich kam die Dunkelheit und beantwortete sein Rufen: kühl wie die Nacht linderte sie sein fiebriges Hirn. Er hätte nie geglaubt, sie könne ihm so willkommen sein.

Nach einer Zeit, die ihm wie eine Ewigkeit erschien – vielleicht war es sogar eine gewesen; wer wusste schon, wie die Zeit an diesem Ort verlief? –, nahm das Deck unter seinen Füßen allmählich wieder Festigkeit an. Mit quälender Langsamkeit kehrte die Schwerkraft wieder zu ihrem natürlichen Gleichgewicht und ihrer gewohnten Stärke zurück. Der Nebel neben Damien wurde fester und nahm vertraute Formen und einen vertrauten Geruch an: Ciani. Die seltsamen Lichter verblassten. Die Musik erstarb. Die Furcht, die ihn ergriffen hatte, ließ ihn so weit los, dass er wieder atmen konnte. Er legte beschützend einen Arm um Ciani und spürte lediglich den Körper einer Frau, ihre Wärme und ihr Zittern. Sie winselte leise, und er machte »Pssst« – sanft, um sie zu beruhigen. Das Geräusch kam als Zischen heraus, verzerrt von der Kraft des Baldachinrandes; sie spannte sich in seiner Umarmung. Vor der Kabine konnte er eine Gestalt ausmachen, die möglicherweise Senzei war, doch die visuelle Verzerrung, die der Baldachin verursachte, machte es unmöglich, sicher zu sein. Es konnte sich ebenso um den Kapitän handeln – oder irgendetwas gänzlich Fantastisches, das das wilde Fae hervorgerufen hatte.

Warte einfach ab, dachte er. *Du kannst ohnehin nichts tun, um es zu beschleunigen. Das Schlimmste ist vorbei. Warte einfach ab.*

Einen Moment lang war er so glücklich, weil er wieder normal sah, dass er die Gefahr vergaß, in der sie schwebten, und wie schnell sie wieder die Kontrolle über die Dinge erringen mussten. Laut Tarrants Andeutung war dies der günstigste Augenblick für einen Verrat von Seiten des Kapitäns. Falls er sich von ihnen entlasten wollte, indem er sie in die Schlange warf, musste er zuschlagen, solange sie teilweise außer Gefecht gesetzt waren. Damien zwang sich, die Augen zu öffnen und sich umzuschauen – doch es war so, als hielte man an, nachdem man im Kreis gewirbelt war. Die Welt drehte sich mit Schwindel erregendem Tempo um ihn, und er bemerkte, dass er das Gleichgewicht verlor ... Dann krachte sein Fuß gegen einen Messingpfosten der Reling und er stürzte. Er schlug auf die hüfthohe Reling und wäre fast ins dunkle, schäumende Wasser gestürzt, als ein warmes Gewicht auf ihn fiel, ihn hinter die Reling zurückzog und mit so viel Kraft auf das hölzerne Deck drückte, dass die Welt um sie herum zur Ruhe kam und der plötzliche Schmerz, als sein Schädel gegen die harte Planke knallte, die Realität schlagartig zurückkehren ließ.

Damien wagte es, den Kopf zu heben, und erblickte einen sternenlosen Himmel. Sein Kopf pulsierte heftig. Cianis Gesicht wurde deutlicher erkennbar, ihre Miene drückte Besorgnis aus.

»Du wärst beinahe über Bord gegangen«, sagte sie leise.

Damien drehte sich auf die Seite, um nach dem Kapitän Ausschau zu halten. Diesmal fand er ihn. Er stand mit einem Angehörigen der Mannschaft am Heck, überprüfte die Turbine und diskutierte mit leiser Stimme über die Frage, ob die Durchdringung sich auf die Mechanik ausgewirkt hatte. Als er sah, dass Damien ihn beobachtete, grinste er verlegen und zwinkerte, als wisse er genau, was dem Priester durch den Kopf ging. Als sei all dies nur gestellt, um ihn zu amüsieren.

»War nicht ganz einfach«, rief der Kapitän zu ihm hinüber. »Scheint aber vorbei zu sein. Bleiben Sie ruhig sitzen.«

Senzei wankte dorthin, wo Damien lag, dann half er Ciani, ihn auf die Beine zu hieven. Das bedeutete, dass alle noch da waren – bis auf einen.

»Wo ist Tarrant, verdammt?«, murmelte Damien.

Ciani zögerte. »Er kommt gleich raus«, versprach sie. Aber sie klang nicht sehr sicher. Sie warf einen Blick auf die

Kabinentür und anderswohin, als könne ihre Furcht sich irgendwie auf den Adepten auswirken. »Kann nicht mehr lange dauern«, fügte sie leise hinzu.

»Land ahoi!«, rief der Kapitän zu ihnen hinüber. Dann fügte er hinzu: »Sieht so aus, als hätten Ihre Pferde es überstanden.«

Damien schaute dorthin, wo die Tiere angebunden waren. Sein geübter Blick registrierte, dass der Optimismus des Schiffers leicht verfrüht war. Eins der Pferde war schweißbedeckt und keuchte schwer; ein anderes schien nur auf drei Beinen zu stehen. Aber immerhin lebten sie noch. Sie waren angekommen. Es hätte schlimmer ausgehen können, redete er sich ein. Viel schlimmer.

Als er Ciani anschaute, sah er, dass sie den Blick noch immer auf die Kajütentür richtete. Sie schien zu frösteln. Damien berührte sanft ihre Wange und spürte, dass sie bei der Berührung zusammenzuckte.

Sie hat Angst. Vor ihm? Oder um ihn?

Er zwang sich, mit sanfter Stimme zu sprechen und keinen vorwurfsvollen Ton anzuschlagen. »Ob er verletzt ist?«

Ciani zögerte. »Ist nicht ausgeschlossen«, sagte sie schließlich. Sie senkte den Blick, als wolle sie irgendwie sagen, dass sie einen Treuebruch beging. »Er hat gesagt, der Baldachin könnte ihn vielleicht töten. Doch er war bereit, es trotzdem zu wagen, um mir zu helfen ...«

Er war bereit, es zu wagen, um sich selbst zu retten, dachte Damien gereizt. Doch es gelang ihm, einen neutralen Ton anzuschlagen. Wenn Tarrant tot war, konnte er nichts daran ändern. War er lebendig – oder das, was in seinem Zustand als lebendig durchging –, half es ihrer Sache nicht weiter, wenn sie ihrer jetzt schon anstrengenden Beziehung noch Spannungen hinzufügten. »Vielleicht solltest du mal nachschauen«, schlug er vor.

Im gleichen Moment ging die Tür auf. Tarrant trat ins Freie und blinzelte, als täte das Mondlicht seinen Augen weh. Er blieb eine Weile im Türrahmen stehen und hielt sich mit den Händen am Holz fest, als könne er ohne Hilfe nicht aufrecht stehen. Er sah schrecklich aus – beziehungsweise so, wie er unter normalen Umständen ausgesehen hätte: hager, ausgezehrt und unnatürlich bleich. Zum ersten Mal, seit Damien dem Mann begegnet war, hatte er den Eindruck, dass er tatsächlich wie ein Untoter aussah. Die Vorstellung nagte eigenartig an seinen Nerven.

»Geht es Ihnen gut?«, fragte Ciani.

Tarrant brauchte eine Weile, um seine Stimme zu finden. »Ich lebe noch«, sagte er heiser. »Sofern man dieses Wort auf meinen Zustand anwenden kann.« Er wollte noch etwas anderes sagen, doch er schüttelte den Kopf. Dann legte er ihn auf eigentümliche Weise auf die Seite, als fehle ihm die Kraft, ihn oben zu behalten. Er klammerte sich noch fester an den Türrahmen. »Und das ist doch die Hauptsache, nicht wahr, Priester?«

»Brauchen Sie Hilfe?«, fragte Damien ruhig.

»Was wollen Sie tun? Mich *heilen?* Kräfte dieser Art sind für mich und meine Art tödlicher als der Baldachin.«

Tarrant schaute zu den Pferden hinüber, die nervös an ihren Fesseln zogen. Die Vorstellung, sie manipulieren zu müssen, schien ihm zwar nicht zu behagen, aber er zwang sich dennoch, ins Freie zu treten. Langsam, leicht unsicher, begab er sich an eine Stelle, an der er die Tiere berühren konnte. Seine Bewegungen waren so agil, dass sie bei einem anderen Menschen natürlich gewirkt hätten, doch Damien, der lange genug mit ihm unterwegs gewesen war, sah die Schwerfälligkeit, die seine Gesten plagte, so dass er den Schmerz einschätzen konnte, der seine Schritte kürzte und auf den feuchten Holzplanken untypisch schwer machte.

Wie schon in Kale versuchte Tarrant, die Pferde zu manipulieren. Doch sie waren hier nicht in Kale, und es mangelte ihm eindeutig an Kraft. Jede Manipulation schien ihn Stärke und Energie zu kosten. Jeder Anstrengung ging ein Augenblick des Schweigens voraus, und er holte tief und schwer Luft. Außerdem waren seine Bewegungen von einem kaum wahrnehmbaren Schütteln begleitet, das entweder auf Erschöpfung oder Schmerz basierte.

Damien trat neben Tarrant und schaute zu, als die Pferde nacheinander den Kopf hängen ließen, um sich an eingebildeten Grasbüscheln zu nähren. Endlich sagte er: »Das Wasser ist hier tief. Da hat man sicher nur schwer Zugriff auf das Fae.«

Tarrant schwieg eine Weile. Er schaute nur aufs Wasser hinaus. »Das auch«, erwiderte er schließlich.

»Sind Sie in Ordnung?«

»Es überrascht mich, dass es Sie kümmert.«

»Ciani war besorgt.«

Tarrants Blick richtete sich auf Damien, er war hohl und seine Augen rot umrandet. »Ich hab schon Schlimmeres durchgemacht.« Dann legte sich ein feines Lächeln auf seine Lippen, ein blasser, ironischer Schatten von Humor, der wenig dazu beitrug, seinen Ausdruck zu entspannen. »Ist aber schon länger her«, fügte er hinzu.

Senzei hatte am Bug des Schiffes angefangen zu manipulieren und richtete seine Aufmerksamkeit auf das vor ihnen dahinströmende Wasser. Der Kapitän hatte sie an die östliche Seite der Achron-Mündung gebracht, an den glattesten Küstenstreifen dieser Region – doch selbst dieser wimmelte von Hunderten nicht einsehbarer Hindernisse: Felsspitzen, die vom Grund der Schlange aufragten, von den widerstreitenden Gezeiten der drei Monde geformt und von Beben, die diese Region wiederholt heimsuchten, in gezackte Scherben geschnitten. Einigen konnte man ausweichen, den meisten nicht. Doch alle waren für die Sehkraft eines Manipulators sichtbar, da Erd-Fae an ihnen hing. Seichte Gewässer mussten vor Energie leuchten, tiefere Nischen in isolierter Dunkelheit Schatten werfen. Senzei registrierte ein Hindernis nach dem anderen und gab sie an den Schiffslotsen weiter, der subtile Abstimmungen seines Kurses vornahm, um ihnen auszuweichen. Unter normalen Umständen hätte kein Schiff dieser Größe wagen dürfen, in diesen Gewässern zu kreuzen. Diese Aufgabe musste man kleineren Kanus und Ruderbooten überlassen – im besten Fall Schleppern –, deren Sicherheit in ihrer Manövrierbarkeit bestand. Doch das Verlangen der Gruppe, die Pferde mit ins Gebiet der Rakh zu nehmen, hatte diese Option ausgeschlossen. Von einem Pferd konnte man unmöglich verlangen, dass es in einem Kanu im Gleichgewicht blieb.

Zentimeter für Zentimeter, Meter für Meter näherten sie sich dem Ufer. Das Klatschen der Zwillingsschaufelräder war fast verstummt, und das Boot trieb mit schmerzhafter Langsamkeit voran. Der Kapitän stand neben Senzei und nickte zufrieden, als jede neue Instruktion an seine Mannschaft weitergegeben wurde. Ciani stand an Senzeis anderer Seite und richtete den Blick ständig auf die Wellen. Sie dort zu sehen trieb Damien fast Schmerztränen in die Augen. Sie wirkte in diesem Moment fast wie eine Hexe! Wie sie wie ein Manipulator all ihre Energie darauf konzentrierte, die seichten Gewässer zu studieren, als könne sie das unter ihm verlaufende Fae-Licht tatsächlich *sehen*. Wie ein Blinder, der in die Sonne schaut, dachte er – als könne dies die Finsternis aus seinen Augen brennen.

Ich kann mir ihren Schmerz nicht mal vorstellen, dachte er. *Ich kann nicht mal so tun, als verstünde ich, was es für sie bedeutet, alles verloren zu haben, was sie einst hatte. Aber, so wahr mir Gott helfe, wir kriegen es für sie zurück. Das schwöre ich.*

Endlich schien der Kapitän in der Ferne etwas Vielversprechendes zu erblicken, denn er deutete nach Osten und gab Senzei mit einem Nicken zu verstehen, er solle es sich ansehen. Der Hexer kniff die Augen zusammen und bemühte sich, scharf zu sehen – dann nickte er, zögernd zuerst, doch dann, als sie dem fraglichen Punkt näher kamen, mit größerer Zuversicht.

»Sie sollten irgendwo anmustern«, sagte der Kapitän zu Senzei. »Das, was Sie können, wird in dieser Gegend sehr gut bezahlt.«

»Haben Sie eine Stelle gefunden, an der wir an Land gehen können?«, fragte Damien.

»Ich habe eine Stelle gefunden, an die wir fahren können, ohne dass uns der Rumpf aufgerissen wird ... Und was Besseres werden wir in dieser Gegend nicht finden. Hoffen wir, dass es reicht.« Der Kapitän deutete mit dem Kinn auf das Rettungsboot. »Ich kann es Ihnen überlassen, um an Land zu gehen – zusammen mit einem meiner Leute, der es wieder herbringt. Die Pferde sind freilich ein Problem ...«

»Sie können schwimmen«, sagte Tarrant kühl.

»Wissen Sie das genau?«

Tarrants blasse Augen richteten sich mit deutlicher, wenn auch müder Geringschätzung auf den Kapitän. »Meinen Sie, ob ich genau weiß, ob Sie mit diesem Instinkt zur Welt gekommen sind? Ich habe dafür gesorgt.«

Er ließ den Kapitän wie einen gestrandeten Fisch mit offenem Mund stehen und ging zum Bug, um zu erkunden, wie weit sie waren. Damien dachte – mit leicht schlechtem Gewissen –, dass es ganz angenehm war, wenn sich Tarrants Hochnäsigkeit zur Abwechslung mal gegen einen anderen richtete.

Die gezackte Küste fegte an ihnen vorbei. Wiederholte Beben hatten die Klippenwände wenigstens an einem Dutzend Stellen gespalten, und die Kaskaden scharfrandiger Findlinge, die zur Erde gefallen waren, ließen die Küste zwischen Wasser und Ufer verschwimmen, bis es nicht mehr möglich war, zwischen diesem und jenem zu unterscheiden. Nicht gerade ein gastfreundlicher Ort, dachte Damien. Und bei Ebbe war es möglicherweise schlimmer. Über wie viele Gefahren fuhren sie hinweg, die man vielleicht erst in ein paar Stunden sah?

Der Kapitän hat gewusst, was er tat, als er sagte, wir laufen während der Syzigie aus. In dieser Hinsicht konnte man ihm also keine Kompetenz absprechen, und dies war ein beruhigender Gedanke.

Was der Kapitän erblickt und Senzei bestätigt hatte, war ein Felssims, der sich ins Wasser hinaus erstreckte – ein diagonales Riff, so flach, dass es ungefährlich war, und gerade so tief, um ihren Zielen zu dienen. Das Wasser darüber war relativ still, ohne die Weißwasser-Strudel, die den Hauptteil der Küste beherrschten. Als sie sich ihm näherten, nickte der Kapitän zustimmend und wechselte einige Worte mit Senzei, die ihn offenbar noch mehr befriedigten. Als Damien die relative Gelassenheit auf dem Gesicht des Mannes sah und er wusste, welche Sorgen er sich über diesen Teil der Reise gemacht hatte, dachte er: *Wir werden es schaffen.* Dann fügte er, etwas ernüchtert, hinzu: *Bis hierhin, jedenfalls.*

Es wurde allmählich Zeit, dass mal etwas richtig lief.

Plötzlich blitzte etwas Helles an der Spitze einer Klippe auf – ein kurzes Aufleuchten von Licht, das schon wieder weg war, bevor er es richtig bemerkt hatte. Er wandte sich dorthin, wo er es gesehen zu haben glaubte, und suchte die Klippen mit vorsichtigen Blicken ab – doch er sah nichts außer gezackten Felswänden und sich an sie klammernde Bäume, deren Wurzeln wie durstige Schlangen zum Wasser hinunter verliefen. Er manipulierte vorsichtig seine Sehkraft. Es war schwierig, Erd-Fae durchs Wasser zu kontaktieren, doch mit etwas Anstrengung gelang es ihm. Und er nahm wahr ...

Metallene Ornamente – Licht, von Glasperlen zurückgeworfen – menschliche Augen, die nichtmenschliche Gedanken spiegelten, und der ätzende Geruch von Hass ...

Damien schüttelte sich und brach den Kontakt ab, bevor das Geschöpf, das er sah, gegen ihn manipulieren konnte. Ihre Anstrengungen wurden eindeutig überwacht. Wovon, konnte er nicht sagen – der Kontakt war zu kurz gewesen, seine Berührung zu vorsichtig –, aber es war nichtmenschlich und er hielt es auch nicht für freundlich. Einen Moment später wappnete er sich und wagte erneut eine Wahrnehmung. Doch der Beobachter war schon weg, und falls er irgendeine Fae-Markierung zurückgelassen hatte, war sie zu weit entfernt oder zu schwach, um sie zu identifizieren.

Damien freute sich plötzlich, dass sie in Sattin die ganze Nacht geschlafen hatten. Er argwöhnte, dass sie in absehbarer Zeit nicht wieder dazu kommen würden.

»Stimmt was nicht?«, fragte Tarrant.

Damien deutete mit dem Kopf auf die Klippenwand, die im Licht der beiden Monde finster in die Höhe ragte. »Ich glaube, da war eine Art Ausguck. Nichtmenschlich.«

»Rakh«, sagte der Jäger leise.

Damien schaute ihn jäh an. »Wissen Sie das genau? Oder vermuten Sie es nur?«

»Wer sonst würde diese Klippen so sorgfältig bewachen? Wer sonst würde jeden Fleck kennen, an dem man sicher an Land gehen kann? Wer würde sonst einen Posten aufstellen, um ihn zu beobachten?« Er hielt inne und dachte über die fragliche Stelle nach. »Dieses Land ist das letzte Refugium der Rakh, Priester – es würde mich sehr überraschen, wenn sie es unter diesen Umständen nicht mal bewachten, um es mit aller Kraft gegen das Vordringen der Menschen zu verteidigen.«

»Glauben Sie wirklich, sie werden uns angreifen?«

»Ich glaube nicht, dass es daran irgendeinen Zweifel gibt. Die einzige Frage ist, wann.«

»Sie können es nicht weissagen?«

»Wenn Sie meinen, ob ich in die Zukunft schauen kann ... Niemand kann es. Man könnte vielleicht die Gegenwart so deutlich analysieren, dass es für eine verlässliche Voraussage reicht ... Aber nicht jetzt. So etwas erfordert Stärke und ein klares Bewusstsein ...« Seine Stimme verlor sich in der Dunkelheit, sein Schweigen verkündete seine Schwäche eloquenter als jedes Wort. Damien schaute ihn an und wünschte sich, es gäbe irgendein Kriterium, an dem er seinen Zustand messen konnte. Wie lange brauchten Untote, um sich selbst zu heilen? So lange Tarrant nicht ganz beieinander war, schwebten sie alle in größter Gefahr.

»Wir laufen ein«, rief der Kapitän. Sein erleichterter Tonfall beruhigte Damien. Der Mann überwachte seine Mannschaft, die das Abschalten der Turbine in Angriff nahm und den Anker warf. Dann, als er zufrieden war, weil alles gut ging, kam er dorthin, wo Damien und Tarrant standen. Sie musterten die Küste, die sie flankierte, denn ihre dunkleren Stellen verbargen vielleicht jede Menge Gefahren.

»Sicherer als jetzt wird es nicht mehr«, versicherte ihnen der Kapitän. »Sie könnten von hier aus praktisch zu Fuß an Land gehen. Ich würde Sie gern näher heranbringen, aber wenn ich noch länger bleibe, komme ich erst am Tag des Jüngsten Gerichts wieder nach Hause.«

»Sie haben gut gearbeitet«, sagte Tarrant leise. Er zog einen kleinen Lederbeutel aus der Tasche und hielt ihn ihm hin. Wenn die darin befindlichen Münzen aus Gold waren, war es ein stolzer Preis. Er bot sie dem Schiffer an. Damien wusste, dass es ein Bonus war, denn er hatte die Fahrt im Voraus bezahlt.

Der Kapitän machte keine Anstalten, den Beutel zu nehmen – doch er verbeugte sich leicht, als wisse er das Angebot zu schätzen. »Sagen Sie dem Jäger, dass ich ihm gedient habe.«

»Wenn ich zurückkehre, werde ich es tun. Bis dahin ...« Tarrant nahm die Hand des Kapitäns, drehte sie nach oben und legte das Beutelchen auf ihr ab. Dann drückte er die Finger des Kapitäns zusammen. »Ich weiß, dass er mit Ihren Diensten zufrieden ist.«

Der Kapitän machte eine tiefe Verbeugung – eine formelle Geste, die seine Lauterkeit anmutig machte –, dann ging er zurück, um die letzten Augenblicke der Fahrt zu überwachen.

Als er außer Hörweite war, sagte Damien zu Tarrant: »Ich kenne Führer von Staaten, die ihr Leben dafür gäben, wenn sie nur die Hälfte Ihres Einflusses hätten.«

Der Jäger lächelte – und zum ersten Mal seit dem Baldachin war Leben und ein Anflug von echtem Humor in seinen Augen.

»Wenn sie ihr Leben wirklich hergeben würden«, sagte er, »hätten sie vielleicht alles, was sie wollen.«

Der Ausstieg war nicht schlimmer als erwartet – was bedeutete, dass es anstrengend und äußerst schwierig wurde, aber schließlich gelangten sie an Land. Das Gleiche galt für die Pferde. Tarrant hatte sie erneut manipuliert, und obwohl seine Kraft eindeutig nachließ – oder hier vielleicht schwieriger auf das Fae zuzugreifen war; man wusste es nicht genau –, gelang es ihm, sie vom Schiff und ins Wasser zu kriegen. Bis man sie an Land getrieben hatte, war es den Pferden gelungen, jedermann völlig zu durchnässen, doch dies war nur eine kleine Unannehmlichkeit im Vergleich dazu, die lange, vor ihnen liegende Reise ohne sie zurücklegen zu müssen.

Sie standen am Ufer und schauten zu, als das Boot sich zurückzog. Sie beobachteten es, bis die Nacht es verschluckte und die Monde nichts anderes mehr beleuchteten als den Schaum der Schlange. *Wir sind da,* dachte Damien. *Gott sei gepriesen – wir haben es geschafft.* Sie waren zwar nass und müde und froren, aber sie waren endlich unter dem Baldachin, und das war alles, was zählte.

Er drehte sich um und musterte noch einmal die Klippen – um zu sehen, ob der Beobachter zurückgekehrt war oder irgendeine andere Gefahr seinen Platz eingenommen hatte –, doch bevor er die Bewegung beendet hatte, zwang der entsetzte Schrei eines der Pferde seine Aufmerksamkeit erneut zum Ufer hin. Es war Cianis Pferd, ein prächtiges schwarzes Tier, das die Reise bisher unbeschadet überstanden hatte. Irgendetwas hatte sich unter seinen Läufen geregt, als es durch das seichte Wasser watete, und nun war es gestürzt, trat im Wasser um sich und bemühte sich vergeblich, sich wieder aufzurichten. Anhand des Knicks in seinem Vorderlauf schätzte Damien, dass der Knochen gebrochen war, und zwar schlimm. Das Pferd trat vor Schmerz und Angst in Senzeis Richtung aus, der genau in der richtigen Sekunde zurückfiel, um zu verhindern, dass sein Gesicht von den wirbelnden Hufen zerschmettert wurde.

Tarrant und Ciani waren sofort bei ihm. Sie halfen Senzei aus dem Wasser und brachten ihn vor dem in schreckliche Angst versetzten Tier in Sicherheit. Zwischen dem dunklen

Fell des Pferdes und dem Wasser war das Ausmaß der Verletzung unmöglich zu erkennen, doch Damien glaubte Blut zu riechen. Er ging sofort ins Wasser und machte einen Versuch, das Tier zu erreichen, doch Tarrant hielt ihn mit einer Hand zurück.

»Warten Sie.«

Der Adept runzelte angespannt die Stirn, als er versuchte, das Erd-Fae unter ihnen zu manipulieren, damit es seinem Willen über dem Wasserspiegel gehorchte. Es war keine leichte Aufgabe; sie wäre auch unter anderen Umständen nicht einfach gewesen, und außerdem war Tarrant eindeutig nicht in Bestform. Damien hörte, dass er heftig nach Luft schnappte. Es war ein fast schmerzhaftes Keuchen, doch seine Konzentration ließ nie nach. Der Leib des Pferdes zuckte krampfhaft, wie unter einem Anfall, dann versteifte es sich. Es erstarrte förmlich, als wäre sein Skelett irgendwie eingerastet. Damien sah seine bebenden Vorderläufe und den Glanz des Entsetzens in seinen Augen.

»Gehen Sie«, sagte Tarrant leise.

Damien watete an die Seite des Tiers, und das kalte Wasser ließ ihn erneut frösteln. Der verletzte Lauf lag unter Wasser. Er schaute zu Tarrant zurück, der nun langsam nickte und angestrengt die Augen zusammenkniff. Damien ergriff das verletzte Bein. Das Pferd schnaubte und schüttelte sich, doch ansonsten konnte es sich offenbar nicht bewegen. Damien bewegte das Bein vorsichtig und hob es über den Wasserspiegel. Es war schlimm. Ein komplizierter Bruch, der die Haut an zwei Stellen hatte aufplatzen lassen. Die Angst des Pferdes hatte die Sache vermutlich noch verschlimmert; das Fae konnte solche Dinge anrichten.

Er fing vorsichtig an zu manipulieren. Es war schwierig, durchs Wasser zu tasten, um das Erd-Fae anzuzapfen, ganz anders als alles, was er je erlebt hatte. Doch selbst wenn er die Einmischung des Wassers in Rechnung stellte, das wie Leim am Fae klebte und es fast unmöglich machte, das Zeug zu manipulieren, wirkte die Strömung an sich schwach. Substanzlos. Als sei das Erd-Fae von diesem Ort abgeflossen und hätte kaum mehr als einen Schatten von sich zurückgelassen.

Und was Tarrant betraf, der das Pferd für ihn ruhig hielt ... Er wollte nicht darüber nachdenken. Er wollte nicht darüber nachdenken, wie viel in diesem Moment auf der Stärke dieses Mannes mitfuhr – auf seiner Kraft und seiner »Ehre«. Er wollte nicht daran denken, wie leicht es ihm fallen musste, ein klein wenig nachzulassen – nur einen Moment lang – und den einzigen Menschen, der bereit schien, ihn herauszufordern, seinem Schicksal zu überlassen.

Er hat uns bis jetzt weiterleben lassen, weil er erkannt hat, dass Ciani uns braucht. Was passiert, wenn er es sich anders überlegt?

Er strengte sich an und konzentrierte sich auf die Manipulation. Er spürte das Zittern des Pferdes, als es gegen Tarrants Kontrolle ankämpfte, und wusste, dass es nur eines kleinen Ausrutschers des Adepten bedurfte, damit es nach ihm trat. Als er die Knochenfragmente manipulierte – zuerst von Hand, dann per Berührung –, spürte er den durch das Pferdebein zuckenden Schmerz. Doch da die Strömung schwach war und das Wasser störte, gab es einfach keine Möglichkeit, das Tier zu betäuben. Damien verließ sich auf seine Sehkraft, um zu erfahren, was getan werden musste. Er wand heilende Fae-Stränge um die Knochenenden und zog sie langsam zusammen. Das Pferd schrie einmal vor Schmerzen auf – dann brachten Tarrants Kräfte es zum Schweigen. Damien brachte den Körper des Pferdes dazu, dort Kalzium abzulagern, wo er es brauchte, und beschleunigte die Produktion neuen Knochens um das Tausendfache. *Halt es bloß fest. Es dauert nicht mehr lange.* Schwammiges Gewebe füllte die Lücke und wurde hart; Knochensplitter wurden vom Körper absorbiert, um die neue Konstruktion zu speisen. Damien spürte, dass ihm kalter Schweiß und Salzwasser über den Hals liefen. *Es dauert nicht mehr lange.* Als Tarrants Kontrolle für den Bruchteil einer Sekunde abnahm, bebte das Pferd unter Damiens Händen. *Nur noch eine Minute!* Dann war das Bein wieder heil, und er sprang, buchstäblich in letzter Sekunde, zurück. Das muskulöse Tier sprang auf die Beine und blähte empört die Nüstern auf. Doch sein Bein war wieder gesund und der Schmerz weg, und das ganze Erlebnis verblasste rasch in seiner Erinnerung. Auch dies war ein Bestandteil des Heilens, und Damien war erleichtert, dass es angeschlagen hatte.

Die Kälte der Nacht ließ ihn zittern, doch schließlich führte er das Tier an Land. Ciani hatte seinen wasserdichten Gepäcksack geöffnet und legte trockene Kleider für ihn heraus. Ohne einen Gedanken an Bescheidenheit zu verschwenden, zog Damien sich um und maß die Klippe nur mit einem einzigen Blick, als er ein Ersatzhemd nahm, um sein Haar trockenzureiben.

Dann hielt er nach Gerald Tarrant Ausschau.

Der Adept war nirgendwo zu sehen. Ciani sah Damiens suchenden Blick und deutete mit dem Kopf nach Westen, wo ein aus dem Boden ragender Felsen einen Teil der Küste vor seinen Blicken verbarg. Als er auf dem Weg dorthin an ihr vorbeikam, packte sie seinen Arm und hielt ihn fest.

»Es geht ihm nicht gut«, sagte sie leise. »Es ist so, seit wir durch den Baldachin sind. Das Pferd hat ihn eine Menge Kraft gekostet. Du musst ihm Zeit lassen, Damien.«

Damien löste sich sanft von ihr. Mit einem letzten Blick auf die Spitzen der Klippen, um nach Feinden Ausschau zu halten, die es aber nicht gab, ging er vorsichtig in die Richtung, die sie ihm gewiesen hatte, an eine Stelle, an der ein von Wind und Wasser grotesk verformter Findling einen Teil der Küste verdeckte.

Tarrant hielt sich hinter ihm auf. Er lehnte mit geschlossenen Augen an dem Felsen, als würde er ohne diese Stütze zu Boden sinken. Entweder hörte er nicht, dass Damien sich ihm näherte, oder es fehlte ihm einfach die Kraft, auf ihn zu reagieren. Ein leichtes Frösteln lief durch seine Gestalt, als er ihm zuschaute, ein Glissando der Schwäche. Oder des Schmerzes.

»Sind Sie in Ordnung?«, fragte Damien leise.

Der Adept versteifte sich, doch wenn die Bewegung seiner Lippen eine Antwort darstellen sollte, vergaß er, sie zu artikulieren. Kurz darauf wich die Spannung aus seiner Gestalt. Seine Schultern sackten gegen den Fels.

»Nein«, sagte er. »Nein, bin ich nicht.« Seine Stimme war kaum mehr als ein Flüstern. »Ist es Ihnen wichtig, Priester?«

»Wenn es mir nicht wichtig wäre, stünde ich nicht hier.«

Gerald Tarrant sagte nichts.

»Sie sind verletzt.«

»Gut beobachtet.«

Damien spürte, dass er sich verärgert versteifte. Er zwang sich, körperlich entspannt zu sein und seine Stimme ruhig klingen zu lassen. »Sie machen es mir verdammt schwer, Ihnen zu helfen.«

Tarrant schaute ihn an. Seine hohl wirkenden Augen schillerten im Mondschein. »Sind Sie deswegen gekommen? Um mir zu helfen?«

»Zum Teil.«

Tarrant schaute in die Nacht hinaus. Schloss wieder die Augen. »Der Baldachin hat mich entleert«, hauchte er. »Wollen Sie das hören? Die Manipulation, die mein Leben aufrechterhält, musste ständig erneuert werden – gegen eine turbulente und unvorhersagbare Strömung. Überrascht es Sie, dass ich erschöpft bin? Ich wäre beinahe draufgegangen.«

»Sie brauchen also Ruhe?«

Tarrant seufzte. »Wenn *Sie* einer anstrengenden Tätigkeit nachgehen, Priester, essen Sie, um am Leben zu bleiben. Meine erwählte Verpflegung hat sich vielleicht verändert, doch das Bedürfnis ist noch immer das gleiche. Ist es das, was Sie besorgt macht? Seien Sie versichert – ich habe nicht die Absicht, von Ihrer Gruppe zu zehren. Gott allein weiß, ob die Rakh weit genug fortgeschritten sind, um mir das zu geben, was ich brauche, aber die Strömungen sprechen von anderem Leben innerhalb des Baldachins. Ich habe nicht die Absicht, zu verhungern«, versicherte er Damien.

»Was brauchen Sie?«, fragte Damien leise.

Tarrant schaute ihn an. Ein bösartiges Flackern rührte sich in der Tiefe seiner Augen, und eine kalte Brise bewegte die zwischen ihnen befindliche Luft.

»Spielt es wirklich eine Rolle?«

»Wenn ich Ihnen helfen soll, ja.«

»Ich bezweifle, dass Sie bereit wären, das zu tun.«

»Versuchen Sie's doch mal. Um was geht's denn?« Da Tarrant ihm nicht antwortete, fragte Damien: »Blut?«

»Blut? Es wäre nur ein Aperitif. Die Kraft, die mich am Leben erhält, ist dämonischer Natur. Ich lebe, wie ein echter Dämon, von menschlicher Lebensenergie. Von seinen negativen Emotionen: Wut. Verzweiflung. Furcht. Besonders von Furcht, Priester. Sie ist bei weitem das Leckerste.«

»Deswegen die Jagd?«

Tarrants Stimme war nur ein Flüstern. »Genau.«

»Und das brauchen Sie jetzt?«

Tarrant nickte schwach. »Blut kann es für eine Weile ersetzen – doch irgendwann braucht man menschliches Leid, um am Leben zu bleiben.« Sein kalter Blick richtete sich auf Damien. »Wollen Sie mir das anbieten?«

»Ich könnte es vielleicht tun«, sagte Damien gleichmütig.

»Dann sind Sie ein tapferer Mann«, hauchte Tarrant. »Und ein Narr noch dazu.«

»Das habe ich schon oft gehört.«

»Sie vertrauen mir?«

»Nein«, sagte Damien schroff. »Aber ich glaube nicht, dass Sie mich schon jetzt tot sehen wollen. Oder unbrauchbar. Und ich glaube nicht, dass Sie uns in Ihrem jetzigen Zustand eine große Hilfe sind.« *Außerdem möchte ich dich wieder bei Kräften sehen, bevor die anderen auf die Idee kommen, dir zu helfen. Senzei würde es nie hinkriegen. Und Ciani ist nicht stark genug.* »Wenn eine Möglichkeit besteht, die Sache – nur dieses eine Mal – hinzukriegen, ohne dass ich ...« Er suchte nach dem passenden Ausdruck.

»Ohne dass Sie sterben?« Tarrant nickte. In seiner Stimme schwang etwas Neues mit, ein schärferer Unterton. Hunger? »Es gibt Träume. Albträume. Ich könnte sie in Ihrem Geist erzeugen, um jene Gefühle hervorzurufen, die ich brauche ... Aber dazu bedürfte es einer speziellen Verbindung zwischen uns, die mir gestattet, von ihnen zu zehren. Sie verblasst nicht, wenn die Sonne aufgeht. Sind Sie zu so etwas bereit – ein Leben lang?«

Damien zögerte. »Erzählen Sie mir, was es zur Folge hätte.«

»Das Gleiche wie jede Verbindung. Einen Weg des geringsten Widerstands für das Fae, von dem jede Manipulation profitieren würde. Eine solche Verbindung könnte nie gebannt werden, Priester. Von keinem von uns.«

»Und wenn sie nicht verwendet wurde?«

»Sie übt keine eigene Macht aus, falls Sie das meinen. Sie würde auch nicht mit der Zeit einschlafen. Eine solche

Verbindung kann nur der Tod kappen – und manchmal nicht mal er.«

Damien dachte darüber nach. Er versuchte, eine Alternative zu finden. Dann fragte er grimmig: »Gibt es irgendeine andere Möglichkeit?«

»Nicht für mich«, sagte Tarrant leise. »Nicht jetzt. Ohne Nahrung muss meine Kraft immer mehr nachlassen ... Es überrascht mich allerdings, dass Ihnen dies nicht genehmer ist.«

»Sie sind jetzt ein Teil unserer Gruppe«, sagte Damien spitz. »Seitdem wir den Baldachin passiert haben, gehören wir zusammen, bis wir wieder zurückkehren. So sehe ich es. Wenn Sie mit meiner Einstellung irgendwelche Schwierigkeiten haben, ist jetzt die Zeit, es mir zu sagen.«

Tarrant schaute ihn an. »Nein. Überhaupt keine.«

»Sie können offenbar nicht von den Pferden zehren, sonst hätten Sie es bestimmt schon getan. Und ich kann nicht zulassen, dass Sie sich an Ciani oder Senzei vergreifen. Bleibe also nur ich. Oder Sie bleiben so, wie Sie sind, und wir alle leiden unter Ihrem Kraftverlust. Richtig? Was mich angeht: Mir ist Ihre Gesellschaft nicht so lieb, dass ich Sie gern weiterhin um mich hätte, und sei es nur deswegen, dass ich mich mit Ihnen unterhalten kann. Wollen Sie mir also nun sagen, was Sie tun müssen, um die Verbindung zwischen uns herzustellen – oder muss ich es erraten?«

Tarrant schwieg eine Weile. Dann sagte er mit einer Stimme, die so kühl war wie die Wasser der Schlange: »Sie überraschen mich doch immer wieder. Ich nehme Ihr Angebot an. Was die Verbindung betrifft, die wir vornehmen müssen ... Sie ist für mich potenziell ebenso tödlich wie für Sie. Falls es Sie tröstet.«

Er stieß sich von dem Findling ab, und es gelang ihm, aus eigener Kraft stehen zu bleiben. Es strengte ihn sichtlich an.

»Ich schlage vor, dass wir hier verschwinden, bevor wir die Sache in Angriff nehmen. Suchen wir uns irgendwo ein Quartier, damit wir nicht gesehen werden. Außerdem geht irgendwann die Sonne auf. Einen Ort, an dem wir sicher lagern können. Und dann ...«

Er schaute Damien neugierig an. Das Verlangen in seinem Blick war unverkennbar.

»Ist lange her, seit ich das Blut eines Geistlichen geschmeckt habe«, sagte er nachdenklich.

Epilog

Tief im Inneren des Hauses der Stürme, in einem zu Manipulationszwecken reservierten Raum, hielt die Führung von Lema mitten in der Beschwörung inne. Eine plötzliche Veränderung der Strömung hatte sie verwirrt. Die schnelle Bewegung eines behandschuhten Gliedmaßes und ein wohl ausgebildeter Geist bewirkten die Zerstreuung der Wesenheit, die in dem beschützten Kreis langsam Gestalt annahm. Stattdessen baute ein gemurmelter Schlüssel eine Wahrnehmung auf.

Nach einer ziemlich langen Weile: Nicken. Ein hungriges Nicken.

»Calesta.« Der Name: ein Flüstern. Ein Bannspruch. Ein Befehl. »Nimm Gestalt an, Calesta. Sofort.«

In der Dunkelheit bildete sich eine Gestalt, ein Schatten, dem die Kraft hexerischen Willens Festigkeit verlieh. Ihr Umriss glich dem eines Humanoiden, doch war keine Einzelheit an ihr gänzlich menschlich. Ihre Haut zeigte den harten schwarzen Glanz von Obsidian, ihre Kleidung floss wie Rauch über ihre Glieder. Ihre Gesichtszüge ähnelten eher denen eines Menschen, sofern man dies von gemeißeltem Vulkanglas sagen konnte. Doch dort, wo menschliche Augen hätten sein müssen, befanden sich Facettenkugeln mit spiegelnder Oberfläche, die ihr Gegenüber in tausend Bruchstücken reflektierten.

Der Dämon namens Calesta verbeugte sich, erzeugte aber kein Geräusch. Man konnte sein Schweigen auf vielerlei Weise interpretieren. Man konnte aus ihm jede Art der Ehrerbietung vor der Macht ersehen, der er diente – jener Macht, die ihre Jünger *Führung von Lema*, *Hort der Seelen* und *Fesselnde Kraft* nannten.

»Koste es, Calesta.« Ein verlangendes, gespanntes, erwartungsvolles Flüstern. »Sie hat den Baldachin durchquert. Spürst du es? Ein anderer ist bei ihr. Ein Adept. *Zwei* Adepten ...«

»Soll ich die Finsterlinge auf sie hetzen?« Die Stimme des Dämons war eher spür- als hörbar: das Kratzen von Fingernägeln auf einer Schiefertafel, das Gefühl von an Kalk schabenden Zähnen.

»Wertlose Narren!«, fauchte die Führung. »Wozu taugen sie? Ich habe ihnen eine fruchtbare Adeptenseele zum Verzehr geschenkt, und sie haben sich aufgeführt wie Kinder bei einem Bankett. Sie haben ihr Essen hingeworfen, als hätte jemand ein neues Spiel angekündigt! Nein. Diesmal wirst *du* es tun, Calesta. Zuerst bringst du in Erfahrung, wer sie sind. Wohin sie gehen. Berichte es mir. Dann können wir Pläne schmieden.«

Die Fesselnde Kraft kostete erneut die Strömung. Und schüttelte sich, als die Erwartung des Sieges wie eine frisch injizierte Droge in ihrem Inneren ein Aufwallen von Adrenalin erzeugte.

»Die Adepten gehören *mir*«, flüsterte die Führung.

Das Abenteuer geht weiter:

C. S. Friedman

Kaltfeuer 2
Zitadelle der Stürme

Widmung & Danksagung

Dieses Buch ist mehreren sehr speziellen Lesern gewidmet:

Rick Umbaugh, mit dem alles angefangen hat;
Kellie Owens, Linda Gilbert, Lori Cook, David McDonald und
Joe und Regina Harley, die alles am Laufen halten,
sowie Betsy Wollheim, deren Kritik ihr Gewicht stets in Gold
wert ist.

Die Autorin möchte folgenden Menschen für ihr Verständnis, ihre Inspiration und/oder lebenswichtige emotionale Unterstützung während der Entstehungsphase dieses Romans danken:

Jeanne Boyle, Adam Breslaw, Christian Cameron, Tom Deitz, Nancy Friedman, Bob Green, John Happ, Delos Wheeler, Karen Martakos, Robin Mitchell, Steve Rappaport, Vicki Sharp, Mike Stevens, Sarah Strickland, Mark Sunderlin und Glenn Zienowicz.

Die letzte Rune:

Mark Anthonys Bestseller bei Knaur:

Das Ruinentor
Die letzte Rune 1

Der fahle König
Die letzte Rune 2

Der Runensteinturm
Die letzte Rune 3

Die Flammenfestung
Die letzte Rune 4

Der schlafende Reiter
Die letzte Rune 5

Die sterbende Stadt
Die letzte Rune 6

Die schwarzen Ritter
Die leztze Rune 7

Das Schwert von Malachor
Die letzte Rune 8

Das Tor des Winters
Die letzte Rune 9

Der Runenbrecher
Die letzte Rune 10

Knaur

Mark Anthony

Die letzte Rune 1:
Das Ruinentor

Der Barbesitzer Travis Wilder gelangt durch eine geheimnisvolle Schatulle in das magische Land Eldh und wird plötzlich von unheimlichen Schattenwesen gejagt. Zur gleichen Zeit entdeckt die Ärztin Grace Beckett bei einer Operation eines Schwerverletzten, dass dieser ein Herz aus Eisen in der Brust trägt. Auch sie wird von einem Priester durch ein dunkles Tor in jene fremde Welt Eldh entführt. Hier herrscht noch Mittelalter, die Menschen haben Angst – und die Rückkehr des Fahlen Königs steht bevor ...

Knaur

Eine grandiose Trilogie, spannend wie »Der Herr der Ringe«!

Dennis L. McKiernan bei Knaur:

Die schwarze Flut
Die Legende vom eisernen Turm I

Über tausend Jahre hat Modru, der dunkle Magier, auf diesen Moment gewartet: Seine dunklen Armeen brechen auf, um das Land Mithgar zu erobern – und so müssen Menschen, Zwerge, Elfen und Halblinge sich verbünden, um die schwarze Flut aufzuhalten.

Die kalten Schatten
Die Legende vom eisernen Turm II

Wie ein kalter Schatten kriecht die böse Macht des Magiers Modru langsam über das Land Mithgar, breitet sich aus wie ein fauliger Gestank. Es ist eine schwarze Zeit, in der nur noch wahre Helden in der Lage sind, das scheinbar unvermeidliche Schicksal abzuwenden ...!

Der schwärzeste Tag
Die Legende vom eisernen Turm III

Der Kampf des finsteren Zauberers Modru gegen die Allianz aus Menschen, Elben, Zwergen und Wurrlingen steuert unaufhaltsam auf eine letzte, alles entscheidende Schlacht zu. Und schließlich treffen am schwärzesten Tag die Armeen am Fuße des Eisernen Turms aufeinander ...

Knaur

<u>Ein Meister des Mystery-Thrillers!</u>

Thomas Görden

Nachtauge

Roman

Eine grausam zugerichtete Leiche in einer Kölner Ölraffinerie stellt Kriminalkommissarin Susanne Wendland vor ein Rätsel. Zeugen berichten von einer gespenstischen Raubkatze mit leuchtend gelben Augen und nachtschwarzem Fell, die dort ihr Unwesen treiben soll ...

<u>Mehr von Thomas Görden bei Knaur:</u>

Die Krypta
Roman

Schattenwölfe
Roman

Die Seelenlosen
Roman

Knaur